ENTRE VOUS ET MOI

Ouvrage dirigé par Arash Derambarsh

Évelyne Thomas

ENTRE VOUS ET MOI

Autobiographie

Ramsay

Introduction

Je n'ai jamais escaladé l'Himalaya, je n'ai pas fait le tour du monde en pirogue, et je ne suis pas inscrite pour le prochain voyage en fusée vers Pluton.

Et pourtant, j'ai été désignée comme l'une des femmes les plus populaires du paysage audiovisuel, qualifiée de « petite fiancée de la France », choisie pour être la Marianne de nos mairies. Et la France que certains nomment « d'en bas », mais que je porte bien haut dans mon cœur, a été rivée jour après jour aux émissions de « C'est mon choix ».

En tirant les fils de mon histoire, je veux seulement – à mon tour – expliquer mes choix, les difficultés que j'ai rencontrées, sans oublier les réussites qui me rendent fière.

On a tant parlé et écrit sur moi ! Avec la médiatisation on croit être dans la lumière, mais, trop violente, elle déforme les contours de la vraie personnalité. Le silence que j'ai cru bon d'observer pendant longtemps, pour ne pas alimenter la presse people, a laissé le champ libre aux interprétations les plus fantaisistes. J'ai toujours préféré me consacrer à mon travail plutôt qu'à la polémique. *Never explain, never complain.* Mais je crois que le moment des éclaircissements est venu.

Je ne chercherai pas à me justifier, ni à régler des comptes avec qui que ce soit. J'ai toujours accepté les lois du métier et de la vie publique. J'ai pris des risques et je les assume.

Aujourd'hui, j'écris pour parler de ce lien fort que j'ai avec le public, de ce lien qui a construit ma vie, et pour remonter à la source de cette empathie si singulière. Si j'aime et comprends celles et ceux qui sont aux prises avec les drames de la vie, c'est parce que j'en ai traversé assez moi-même pour m'identifier à eux, et ressentir parfaitement leur désarroi, leur colère ou leur peur.

Non pas que j'aie eu une enfance malheureuse, tout au contraire ! J'ai eu la chance de grandir dans l'amour et l'attention de mes parents. Si j'en parle longuement dans ce livre, c'est bien parce que mon père et ma mère ont joué un rôle décisif dans ce qu'a été ma vie jusqu'à présent. Ils m'ont construite telle que je suis, et telle que vous me jugerez au terme de ce livre.

Je me confie donc ici le plus sincèrement possible, y compris dans certains aspects de ma vie privée : l'éducation que j'ai reçue, la relation si douloureuse avec ma mère, mes débuts de journaliste, mon amour actuel, le père de ma fille, sur lequel on a tant et si mal bavardé. Avec le même souci de vérité, avec passion, je raconte ma vie professionnelle, et mon rapport avec le public – ce public dans lequel je me reconnais.

Sans relâche j'ai donné la parole aux gens, je les ai inlassablement interrogés sur leur vie et sur leurs choix, cherchant peut-être à résoudre, à travers tous ces récits personnels, un seul et unique mystère, celui de l'amour déçu.

Grâce à eux j'ai trouvé un chemin, et je les en remercie. Puissent ceux qui me liront voir en moi une femme sincère, et une femme déterminée à le rester.

1

On a retrouvé ma mère étendue dans sa chambre, morte depuis plusieurs jours, le 23 janvier 1984. J'avais vingt ans.

Elle me désignait comme responsable de son sort. La preuve tangible tient sur une toile qu'elle avait peinte un an auparavant. Le tableau était posé en vue sur le chevalet, dans la pièce où on a retrouvé son corps inanimé. C'était mon portrait. Elle l'avait repris et entièrement barbouillé de noir. Et fait figurer, au dos, cette dédicace : « À celle qui n'est plus ma fille ».

*

* *

Mes parents se sont rencontrés à Périgueux, lors d'un bal populaire. Ils sont tombés bleus amoureux. J'aime imaginer ce moment.

Jany, un physique éclatant, un maintien fier, une grande vivacité d'expression et d'esprit, un regard décidé sur un sourire enjôleur. Le caractère qui rayonne et la beauté qui virevolte ; beaucoup d'hommes ont les yeux braqués sur elle.

Robert, en officier de marine qui jouit d'une permission, arbore une calme assurance qui fleure les mystères de l'aventure. Une dégaine à la Robert Mitchum. Il parle avec facilité, un brin de nonchalance, il danse comme un homme qui n'a jamais eu peur de ne pas savoir s'y prendre.

Ils sont au plus haut de leur jeunesse, en pleine effusion d'énergie – ils forment un couple du tonnerre.

Aucun des deux ne parle, ce soir-là, de son histoire. Pas encore. Pris par l'intensité du regard de l'autre. Ce dont ils sont sûrs, c'est de leur présent et de leur désir, de la force qu'ils sentent en eux pour construire un avenir qui se fiche du passé.

Ils dansent maintenant dans l'évidence de leur rencontre, comme une réponse aux questions qu'il est inutile de poser. J'imagine les odeurs du parquet ciré sur lequel glissent leurs pas bien accordés, sous le pavillon d'une tente cernée de chaises occupées par des jeunes filles apprêtées, l'orchestre déversant sa musique de circonstance, les rires, les boutons de l'uniforme qui s'incrustent dans la robe élégante, serrée sur une taille de guêpe.

Plus tard, fatalement, ils reviendront, les petits et les grands fardeaux d'une jeunesse qui ne pourra pas se faire oublier. Plus tard, ils pèseront. Mais pas aujourd'hui.

Après ce bal, ils oublieront la solitude d'avant, le doute et l'inquiétude. Désormais, ils comptent l'un pour l'autre, ils ont trouvé l'être qui manquait pour incarner leurs ambitions et leurs rêves. Ils ont des projets, de la foi à revendre.

Très tôt, pourtant, quelqu'un ne l'entend pas de cette oreille.

La mère de Robert – ma future grand-mère paternelle –, la première fois qu'elle rencontre Jany, manque s'évanouir. Où donc son fils a-t-il pêché cette créature ? Avec des allures d'actrice italienne, qui se maquille, porte les cheveux longs, s'habille à la mode, et même en pantalons, qui parle haut, sans vergogne, et s'affiche la cigarette au bec ? Il a dû perdre la tête !

Eh oui !

Cela s'appelle l'amour, un sentiment pas si courant pour la génération précédente, celle d'avant-guerre, mais que Robert et Jany entendent bien explorer.

Ils devront se battre longtemps contre l'opposition de la maman qui, d'ailleurs, ne baissera jamais pavillon. Car elle est espagnole. Ses parents ont émigré en 1920, quand elle avait huit ans. Ils se sont installés à Torreilles, puis à Perpignan où ils ont exploité un café-restaurant. C'est là qu'elle a rencontré son mari, un Français catalan, avec qui elle s'est installée à Périgueux. Après les restaurants, ils se sont mis à vendre des chaussures sur les marchés, dans toute la région. Elle aidait son mari et bientôt elle a pris soin de Robert, leur fils unique, mon père. Il rêvait de devenir pilote de chasse. À quinze ans et demi, il s'est présenté aux services de recrutement. Hélas ! il n'avait pas l'âge requis. Pour l'aviation, on n'engageait pas avant dix-sept ans. Mais, s'il voulait entrer dans la marine, la porte était ouverte. La marine, autant dire le voyage, le prestige de l'aventure… et la sécurité de l'emploi. Il est donc entré à l'école des mécaniciens de Saint-Mandrier, à côté de Toulon. Il a travaillé sérieusement et obtenu son bac technique avec certificat de mécanique générale, diéséliste, chaufferie, turbines et dessinateur. Son avenir était tracé.

Quand il rencontre ma mère, en 1961, il est déjà bien lancé dans sa carrière de marin, comme sur le flipper une bille qui a reçu l'impulsion juste. Il va sillonner toutes les mers du globe, servir sur des dizaines de bâtiments, gravir les échelons les uns après les autres. Et ses revenus seront confortables et sûrs. Voilà qui ne suscite guère de doutes. Ce qui pourrait l'inquiéter, lorsqu'il tournoie sur la piste avec la plus belle fille du bal, c'est plutôt ceci : il a déjà été marié, et il est déjà père d'une petite fille. Sa femme est morte très prématurément, et leur bébé a été recueilli par la mère du jeune veuf, d'autant plus intransigeante pour Robert qu'il y a cette enfant dont elle a pris la charge. Comment va-t-elle supporter une bru douée de personnalité ? Or, c'est ce qui saute aux yeux chez Jany, elle est originale et ne manque pas d'afficher ses idées. Elle le fait entendre très vite dans sa future belle-famille. Robert ne le sait pas encore, mais il sera bientôt affecté pour une mission d'un an, sans permission, à la base navale de Mers el-Kébir – mobilisation spéciale décrétée dans l'Algérie d'après les événements. Une année pendant laquelle la candidate fiancée, trop rebelle, restera seule à Périgueux face à la mère défiante, chacune espérant secrètement sans doute évincer l'autre dans le cœur de l'absent. Mère, amante, première fille, et bientôt deuxième… les belles certitudes de l'officier seront soumises à bien de vents contraires entre ces quatre femmes-là. Heureusement, il y a la mer.

Mais d'où cette jeune femme tient-elle son excentricité ? Qui est-elle ? Que cache-t-elle ? Elle cache, comme si souvent les êtres flamboyants, des origines sans gloire, dont elle souffre comme d'une tare.

Voilà un paradoxe pour qui approche cette beauté manifestement émancipée, séductrice, insoumise et sophistiquée : elle a poussé dans le terreau le plus pauvre, et c'est ce qui nourrit toute sa superbe.

Quand on naît en 1939 à Vire, en Normandie, dans la nichée d'un maréchal-ferrant qui compte quatre enfants, on n'est guère préparé à des trajectoires extravagantes. Le métier du père lui valait de la considération, c'était un notable pour les paysans avec qui il travaillait. L'argent ne manquait pas dans la grande maison familiale, en lisière de la ville. Mais, avec la guerre, tout a changé.

Dès juin 1940 la ville est occupée par les Allemands. Les troupes prennent leurs quartiers, l'hôpital et l'hospice leur sont réservés, les officiers réquisitionnent les demeures bourgeoises. Certes, la situation en campagne, dans la France du BOF (beurre, œufs, fromage), combinée au système D, évite la pénurie totale aux Virois. Mais la situation se dégrade, les industries locales sont touchées, le chômage sévit. Beaucoup de foyers sont privés de soutien, avec leurs hommes prisonniers au loin, on doit organiser une soupe populaire, les années sont rudes sans pain blanc, sans charbon, boucheries et charcuteries fermées, sous le couvre-feu et les tracasseries allemandes qui s'intensifient à partir de 1943. Le métal est réquisitionné pour être fondu, et la forge ne rapporte plus qu'une misère.

Le pire est à venir. Début juin 1944, ordre est donné par le Haut Commandement interallié d'évacuer la ville, mais le sous-préfet n'obtempère pas. Le 6 juin, à vingt heures, le centre de Vire s'écroule d'un seul coup sous le bombardement allié. Dix minutes plus tard, des bombes au phosphore allument l'incendie. Une troisième attaque achève de raser la ville. Beaucoup d'habitants sont pris sous les décombres. Dans la maison familiale, le grand-père a juste le temps de crier à ses enfants de se baisser, tout est entièrement détruit, rien n'a pu échapper au sinistre. Les survivants fuient et se réfugient dans les environs.

Avec ces pertes irréparables et le déclin du métier, s'installe chez le maréchal-ferrant un dénuement qui se prolongea bien après la fin des hostilités, et dont ma mère avait gardé une vraie répulsion. Tous ses souvenirs d'enfance étaient marqués du sceau des privations. Quand Noël, comme dans les complaintes populaires, se réduisait pour chaque gamin à une orange, parfois à un jouet bricolé avec une boîte de fromage, qu'il fallait recevoir comme un luxe. À l'image de l'unique ornement de la maison, un tableau fabriqué au moyen de fers à cheval, emblème d'un artisanat dont on retirait encore de la fierté, comme il était d'usage à la campagne dans ces temps.

La gêne, pourtant, ce n'était pas le plus grave. La pauvreté, on en souffre sur le moment, on l'oublie plus tard, on en sourit même, on en reconstruit la légende si besoin, pour peu que le reste vous ait été donné. Malheureusement, il manquait à ma mère bien plus que les biens matériels ou les perspectives d'un avenir. En elle, s'il faut en croire l'âpreté de ses souvenirs, était ouverte une blessure irrémédiable. Elle s'est toujours plainte du manque d'amour, comme d'une rudesse injustement renouvelée, comme d'une douleur sans consolation. Parce qu'elle était la dernière de quatre frères et sœurs, parce que son père était un homme rude et colérique, un taiseux peu enclin à l'affection, parce que sa mère s'épuisait à la maison pour nourrir et habiller six personnes, parce que l'on ne s'épanchait pas facilement dans ces contrées-là ni à cette époque, parce que très vite elle a été jugée récalcitrante, parce que, parce que… seul lui restait le ressentiment des enfants qui n'ont pas été assez aimés.

Très jeune, ma mère s'est mise à abhorrer l'idée de se couler dans le moule qu'on lui proposait : mariage avec un gars du coin, tripotée d'enfants, lourde besogne du matin au soir, ainsi que toutes les autres filles du pays.

D'autant que, de façon inexplicable, avaient grandi avec elle d'autres aspirations. Elle ne se plaisait pas à l'école, mais elle rêvait de développer des dons artistiques. On la corrigeait chaque fois qu'elle parlait de prendre un métier, de suivre un chemin personnel. C'était presque un aveu de maladie grave. La benjamine bataillait sans cesse avec ce père, une vraie tête de bois qui ne voulait rien entendre. Finalement, elle a compris qu'elle n'aurait jamais gain de cause, inutile d'espérer un soupçon d'aide pour s'écarter de la voie toute tracée. Si elle voulait devenir quelqu'un, elle devrait se débrouiller seule. Alors elle est partie. Seule, sans diplôme ni ressources, sans aide ni conseil, encore une môme, à quatorze ans elle a coupé tous les liens, en quête de son destin.

Moi qui ai tant reçu de mes parents qui croyaient en moi et qui m'encourageaient constamment, j'ai le cœur serré quand je pense à cette toute jeune fille naïve qui s'est éjectée toute seule de son nid. Pour s'en sortir elle était prête à prendre tous les risques. À quatorze ans, elle a décidé qu'elle volerait de ses propres ailes – sa seule chance de pouvoir voler.

Compiègne d'abord, comme serveuse dans le café d'un oncle, qui héberge la jeune fille et sa sœur aînée. De petit boulot en petit boulot, elle s'est retrouvée un jour à Périgueux, engagée comme vendeuse aux Nouvelles Galeries. Entre-temps, elle avait grandi, elle avait travaillé à faire disparaître son allure de fille pauvre, elle avait mis en œuvre des conceptions audacieuses qu'elle proclamait haut et fort. La femme n'est pas la servante de l'homme. Elle a le droit de s'épanouir et les moyens de s'assumer. Elle peut exiger de faire valoir ses idées et se tailler sa place au soleil. Le sombre héritage de la tradition familiale, elle l'avait joyeusement balancé par-dessus bord. J'imagine si bien son euphorie tandis qu'elle considérait le chemin déjà parcouru, ses espoirs et sa curiosité sans bornes pour la suite.

Le jour où elle rencontre un beau militaire qui tombe fou amoureux d'elle, et elle de lui, tous ses efforts sont récompensés et, paradoxalement, menacés en même temps. Car elle sent bien qu'elle va dépendre de lui. Et elle sait bien que c'est une chance inespérée.

Voilà le drame – qui tournera pour elle à la tragédie – des femmes qui ont de l'ambition dans les années cinquante et soixante : si elles développent le désir de réussir, si elles s'autorisent à des appétits tout neufs dans ce monde en train de s'ouvrir, elles sont nées vingt ans trop tôt. C'est bien beau de prétendre à l'indépendance, mais comment faire si l'on n'a pas le moindre diplôme ? Et aucune voie d'accès aux métiers dont on rêve ? Aucun guide, aucun modèle de près ou de loin ? Sur quels moyens sûrs et honnêtes pouvait compter une fille fraîchement échappée de la campagne pour grimper les échelons de la bonne société ? Ce « nouveau destin » dont elle se gargarisait risquait fort de rester limité à l'horizon des Nouvelles Galeries de Périgueux – ce qui était déjà une bonne fortune, vu d'où elle venait.

Tandis que, auprès d'un officier de marine, c'était un autre avenir qui se dessinait : un revenu confortable, un statut respectable, une sécurité à vie. Mais aussi un assujettissement. Puisqu'elle ne pouvait pas s'offrir elle-même toutes ces perspectives.

Telles étaient les inquiétudes qui auraient pu peser sur Jany, occupée à danser avec le plus beau garçon du bal, si elle n'avait été dans le plus fort d'une jeunesse conquérante qui balaie toute incertitude et veut croquer la vie ici maintenant.

Ils dansaient, c'est tout, et ils s'aimaient déjà dans l'urgence du désir, repoussant les soucis pour une autre vie, plus loin, plus tard.

Lorsque la mère de Robert comprit que l'idylle devenait sérieuse, elle essaya par tous les moyens de décourager son fils. Les disputes commencèrent… et jamais ne cessèrent. Mon père, partagé entre les deux femmes qu'il aimait, décida que sa fiancée vivrait avec sa mère pendant qu'il allait servir un an en Algérie. En attendant son retour, Jany continua à travailler aux Nouvelles Galeries, mais bientôt, ne supportant plus d'attendre, elle partit le rejoindre.

Ils se marient à Oran le 15 décembre 1962, en présence de deux copains militaires désignés comme témoins. À cause de l'éloignement aucun des parents n'est présent. Ma mère a coupé les ponts avec sa famille, et mon père est en train de s'éloigner de la sienne, puisqu'on voudrait l'obliger à choisir. Évidemment, il y a le problème du bébé, sa petite fille, que sa mère ne va pas vouloir lui rendre de sitôt. Il y aura là, pour de nombreuses années, source de tourmentes.

Le jeune couple reste sagement isolé dans son bonheur tout neuf, profitant, dans une Algérie en plein changement, de la vie au soleil mais, assez vite, dans le cours de l'année 1963, une grossesse s'annonce. Ma mère reviendra à Périgueux pour accoucher, le 10 janvier 1964, d'une petite fille qu'on appellera Évelyne. Les dés sont jetés, me voilà propulsée sur Terre.

Bien avant ma naissance, et peut-être même avant que je ne sois conçue, je suis sûre que ma mère nourrissait pour moi de grands desseins. Je serais l'enfant à qui elle allait pouvoir offrir tout ce qu'elle n'avait pas reçu. Elle allait me choyer, m'encourager, me donner les chances qu'on lui avait refusées. Avec elle, j'étais en de bonnes mains pour la vie. C'est probablement ce que pensent presque toutes les mères, mais la mienne certainement avec plus d'intensité qu'une autre, puisqu'elle avait un tel manque à combler. Au point de développer, dans son amour, une force et une rigidité qui devaient tout doucement me mener au désespoir, lorsque l'adolescence m'ouvrirait d'autres appétits et d'autres modèles.

Pour l'heure, cependant, quoi de plus confortable que de tomber dans les bras d'une mère aussi aimante, affectueuse, dévouée ? Et, en vérité, elle se consacra toute à moi.

Avec les voyages de mon père, son salaire suffisant et le bébé à élever, il semblait normal qu'elle se dispense de travailler. On pouvait croire, et elle-même pouvait croire, qu'elle reviendrait plus tard vers une vie professionnelle.

Nous sommes partis pour Toulon, l'affectation suivante de mon père. Comme il ne gagnait tout de même pas des mille et des cents, mes parents ont loué une chambre et une cuisine au rez-de-chaussée d'une maison appartenant à une vieille dame, tandis que la revente de la première voiture, une Neckar, leur permit de s'équiper en landau et autres accessoires de bébé. La propriétaire s'appelait Mme Jarjat. Pas fâchée de recevoir ce petit cadeau de la vie, elle prit en affection ma mère. C'était une vieille dame en tout point conforme à l'idée qu'on se fait d'une grand-maman gâteau, dans sa robe noire strictement boutonnée avec un tablier noué par-dessus, les cheveux attachés en un sempiternel chignon et le sourire accroché comme une marque de fabrique. Elle était heureuse d'accueillir et de choyer un jeune couple qui démarrait dans la vie. Nous étions souvent seules, ma mère et moi, car mon père partait pour des missions de plusieurs semaines à bord de sous-marins militaires. Il faisait le tour du monde par les mers tandis que je jouais dans le jardin. Mme Jarjat avait remarqué ma propension à fouiller dans les parterres de petits cailloux. Du coup, elle y cachait régulièrement des billes qui me permettaient de rapporter un butin avec la sensation d'un triomphe. Plus tard, mes parents ont emménagé dans un appartement plus grand, mais ma mère venait régulièrement rendre visite à la délicieuse Mme Jarjat, qui continuait à cacher des trophées pour mon plaisir.

Vivant presque constamment à deux, ma mère et moi, nous nous sommes coulées dans une relation très particulière où je l'avais toute à moi et elle m'avait toute à elle. De ce lien chaud, fusionnel, je me satisfaisais entièrement, et elle aussi, ce qui n'irait pas sans conséquences. Mon père apparaissait toutes les trois ou quatre semaines, et, bientôt, il ferait presque figure de visiteur dans sa propre maison, tant nous allions nous fabriquer de rituels dont il ne faisait pas partie. Plus qu'avec lui, ma mère formait avec moi un couple de tous les instants, où tout se partagerait.

Au bout d'une semaine de repos, mon père réendossait son uniforme d'officier, avec ses boutons luisants et sa casquette dure comme du bois. Il quittait la maison très tôt le matin, je me réveillais pour lui dire au revoir et le regarder s'éloigner. Je savais que je ne le reverrais pas avant longtemps. Quelle allure il avait, quand il partait ainsi à l'aube pour l'autre bout de la Terre ! J'étais fière de lui, et tout à la fois incrédule, comme devant le héros d'un film, tant sa présence était intermittente dans le paysage stable occupé par ma mère.

Une fois, il est parti de Toulon pour un périple de trois mois autour du monde avec escales à Djibouti, à Suez, en Égypte. Par malchance, en pleine mer, il eut une crise d'appendicite, l'aspirant médecin qui l'opéra en urgence ne s'était, aurait-on dit, encore jamais « fait la main », car il en coûta à mon père dix jours d'alitement et une balafre de dix centimètres sur le ventre – à mettre au rang des « blessures de guerre », disait-il en riant. De ses voyages il rapportait parfois d'autres souvenirs : un collier de coquillages acheté pour moi à Madagascar et, lors d'une escale en Éthiopie, une petite caméra huit millimètres à remontoir, très onéreuse en France, avec laquelle il a tourné tous mes films d'enfance et que j'ai conservée jusqu'à aujourd'hui.

Quoi de plus fantastique pour un enfant que cet univers de voyages, de sous-marins et d'uniformes rutilants ? On souffre de l'absence, mais on construit un papa de fiction, occupé à des exploits en des lieux éminemment exotiques. On se gargarise de ses aventures pour compenser les soirées sans un baiser de lui. À la fin, on prend presque le pli de vivre dans ce cocon, sans hommes, dans cette carapace d'histoires que l'on s'est racontées à soi-même pour lui donner consistance. Et finalement, quand l'absent revient, c'est presque un intrus qui vient bousculer une vie bien établie. On se retrouve avec un papa, un vrai. On est face à un homme, avec ses défauts, perdu parfois de devoir chercher ses marques dans une maison habituée à fonctionner sans lui. Ma mère avait son mode de vie, son organisation. Quand mon père rentrait, il n'y trouvait pas toujours sa place. Tous deux étaient d'abord fous de joie de se retrouver et ils se montraient très amoureux l'un de l'autre, puis inévitablement venait le moment où mon père devait montrer qu'il était le chef de famille. Ce que ma mère avait tendance à contester, vu son caractère indépendant, d'autant plus qu'elle avait d'ordinaire les mains libres. Dans ces ménages intermittents, les rôles ne sont pas fixes, les routines les plus simples sont perturbées. Ce qui prévalait quand j'étais seule avec ma mère pouvait s'effacer quand mon père surgissait. Et, pour moi, il s'agirait bientôt de ne pas se tromper de tactique.

Ils portaient des noms bien poétiques, ces sous-marins qui me faisaient rêver : le *Bouan*, l'*Astrée*, l'*Amazone*, la *Junon*, l'*Aréthuse*. Ces voyages, cependant, n'étaient pas sans danger – même en temps de paix. Quelques tragédies ont endeuillé leur histoire, faisant trembler ma mère à chaque nouveau départ en mission. L'une d'elles a touché mon père de très près, presque « par erreur ». Le maître radio de l'*Eurydice* étant tombé malade, on fit appel au maître radio de la *Junon*, où mon père servait. Quelques jours plus tard, l'*Eurydice* coula corps et biens. L'équipage de la *Junon* fut terriblement affecté par ce coup du sort. Le général de Gaulle vint déposer lui-même une gerbe à la mémoire des marins disparus. Ce fut fait sur la *Minerve*, dont le chef venait de quitter le commandement de l'*Eurydice*. Il connaissait donc tout l'équipage et pouvait se considérer comme « rescapé ». La cruauté du destin voulut que, six mois plus tard, la *Minerve* subisse le même accident et coule à son tour… son commandant n'avait donc connu qu'un court sursis.

Inutile d'en dire davantage, ma mère admettait, comme toute femme de marin, ces incertitudes, d'autant plus grandes que toute communication était impossible pendant chaque mission. Mon père, quant à lui, plutôt que des risques, préférait nous entretenir de la vie quotidienne dans un sous-marin, si particulière. Selon la taille du bâtiment, trente-cinq à soixante hommes partageaient des conditions de vie difficiles. Notamment sur le plus petit, l'*Aréthuse*, un sous-marin de quatre cents tonnes. L'air chauffé par les machines montait à trente-cinq degrés, voire quarante, et n'était recyclé que lorsqu'on remontait en surface, chaque nuit en général. Les hommes ne disposaient évidemment pas de chambre et, pire, devaient se contenter de deux couchettes pour trois, les « bannettes chaudes »: quand l'un se levait pour prendre le quart, un autre prenait sa place dans le lit encore tiède. Pas de douche, un seul lavabo pour tous. Quand le sous-marin remontait en surface, à la fin des exercices, les hommes en profitaient pour se baigner dans la mer et se frotter avec un savon spécial, « l'aubépine », qui moussait au contact de l'eau salée. Pour la lessive, pas d'équipements non plus… Les hommes d'équipage formaient un corps soudé, mais leur vie d'aventure était singulièrement monotone et confinée. Ils se défoulaient avec des blagues de potaches, comme le coup du camembert glissé sous le matelas.

Juste avant ma naissance, mon père avait servi un an sur le porte-avions *Foch* (identique au *Clemenceau* dont on parle tant aujourd'hui), et il avait aussi obtenu son diplôme de plongeur-démineur à l'école de plongée de Saint-Mandrier. Mais il n'a jamais dû effectuer de mission en situation de combat. Il n'empêche, la plongée lui a paru une activité si dangereuse qu'il me la défendra catégoriquement lorsque, à l'adolescence, je réclamerai le droit de vivre mes propres expériences.

Avec mon père, ce point mouvant dans ma vie, le contexte géographique allait aussi se déplacer, je l'apprendrais très vite. Après trois ans à Toulon, il a été muté à Cherbourg. Cette fois, il allait s'occuper de la formation des sous-mariniers tout en étant chargé de surveiller certains aspects de la construction du premier sous-marin atomique, le *Redoutable.*

Ce fut pour moi le premier d'une longue série de déménagements. Il faudrait s'habituer à changer d'école tous les deux ou trois ans, parfois tous les six mois, à se faire de nouveaux amis – ou à se passer d'amis. Ces déracinements répétés me firent une vie sociale toujours maigre et difficile – renforçant d'autant mon attachement démesuré à ma mère, seul ancrage sûr dans ce mouvement perpétuel. Mais ils développèrent en moi une forte capacité d'adaptation, nécessaire à la survie de tout intrus propulsé dans un groupe dont il ne connaît pas les codes.

À Cherbourg, nous étions tout près de la Normandie et de la famille de ma mère, ce qui la décida à aller voir ses parents. Mais elle n'en a pas fait une habitude. Surtout pas.

En trois ans, nous ne leur avons rendu visite que trois ou quatre fois. Elle se sentait décidément mal avec eux. Ils montrèrent de l'indulgence pour ses foucades passées, puisqu'elle avait réussi à trouver un bon parti, inespéré même, et leur ramenait une jolie petite-fille. Mais la réconciliation s'est limitée à un pacte de non-agression. Elle était devenue incroyablement excentrique pour eux, coiffée, maquillée et habillée comme une fille de la ville. De son côté, elle les voyait encore plus tristes qu'avant, maintenant qu'elle avait connu du monde autre chose que la campagne normande. Elle se sentait moins que jamais semblable à eux et préférait éviter de se rappeler chaque dimanche que c'était bien de là qu'elle venait.

La seule personne dont ma mère s'occupait abondamment, c'était… moi, bien sûr. À trois ans, on n'est plus un bébé, on parle, on chante, on joue à mille jeux, et sa générosité maternelle pouvait s'exprimer à plein régime. Sur les photos de cette époque, je vois une petite fille rieuse, espiègle, toujours vêtue comme une princesse et entourée de cadeaux. Outre mes tenues recherchées, je portais presque toujours un bonnet, une toque, un béret ou une casquette assortie, qui me donnaient l'air très apprêté pour mon âge. Et j'ai d'ailleurs gardé un goût marqué pour les couvre-chefs en tout genre. C'est peut-être parce que les photos sont souvent prises à Noël, mais il n'empêche, il n'y en avait que pour moi. Quant à mes cadeaux en ces circonstances, ils arrivaient, sans cheminée dans notre appartement, d'une manière qui me laissait rêveuse : le Père Noël descendait par les tuyaux du chauffage. La chaise où allaient s'entasser mes paquets devait donc être placée juste à côté du radiateur.

Résultat de ce cocon d'affection et d'attention, j'étais une petite fille terriblement timide dès que je sortais des jupes de ma mère. Droguée à son parfum, j'osais rarement m'éloigner de plus d'un mètre, et la scène du matin où je devais la quitter pour entrer à l'école était un déchirement. Le monde me paraissait rempli de brutes et de dangers de toutes sortes, ce qui fut confirmé lorsqu'un garçon dans la cour de récréation m'envoya au sol. Il fallut me recoudre le menton. Ma blessure de guerre à moi... la vision de ce long fil que le docteur tirait de ma peau me donna la chair de poule pour longtemps.

Tout ce que je devais entreprendre sans ma mère m'horrifiait par principe. Je me souviens encore de ma terreur des manèges et des autos tamponneuses, ces engins fous, montés par des êtres grimaçants, dans un environnement d'une brutalité inouïe. Sauf si ma mère m'accompagnait, bien sûr – auquel cas je pouvais arriver à trouver cela drôle.

Question famille, donc, nous n'étions que trois. Pas de dîners de famille, pas de grands-parents, pas de tantes ni de cousins. Toutes les fêtes, les réveillons, les anniversaires étaient invariablement chez nous l'affaire d'un trio. Mon père s'était complètement éloigné de sa mère en raison de l'antipathie qu'elle entretenait pour Jany. Même après le mariage et ma naissance, elle ne s'est jamais résolue à accepter le choix de son fils. Dilemme insoluble pour lui : d'un côté sa nouvelle femme et moi, de l'autre sa mère qu'il aimait et sa première fille, qui était restée auprès d'elle. À plusieurs reprises il a tenté de la reprendre. Elle est venue habiter un temps avec nous, pour mon grand plaisir car je me sentais très seule et rêvais d'avoir des frères et sœurs. Mais ce ne fut pas un franc succès. Entretenue dans des idées négatives par sa grand-mère, qui était aussi la mienne, elle détestait ma mère, qui n'était pas la sienne. Pour elle, il s'agissait d'une belle-mère qui lui avait volé son père. Et moi aussi, je lui volais sa vie. Chacune de ces tentatives de rapprochement nous meurtrissait tous, aussi mon père a-t-il renoncé à essayer de recoller ses deux familles. Ma demi-sœur est retournée vivre chez notre grand-mère. Choix cruel qui a pesé sur toute sa vie…

Cet épisode douloureux a sans doute conforté en moi un sentiment de différence qui s'installait déjà et qui désormais ne m'a plus quittée. Car il y avait là une preuve accablante : nous n'étions pas une famille tout à fait normale, nous étions déchirés entre deux cellules ennemies. De plus, mon père voyageait tout le temps, nous déménagions fréquemment, et ma mère avait des idées « bizarres ». Ainsi, je ne me sentais pas comme les autres, et j'avais l'idée que tout serait toujours extrêmement compliqué dans ma vie. Comme si, pour une raison inexpliquée, je devais faire du slalom sur une piste où les autres filent tout droit. Je ne suis évidemment pas seule à avoir été élevée par un père militaire et une mère atypique, et je sais qu'il y a des conditions de départ bien plus problématiques, mais enfin il y avait ce décalage persistant. Nous n'étions pas dans la norme, mais plutôt à côté. Juste assez pour se poser des questions quand on est gamine.

Ma mère avait décidé qu'elle ne voulait pas d'autre enfant. Elle voulait mettre toutes les chances à mon actif, et non se disperser. Elle avait tellement souffert du peu d'attention de ses propres parents, quand il fallait toujours tout diviser en quatre, qu'il lui était impensable de reproduire cette situation. Si elle concentrait tout son amour sur moi, je partirais dans la vie avec « le maximum » d'atouts.

Personnellement, j'aurais volontiers partagé les cadeaux, si seulement j'avais ainsi pu diminuer d'autant les exigences dont j'étais l'objet. Eh oui, l'un n'allait pas sans l'autre. On m'aimait beaucoup, mais on attendait beaucoup de moi. Trop… À vrai dire, on attendait « le maximum », et plus si possible. Il fallait que je sois la meilleure à l'école, que je sois une petite fille modèle à la maison et que je consacre chaque instant de ma vie à préparer un avenir brillant.

Être le point de mire unique de deux personnes bien intentionnées est une situation qui ne comporte pas que des avantages. Je vivais déjà, si l'on peut dire, sous le feu des projecteurs, en tout cas isolée sur le piédestal qu'elles avaient édifié pour moi, et sous le feu de leurs jugements implacables. Avec le stress que cela implique, et qui n'est pas nécessairement compréhensible pour une enfant.

Disons qu'en retour j'étais choyée et entourée sans discontinuer. Je pouvais compter sur eux. J'étais tenue par la main.

Quand on a cinq ans, on ne se demande pas si ses géniteurs sont des personnes normales ou étranges. Dans mon cas, c'étaient les seuls adultes que je côtoyais. Je prenais donc ce qu'on me proposait comme la vérité du monde et de la vie domestique, à laquelle j'adhérais sans réserve. Même si les préceptes clés de ma mère étaient pour le moins singuliers. Elle vivait dans le culte de l'indépendance et de l'excellence, soit, mais aussi dans une recherche permanente de la différence, alimentée par son rejet viscéral de la famille. Un cocktail qui tranchait fort sur tout ce que j'ai vu autour de moi par la suite.

Personnellement, j'ai du mal à juger si l'enfance de ma mère a été à ce point malheureuse. Je n'en sais que ce qu'elle racontait. Y avait-il, comme dans tant de familles, un élément culturel qui commandait une retenue excessive dans les relations ? À cette époque, dans ce milieu, il était sans doute impensable de dire à ses enfants qu'on les aimait. Il n'empêche que ce manque-là n'est pas réparable.

Tout de même, dans ce dossier dont il reste si peu de pièces, surgit, accablant, le suicide de l'un de ses frères, à l'âge de trente ans. Il s'est pendu. Personne n'a jamais su ni cherché à savoir pourquoi. Sauf, beaucoup plus tard, ma mère, qui a essayé parfois d'en parler avec sa sœur aînée, mais en vain, aucune des deux ne détenait la clé du mystère. Il est tombé une chape de plomb sur cette mort-là, trop d'incompréhension et de culpabilité sans doute, et le malaise familial dont elle était probablement l'expression s'est encore alourdi de ce silence. Ma mère avait choisi de fuir elle aussi, mais à temps, et avant lui, en quittant la maison familiale. Sans dire où elle allait, n'en sachant rien elle-même. Épouvantée par la « maladie » de son frère, dont nul n'a jamais rien su, elle avait dû penser confusément que c'était le sort qui l'attendait si elle restait sous la férule du père. Pour pousser deux enfants sur quatre au désespoir, la vie familiale devait être en effet bien rude.

Très récemment, j'ai réfléchi au fait que ma fille Lola ne supporte pas les cols roulés. Elle hurle dès qu'on essaie de lui en mettre un, comme si elle allait s'étrangler. Ma mère non plus ne les supportait pas, et moi-même, très longtemps, j'ai détesté en porter. Serait-ce le syndrome étrange d'un secret de famille qui se rappelle à nous ? On sait que les secrets de famille resurgissent toujours.

C'est pourquoi je me suis décidée à parler de ma mère dans ce livre. J'aurais pu éviter le sujet, car il est difficile et douloureux, et c'est ce que j'ai fait jusqu'à aujourd'hui. Mais je ne veux pas que sa mort reste un mystère qui pèse sur Lola. À quatre ans, elle pose déjà des questions sur sa grand-mère et veut savoir pourquoi elle nous a quittés si jeune. J'ai longtemps tu cette histoire qui ne regardait que moi. Maintenant que j'ai une fille, je ne peux plus me le permettre. Je veux être au clair et en paix avec la mort de ma mère. Le moment est venu pour moi de tout dire.

Ma mère, donc, mal aimée, s'impliquait trop dans les relations avec les autres et en sortait souvent meurtrie. Je lui ai connu très peu d'amies durables, car elle en exigeait trop. Déménager tout le temps n'aidait pas non plus. Quant au milieu de la marine, il était trop conventionnel pour elle. Avec ses idées rebelles, ses discours sur l'indépendance, elle se faisait peu d'alliés parmi les militaires et leurs épouses. Elle préférait vivre repliée sur elle-même – et sur moi –, de plus en plus méfiante et solitaire, par peur d'être déçue.

La seule avec qui elle restait en contact, un peu, de loin en loin, était sa sœur. Ce n'était pas un amour débordant, mais leurs souvenirs communs et difficiles leur permettaient de se parler, à défaut de se comprendre.

Pour moi, tout au contraire, elle fabriquait une enfance dorée. Son perfectionnisme obsessionnel et ses projets à mon endroit ne me gênaient pas encore. Pour l'heure, tout se passait bien, car je n'avais pas encore l'esprit contestataire.

À Cherbourg, ville de la Manche, on était forts en carnaval. À l'école c'était une institution, et l'on préparait fébrilement costumes et chorégraphies pour tenir son rang dans le cortège. J'ai défilé déguisée en lutin rouge et jaune, un des premiers grands moments de fierté dont je me souvienne. D'où un attachement indéfectible aux carnavals, aux fêtes et aux ambiances du nord de la France en général. Toujours est-il que j'y trouverais mon ancrage le plus fort par la suite.

Maintenant que mon père était présent, je le jugeais bien plus problématique que dans le rôle du marin éloigné. En règle générale, je m'entendais bien avec lui – il m'aimait beaucoup et savait se montrait fier et affectueux. Il m'élevait dans le sens de la droiture, de la justice, de l'honnêteté, de la ponctualité. Sa maxime préférée, qu'il m'assénait comme une certitude divine : « Laisse faire le temps, il y a toujours une justice ». Avec cela, fortement imprégné du souci de « bien présenter », par respect pour ses semblables. Ses principes d'éducation étaient inflexibles. On ne prenait pas la parole quand les adultes étaient en train de discuter. On ne se levait pas de table sans demander la permission. On tenait ses couverts de la bonne façon. Quant à contester les règles, il n'en était pas question. Il y avait, inévitablement, quelque chose d'un peu militaire dans son attitude. Bref, sévère mais juste.

Je crois que la couleur « autoritaire » de mon éducation m'a très précocement portée à vouloir découvrir le pourquoi du comment. Je suis à la longue devenue réfractaire au moindre arbitraire. Pour moi, tout devait et doit toujours être justifié, et en tout cas justifiable, dans le détail. À cet égard, les décrets parentaux (ma mère n'était pas en reste) ont peut-être servi de punching-ball à mon esprit critique, dont on verra que mes différents professeurs ont quelquefois pâti par la suite !

Quant à la rigueur de cette discipline, on pourrait la trouver un peu excessive, particulièrement à la lumière des principes d'éducation plus récents, mais je ne suis pas sûre que j'aurais gagné à me trouver dans un contexte plus laxiste. J'étais angoissée, c'est vrai, à l'idée de gaffer, de désobéir ou de décevoir, mais c'est probablement dans cette angoisse que j'ai construit les qualités de persévérance et d'auto exigence qui font de moi ce que je suis aujourd'hui. Impossible de dire si je serais devenue quelqu'un de mou et de paresseux sans eux, mais je suis sûre que j'ai tiré parti des entraînements que m'ont dispensés deux « coaches » très concernés par mon avenir.

2

Voilà dix ans que mon père sert dans la marine. Il a atteint le grade le plus élevé pour un officier marinier, qui est celui de premier maître principal. Et il l'a atteint le plus jeune de sa promotion. (Autrement dit : il a fait « le maximum ».) Maintenant il a le choix : ou bien il rempile pour dix ans, ou bien il quitte l'armée en faisant valoir, déjà, son droit à une retraite militaire. Et il peut découvrir autre chose.

Après dix ans, même dans la marine, on a un peu l'impression d'avoir fait le tour de la question. Mon père aimait l'armée, et il aimait sa fonction, mais il avait aussi envie de changer de vie. Avec ses compétences, il pouvait facilement trouver du travail dans diverses industries. Il s'est trouvé une vocation d'ingénieur en sidérurgie et il s'est engagé dans la coopération. Pourquoi la coopération ? Pour voyager pardi !

En 1970, nous partons pour l'Algérie, où il va travailler pendant trois ans à Annaba, l'ancienne Bône de l'Algérie française. J'ai six ans et je découvre le paradis sur terre. Mon père habite constamment avec nous. C'est un changement complet. Mais ma mère reste le pilier inébranlable et la référence absolue de ma vie.

De l'Algérie je ne garde que des souvenirs magnifiques, ou presque. Je n'avais jamais vu tant de lumière, tant de couleurs, tant de fleurs, tant de parfums. Un jardin perpétuel…

Mais, d'abord, nous avons habité dans un building de quinze ou vingt étages, le premier logement que nous avait trouvé la société où travaillait mon père. Nous nous sommes vite rendu compte que la distribution d'eau était plus théorique que réelle. Elle fonctionnait à peu près deux heures par jour, à tout petit débit. Du coup, il fallait aller chercher des jerrycans d'eau dans la montagne, là où coulaient des sources. C'est devenu notre balade du week-end. Une balade pas désagréable, bien au contraire, mais le ton était donné : nous avions quitté le monde de l'abondance.

En France, au début des années soixante-dix, c'était le plein essor de la société de consommation, les premiers supermarchés voyaient le jour, les foyers s'équipaient d'ustensiles et d'équipements ménagers. La machine à laver le linge libérait les femmes. En nous installant en Algérie, nous allions être complètement coupés de ce mouvement. C'était la pénurie à peu près totale pour tous les produits auxquels nous étions habitués. Chercher un yaourt relevait de l'aberration. Pas le moindre bonbon. Et tout à l'avenant. Les magasins d'État étaient généralement vides. Parfois, arrivaient quelques camemberts qui coûtaient cinquante francs de l'époque – une fortune –, et on faisait la queue pour en obtenir. Du vin, il en sortait des milliers de litres d'Algérie chaque année, mais on n'en trouvait pas une seule bouteille dans le pays. Exceptionnellement, la célèbre « cuvée du Président » remplissait un rayon et se vendait très cher.

Donc, il fallait s'adapter, se débrouiller avec les denrées locales. On complétait à l'occasion avec le marché noir, très irrégulier et hors de prix. On rapportait des malles pleines après chaque séjour en France, tous les six mois. Et on devenait inventif. On apprenait à fabriquer du yaourt soi-même, et surtout à consommer différemment. Et lorsqu'un extra atterrissait sur la table, c'était une aubaine qu'on partageait entre copains et qui donnait son véritable sens au luxe. C'était un autre monde, dont les avantages valaient bien quelques sacrifices. On vivait d'ailleurs très bien sans bonbons ou sans camembert. On ne souffrait pas de s'en passer puisqu'on n'en voyait plus. La frustration n'était pas celle d'un enfant en France qui, passant devant les rayons surchargés d'un magasin, n'aurait pas reçu une friandise. Cela n'existait pas, tout simplement.

Quand nous rentrions en France, la différence nous frappait comme un uppercut. Dès le premier jour, nous nous précipitions dans un grand magasin, juste pour nous repaître du spectacle de l'abondance. Je restais fascinée devant le rayon des yaourts, à me demander comment il pouvait y avoir tant de produits ici, alors qu'il n'y avait rien là-bas.

Et encore, il y en avait beaucoup plus pour nous que pour les Algériens, puisque nous avions de l'argent. Là-bas, les enfants avaient faim. La ville était ceinturée de bidonvilles, les « gourbis », où la misère était effrayante.

Seulement, nous vivions entre Français qui formaient le clan des coopérants. Je ne comprenais pas pourquoi on ne voyait jamais les Algériens, puisqu'on venait pour les aider. Je ne pouvais pas savoir quelle était cette fracture entre une Algérie qui essayait de se prendre en mains et des coopérants qui n'étaient plus des colons, mais qui y ressemblaient étrangement. Une méfiance profonde séparait ces deux communautés, qui restaient totalement fermées. Mais, quand on a sept ou huit ans, tout cela vous dépasse. Ce que je voyais, c'était la beauté du pays et la misère des habitants.

Pour mon expérience d'enfant, l'Algérie a été une bénédiction. Et, plus tard, pour ma vision du monde. Un long séjour à l'étranger ouvre l'esprit. Il n'y a pas qu'un mode de vie, pas qu'une mentalité, pas qu'une norme, pas qu'une langue. Faire l'expérience très jeune de ces différences est un privilège.

Que l'eau soit rare et précieuse, par exemple, suffit déjà à faire pénétrer dans un autre monde, avec ses règles et ses routines. La même eau devait servir à plusieurs usages en série, du lavage des légumes à la vaisselle, de la vaisselle au nettoyage, du nettoyage aux toilettes. Ne jamais en perdre une goutte. L'eau à boire devait être désinfectée par des pastilles. Les bouteilles étaient inexistantes ou hors de prix.

Dans ces conditions, on acquiert pour toujours le réflexe de ne jamais laisser un robinet ouvert.

Nous nous sentions hors du temps, non seulement parce que les produits de consommation courante ne parvenaient pas jusqu'à nous, mais aussi parce que les liens culturels se raréfiaient. Plus de journaux, plus de magazines. À la radio, nous arrivions à capter Radio Monte Carlo uniquement, et ma mère écoutait tous les jours Jean-Pierre Foucault et son acolyte Léon. À la télévision, on ne captait que les émissions algériennes (essentiellement militantes) ou les téléfilms égyptiens à l'eau de rose (faciles à suivre sans sous-titres). Un tel isolement encourageait la conversation et les liens sociaux. Sans course au gaspillage, on apprenait à vivre autrement.

Mais quel luxe de grandir au soleil, dans une nature exubérante ! Après le building, nous avons vécu dans des villas, souvent à l'étage, tandis que les propriétaires algériens occupaient le rez-de-chaussée, entouré d'un jardin odorant de jasmin et de bougainvillées. Le mercredi après-midi, nous pouvions profiter de la plage. Le week-end, on poussait au-delà, jusqu'à un littoral où l'on pouvait observer des tortues sauvages. Parfois j'en rapportais une à la maison pour la nourrir de salade avant d'aller la remettre à sa place. En hiver, on partait cueillir des champignons dans la montagne. Le soir, le goût de cette fricassée de girolles ! Moins chères qu'en France.

Ma première école se trouvait dans un site magnifique sur la corniche d'Annaba. Il fallait grimper tout en haut d'une route qui rejoignait le sommet d'une falaise abrupte, surplombant la mer. C'est là qu'était perchée l'école, comme un balcon entre ciel et mer. Pour cour de récréation, un jardin immense, planté de palmiers. C'est l'un des endroits les plus sublimes que j'ai connus, même si l'image est probablement magnifiée par le souvenir.

À l'époque, j'aimais déjà beaucoup l'école, c'est-à-dire le travail scolaire, puisque c'était l'occasion d'apprendre le monde et de briller aux yeux de mes parents. Ils attendaient de moi que je sois une très bonne élève, et je leur donnais toute satisfaction. Je me retirais chaque soir dans ma chambre pour faire mes devoirs sans qu'il faille me tirer par l'oreille. Ce que je supportais beaucoup moins bien, en revanche, c'était de me trouver physiquement séparée de ma mère. Elle me conduisait chaque matin en voiture, et devait me laisser à l'entrée de la cour. Ce moment où je franchissais la grille était un arrachement terrible. Je devais plonger dans un monde effrayant et bruyant où les autres enfants faisaient masse et ne pouvaient que se montrer hostiles. J'avais très peur des autres, qui étaient à nouveau de parfaits inconnus, et je n'avais qu'une hâte : que la journée se termine pour rentrer me réfugier dans les jupes de ma mère. Pendant longtemps, j'ai vécu ma scolarité comme en apnée.

Si j'avais tant de peine à la voir partir, c'est qu'elle aussi avait le cœur brisé de me laisser. Jamais je ne lui ai vu le désir de me pousser vers les autres ou vers l'inconnu, car elle tenait beaucoup à me protéger elle-même. Elle me couvait littéralement, me couvrait de caresses et de baisers, souffrant de me voir m'éloigner d'une semelle. C'était rassurant, momentanément, mais terrible pour la confiance en soi ! Je n'avais évidemment qu'une piètre capacité à me débrouiller et à me défendre toute seule. J'avais peur de tout et je fuyais les autres enfants. Mais je ne pouvais pas en comprendre la raison. Le cocon d'affection qu'elle tissait autour de moi ne me semblait pas suspect, bien au contraire, j'en redemandais, car aussi longtemps que j'étais près d'elle il ne pouvait rien m'arriver. Être surprotégée n'était pas problématique pour moi, du moins pas à l'époque. Même si, parfois, la précision de ses projets pour moi commençait à me gêner. On ne parlait pas encore de carrière ou de garçons, loin de là, mais les conflits commencent toujours par de petits signes anodins qui ne prennent un sens évident que par la suite. On parlait simplement de la nécessité de ranger ma chambre ou du soin à apporter à mes poupées. Je constatais que ma mère avait une idée définitive sur la question, et que je n'avais pas la possibilité d'en développer une autre. Les lois qu'elle avait promulguées stipulaient que ma chambre devait être rangée au cordeau chaque matin. Une discipline épuisante. Mais admettons. Il y avait aussi ceci : dans notre grand appartement nous disposions d'une autre chambre. Elle était destinée, selon son vœu, à abriter mes poupées – ou plutôt celles que ma mère achetait pour moi – non sous la forme d'une salle de jeux, mais pour une exposition permanente. Elles étaient disposées dans un ordre établi, toutes bien droites comme des *i*, et je n'avais pas le droit d'y toucher ! Si j'avais le malheur d'en déplacer une, ma mère s'en apercevait immédiatement et rentrait dans une colère noire. Je m'en tenais donc à ma vraie chambre, où j'avais droit à un léger désordre (mais vraiment léger), tandis que la pièce des poupées était un véritable musée où je n'osais pas mettre le pied. Si j'invitais des amies à la maison, je pouvais tout au plus leur faire admirer la collection en ouvrant la porte, mais elles ont vite compris que ce n'était pas un endroit où il faisait bon s'aventurer.

À l'époque, je m'estimais très malheureuse, évidemment. C'était injuste, incompréhensible, pourquoi m'offrait-elle des poupées tout en m'interdisant d'y toucher ?

Aujourd'hui, je comprends que je n'étais sans doute pas la plus malheureuse de nous deux. Ma mère a commis beaucoup de maladresses, mais c'était faute d'avoir pu surmonter sa détresse. À travers moi, c'était sa propre enfance qu'elle essayait de réparer, c'était une autre petite fille qu'elle essayait de consoler, mais rien n'y suffisait jamais. Elle qui n'avait jamais reçu une seule poupée m'en offrait trois ou quatre par an. Sans compter les autres jouets. Tout son budget y passait. Depuis le premier jour, lorsqu'elle avait voulu vendre leur première voiture pour acheter un landau, tout a été pour moi. Pour moi, et pour combler le puits sans fond de son enfance.

À côté de cela, ou précisément à cause de cela, ma mère était, je l'ai dit, une femme flamboyante. Toujours tirée à quatre épingles, très bien habillée, d'un goût raffiné et très sûr. Elle suivait la mode avec passion et adorait décorer la maison. Elle faisait remarquablement bien la cuisine, même en Algérie où les ressources étaient pourtant limitées. Pour les plats exotiques dont elle avait le secret, en particulier les nems et les soupes chinoises, elle rapportait une valise de denrées chaque fois qu'elle revenait de France. Lorsqu'elle invitait des amis, elle passait deux jours à préparer le menu et la maison avec un soin jaloux. Elle découpait les tomates en forme de fleurs, elle fabriquait de petits paniers avec les œufs durs, elle y passait des heures.

C'était bizarre, d'ailleurs, cette application aux questions domestiques pour une femme qui revendiquait l'émancipation à grands cris. Elle était rebelle, insoumise, presque militante, mais en même temps parfaite femme d'intérieur. Peut-être une contradiction liée à sa jeunesse, encore une fois. Car ce dont elle rêvait profondément, elle ne pourrait pas l'atteindre elle-même. Elle était née ou trop loin ou trop tôt, elle n'avait pas trouvé les bonnes passerelles. Plus question d'être une femme d'affaires, une enseignante ou une artiste. Ces rêves-là, c'est sur ma tête qu'elle allait les reporter. Le domaine domestique, en revanche, c'était toute l'étendue de l'univers qu'elle pouvait atteindre et maîtriser. Elle mettait donc une passion démesurée et maniaque à en faire son chef-d'œuvre. Peut-être pouvait-elle aussi, par ce biais, continuer à compenser tout ce qui lui avait manqué quand elle était enfant. Non seulement les poupées, mais les nappes et les coussins, les objets décoratifs, les couleurs, les saveurs, le sens du beau. Elle cultivait le goût et la diversité pour mieux oublier la fadeur et le dénuement d'un certain petit village de Normandie.

Dans l'une des maisons que nous avons occupées en Algérie, nous disposions d'un jardin. Jardin et soleil. Le paradis absolu pour une gamine. Mon père a transformé un carré de terre en potager. Loisir amusant qui nous permettait d'améliorer l'ordinaire, puisqu'on trouvait si peu de denrées sur le marché, en particulier si peu de légumes. J'ai pris un énorme plaisir à m'en occuper avec lui. On semait des radis, des pommes de terre, des salades, des tomates. Je regardais les plants pousser avec ravissement. Ce n'était pas un grand terrain, juste un appoint, mais quand on pouvait manger une salade du jardin, on s'en délectait comme d'un mets de roi.

Mon père était un grand bricoleur. Enfin, de ces bricoleurs du dimanche qui cultivent des projets grandioses et qui mettent des mois à peaufiner la moindre réalisation concrète. Son domaine réservé, c'était le garage, où il stockait tous ses outils, vis et clous avec un soin méticuleux, et où il ne s'agissait pas de s'aventurer. Même pour ma mère, qui régnait partout dans la maison et lui avait concédé ce territoire libre. Il l'organisait comme il voulait, ce qui semblait se résumer au même genre de rangements qu'elle, sauf que c'étaient ses rangements à lui. Il adorait fabriquer lui-même des systèmes astucieux, pleins de fils et de tuyaux, pour arroser le jardin ou pour capter plus de chaînes à la télé par exemple. En général, il aurait pu adopter un système standard, plus propre et moins compliqué, mais qui l'aurait privé d'un plaisir incomparable: la victoire de l'homme débrouillard sur la matière inerte (autrement dit: le système D). Seule ma mère maugréait parce qu'il avait encore posé des installations disgracieuses en plein milieu du hall ou des parterres de fleurs.

En 1973, nouveau changement, mon père est muté à Dunkerque pour travailler chez Usinor. Nous quittons l'Algérie et emménageons à Bray-Dunes, un petit village vivant de l'usine sidérurgique toute proche, dans un appartement qui donne sur la mer. Mer du Nord. Bord de mer. Froid du Nord. Changement complet d'environnement. Nouvelle école… L'hiver a été froid cette année-là, et au lieu d'aller faire des randonnées dans les dunes brûlantes du désert pendant les vacances, on s'est mis à faire de la luge dans les dunes glacées.

Ma nouvelle école est un choc. Beaucoup plus vieillotte qu'en Algérie. Petits pupitres en bois avec un encrier creusé à même la table. On nous demande d'écrire à la plume. J'ai beaucoup de mal à m'y habituer, il y a des taches partout, je ne supporte pas l'affreux crissement que produit cet engin. Tout ça pour calligraphier sempiternellement et de manière parfaite les mêmes lettres entre les deux mêmes lignes parallèles. Et tout est à l'avenant. L'instituteur porte un tablier gris au-dessus de ses vêtements. Quant à nous, nous devons tous porter la même blouse. La même blouse ! Nous devons porter un uniforme ! Pour ma mère, si originale, quel cauchemar ! Moi aussi je trouve horrible cette assimilation de tout le monde au même modèle, comme dans un bagne. (Je ne comprenais pas encore qu'il s'agissait vertueusement d'éviter toute discrimination sociale, je voyais seulement que tout droit à la différence était interdit.) Cette simple consigne, banale pour tous, nous a fait l'effet d'une monstruosité. Malgré son désir de faciliter ma scolarité, c'était plus que ma mère n'en pouvait supporter. Elle est allée parlementer plusieurs fois avec la direction pour que j'aie le droit de porter une blouse légèrement différente, ou bien d'une autre couleur. Et pourquoi exigerais-je de m'habiller autrement ? Mais parce que je n'étais pas comme les autres ! Sa fille ne pouvait pas être comme les autres, tout comme elle-même n'était pas comme les autres –, c'était depuis sa rébellion d'adolescente son credo et l'axe de toute sa conduite.

La polémique sur la blouse, pour anecdotique qu'elle paraisse (même si aujourd'hui elle est emblématique de certains débats), résume très bien le dilemme devant lequel me mettait ma mère. Elle m'avait tellement bien convaincue des vertus nécessaires de l'originalité et de l'indépendance, j'étais comme elle sincèrement horrifiée et humiliée à l'idée d'un nivellement. Toutefois, en réclamant un autre régime, il était évident que je me mettais au ban de la classe avant même d'avoir une chance de m'y faire accepter. Si je portais des accessoires différents, je me distinguais automatiquement, et se distinguer c'est aussitôt prêter le flanc au commentaire, à la critique, souvent au quolibet et à l'insulte. Cela vaut en toutes choses. Il y a toujours essentiellement deux attitudes : rentrer dans le rang, ni vu ni connu, ou bien se distinguer et braver les jugements. Ma mère avait choisi une fois pour toutes la seconde voie. Pour ma part, je n'avais pas encore de religion bien nette. D'un côté, j'admirais la détermination de ma mère. De l'autre, je craignais par-dessus tout les regards méfiants ou moqueurs. Pour m'intégrer j'aurais voulu être transparente. Je ne possédais pas l'assurance qui permet de se jouer de l'avis des autres. Il n'y a rien de plus conformiste qu'un enfant de neuf ans. Au total, j'étais déchirée entre l'autorité tranquille de ma mère et le désir lancinant de passer inaperçue. Et j'ai commencé à souffrir de son originalité, parce que je la voyais reflétée dans le regard des autres.

À peine était-elle revenue en France qu'elle avait voulu acheter une voiture conforme à ses vœux. Lassée des Peugeot qui seules sillonnaient l'Algérie, elle choisit un coupé sport, une Opel Manta, d'une teinte jaune canari ! Plus voyant, impossible ! Quand j'ai perçu le contraste entre cette mère excentrique dans cette voiture tonitruante et mon milieu scolaire monochrome, je me suis sentie vraiment très mal. Et à mon grand déshonneur, je dois reconnaître que j'étais morte de honte. Parce qu'elle sortait du rang, parce qu'elle affirmait ses goûts, parce qu'elle se fichait des médisants, moi, je tremblais de devenir la risée de l'école. Je l'ai suppliée de ne pas me conduire à l'école dans cet attirail. Ce que j'aurais voulu par-dessus tout alors, c'était une mère normale, une voiture normale, et sans doute une vie normale. Belle démonstration de la puissance du regard des autres. Elle, au contraire, était très fière de son Opel Manta jaune, aimait qu'on la voie. Elle avait besoin de se sentir différente, puisque c'était ça qui lui avait « sauvé » la vie, d'une certaine manière. Et j'imagine très bien sa déception de constater que sa fille se comportait comme une vulgaire petite volaille de batterie.

Mais à cet âge, parfois, la différence est trop lourde à soutenir.

Et à son âge, et à tout âge, cela reste lourd, je suis particulièrement bien placée pour le savoir. Se démarquer, c'est toujours prendre le risque de se faire exclure.

Elle voulait se sentir différente, très bien, mais je ne suis pas sûre qu'elle en évaluait correctement le prix. Car je l'ai vue devenir de plus en plus seule, et de plus en plus malheureuse.

L'autre raison pour laquelle je n'aimais pas me faire remarquer, déjà à dix ans, c'est que j'avais un tempérament contemplatif. Ou comment appeler ça ? J'aimais observer les gens. Pas seulement les gens, d'ailleurs. Les arbres, les animaux, la mer aussi. Mais surtout les gens. Dans la rue, dans le bus, au restaurant, je prenais grand plaisir à rester assise sans rien dire, à regarder et à écouter des inconnus. Transparente vraiment… Il y a quelque chose d'hypnotique dans cette occupation, comme une méditation qui permet de se dissoudre et de s'oublier, de comprendre aussi. D'un côté, je souffrais beaucoup d'être timide, de me sentir tout le temps nouvelle arrivée et mal intégrée, je rêvais en secret d'être la grande amie de tout le monde, mais, de l'autre, le fait d'être mise à l'écart, ou de m'y installer moi-même (je ne savais plus très bien), me permettait ce rôle d'observatrice où je ne manquais pas de satisfactions.

Comment la bataille de la blouse s'est-elle terminée? Sans doute n'a-t-elle pas trouvé d'issue car, six mois plus tard, je repartais pour le Sud avec ma mère. Elle n'aimait pas du tout Bray-Dunes ni son climat et, plutôt que d'attendre la fin de l'année, que mon père ait fini son contrat chez Usinor, elle a préféré prendre les devants et aller s'installer à Port-Barcarès, près de Perpignan, où nous étions déjà venus en vacances. Je terminerais mon année là-bas.

Nouveau déménagement, nouvel environnement, nouvelle école…

Port-Barcarès était un village aussi petit que Bray-Dunes, mais à l'autre extrémité de la carte de France. Le genre d'endroit où les accents locaux vous font d'abord croire à une langue étrangère, et où les mentalités sont fatalement spécifiques, forgées par les particularités régionales. Non que j'aie une dent contre les accents. Au contraire, je les adore et les défends, en particulier l'accent du Nord – mais c'est peut-être parce que j'ai été amoureuse d'un gars du Nord –, et aussi celui du Sud, magnifiquement illustré par mon père catalan.

Tous ces changements ayant aiguisé mes facultés d'adaptation, je n'ai pas eu de problèmes pour réussir mon parcours scolaire dans cette course de relais à travers les écoles. Il faut dire que ma mère veillait au grain. Elle me suivait comme un entraîneur sportif, et plaçait la barre si haut que je me sentais à l'aise dans n'importe quelle école. Nous mettions un point d'honneur toutes les deux à ce que je réussisse haut la main, déménagement ou pas.

Six mois plus tard, nous repartions pour l'Algérie où mon père avait obtenu un nouveau contrat de trois ans, toujours à Annaba. De nouveau le soleil, les couleurs, les saveurs. Ma mère, fanatique de bronzage et de chaleur, se sentait en Algérie comme un chat près du radiateur. On avait moins de luxe matériel, mais on regorgeait de tout le reste.

Cette fois, j'entrais au lycée français, un bâtiment tout en mosaïques bleu et blanc cerné de palmiers. Au bout d'un moment, j'ai commencé à me faire des amis. Enfin une amie, en tout cas. J'ai souvent eu une seule amie à la fois. Elle s'appelait Sylvie D. Comme elle avait deux frères plus âgés, nous fréquentions aussi le groupe qui gravitait autour d'eux, dont nous formions les benjamines. Au début, j'ai eu du mal à m'intégrer, parce que j'étais trop jeune et timide. Je crois que les autres ne me voyaient même pas. Je restais toujours à l'écart avec Sylvie, mais nous suivions les grands partout. Et nous profitions largement de leur « parrainage ».

Ainsi, nous les accompagnions lorsqu'ils partaient camper deux ou trois jours sur la plage. Les parents venaient nous conduire en voiture le vendredi, puis ils nous laissaient entre jeunes pour le week-end, et nous faisions de la musique, du sport, des barbecues, avec nuitées sous les tentes. Je me souviens d'un camp dans un vieux monastère perdu dans la montagne. Nous étions une vingtaine à faire la fête, à jouer de la batterie, sans eau courante ni électricité, éclairant la nuit à la bougie. C'était la vie bénie des enfants de coopérants.

Mais les sorties en toute liberté, pour moi, se limitaient aux activités de ce groupe en qui mes parents avaient confiance. Pour le reste, on me tenait à l'œil. Jamais je ne suis partie en colonie de vacances, parce que ma mère ne voulait pas me laisser avec des inconnus. Les vacances, c'était à trois, parfois en France, ou pour des randonnées dans le désert, souvent en Tunisie. Pour les week-ends ou les pique-niques, toujours à trois.

Mon père vivait avec nous – par la suite il allait s'éloigner encore plus qu'avant. Il passait du temps avec moi, mais nous finissions souvent par nous bagarrer. Lui s'énervait, moi je pleurais… ça n'a jamais été simple entre nous. Peut-être à cause de son absence pendant si longtemps ? Mon père et moi, nous nous cherchions des noises, moi parce que je contestais son autorité, lui parce qu'il ne supportait pas ma contestation et me le faisait savoir vertement. Je craignais ses réprimandes et son jugement, mais ça ne m'empêchait pas de récriminer de plus en plus souvent. Il me traitait de contestataire, mais je continuais à discuter. Je ne supportais pas les contraintes arbitraires. Je ne pouvais pas accepter une règle sans vouloir en connaître la justification. Lui n'avait qu'une réponse : « C'est comme ça et pas autrement ! Ici, c'est moi qui fais la loi ! » Je montais sur mes grands chevaux.

J'étais souvent frustrée dans mes envies de bouger et de vivre, interminablement scotchée à mes études, mais aujourd'hui je vois combien cela m'a servi. J'ai acquis à cette époque une grande capacité de structurer ma vie et mon travail, des outils et des automatismes précieux.

Et puis, je sais que j'ai reçu énormément d'amour et que tout ce qu'ils m'imposaient, c'était pour me permettre d'aller plus loin. Pour ma mère, cela voulait surtout dire : plus loin qu'elle. Elle me répétait sans cesse : « Ne fais surtout pas comme moi. Continue tes études. Décroche un bon diplôme et ne dépends jamais d'un homme. Après, tu feras ce que tu voudras. » Elle souffrait encore d'avoir été limitée dans son parcours. Étouffée dans ses aspirations. Elle s'était juré qu'il ne m'arriverait pas la même chose. Je travaillais donc très dur pour être la meilleure, comme elle le souhaitait de toute son âme. Chaque jour, à mon retour de l'école, je n'avais qu'une seule possibilité : plancher sur mes devoirs. Elle me faisait réciter mes leçons tous les soirs. Et j'avais intérêt à ne pas être en dessous de la barre des 18, sinon c'était le déshonneur. Son barème était invariablement : « le maximum ». Et comme l'idée de la décevoir me tétanisait, j'ai toujours fait en sorte de récolter ce qu'elle attendait.

Dans la mesure où j'obtenais de bons résultats en classe, tout le reste se passait bien, et il y avait beaucoup de moments de détente et de tendresse entre nous. Elle me préparait des pâtisseries pendant des après-midi entières. Avoir une maman qui vous couve, c'est quelque chose d'unique et de magnifique. Et Dieu sait si elle le savait.

Avec mon père aussi, je vivais de beaux moments de complicité, comme lorsqu'on s'occupait du potager, ou bien quand il m'emmenait pêcher le dimanche sur une plage déserte. Il aimait la pêche, et il aimait s'y prendre d'une manière très méthodique et méticuleuse. Moi, je préférais regarder, je pouvais rester des heures à rêver devant la mer, tandis que l'activité du pêcheur me semblait incompréhensible, à la fois trop vide et trop pleine. Quand il voulait m'initier, il me saoulait d'explications sur l'hameçon, et la ligne, et l'appât… que j'oubliais aussitôt. Il voulait toujours faire les choses dans un ordre parfait, alors que j'étais impatiente dans l'action. Il valait mieux que je me contente de regarder l'horizon. Ce qui ne m'empêchait pas d'être très fière quand nous revenions avec du poisson pour le dîner.

On se demandera sans doute pourquoi je m'étends aussi longuement sur mes parents, dans un livre censé éclairer mon parcours professionnel. Ce n'est pas que j'aie l'intention de tout dire, car il y a bien des choses dont je ne parlerai pas. Mais, on l'a compris, s'il y a deux personnes qui ont joué un rôle décisif, c'est bien mon père et ma mère. Ils m'ont permis de me bâtir telle que je suis. Ils m'ont donné dans l'enfance des directions de conduite ou de réflexion sur des sujets qui ont pris forme dans ma carrière. Je parle du rapport à la norme, du regard des autres sur la différence, des choix personnels dans leurs rapports avec le passé, de l'affirmation de la femme, de la quête du couple… qui ont mobilisé notre attention dans le laboratoire de mon enfance.

Et puis, je dois au moins cette forme d'hommage à ma mère, qui s'est tant sacrifiée pour moi qu'elle n'y a pas survécu.

Outre les questions de fond, qui commandent les grandes orientations d'un destin, je pourrais aussi parler de choix beaucoup plus limités et anodins qui cependant forgent un quotidien. De la réserve inépuisable de mon enfance j'ai tiré beaucoup lorsque, plus tard, j'ai concocté des thèmes de débat pour les émissions que j'ai animées. Pour ne prendre qu'un exemple, je pourrais parler longuement des comportements alimentaires, que j'ai beaucoup traités à propos de l'anorexie, de la boulimie ou des régimes. Loin d'être indifférente à ces questions, j'avais au contraire été fortement façonnée par leur impact sur la vie quotidienne, notamment à travers le comportement de ma mère, et en particulier au moment de l'adolescence. J'y reviendrai plus tard.

Douze ans, treize ans, c'était déjà l'époque des premières boums. Un peu tôt peut-être, surtout pour l'époque, mais c'était l'étranger, un milieu protégé, et j'évoluais dans un groupe d'adolescents plus âgés. À quinze ans, seize ans, ils avaient hâte de flirter. Sylvie D. et moi, les benjamines, on se faufilait dans leurs fêtes pour voir comment ils s'y prenaient et rire sous cape.

Tout donnait prétexte à des fêtes, en particulier les approvisionnements occasionnels, lorsqu'une famille revenait de visite en France et rapportait des friandises. Il suffisait d'avoir des barres chocolatées à partager pour être le roi de la fête. Pour les petits Français de métropole, même peu chanceux, un Mars ou un chewing-gum n'étaient pas si précieux. Pour nous, c'était un luxe. On convoquait les copains et on dansait sur les disques vinyles qu'on avait pu rassembler : Rolling Stones et autres Beatles.

Un jour, j'ai réussi à convaincre mes parents d'organiser une boum à la maison, un samedi après-midi. Nous occupions une maison construite sur pilotis (selon les mesures antisismiques), dont le rez-de-chaussée était inoccupé. Un grand espace ouvert parfait pour une fête. Ma mère a passé des jours avec moi à décorer soigneusement la salle, à garnir les tables de bons gâteaux. Au jour dit, mal à l'aise d'imaginer mes parents installés au-dessus de nos têtes pendant qu'on s'amuserait, je leur ai demandé d'aller faire un tour. Ils ont accepté, mais n'ont pu se retenir de rentrer très vite pour contrôler tout ce « chantier », et j'ai passé la moitié du temps à culpabiliser à l'idée qu'ils attendaient la fin du vacarme. Évidemment, la bataille d'œufs inoubliable qui a clôturé la fête a persuadé mes parents que cette boum serait la dernière que j'organiserais. Le gaspillage de la nourriture ajouté au fouillis inextricable ont achevé de les convaincre… surtout dans un contexte de pénurie.

En revanche, j'adorais me rendre chez Sylvie D. Ses parents étaient plus cool que les miens. Ils étaient même très cool. C'étaient des enseignants assez bohèmes. Avec leurs quatre enfants, dont trois fils, ils vivaient dans une magnifique maison donnant sur la plage, l'une de ces anciennes demeures de colons qui avaient été confisquées par l'État et relouées aux coopérants ou aux Algériens riches. La maison était immense, le jardin magnifique, plein de cachettes dont une cabane de Robinson, riche de fleurs, de figuiers, de dattiers… De bruit, de désordre, de liberté…

Le mercredi ou le samedi, on comprend que j'hésitais à faire venir Sylvie chez moi, où il fallait mettre les patins pour entrer dans la maison. Ma mère avait tout le temps un chiffon à la main. La propreté et l'ordre étaient les maîtres mots de sa gestion domestique. Elle avait horreur des enfants turbulents, et si elle apprenait que des amis venaient avec leurs rejetons en bas âge, elle entrait en panique et escamotait tout ce qui pouvait passer à leur portée.

En dehors de mes visites chez Sylvie, j'étais plutôt solitaire. Très solitaire, même. Comme enfant unique d'abord, comme jeune fille timide ensuite, et comme enfant de mes parents. Ils ne me poussaient pas aux invitations tous azimuts. Eux-mêmes avaient assez peu d'amis. Je passais des heures toute seule, à lire et souvent à ne rien faire. J'avais le goût de rêvasser. Rêvasser pouvait m'occuper toute une après-midi, allongée dans ma chambre, sans que j'en ressente le moindre ennui. Je ne pensais à rien, ou je m'imaginais la « maison du bonheur », une maison pleine d'enfants, de rires et d'amis. Alors je refaisais le monde en ressassant les paroles subversives des chansons que j'écoutais.

À l'école, j'étais bien intégrée maintenant, malgré mon côté « bonne élève ». Mais, de plus en plus, l'adolescence venant, j'ai pris le pli de mettre en question ce que nous enseignaient les profs. Je ne voulais pas me satisfaire de ce qu'on nous donnait. Cela me semblait très souvent insuffisant. Je détestais le système d'éducation qui vous demande d'apprendre « bêtement » vos leçons par cœur. Si l'on traitait des lois d'un pays, je ne voulais pas seulement en connaître les principes, je voulais savoir pourquoi elles avaient été édictées, à quel système social et politique elles correspondaient. Je demandais toujours des précisions sur tout, ce qui à la longue me mettait certains profs à dos, lorsque je les avais pris en défaut. Ils en arrivaient alors à l'argument massue : « C'est comme ça et pas autrement ! » Et là je bouillonnais. Cette phrase, je l'avais trop entendue dans la bouche de mon père.

J'ai connu des prises de bec mémorables. Je me souviens d'un professeur d'anglais, un coopérant militaire, avec qui j'étais constamment en conflit. Un jour, je l'ai tellement énervé qu'il a jeté une chaise par-dessus la balustrade. Elle s'est brisée bruyamment dans la grande cour carrée – heureusement vide. J'avais dû contester sa façon de noter les élèves. Les règles arbitraires et la discipline non justifiée, pour moi, étaient les monstres à abattre.

Plus tard, j'ai eu l'occasion de retrouver certains amis de l'époque sur des plateaux de télé. Comme j'avais l'habitude de préparer des surprises pour mes invités, un producteur a eu l'idée de m'en réserver une. Il a convié Sylvie D. et ses parents, vingt-cinq ans après l'Algérie. Dans une autre émission, une bonne partie de la troupe de mes copains a débarqué, ainsi que ma prof de sciences naturelles. C'était mon cours préféré au lycée français d'Annaba, sûrement à cause de la personnalité de cette femme hors du commun. Elle avait son « truc » pour nous motiver : chaque fois qu'on recevait un bon point elle nous donnait une image, au bout de dix images on recevait un livret, et au bout de dix livrets nous avions le droit d'aller goûter un chocolat chaud dans sa jolie maison entourée d'un grand jardin. Elle nous emmenait faire le tour de son domaine très boisé, en nous expliquant avec moult détails les feuilles et les fruits. Cet examen minutieux était un pensum pour beaucoup d'élèves. Moi, j'adorais cela. L'émulation et l'observation, on y revient, convenaient très bien à mon caractère. Il est difficile de faire partager son extase devant un arbre. Devant un bourgeon qui éclôt. C'est peut-être idiot, mais, dès que je m'arrête pour contempler la nature, je ressens très fort ce mouvement inouï de la vie qui nous dépasse.

Pour les vacances d'été, nous retournions en France, à Port-Barcarès. J'y retrouvais chaque année une autre copine,

Chantal, qui était la fille d'une pharmacienne. C'est avec elle que j'ai testé pour la première fois mes talents de journaliste puisque nous avons mis sur pied le projet grandiose d'écrire un journal… pour les habitants du lotissement. Ma tante me l'a rappelé beaucoup plus tard, quand j'ai travaillé dans la presse, et j'ai trouvé étrange que cette anecdote ne soit pas restée gravée dans ma mémoire. Il paraît donc que nous avons rédigé une feuille de chou, reproduite et diffusée par nos soins dans tous les appartements des immeubles du quartier. Des potins, sans aucun doute immortels, destinés à égayer le quotidien des vacanciers ! Symptomatique, peut-être, mais de quoi ? je n'en ai même pas de souvenir.

Ce dont je me souviens, en revanche, c'est de ce rêve secret, une vocation grandiose : je caressais l'espoir de devenir écrivain. Mais cela me semblait si prétentieux que je n'osais en parler à personne. La littérature m'apparaissait, à juste titre, comme un olympe sacré, inaccessible. J'imaginais les écrivains solitaires, enfermés, sombres et incompris, sur le modèle de Baudelaire. Je croyais au destin nécessairement tragique des grands auteurs. À leur âme tourmentée. Et comme je me sentais l'âme tourmentée… n'était-ce pas une correspondance ? Il m'arrivait souvent de me demander : suis-je apte au bonheur ? Je me sentais attirée par les idées anarchistes ou révolutionnaires, par le nihilisme ou l'athéisme… enfin par le questionnement intellectuel et existentiel que connaissent tous les jeunes en révolte.

La lecture étant un passe-temps fort encouragé par ma mère. Elle y voyait un accès privilégié à la culture et aux études supérieures, j'y trouvais un refuge idéal, une évasion permanente.

Mais, si je me sentais introvertie juste comme il fallait pour écrire, je manquais sans doute d'aspirations profondes à l'autodestruction et… des talents nécessaires. En revanche, j'avais une sacrée organisation, et mon spleen s'envolait volontiers, lors des discussions en classe notamment, où je pouvais aussi me montrer très gaie et volubile. Ma mère me désignait toujours comme Jean qui rit et Jean qui pleure, et j'avais bien du mal à décider laquelle j'étais de ces deux personnes. Et aujourd'hui encore.

3

En 1977, mon père reçoit une nouvelle affectation. Mais cette fois nous ne pourrons pas le suivre. Il va travailler sur une plate-forme pétrolière au large du Congo. Ma mère et moi, nous nous installerons à Port-Barcarès, que nous connaissons bien, et je pourrais continuer mes études à Perpignan qui se trouve à une quinzaine de kilomètres. Mes parents achètent donc un petit appartement et on m'inscrit en troisième. Nouveau milieu, nouvelle école.

À treize ans je vis ce retour en France sur un mode un peu irréel. J'ai passé six années en Algérie, où se concentrent la plupart de mes souvenirs. Mes habitudes et mes références sont réglées sur la vie à l'étranger. Quand je retrouve la société française, je ressens un choc brutal, après des années de non-consommation. Les voitures, les grandes surfaces, l'avalanche de produits me dégoûtent. Je me sens déracinée. J'arrive à l'âge où commencent les affres de la puberté, les complexes en tout genre, et je trouve particulièrement difficile de m'intégrer à nouveau. Le tissu local me semble complètement fermé et opaque. Je ne comprends pas les mentalités. Je suis choquée par l'individualisme et le gaspillage. Je ne parviens pas à me situer. Pour les autres élèves, je ressemble moi aussi à une extraterrestre. Nous n'avons pas grand-chose en commun. Les expatriés forment un monde à part que les Français ne connaissent pas du tout. L'Algérie, au collège on ne voyait même pas où c'était. « Et qu'est-ce que tu faisais là-bas ? » me demandait-on, comme si je sortais d'un bagne. On me surnommait l'Algérienne, m'a rappelé mon père.

Port-Barcarès est une petite station balnéaire. Hyperactive en été, très endormie le reste de l'année. Le microcosme des vacances ne m'avait pas permis de rentrer en contact avec la vie réelle en France. Les vacances, c'étaient la plage, les jeux, les glaces, une sorte de bulle artificielle.

Ma timidité ne s'en est pas arrangée. Quand je sortais le mercredi après-midi avec ma mère pour aller faire un tour « en ville », à Perpignan, j'étais si mal dans ma peau que je ne supportais pas de croiser des jeunes et de soutenir leur regard. Quand je voyais un groupe arriver, je changeais de trottoir pour les éviter. Non seulement j'étais aussi timide qu'à cinq ans, mais en plus j'étais complexée, je me trouvais vilaine – un syndrome très répandu à treize ans, mais pas moins douloureux pour autant.

Nous avons donc commencé une nouvelle vie de couple, maman et moi. Cette fois, vraiment monastique. Non seulement nous ne connaissions personne, mais nous ne risquions pas de faire des rencontres, puisque le lotissement où nous habitions était désert en dehors des vacances. Notre appartement était à peu près le seul occupé dans le quartier. Tous mes échanges avec le monde extérieur se résumaient à l'école, et j'ai fini, Dieu merci, par m'y faire une amie, une seule, comme cela commençait à devenir la règle. Elle s'appelait Sylvie L. Seulement, pour ma mère, qui n'avait pas d'autre centre d'intérêt que moi en l'absence de mon père, cette nouvelle amie a été le début d'une ombre qui ne devait plus cesser de grandir entre nous. Elle a compris que j'allais tout doucement m'éloigner d'elle, elle ne voulait pas le reconnaître, elle n'arrivait pas à l'accepter. Elle mettait sa mauvaise humeur sur le compte du mauvais choix que j'avais fait. « Cette fille n'est pas bien pour toi. Tu perds ton temps avec elle. » J'étais offusquée et je défendais vigoureusement mon amie. Ma seule amie ! Je ne pouvais pas comprendre que ma mère aurait probablement agi de la même façon avec n'importe qui. Ce n'était pas Sylvie L. qui ne lui plaisait pas, c'était mon absence le mercredi après-midi. Je m'irritais de l'étroitesse de jugement de ma mère, quand elle souffrait dans sa chair de se voir délaissée. Je protestais en allant m'enfermer dans ma chambre, pour écouter les musiques du moment : Kim Crimson, Yes, Pink Floyd, Caravan, Patti Smith. Je me réfugiais dans mes rêveries très baba cool, imprégnées de musique, de parfum d'encens, de lectures et de cette « maison du bonheur » – mon fantasme récurrent. Ma mère, elle, y voyait une autre forme d'éloignement, puisque je me complaisais dans des goûts qu'elle ne m'avait pas transmis elle-même, et se plaignait du vacarme de tous ces groupes « qui ne ressemblaient à rien », elle qui ne jurait que par Michel Sardou, Elvis Presley et Richard Cocciante.

En dehors de mes rapports avec Sylvie L., nous vivions en autarcie totale, ma mère et moi. Seules dans le quartier, avec la mer pour tout paysage. L'hiver, les lieux étaient balayés par les vents. Le matin, je prenais le bus pour aller à l'école, tout au bout du lotissement, et j'attendais toujours seule, dans le froid. Le trajet de quinze kilomètres durait une heure, le bus s'arrêtant tout le long du chemin pour embarquer des élèves. J'entends encore souffler le vent dans ce décor désert. C'était le mugissement triste et plaintif de la solitude. Je sens encore l'odeur âcre des chauffages électriques lors de ces longues soirées où nous regardions la télé, blotties l'une contre l'autre, un minuscule nid de chaleur au milieu de ce grand vide. Lorsque j'allais chez Sylvie L., je trouvais un peu d'animation en ville, puis je rentrais chez moi et le contraste me frappait.

Ma mère n'avait guère d'amies, à part la coiffeuse du village. Toute sa vie s'organisait comme d'habitude et plus encore autour de moi. Pour s'occuper, elle lisait, faisait des mots croisés. C'est à cette époque qu'elle a commencé à peindre. Mais je ne veux pas dire que l'atmosphère était triste. Tant que j'étais là, elle avait toutes les raisons de vivre. Elle se montrait chaleureuse, affectueuse, on discutait beaucoup et, au fur et à mesure que je grandissais, nos rapports ont pris un tour différent. Nous étions l'une pour l'autre la confidente et la copine de chaque instant. J'étais toujours très dépendante de son avis. Trop…

Même dans ce village déserté et malgré la solitude, ma mère restait la femme flamboyante qu'elle avait toujours été. Elle avait une idée précise de l'image qu'elle voulait donner, et elle se préparait longuement lorsqu'on allait en ville pour faire les courses. Elle était coiffée, maquillée, habillée avec goût, quelles que soient les circonstances. Elle cultivait cette élégance, mais pas pour épater la galerie. Il n'y avait d'ailleurs personne à épater, puisque nous fréquentions si peu de monde. C'était plutôt pour elle, pour l'idée qu'elle se faisait d'elle-même, ou peut-être pour l'idée qu'elle se faisait de la mère que je devais avoir.

De même pour l'appartement. Nous n'y recevions pas grand monde, mais il était aménagé comme un intérieur de magazine. Ma mère avait décidé de travailler sur l'orange, la couleur à la mode du moment, et elle avait tout décliné dans les tons directs ou assortis. Chaque accessoire était pensé en fonction de sa contribution à l'harmonie générale. Les canapés du salon, eux, étaient d'un blanc immaculé qui interdisait de s'y asseoir. Elle préférait s'installer dans la salle à manger et jouir du spectacle, le divan de neige avec sa panoplie de coussins dans tous les dégradés d'orange, qui lui procurait plus de plaisir que le confort d'en profiter. De même, nous possédions un magnifique barbecue en fer forgé algérien, mais les broches étaient accrochées en éventail sur le mur, et il n'était pas question de s'en servir. Tout pour la satisfaction de contempler ce qu'elle avait orchestré.

Il me semble si clair, aujourd'hui, qu'elle continuait obstinément à tenter de réparer l'irréparable, alors que je la croyais en train de me compliquer inutilement la vie.

Une autre de ses obsessions était la nourriture. Ma mère était tétanisée par son poids. Elle se pesait sans arrêt, s'imposait une heure de sport par jour et des séries interminables d'abdominaux. Je l'ai toujours connue au régime, même si cela contrariait cruellement son goût pour la bonne cuisine normande. Chaque écart était compensé par une période d'abstinence alimentaire stricte, allant même jusqu'aux médicaments destinés à couper l'appétit.

Était-ce par une sorte de conditionnement inconscient, j'ai toujours été très mince pendant mon enfance, pour ne pas dire maigre. Je ne mangeais presque rien à table, alors même que ma mère me tyrannisait pour me voir finir mon assiette. Je détestais ces repas trop longs pour moi où il m'était interdit de quitter la table, je picorais quelques bouchées, puis m'ennuyais longuement. Le seul moment que j'adorais était l'heure du goûter où je me ruais sur mon bol de chocolat dans lesquel je vidais un paquet entier de biscuits Petits Bruns (et aucune autre marque!). Mes parents (mon père aussi avait des principes en ce domaine) s'irritaient de me voir dévorer des biscuits et rien d'autre. Pour me faire manger à table, ils me menaçaient de m'obliger à avaler du camembert – à l'époque la simple odeur de ce fromage me retournait le cœur. Malgré cet ultimatum, je m'obstinais à avaler le moins possible, et les disputes étaient quotidiennes.

Ma mère s'inquiétait tellement de ma maigreur et de mes comportements alimentaires qu'un jour elle prit l'avis d'un médecin. Il me prescrivit un médicament destiné à ouvrir l'appétit. Le traitement eut pour effet de me faire tomber de sommeil dès que je rentrais de l'école, et aussi de créer des phases boulimiques, mais uniquement sur certains aliments, lesquels devinrent obsessionnels. Je pouvais avaler dix tartelettes aux pommes que j'achetais en cachette chez une marchande du quartier à Port-Barcarès. Cela m'a d'ailleurs valu une belle intoxication alimentaire, fort contrariante, qui m'empêcha d'aller sur la plage. J'eus ma période yaourts Marronsuiss', puis Nutella par pots entiers, tout en augmentant encore ma ration de biscuits Petits Bruns. En revanche, je ne mangeais toujours pas à table, et pour cause…

À la puberté, coup de théâtre, la donne s'est inversée, je me suis mise à grossir, précisément à l'âge où l'on se sent si facilement complexée. Quelques kilos en plus… je me trouvais difforme, surtout au niveau des joues. J'enviais les filles au visage émacié. Ma mère, pour me consoler, m'assurait qu'elle avait perdu ses joues au moment de sa grossesse. J'avais donc un petit espoir de me trouver plus jolie dans quinze ans ! La vie lui a donné tort : je n'ai pas perdu mes joues après mon accouchement. Aujourd'hui, je me suis décidée à les aimer en me disant qu'elles me donnent l'air jovial. Ma fille est tout aussi bien dotée ; je lui donne souvent, en l'embrassant avec fougue, le surnom de « joues à bisous ».

Sans s'arrêter à ces détails, ma mère s'alarma cette fois de me voir grossir. Après les efforts de toute une vie pour maintenir sa silhouette au plus svelte, elle ne voulait surtout pas d'une fille rondouillette. Elle m'a donc mise au régime. Convaincue de sa sagesse, je l'écoutais, mais, par contrecoup, il m'arrivait de passer par des phases boulimiques irrépressibles, lorsqu'un stress excessif me tenaillait, en période d'examens par exemple. Je profitais des moments où ma mère partait faire des courses pour me river devant la télé à regarder les matches de Roland-Garros en engloutissant tout et n'importe quoi. Le jour de la finale Borg-Pecci, en juin 1979, tandis que j'étais fascinée par la plastique et la fougue du Paraguayen inconnu face à la machine de guerre suédoise, j'ai englouti un poulet entier devant le match. Bien éduqué, le chien de ma mère restait placidement à mes côtés en attendant les os à ronger.

Je réussissais toujours aussi bien au lycée, hormis, comme d'habitude, quelques problèmes avec certains professeurs trop rigides. J'ai notamment été confrontée à un véritable dragon. J'avais choisi allemand en troisième langue. Le professeur, une femme genre caporal-chef, à la voix aiguë empreinte d'un fort accent germanique, frappait sans cesse sur la table avec une baguette. Un vrai cliché sur pattes. Elle nous faisait venir à tour de rôle au tableau pour réciter les déclinaisons par cœur et, à la moindre faute, nous collait un zéro. En cas de protestation : zéro pointé. Je la regardais ébahie, avec le sentiment d'assister à un spectacle préhistorique.

J'étais sa bête noire. Chaque fois qu'elle s'écriait « Mademoiselle Thomas! Au tableau! » ça n'y coupait pas, je refusais d'aller réciter mes déclinaisons. Je ne supportais pas la rigidité mécanique de son mode de fonctionnement. Zéro pointé toute l'année.

Ma propension à la contestation venait peut-être de l'insoumission chronique qu'entretenait ma mère. J'ai déjà dit qu'elle avait, sur la question de la famille et du rôle de la femme, des idées plutôt novatrices, même si elle se trouvait dans la situation conventionnelle d'épouse au foyer. Elle développait aussi des idées critiques sur la société en général, et des réactions violentes devant les injustices, prenant systématiquement la défense de la veuve et de l'orphelin. Le spectacle d'un mendiant dans la rue lui retournait le cœur, elle allait aussitôt lui donner quelque chose. Elle ne supportait pas davantage qu'on maltraite les animaux, un chien abandonné lui faisait monter les larmes aux yeux. On aurait dit qu'elle était en communion primaire et inconditionnelle avec tous ceux qui souffrent. D'ailleurs, aucune de ses rares amies n'était riche, et elle prenait souvent sous son aile des femmes au passé douloureux, comme la petite coiffeuse de Baho, près de Perpignan – où nous irions habiter plus tard –, une jeune apprentie catalane, férue de bals populaires, toujours aux prises avec des problèmes familiaux, sentimentaux et financiers, que ma mère réconfortait comme elle le pouvait.

Si la pauvreté, la solitude, la détresse, l'abandon l'émouvaient, elle ne cherchait pas pour autant à partir en croisade de façon organisée. Ses quelques velléités de bénévolat n'ont jamais abouti. C'était une suffragette à l'échelle de son quartier, ou plutôt de sa maison, et j'étais la seule à assister aux explosions de rage et de douleur que suscitaient chez elle certains spectacles désolants dans la rue où à la télé.

Perpignan est une petite ville agréable dont Salvador Dali a affirmé, avec la démesure et le génie provocateur qui le caractérisent, que sa gare était le centre du monde. Le moins qu'on puisse dire, c'est qu'elle n'a rien de spécial (mais c'était peut-être là tout le sens de la déclaration, prendre le milieu de la moyenne comme étalon de notre planète ?). La place de la Loge, en revanche, mériterait une mention spéciale pour les festivités populaires qui s'y déroulent tous les jeudis d'été. Chacun vient y pratiquer la sardane, une danse locale, prétexte à des réjouissances où toutes les générations et les catégories sociales se retrouvent. Les Catalans, très attachés à leur culture et à leurs traditions, ont pris soin de les rendre quasi inaccessibles à tout étranger : la sardane est une chorégraphie de petits pas très compliquée. Elle se transmet pieusement de génération en génération, comme dans d'autres contrées le secret de la dentelle ou celui de la cornemuse, un peu dans la veine du sirtaki, en plus musclé, avec les bras maintenus en l'air pendant des heures – les résultats doivent être sensiblement égaux à ceux de l'aérobic.

Cette place est également le rendez-vous préféré des jeunes avec les deux cafés qui s'y font face, le café de la Bourse et le café de France – lequel fut transformé en fast-food lorsque j'étais collégienne, avant de reprendre ses droits. Dans les rues attenantes, aux terrasses des restaurants en enfilade, les effluves de cuisine du Sud flottent longuement sous les parasols et les auvents des gargotes.

J'adorais flâner dans le centre historique, le long de la Basse, un affluent de la Têt, dont les deux rives étaient fleuries de lauriers-roses et de calas rouges et orange, jusqu'au pont, à la place et au grand café magnifique cerné de palmiers qui me rappelaient tant l'Algérie.

Après l'école, j'aimais traîner avec ma copine Sylvie L. dans le haut de la ville, où régnait une ambiance très espagnole entre les maisons étroites et les ruelles ombragées, encombrées d'étals d'olives, d'épices, et de spécialités catalanes comme les beignets nommés « rousquilles » ou la fameuse « boutifare », un boudin noir local. Mais j'adorais plus que tout m'arrêter de longs moments dans l'imposante cathédrale Saint-Jean.

Célèbre pour ses concerts de carillons, on peut y respirer l'odeur de l'encens et admirer les vitraux dans la sérénité et la fraîcheur de la pierre, les jours d'été. Je venais souvent y méditer longuement, tout comme je rêvassais longuement dans ma chambre, invoquant Dieu à tout hasard et en secret pour régler mes soucis d'adolescente tourmentée et voir plus clair dans un destin qui me semblait indéchiffrable. J'étais impressionnée par la ferveur et le décorum des cérémonies religieuses, moi qu'on avait tenue à l'écart de toute éducation catholique – ma mère étant bien sûr rebelle à la religion, qu'elle considérait comme de l'aliénation intellectuelle. Seule exception à la règle : elle avait accepté de me faire baptiser parce que, à Périgueux, une vieille du quartier lui avait assuré que, sinon, le malheur serait sur moi…

Après un an de vie « de couple » avec ma mère, l'été arrivait, mon père rentrait pour les vacances, en même temps qu'une foule de touristes, et la vie changeait complètement. Soudain, on bougeait, on voyait du monde. Sylvie D. revenait d'Algérie et me rendait visite. Mes parents avaient acheté un petit bateau à moteur, qui nous permettait d'aller faire des pique-niques sur les îles de l'étang de Leucate. Plus tard, ils ont troqué le bateau à moteur contre un voilier, et nous avons eu le privilège incroyable, mes copines et moi, de pouvoir y installer nos quartiers nocturnes. Plutôt que de loger à la maison, on dormait sur le bateau amarré au port, à une condition. Chaque matin, mon père et ma mère venaient nous voir à huit heures trente précises, la glacière remplie de provisions, et ils inspectaient l'état du bateau. Tout devait être rangé impeccablement et briller comme un sou neuf. Et quand mes parents disaient « rangé », cela ne souffrait aucune interprétation. Concrètement, cela nous obligeait à nous lever deux heures plus tôt. C'était le prix à payer pour faire du camping sur la mer. Malgré cette contrainte militaire, on ne se privait pas de sortir le soir dans les cafés du port, mais dans les limites du raisonnable. Nous étions des filles sérieuses, bien élevées, et cela nous semblait tout naturel de ne pas faire n'importe quoi. Quand on rentrait sur le bateau, on se couchait sur la plage arrière, à la belle étoile. C'était le plus beau moment de la nuit. Les bruits du port s'estompaient peu à peu, comme si on avait tourné tout doucement le bouton du volume, et bientôt il ne restait plus que le bruit métallique de la drisse contre le mât. On se gavait du calme et des étoiles. Vers quatre ou cinq heures du matin, réveillées par le froid et l'humidité, on rentrait dans la cabine. Deux heures plus tard, on se levait pour faire le ménage.

Le jour, on faisait de belles balades en mer. Mais elles donnaient lieu à de fréquentes frictions. Mon père, autodidacte en matière de voile, avait fait son éducation en potassant le livre des Glénants, la bible de tout marin qui se respecte. De mon côté, j'avais suivi un stage de voile à Saint-Cyprien, et j'estimais avoir l'expérience et la pratique en plus. On se disputait régulièrement le contrôle du bateau. Sylvie L., qui nous accompagnait parfois, affichait, elle, du haut de ses quinze ans, une assurance de véritable marin, car elle avait, comme on dit dans le milieu nautique, « fait les Glénants », le must des stages de voile en Bretagne. Un jour, nous avons tellement insisté toutes les deux pour obtenir la barre que mon père a fini par capituler. Bien entendu, c'est toujours à ce moment-là, quand vous voulez faire vos preuves et passer l'examen haut la main, qu'un incident peut effacer en une seconde des mois d'efforts. Au début, tout allait bien. On manœuvrait de façon très convaincante. Puis la tramontane s'est levée. On maîtrisait la situation. Puis… je ne sais pas ce qui s'est passé. Un coup de vent ? Un problème technique ? Une mauvaise coordination ? C'est Sylvie qui tenait la barre, et tout à coup il y a eu un bruit, un craquement sec : le pied de mât était cassé, fendu sur toute sa longueur. Nous sommes rentrés à bon port. L'avarie n'était pas si grave, mais j'étais tétanisée.

Je crois pouvoir dire que mon père ne s'en est jamais remis. Et que jamais je n'ai pu reconstituer mon capital de confiance à ses yeux… du moins pour ce qui concerne le pilotage des machines. Ce bateau, bien sûr, plus jamais je n'ai pu y toucher. Et désormais mon père vivrait dans la conviction permanente que je n'étais pas à la hauteur et que l'on ne pouvait pas me faire confiance sur toutes les questions techniques.

Faites un coup d'éclat, dans l'exploit comme dans l'échec, et on vous le gardera en compte toute votre vie. C'est l'effet pernicieux des émotions trop fortes. Elles sont ineffaçables. À dater de ce jour, j'ai toujours eu l'impression que mon père m'a regardée comme une écervelée à qui on ne peut se fier.

Un autre épisode malheureux a joué contre moi. Environ dix ans plus tard, après le décès de ma mère, alors que je séjournais dans la maison de Baho avec mon petit ami pendant les vacances, j'ai voulu nettoyer la piscine de notre jardin. J'ai commencé par la vider. Il s'est aussitôt produit un curieux phénomène : nous avons vu une grosse bulle d'eau se former sous le fond et le soulever en gonflant. J'ignorais que ce type de piscine en résine ne supporte pas la pression de la nappe phréatique et qu'il ne faut pas la vidanger. La bulle gonflait, gonflait, et menaçait de casser la coque. J'ai aussitôt commencé à remettre de l'eau, mais trop tard. J'avais commis l'irréparable : une grande fissure courait tout le long de la paroi. Je suis repartie sans rien oser dire à mon père. En rentrant de voyage, il a découvert immédiatement mes méfaits. J'ai eu droit à une terrible engueulade, d'autant plus terrible que, comme il le dit aujourd'hui, « Toi, tu te fichais qu'on t'engueule », et que cela redoublait sa colère.

Aujourd'hui encore, j'ai toutes les peines du monde à le convaincre de me confier quoi que ce soit de matériel. Quand je suis allée lui présenter Christophe, il y a six ans, nous sommes descendus dans le Sud en avion et il est venu nous chercher dans sa Citroën AX, antédiluvienne, mais à laquelle il tenait comme à la prunelle de ses yeux. Le lendemain, je lui ai demandé de me prêter sa voiture pour faire un tour. La croix et la bannière, j'ai vraiment cru que j'allais devoir en louer une. Finalement, il s'est résigné à me la confier, non sans me répéter mille recommandations. Et voilà que, au retour de notre balade, vers deux heures du matin, les freins se bloquent et la voiture pile sur place. Nous avons dû faire cinq kilomètres à pied en pleine nuit pour rentrer à la maison. J'étais sûre que mon père allait me passer un terrible savon, et c'est bien ce qu'il a fait, sans même tempérer le ton, devant Christophe. Sa chère voiture qu'il ne voulait pas me prêter, j'avais réussi à la démolir du premier coup. Un examen au garage a mis en évidence une panne technique due au mauvais état de la voiture. Loin d'être coupable d'avoir brusqué cette pauvre mécanique, j'en étais la victime – nous aurions pu avoir un accident grave à cause de cette vieille guimbarde défaillante. Il a fini par le reconnaître.

Mon père n'était pas qu'une figure autoritaire, heureusement. En dehors de quelques moments de crise, il pouvait être très drôle et prendre plaisir à faire le pitre. Je le vois encore, sur ce même voilier, s'activer à faire une lessive dans un seau, en pastichant la vieille publicité pour Vizir. Ou à Port-Barcarès, écroulé de rire, sortant d'une épicerie dont il avait mouché la tenancière. Nous prenant pour des touristes, elle avait lancé à son mari, en catalan, de doubler le prix de la salade. Mon père, d'origine catalane, parlait très bien la langue et l'avait remise à sa place, en la faisant rougir de honte.

Il pouvait se montrer héroïque aussi. Un jour, nous étions sur la terrasse de l'appartement avec ma mère et ma tante, qui était en visite. Il y avait beaucoup de vent et la mer était très agitée, avec de gros rouleaux. Le drapeau rouge était hissé. Ma tante, qui scrute la plage avec des jumelles, s'exclame : « C'est quand même dingue, avec un temps pareil, voilà quatre inconscients qui sont partis nager. » Rapidement, elle comprend qu'ils sont en difficulté et ne parviennent plus à rentrer. « Mais ils vont se noyer ! » Un moment plus tard, elle s'écrie : « Mais qui est ce con qui se jette à l'eau pour les sauver ! » On écarquille les yeux à côté d'elle, mais en vain. Puis elle murmure : « Mais… j'ai l'impression de le connaître. » Un moment plus tard : « Est-ce que… par hasard… ce ne serait pas ton père ? »

Nous nous sommes ruées sur la plage. C'était bien mon père, qui s'était jeté dans les vagues pour sauver quatre personnes. De la folie pure. Il y avait au moins cent personnes amassées sur le rivage, et pas une n'avait pris le risque de le suivre. Tout le monde attendait les CRS. Ils sont arrivés en dinghy et se sont lancés à la rescousse. Cinq minutes plus tard, le dinghy se retournait. L'un des sauveteurs n'arrivait pas à remonter – un naufragé de plus à secourir. Pendant ce temps, mon père nageait toujours pour maintenir hors de l'eau ces malheureux qui se débattaient. Les CRS peinaient aussi pour récupérer aussi leur homme. Enfin ils ont remis le cap au large et ont pu atteindre les victimes. Ils les ont chargées sur le canot un par un et sont revenus épuisés vers le rivage… en oubliant mon père. Pensez-vous qu'il y en aurait eu un pour secourir le secouriste ? Mon père nageait en sens inverse maintenant, et il était au bord de l'épuisement. Il a fallu que j'aille leur crier dans les oreilles : « Allez le chercher, c'est mon père ! » pour qu'ils s'avisent de sa présence. Pour un peu, il aurait été le seul à se noyer !

Ce n'était pas la première fois qu'il se sentait investi d'une mission de sauveteur. Déjà, à Bray-Dunes, un jour de grosse houle, il s'était jeté à l'eau parce qu'il avait vu quelque chose de bizarre flotter au loin. Hélas, tout ce qu'il a pu ramener au rivage était un corps sans vie. Je ne l'en admirai pas moins pour son intrépidité…

Le dimanche matin, toujours pendant les vacances à Port-Barcarès, mon père m'emmenait avec lui dans un bar-tabac où je jouais au flipper pendant qu'il faisait un tiercé et buvait un café. J'aimais ce moment de complicité tout simple. J'étais fière d'être vue avec lui, moi qui étais privée de père pendant toute l'année. Lui aussi était fier de moi. À quatorze ans, je n'étais plus une enfant, j'étais devenue une jeune fille très mignonne – du moins, c'est ce qu'il ne cessait de répéter à qui voulait l'entendre. Pourtant, je me trouvais affreuse. Et il suffisait qu'un garçon de l'école fasse une remarque sur mes taches de rousseur pour que je m'estime monstrueuse. Quant à mes cheveux, je ne savais plus quoi en faire. À ce sujet, il faut que j'en revienne une fois de plus à ma mère.

Reportons-nous à sa jeunesse en Normandie. Comme toutes les jeunes filles, elle porte les cheveux longs, et elle regrette qu'ils ne soient pas blonds. Elle ressemblait plus à une Espagnole ou à une Italienne du Sud qu'à une fille du cru, de même que sa mère et sa sœur d'ailleurs, brunes aux cheveux curieusement crépus. Quand elle quitta sa famille, son premier geste d'émancipation fut de relever sa crinière en chignon choucroute, ce qui mettait en valeur son port de tête et ne fut pas pour rien dans l'effet exercé sur mon père lors d'un certain bal à Périgueux. Plus tard, quand j'étais petite, elle poussa plus loin l'émancipation et se fit teindre en blond. De ce jour, plus personne ne sut jamais qu'elle était brune. Elle devint même de plus en plus blonde, les longues stations au soleil accentuant la décoloration. À l'époque où nous habitions Port-Barcarès, elle était plus blanche que blonde, ce qui, pour une femme de trente-cinq ans, ajoutait à son allure sophistiquée. Mais moi aussi, qui suis née châtain foncé comme elle, elle m'aurait voulue blonde façon suédoise. Dès mon plus jeune âge elle noya mes cheveux de bains éclaircissants à la camomille puis d'eau oxygénée, si bien qu'à dix ou douze ans j'étais blonde comme les blés. C'était peut-être mignon, mais ce n'était pas moi, et pour une enfant, il est assez étrange de se sentir ainsi « transformée », quand ce genre de pratique n'a encore cours chez aucun des autres jeunes de son entourage. Et, lorsque la puberté commence, que tous les malaises s'accentuent, cela devient carrément problématique. À quatorze ans, âge de toutes les contestations, j'ai pris mon courage à deux mains et je suis allée chez un coiffeur en lui demandant de me faire noir corbeau. Ça ne pouvait pas passer inaperçu! J'ai eu droit au désespoir de ma mère, à la stupéfaction de ma classe et aux regards critiques. En voulant être moi-même, je m'étais singularisée. Il me fallut de longs efforts pour oublier ma période blonde, la couleur noire s'échappait au lavage et le cheveu décoloré apparaissait à nouveau. J'ai dû me teindre pendant des mois avant de retrouver ma couleur naturelle.

Avec ce changement radical, j'espérais sans doute améliorer la piètre image que j'avais de moi en me rapprochant d'un certain naturel. Mais le bénéfice n'était pas évident, puisque je m'étais ainsi éloignée d'un canon de beauté reconnu. Les hommes ne préfèrent-ils pas les blondes ?

J'étais passée dans le mauvais camp si je voulais trouver l'âme sœur !

D'autant que je n'avais pas connu jusque-là de francs succès. Ma vie amoureuse était encore toute située dans le domaine du théorique, si l'on excepte quelques bégaiements maladroits. Deux tentatives échouées et décevantes, dans la bande de copains en Algérie, au terme desquelles j'avais continué à camper sur la seule position raisonnable : l'expectative.

En Algérie donc, petite dernière de la troupe, je ne songeais même pas que j'aurais pu intéresser les garçons, qui, en effet, ne s'intéressaient pas à moi, non seulement parce que j'étais trop jeune, mais aussi parce que j'étais connue pour ne penser qu'aux études. Fatalement, à force de bûcher, on se fait une réputation de bûcheuse. Au-delà de ça, je me trouvais très peu attirante et il me semblait bien normal que tout le monde soit de cet avis. Un jour, une fille de la bande m'informe de l'intérêt que me porte un certain Pascal. Dans les groupes de jeunes, les messages transitent souvent par un intermédiaire, au terme de conciliabules agités, voire de complots caractérisés. Voyant que j'avais un œil sur ce beau garçon (c'était de fait le tombeur de toutes les filles), ma copine était partie négocier avec lui sans m'en parler.

Elle revient m'expliquer que j'ai un ticket pour un slow avec lui dans dix minutes. Instantanément je sens mes muscles s'atrophier et mes poumons entrer en palpitation. Qu'est-ce qu'elle est allée lui dire ? Dans quoi me suis-je fourrée ? Me voilà tétanisée comme un rat en cage, et totalement ridiculisée. Ce n'est pas de mon âge et pas pour mon genre. J'aurais mieux fait de ne jamais porter les yeux sur lui. Là-dessus, il vient m'inviter (ah, ce n'était donc pas une blague !), et je pars danser ce slow.

J'ai dansé un grand nombre de slows dans ma vie, mais celui-là, comme déroute, je n'ai jamais réussi à l'oublier. Contrairement à lui.

Je l'ai revu sur un plateau de télé vingt ans plus tard, quand la bande de copains d'Algérie a débarqué dans une émission, et il a ouvert des yeux ronds lorsque je lui ai rappelé l'histoire. Comme quoi ce qui vous mortifie à vie peut n'avoir même pas effleuré la conscience de votre tourmenteur. Venons-en aux faits. Nous dansions donc lorsque Pascal s'est écarté de moi comme s'il voulait me parler. Il continuait à danser en me fixant. Et là, je n'en crois pas mes yeux, en se rapprochant de moi, il ouvre la bouche toute grande, genre hippopotame qui bâille, et il se met à faire de grands moulinets en l'air avec sa langue. Pétrifiée, je ne comprends rien. Est-ce comme ça qu'on doit commencer un baiser avec la langue ? Serait-ce un style très personnel ? Ou est-il en train de se payer ma tête de petite gourde sans expérience ? Je ne l'ai jamais su, et je ne le saurai jamais… En tout cas, sans approfondir l'affaire, j'ai pris mes jambes à mon cou… en lui donnant rendez-vous pour l'année suivante.

Je ne connaissais pas les codes, j'étais plus jeune que les autres, je n'avais jamais flirté, et je me sentais mortellement humiliée. Soit il se moquait de moi, soit il ne se moquait pas et je n'avais pas su répondre à un rituel absurde qui me dépassait. Bref, j'étais refroidie.

J'ai risqué une deuxième expérience, toujours en Algérie. Un garçon m'avait fixé rendez-vous. Encore un beau gosse de douze ans, tout blond, style surfeur. Sans doute voulait-il parler, tout simplement. J'ai vite compris qu'il me draguait. Surprise. Angoisse. Décision. Allons-y. (La curiosité, heureusement, l'emporte toujours.) Il m'a roulé un patin, un vrai. J'en suis sortie complètement sonnée (l'effet stupéfiant d'un premier baiser !), persuadée que j'allais me faire tuer par mes parents : je devais porter ma faute comme une marque au fer rouge sur mon visage. Et si ce n'était pas au fer, je devais être bien rouge quand même. Contre toute attente, ils n'ont rien vu. Contre toute attente aussi, le jeune homme qui m'avait initiée à une telle découverte n'est pas devenu mon petit ami. À croire qu'il ne m'avait jamais vue de sa vie. J'étais de nouveau refroidie…

Telle était l'étendue de mon expérience sentimentale et érotique lorsque je suis arrivée à Perpignan. Il ne s'est rien passé pendant un an. Je travaillais, je restais sagement à la maison avec ma mère. J'allais parfois chez Sylvie L. Et la ronde des événements s'arrêtait là. Je ne m'autorisais même pas à penser aux garçons, pour les raisons officielles (celles qu'égrenait ma mère : pense à tes études, c'est la seule chose qui compte, si tu fréquentes des garçons tu te perdras, tu es trop jeune) et d'autres, plus personnelles (j'étais bien trop moche, trop empotée, trop jeune et trop timide pour intéresser qui que ce soit). Et, même en me projetant dans l'avenir, je ne me sentais pas du tout le tempérament d'une vamp en puissance. Les filles qui vont séduire, on le sent tout de suite, même à l'âge ingrat. Je les voyais bien, à l'école, minaudant pour un oui ou pour un non. Moi, je dialoguais inlassablement avec mes profs préférés, et je m'en mettais d'autres à dos avec mes grandes croisades contestataires. Je ne prenais pas le bon chemin. Et je n'étais même plus blonde !

Et pourtant, et pourtant… j'ai rencontré Patrice D. Encore un très beau garçon. Qui avait une mobylette. C'est important, les mobylettes, à quatorze ans !

J'en étais si convaincue que j'avais bataillé pour en obtenir une. Au grand dam de mes parents affolés. Dans un premier temps, j'avais fait ma demande officielle sous un prétexte fallacieux : ce serait plus facile pour aller au lycée. La procédure n'avait rien donné. Trop dangereux, vulgaire, « c'est comme ça » ! Ensuite, j'avais intensifié le siège. Ce n'était pas si cher. Tout le monde en avait. Et je connaissais déjà le modèle. Tous les jeunes avaient soit un Peugeot 103, soit un 104, c'était ce qu'il me fallait. « Ne sois pas comme les autres ! » À force, j'ai fini par obtenir gain de cause. Mes parents m'informèrent qu'ils réservaient l'engin au magasin, nous irions le chercher ensemble. J'étais folle de joie.

Le jour béni arrive, un samedi, je m'embarque avec mes parents vers l'engin de mes rêves, à Perpignan. Au beau milieu du magasin trône un drôle d'engin jaune vif (comme la voiture de ma mère!) équipé de toutes petites roues. Où est ma mobylette? Le temps de comprendre, j'essaie de me recomposer un visage. Ils ne m'ont pas acheté un Peugeot 104. Trop commun, trop banal. Ils ont voulu plus original. Ce machin jaune vif, une machine très sophistiquée, une sorte d'hybride à la pointe du progrès, dont j'ai oublié le nom, ma mère l'avait trouvé génial puisque c'était original. Il valait beaucoup plus cher. C'était à pleurer. Je n'ai pu m'empêcher de faire la tête, et mes parents n'ont eu qu'à déplorer: « Ah! voilà comme tu nous récompenses! »

Cette histoire, c'est un peu le symbole de notre relation. Moi, je rêvais d'avoir une mobylette passe-partout, comme tout le monde, et eux rêvaient pour moi de la plus belle mobylette du monde. Jaune, en plus.

Ils en faisaient trop, mais comment leur en vouloir?

La honte, le lendemain, en arrivant au collège sur ce truc-là! Je l'ai immédiatement repeint en noir, pour la plus grande contrariété de ma mère. Avec le recul, quelle idiotie! Et quel gâchis! Pourquoi ne pouvais-je pas supporter que ce scooter soit jaune? Parce que j'avais quinze ans et que, à quinze ans, tout prend des proportions dramatiques. J'avais assez de mes angoisses et de mes complexes à gérer, pour y ajouter les fantaisies de ma mère.

Depuis que j'ai une fille, je vois les choses différemment. Je comprends l'intention de faire plaisir qui occupait tout entière ma mère. Intention peut-être mal exprimée…

Je suis donc partie sillonner la campagne sur ma machine infernale. Le plus grave de toute l'affaire, finalement, ce n'était ni le modèle ni la couleur, mais les petites roues. Ça ne tenait pas la route. Mais enfin j'avais mon pseudo-scooter. Et, avec mon scooter, je pouvais accepter la proposition du beau Patrice lorsqu'il me demanda de l'accompagner à Perpignan. Je le croyais plutôt branché sur Sylvie L., mais c'était bien à moi qu'il avait fixé rendez-vous. Un samedi de juillet, jour de départ en vacances, nous voilà en route. J'avais omis d'en parler à ma mère. Autant ne pas compliquer les choses. Je dirais que j'avais passé l'après-midi avec Sylvie. Seulement voilà, le beau Patrice roulait à toute vitesse, pour l'épate sans doute. Moi, je m'échinais à le suivre. Ce qui devait arriver arriva : à un carrefour, je ne vois pas la priorité, toute occupée à le suivre. Une voiture me percute et me traîne sur quinze mètres. Heureusement j'avais mis la visière sur mon casque, sinon j'aurais été défigurée. La police arrive et m'emmène à l'hôpital. J'ai un bras cassé. De toute évidence, je ne pourrai pas cacher ça.

Je me souviendrai toute ma vie de cette matinée à l'hôpital. Le service des urgences était surchargé, en cette époque de vacances. J'étais entourée d'éclopés, d'enfants en larmes, de mères qui perdaient du sang. Apocalyptique. Surtout la réaction de mon père au téléphone, que je n'avais jamais entendu s'emporter comme cela.

Le pire, ce n'était pas l'engueulade. Ce n'était pas le plâtre non plus. Le pire, c'était de se dire que mes parents avaient eu raison. Ils m'avaient prévenue. Dès que je désobéissais, voilà ce qui arrivait. De fait, c'était ma première vraie transgression, et on ne pouvait pas dire que j'en sortais très confiante en moi.

Je n'ai pas renoncé à Patrice pour autant. J'étais déjà amoureuse et je ne voulais pas louper mon premier grand amour. Hélas, en fait de grand amour, un mois plus tard, il s'est intéressé à ma meilleure amie, Sylvie L. C'était un don Juan. Et elle, l'amie de tous les instants, la fille que j'adorais, mon seul oxygène dans le monde extérieur, cette sage adolescente aux tresses blondes de fille modèle... elle ne l'a même pas repoussé ! J'ai perdu à la fois mon premier amour et ma meilleure amie, d'une pierre deux coups au cœur.

J'étais anéantie, perdue... et seule comme jamais. Plus qu'avant, parce que j'avais cru ne plus l'être. Avec cet horrible doute lié au jugement de mes parents : ils n'avaient peut-être pas tort, après tout. Cette fille que ma mère critiquait depuis le début venait de me trahir. Cette envie de tomber amoureuse contre laquelle ils m'avaient mise en garde, m'avait anéantie. Tout se confirmait. J'aurais dû rester blottie près d'eux bien au chaud. Mes désirs s'éveillaient, j'avais beau sentir que je devais les suivre, la clairvoyance de mes parents me claquait à la figure. Je pouvais constater par moi-même combien la sanction était dure si je ne prenais pas en compte leur avis.

J'avais quinze ans, et c'était la première fois que je rencontrais clairement ce dilemme, qui allait devenir si crucial : obéir ou partir. Rester à la maison, ou prendre cette mobylette infernale et rouler trop vite. J'avais choisi la transgression parce que j'en avais soif. Mais le bilan de la course m'obligeait à réfléchir et donnait un poids neuf aux opinions émises d'en haut. Cependant, il me restait encore de l'appétit, beaucoup d'appétit. Il fallait juste apprendre. D'accord, le monde était risqué, les gens inattendus, mais si j'avais roulé moins vite ? Peut-être l'expérience aurait-elle été jouable ? J'étais revenue au bercail docilement, mais je n'allais pas y rester toujours. Je serais plus prudente à l'avenir.

En attendant, j'étais très solitaire. Privée du peu de confiance en moi que j'avais gagné. Je me suis calfeutrée dans ma coquille. Quand je m'enfermais dans ma chambre, je fantasmais toujours sur la maison du bonheur. Je voyais une Évelyne épanouie, radieuse, l'amie de tout le monde, qui partageait peines et joies, à l'écoute et à qui on venait spontanément parler. Mais cette confiance-là que l'autre vous accorde, j'ai dû attendre vingt ans pour la connaître. J'ai dû attendre de monter sur les plateaux de télé. À quinze ans, j'étais tellement seule que les autres avaient peur de moi. Je l'ai su plus tard. Ils me croyaient froide, distante, sûre de moi, hautaine. La vérité, c'est que j'avais trop peur d'eux pour oser leur adresser la parole.

4

Après l'Algérie puis le Congo, mon père a été muté à Zelzate, un grand site sidérurgique situé près de Gand, en Belgique. Nous allions donc pouvoir retourner vivre avec lui. Si ce n'est que mon parcours scolaire posait un problème. À Gand, on parle flamand et il n'y avait pas de lycée français. Une seule solution pour moi : repasser la frontière. Autrement dit, il fallait que j'habite seule à Lille.

J'avais quinze ans et demi, j'entrais en première (née en janvier, j'avais six mois d'avance) et mes parents ont fait ce pari incroyable : j'allais vivre comme une étudiante qui revient dans sa famille chaque week-end. Ceux qu'ils informaient de leur décision s'offusquaient : « À quinze ans, la laisser vivre toute seule, mais vous êtes fous ? À cinquante kilomètres d'ici ! Imaginez tout ce qui pourrait lui arriver ? » C'était tout le paradoxe de mes parents, si directifs et sévères, mais prêts à considérer que j'étais capable de prendre mes responsabilités. J'étais toujours très conforme à leurs désirs (à l'exception de cette échappée à mobylette qui m'avait bien dissuadée de récidiver), nous vivions dans une proximité de confiance, et il ne leur a pas paru risqué de miser sur cette confiance. Ils n'y voyaient pas du tout l'octroi d'une liberté injustifiée, c'était seulement le moyen obligé pour assurer mes études.

Et ils n'ont eu aucune raison de s'en repentir, du moins durant deux ans.

Mon premier appartement à Lille consistait en une sorte de long couloir, au rez-de-chaussée d'un immeuble du boulevard Montebello, limité par la porte d'entrée d'un côté, et par une porte vitrée donnant sur la cour à l'autre extrémité. Le quartier n'était pas très sûr, et je tremblais la nuit à cause de cette porte arrière vitrée, aux ombres inquiétantes. Au lycée, je ne connaissais évidemment personne. Autant dire que les premières semaines ont été dures. Je vivais comme une exilée, n'attendant que de revenir dans giron familial le vendredi soir, et me réfugiant toute la semaine dans le travail pour oublier mon malaise.

J'avais tellement peur de retourner dans ce boyau lugubre que mes parents ont fini par chercher un autre appartement. Je me suis retrouvée sous les combles, dans un studio minuscule, mais très chaleureux et agréable, où je me suis sentie enfin à l'abri. J'ai commencé une petite vie de travail et de tâches ménagères, assez bizarre pour une adolescente. Un peu à la façon recluse que j'avais connue avec ma mère à Port-Barcarès. Dans cette grande ville, je reproduisais le modèle avec mes variantes à moi. Nettoyage, rangement, lecture et études. Routines identiques pour les courses, la cuisine, la télé. Je me débrouillais bien, dans ce schéma d'organisation bien huilée.

Le cœur de ce schéma était : étudier, étudier, avant tout étudier. Dans cet environnement inconnu, par hypothèse hostile, où je me sentais perdue, où mes parents me manquaient terriblement, l'étude était un repère fixe comme le phare dans la nuit.

Je restais prompte à critiquer les enseignements, mais j'ai rencontré aussi des professeurs comme j'en rêvais, notamment celle de philo, en terminale. Pour ce cours-là, j'étais toujours exhaltée. Elle posait devant nous, non pas une vérité révélée, mais des questions destinées à nous faire réfléchir. On cherchait à comprendre les données du problème, on prenait le temps de discuter. Kant, Hegel ou Nietzsche… Je raffolais tellement de ses méthodes que j'allais souvent trouver la prof après le cours. Elle semblait apprécier d'avoir une élève si intéressée et nous pouvions passer des heures à refaire le monde. C'est certainement avec elle que j'ai le plus appris pendant ces deux années à Lille.

À la maison, ma mère devait faire face à une toute nouvelle situation. Elle vivait en couple, non plus avec moi, mais avec son mari, et pour la première fois en quinze ans je n'étais plus sous ses yeux quotidiennement. Notre séparation a été éprouvante pour moi, mais certainement plus encore pour elle. Elle passait toute sa semaine à m'attendre.

Pour tuer le temps, elle a privilégié ses deux centres d'intérêt : son chien et la peinture. Le chien, nous l'avions acheté à Port-Barcarès. Un lhassa apso du Tibet, très rare, boule de poils blancs, vrai chien de salon et bête à concours – elle s'appelait Isara de Karacolès, excusez du peu ! C'était moi qui l'avais réclamé au départ, mais il est vite devenu le chien de ma mère. Elle le choyait, le bichonnait, mettait des barrettes sur sa frange et lui faisait porter un manteau et des chaussons l'hiver. Il avait droit à tous les égards, bifteck dans le filet, tout juste s'il ne mangeait pas à table. C'était une teigne, mais elle l'adorait et ce chien faisait la loi. Sans moi, à Gand, elle a reporté sur lui tout, son amour. Plus tard, quand de grosses tensions sont apparues entre nous, lorsque j'ai voulu passer certains week-ends à Lille, par exemple, elle disait volontiers en le caressant qu'elle préférait les bêtes aux humains, parce qu'elles ne vous trahissent jamais. On voit à qui le message était destiné. Par ailleurs, elle consacrait de plus en plus de temps à la peinture. Un rêve d'enfant qu'elle tâchait de réanimer. Armée de chevalet, toiles, couleurs et ouvrages spécialisés pour les autodidactes, avec toute la mélancolie du général qui arrive après la bataille, et songe seulement à ce qu'il aurait pu entreprendre. Plutôt que de regonfler son moral, la peinture l'isolait encore un peu plus. Ses tableaux sont devenus de plus en plus noirs. Je n'ose même pas décrire celui qu'elle fit trois ans plus tard, celui qu'elle appellerait mon portrait.

Elle commençait à souffrir de ne pas avoir de statut professionnel. Elle avait passé quinze ans à m'élever, ce qui n'est pas vraiment ne rien faire. Mais j'allais partir et elle restait sur place, seule et inutile, et je devenais l'ingrate qui la laissait face à elle-même, elle-même et rien ni personne d'autre. Elle a songé à trouver un travail qui lui redonne un rôle. Mais, à près de quarante ans et sans diplôme, elle a vite compris qu'il ne fallait même pas y songer. La société sanctionne durement les femmes qui se sont exclusivement consacrées à leur famille. Elles n'existent pas. On vous écrira, disent-ils, et ils n'écrivent même pas. Après ces déceptions, très aigrie, elle a remusclé d'autant son discours pour moi : « Tu dois être indépendante. Tu dois mener ta barque. Ne t'avise jamais de dépendre d'un homme ou tu es morte. » Elle qui avait vu sa mère réduite à son rôle au foyer, qui en avait été horrifiée au point de fuir la maison, elle n'avait pas su éviter de connaître ce sort. La cage était beaucoup plus belle, mais c'était une prison dorée. Même avec un mari qu'on a choisi et qu'on aime, vient le moment où on découvre les limites de sa liberté et de son identité.

Entre mes parents, je sentais bien que ce n'était plus le grand amour, sans doute à cause de l'humeur dépressive de ma mère. Elle ne se plaisait pas à Gand, non plus. C'était le Nord, et elle aimait le soleil.

Mais nous connaissions encore de bons moments pendant les week-ends. On riait de la croisade de mon père, qui l'occupa pendant des mois. Il s'était installé un nouveau garage de bricoleur, et il se montrait préoccupé… par une taupe dans le jardin. Bientôt il en fut obsédé. Il alla jusqu'à veiller la nuit pour essayer de la surprendre. Il avait tout essayé : la strychnine, le fusil, le gaz… Il m'expliquait comment il mesurait les déplacements de la taupe au centimètre près. La bête fut la plus forte, elle a gagné à l'usure, mais je crois qu'il n'en était pas mécontent : elle lui procurait un dérivatif.

En terminale, j'ai commencé à trouver de moins en moins drôles ces week-ends entre le chien de ma mère et la taupe de mon père. Je pensais à mes copains de Lille, aux activités culturelles que je manquais… Avec le temps, j'avais fait mon nid là-bas. Le retour au bercail m'était moins nécessaire.

En allant vivre seule très tôt, j'ai certainement accéléré le processus de détachement, ainsi que la dépression de ma mère. Le poids de son regard est devenu de plus en plus lourd. Elle voyait tout en noir. Elle me dressait des hommes un tableau triste et cynique : « Ce sont tous des salauds, ils vont profiter de toi, ne leur fais jamais confiance ». Elle n'était plus jamais joyeuse, jamais satisfaite de ce que je lui racontais. Elle me démoralisait. Quant aux garçons, ils n'étaient jamais assez bien pour moi. Elle rêvait que j'épouse un médecin. Pas pour que j'en dépende, bien sûr, je devais faire carrière, mais pour bénéficier du prestige qu'elle attribuait à cette profession. Elle devait se souvenir de celui, bien connu et respecté, de son village de Vire, qui n'était autre que… le père de Michel Drucker. Son frère Jacques allait d'ailleurs à l'école avec Jean, le frère chéri de Michel Drucker. Et la famille Drucker, à Vire, c'était quelque chose. Pour ma mère, il était clair que je méritais le meilleur, et le meilleur, c'était un Drucker, au sommet de la hiérarchie, non pas financière, mais sociale.

Concernant mes études, je me sentais attirée vers les filières littéraires. Mais pour ma mère, cela ne menait à rien. Quel métier aurais-je fait après ça ? La littérature, ce n'était pas sérieux. Elle voulait du concret, du tangible, un métier honorable. Quand on fait médecine, on devient médecin. Quand on étudie la littérature, que devient-on ?

À Lille, mon autonomie grandissait. J'y ai mis le temps mais, au bout d'un an, j'avais quelques copines de classe. Une fille avec qui je suis finalement partie en vacances et dont je reparlerai. Une autre qui vivait déjà en couple alors qu'elle était mineure. Plus tard Sylvie D., revenue d'Algérie avec ses parents pour s'installer à Lille. Nous nous sommes retrouvées avec bonheur, puis je l'ai vue s'éloigner de moi pour une autre amie et j'en ai été profondément meurtrie. Plus tard encore Dominique, qui était atteinte de mucoviscidose et dont je deviendrais très proche.

Et les garçons ? Pas de révélation fracassante… Sinon, en tout et pour tout, deux petits amis pendant ces deux années de lycée. Et encore, très éphémères. Je m'interdisais prudemment toute tentation amoureuse, soutenue par deux convictions fortes : je n'avais rien pour séduire un type normal et mes études comptaient plus que tout.

Et pourtant, le plus beau type du lycée est venu troubler mes bonnes résolutions en me manifestant de l'intérêt.

D'autant plus invraisemblable qu'il était le don Juan de service (encore!). Il apprenait le théâtre (il est devenu comédien par la suite) et il savait construire un baratin. Depuis le début de l'année, je l'avais observé en douce, franchement dégoûtée par ses manœuvres et condescendante à l'égard de ses victimes qui se laissaient embobiner trop facilement. Je ne voulais même pas m'y intéresser, par principe et par souci de ma différence. Mais, un beau jour, il a porté les yeux sur moi, et je me suis mise à paniquer. Pourquoi s'attaquait-il à moi? Pour mon malheur – on parvient toujours à justifier ce qu'on désire sans oser se l'avouer –, je voulus me persuader que s'il m'approchait, moi, la fille sérieuse et solitaire, c'est qu'il en avait assez des petites écervelées. J'ai fini par me convaincre que j'étais l'élue. Élue parce que je n'étais pas comme les autres (ma mère me l'avait tant répété). Voilà pourquoi j'ai suivi un garçon que je faisais mine de mépriser trois jours plus tôt.

Malgré mes préventions, je n'avais jamais été insensible à sa belle plastique. On a beau trouver injuste la répartition des richesses dans le monde, on n'est pas pour autant à l'abri d'en vouloir une part. Un beau garçon est un beau garçon, et j'avais envie d'y goûter, quelle que soit sa moralité. Encore que j'espérais bien être la cause d'une conversion sans retour. On a de ces prétentions à seize ans!

Bref, me voilà partie avec lui, et il n'a pas dû insister beaucoup pour devenir mon premier amant.

J'imagine que la première fois est un moment mémorable pour tout le monde, réussi ou raté. Ou plat. Pour moi, ce fut plutôt plat. Plat mais grandiose comme un saut vers ma libération. Mon cœur battait à grands coups, et je m'en souviens comme si c'était hier.

Ma mère m'avait minutieusement préparée à ma première expérience sexuelle, et aux précautions nécessaires. Non pas qu'elle m'encourageât à sauter le pas, mais elle pensait en toute logique que l'émancipation des femmes commence par une information correcte. Et sous son toit au moins, on en décidait ainsi. J'en savais donc assez, peut-être même trop, lorsque j'ai franchi la porte d'entrée de la maison de famille cossue de mon prétendant, dans la banlieue de Lille, à Marcq-en-Barœul. Ce n'est donc pas au sens technique que j'ai été surprise. Je m'attendais à avoir mal et j'ai eu mal. Je doutais de voir le paradis et je ne l'ai pas vu. Ma surprise fut plutôt pour la suite. Quand, après nous être rajustés, nous sommes sortis de la maison et que je me suis malgré moi sentie si différente, alors que si peu s'était produit. Je savais que tout était d'une banalité affligeante. Je n'avais pas de papillons dans les yeux telle la princesse réveillée par le baiser du prince. Le romantisme benêt avait suffisamment été pourfendu par ma mère. Mais je n'étais plus comme avant. D'une part, je ressentais la satisfaction narcissique d'avoir « séduit » le plus beau mec du lycée. D'autre part, j'avais franchi un cap qui, même si ce n'était pas un exploit, me plaçait dans un nouveau camp, celui des femmes déniaisées (quel mot cruel et juste). La gamine était morte, bonne chose de faite. Curieux mélange de déception, de vanité et de sentiment de liberté que celui qui m'habitait lorsque j'ai franchi le seuil de la maison dans l'autre sens. Je me souviens très clairement de cette image, nous étions en janvier, il faisait froid, tout était englouti sous la neige, les sons étouffés, le tramway fantomatique, et il me semblait que le temps s'arrêtait pour me laisser digérer les impressions contradictoires de ce moment glauque mais jouissif.

En effet, le garçon était un don Juan, et il n'y eut jamais de deuxième fois. Moi qui, flattée d'être invitée chez lui, prenais cela pour un bon signe, je n'ai jamais remis les pieds dans la belle maison de Marcq-en-Barœul. J'avais naïvement cru qu'il était amoureux, ou qu'il n'allait pas tarder à le devenir. Pensez-vous ! Il est aller roucouler ailleurs et j'ai été flouée comme toutes les autres. Ah, je me croyais différente ! Belle leçon. C'était rassurant, tout de même. J'étais beaucoup plus comme tout le monde que je ne l'avais imaginé !

Mais dieu que cela peut faire mal, à seize ans, un garçon qui vous laisse tomber, alors que vous lui avez accordé votre « première fois ». À nouveau seule et déçue après l'exaltation extraordinaire d'un sentiment amoureux naissant. Le sexe ne m'avait pas transportée, mais le sentiment ! Le sentiment, à seize ans, quelle tornade !

Heureusement, il me restait un point de repère dans ce naufrage, mon phare dans la tempête : les études. Et je me suis remise à étudier avec rage.

Il y eut un deuxième épisode sentimental à Lille, à peine moins court, mais abrégé par ma faute cette fois. Pendant les vacances, j'avais pris un job d'étudiante comme stagiaire secrétaire dans l'entreprise gantoise de mon père. Où je me suis fait draguer par un type de vingt-cinq ou vingt-six ans, un vieux, quoi! Mais il était empressé, dévoué, et je voyais poindre en lui un intérêt pour moi que je n'avais pas encore vraiment rencontré chez les autres candidats. J'ai eu envie d'essayer pour voir. C'était un ingénieur en costume-cravate, pas vraiment mon style préféré, mais c'était tout à fait le genre de garçon qui plairait à ma mère. Si je trouvais un petit ami que mes parents pourraient accepter, ce serait toujours ça de gagné. J'ai donc accepté le rapprochement qu'il sollicitait, même si je ne sentais pas surgir en moi l'état de passion caractéristique qui m'avait déjà empoignée – à tort. J'étais plus embarrassée qu'autre chose. Un soir, il est venu de Gand à Lille en voiture rien que pour me voir. Bonne démarche de sa part, décision subversive et clandestine de la mienne, et pourtant, ce soir-là, j'ai encore déchanté. Il avait emporté un gros attaché-case en guise de bagage. Quand il l'a ouvert, j'ai contemplé un paysage surréaliste. Dans des compartiments séparés, retenu par de larges élastiques, se trouvait tout le nécessaire du jeune cadre célibataire propre-sur-lui : ici le pyjama, ici les pantoufles, là les chaussettes et la chemise repassée et pliée pour le lendemain; il n'y manquait que les fixe-chaussettes! J'aurais éclaté de rire si je n'avais pas eu pitié de lui. Il avait fait cent kilomètres pour me voir et je ne pouvais tout de même pas le renvoyer sous prétexte qu'il avait apporté ses pantoufles. J'ai fait bonne figure jusqu'au lendemain matin. Ensuite… eh bien oui, ce n'est pas très reluisant, mais ce fut mon tour de tourner le dos à quelqu'un. Et, pour achever le tout, j'ai eu le malheur d'avouer mon aventure à mon père, qui m'a passé un sacré savon. Un « vieux » de sa société, qui plus est : sacrilège !

Je continuais à travailler beaucoup, comme j'avais toujours travaillé beaucoup. En terminale l'enjeu devenait tel que j'ai failli me rendre malade. Qui a des parents exigeants apprend à se gendarmer lui-même – histoire de courir plus vite que les reproches qui lui filent le train. Quand vous savez que vous n'avez pas le droit à l'erreur, qu'un échec sera pris comme un drame d'envergure nationale, comment vous sentez-vous ? Raide de trouille. À quinze ans, j'étais une parfaite petite bête d'examens, à la fois brillante et constamment paniquée. Lâchée seule à Lille, je n'avais qu'à continuer sur ma lancée. Bien plus que les copines ou même les petits copains, le travail remplissait ma vie, comme une boulimie. Avec l'angoisse de ne pas réussir. Je travaillais sans discontinuer, détestant le principe du bachotage, mais, à l'approche des examens, le stress devenait tel qu'il me fallait plusieurs jours avant de me mettre au boulot, tournant et ressassant l'idée que je n'y arriverais jamais. Surtout en terminale, car le bac représentait mon ticket de survie, la condition *sine qua non* pour rester la fille de mes parents. Si je le manquais, je manquais tout, je perdais leur estime. Ils m'avaient prévenue.

Je me souviens très bien du jour des résultats. Ma mère était restée à la maison car elle était malade. Mon père était venu de Belgique pour m'accompagner, et nous étions tous deux sur les nerfs. Je cherchais fébrilement mon nom sur la liste. Enfin, le voilà. Nous avons sauté de joie. J'avais dix-sept ans et je venais de passer mon bac haut la main, avec mention. Mon père rayonnait de fierté, ce qui était la plus belle de mes récompenses. Il m'a emmenée déjeuner dans une taverne lilloise. Nous étions rarement de sortie ainsi tous les deux. Un orchestre tzigane jouait et il m'a invitée à danser. J'étais aux anges, avec ce père que j'admirais et dont je n'avais pas déçu les espérances.

Pour la suite de mes études, j'avais mes plans. Après moult discussions avec ma prof de philo, elle m'avait décidée à m'inscrire en hypokhâgne. Pour des études littéraires, c'est ce qu'il y a de mieux. Dans le même temps, mon père était muté en Afrique, en Mauritanie cette fois, dans une usine d'extraction et de traitement de minerai de fer magnétique. Ma mère ne voulait pas rester dans le Nord. Nous allions retourner du côté de Perpignan, et je pourrais faire hypokhâgne à Montpellier. Nous allions reformer le couple d'antan. Le stress du bac était passé, l'été arrivait. Tout s'arrangeait bien.

Ou plutôt, tout aurait pu s'arranger pour le mieux, si je n'avais pas fait une rencontre qui allait bouleverser mes plans, ma vie, et celle de mes parents.

C'était un gars du Nord, un fils d'ouvriers. Un chtimi, comme on dit. Il était dans la même année que moi au lycée. Je ne le fréquentais pas car c'était un guindailleur, un bon vivant, le genre de type qui arrive aux examens bille en tête en ayant fait la fête la veille. Et surtout une grande gueule, la langue bien exercée. Tout le contraire de moi. Je ne le trouvais pas bien malin, je veux dire d'adopter un tel comportement. La première fois qu'on s'est parlé, c'était comme par-dessus une balustrade, moi qui prenais les études très au sérieux, lui surtout pas. En deux temps trois mouvements, cela s'est transformé en grand amour, le premier. Je ne sais plus exactement comment. Il suffit parfois d'une conversation, d'une soirée ou d'un slow. Je suis tombée éperdument amoureuse. Lui aussi.

C'était une très mauvaise idée, puisque j'allais quitter la région, et que j'avais prévu de partir en vacances avec une amie de ma classe. Dans sa deux-chevaux, nous devions descendre en Espagne avant que je ne remonte préparer mon déménagement pour Montpellier. Mais tout s'est mis brusquement à vaciller dans ma tête. L'irruption de Dominique dans ma vie changeait tout. Il obtenait d'un coup la première place. Je ne pouvais pas imaginer de mettre en œuvre mes plans sans lui.

Toute pleine de cette nouvelle lumière de l'amour que j'attendais depuis si longtemps, j'ai voulu m'en ouvrir à ma mère, ma confidente. J'ai compris immédiatement qu'elle n'était pas prête à se réjouir avec moi. Pire que ça. Quand elle a appris qu'il était fils d'ouvrier, et allait préparer un BTS, elle est entrée dans une crise terrible. Plus qu'une crise nerveuse, un vrai désespoir. Je ruinais tous ses efforts. J'allais gâcher ma vie. Elle ne m'avait pas élevée pour que je m'amourache d'« un fils de rien ». Or, plus ma mère aspirait à ce que je fasse un beau mariage, plus je m'éloignais de tout embourgeoisement. Dominique m'offrait juste le contraire : de l'insouciance, du rire, de l'action, des amitiés. Quand j'étais avec lui, je me sentais vivante, ce qui, à bien y réfléchir, ne m'était pas encore arrivé. Là, oui, je commençais à entrevoir ce que pouvait être le baiser du prince charmant.

Cette fois, ma certitude était tellement établie que je ne pouvais pas capituler. Je rétorquai à ma mère : « C'est comme ça, je l'aime, tu ne pourras rien y changer ». Voilà le moment précis où, sans le savoir, j'ai signé la première ligne de son arrêt de mort.

Pour l'été, restait ma copine de classe, à qui j'avais promis de l'accompagner en Espagne. Par principe, je ne me dédis jamais quand je me suis engagée, et sûrement pas à une semaine du départ. Nous sommes donc parties comme prévu, la deux-chevaux remplie jusqu'au plafond avec notre matériel de camping et… j'ai pleuré pendant tout le voyage. Impossible de me retenir. La seule idée que chaque kilomètre m'éloignait de Dominique me rendait littéralement malade. C'était incontrôlable. À chacune des pauses, je partais à la recherche d'une cabine téléphonique. Nous sommes arrivées sur la côte espagnole, entre Rosas et Cadaquès, un endroit enchanteur, le paradis des vacanciers, et pourtant je me sentais pieds et poings liés en enfer. Je courais téléphoner six fois par jour pour prendre une goulée d'oxygène, ce qui épuisait notre budget à une allure inquiétante. Ma copine commençait à trouver cela lassant. Au bout de cinq jours, je n'avais visité que les cabines téléphoniques espagnoles, et elle m'a suggéré de rentrer par le premier train. Elle avait rencontré des gens un peu moins neurasthéniques et voulait continuer ses vacances avec eux. J'étais désolée. J'avais vraiment essayé, mais c'était impossible. Le manque m'étouffait.

Quand ma mère m'a vue rentrer à Baho au bout de six jours, elle a compris le danger. Je voulais « monter » à Lille retrouver Dominique. Elle me l'a interdit. Je ne mangeais plus et passais toute la journée enfermée dans ma chambre. Elle déprimait tout autant que moi. Sa fille, sa propre fille, qu'elle avait éduquée dans le culte de l'indépendance, voilà qu'elle se mettait dans des états pareils pour un pauvre garçon, comme la première des midinettes venues. Je la torturais et elle me torturait. Elle ne voulait rien d'autre qu'un coup d'éponge sur cette stupide histoire. Je ne voulais rien d'autre qu'un billet de train pour Lille, pour l'amour, le premier. Mais je ne voulais pas partir sans autorisation, sans son assentiment. Mon premier amour devait être adoubé par ma mère.

Je déteste dissimuler ou mentir. Cela simplifie les choses, mais je ne sais pas cacher mes sentiments. Pour moi, toute solution doit être négociée et juste, chacun devant rechercher le compromis. Je me suis donc lancée dans des discussions interminables pour défendre mon petit ami. Je voulais vraiment la convaincre, qu'elle change d'avis, quelle reconnaisse que ce garçon avait un intérêt, des motifs de me plaire, même sans être médecin ou fils de médecin. Je m'acharnais à expliquer que l'on peut être quelqu'un de bien sans faire de longues études. Ma mère en était le premier exemple. Elle s'emportait : justement parce qu'elle n'avait pas de diplôme, elle savait ce qu'il en coûtait. Elle avait raté sa vie, elle n'était jamais parvenue à devenir quelqu'un, et il n'était pas question que sa fille répète les mêmes erreurs.

Le diplôme était vraiment un sésame sacré pour elle. Rien, absolument rien ne pouvait rivaliser avec lui. Ironie du sort, dans ma vie et jusqu'à aujourd'hui, je ne suis jamais tombée amoureuse que d'hommes qui s'étaient faits tout seuls – comme si je voulais continuer cette discussion avec elle et la persuader qu'elle avait tort.

À force de parlementer et de témoigner de ma déprime, j'ai fini par obtenir mon billet de train vers le 20 juillet. Il me restait un mois pour démarrer ma vie. Car remettre en question le départ pour Montpellier et hypokhâgne, ce n'était même pas la peine d'y penser.

Dominique passait l'été comme intérimaire chez Darty. Pour la rentrée, il était donc inscrit dans un BTS action commerciale. Il ne pouvait pas plus que moi tout quitter et partir à l'autre bout de la France. Ce mois-là était donc le seul cadeau à attendre avant les prochaines vacances, dans le meilleur des cas. Tous les jours, j'allais le chercher à la sortie de son travail, et on ne se lâchait plus d'une semelle. J'étais heureuse comme je ne l'avais jamais été. Il m'aimait autant que je l'aimais, nous planions ensemble sur le même nuage, en lévitation. Il m'a présenté sa famille, et je me suis tout de suite sentie chez moi dans cette culture du Nord. Grâce à eux, j'ai commencé à sentir l'histoire de ce pays, à aimer l'accent, ces rapports simples et chaleureux.

Mais le Sud m'attendait. J'avais déjà mon studio loué dans la rue du Faubourg-Saint-Jaumes, à Montpellier. Mes parents, eux, avaient acheté la maison de Baho, dans les faubourgs de Perpignan. Une petite maison de village à un étage, avec jardin et piscine. Mon père y reviendrait l'été, et moi tous les week-ends. Je suis partie la mort dans l'âme, puisque tout était déjà joué.

5

Je voudrais pouvoir mener tout ce récit avec distance et légèreté, car c'est le seul ton qui convienne quand on s'étend sur soi-même.

Mais pour les mois, ou plutôt les deux années et demie, qui précèdent le décès de ma mère, c'est impossible. Pour ne pas assombrir ce récit, je vais devoir éluder les moments les plus difficiles.

Ma mère s'est détruite à force de se persuader que je faisais fausse route. Je n'ai pu ni la convaincre du contraire ni l'aider à se recentrer sur elle-même. Elle est morte de chagrin, littéralement, à l'âge de quarante-quatre ans. Depuis, je porte le poids de sa mort sur mes épaules.

Qu'avais-je fait de si grave? J'avais refusé de quitter Dominique. J'étais remontée à Lille pour vivre avec lui. Et j'avais changé d'orientation dans mes études. Bref, je lui échappais pour de bon. Beaucoup penseront qu'il n'y a pas là de quoi se détruire. Mais c'était trop pour elle qui avait tant rêvé sa vie à travers la mienne.

J'aurais pu faire un autre choix. Lui obéir. Et me détruire, moi.

Qui peut dire ce qu'il faut faire devant un tel dilemme ? Il n'y a pas de bon choix. Il n'y a que des dégâts. Quoi qu'on fasse, des dégâts.

Longtemps, je lui en ai voulu de m'avoir imposé sa déception immense, insensée. Puis j'en suis venue à me dire que peut-être, de son côté, elle n'avait pas le choix. Sa vie avait été trop fortement et trop longtemps axée sur moi. Une roue ne peut pas tourner sans son axe. Il aurait fallu qu'elle se protège plus tôt. Il aurait fallu qu'elle pense à elle plus tôt. Il aurait fallu...

Quand j'étais gosse, je ne pouvais pas le voir. Quand j'étais adulte, il était trop tard. Cela ne m'a pas empêchée de me sentir coupable. Infiniment, horriblement et définitivement coupable.

Qu'elle ait fait de son mieux, j'en suis intimement persuadée. Elle ne vivait que pour moi. Et c'est bien là le problème.

Comme il est possible, et presque simple, de décrire une situation impossible à vivre ! Comme il manque le déchirement, l'épuisement, la colère, et aussi l'attachement viscéral qui résiste à tout ! Comme je l'aimais, celle qui ne savait m'aimer qu'en m'aimant trop !

J'ai tout de suite détesté Montpellier. Qu'aurais-je pu apprécier qui fût loin de mon premier amour ? J'étais privée d'un amour dont j'avais besoin pour respirer. J'ai quand même trouvé d'autres raisons. La mentalité en hypokhâgne m'horrifiait. On nous répétait à longueur de journées que nous étions l'« élite » de la nation. On nous entretenait dans le mépris des autres. J'étais entourée de fils et filles de professeurs d'université, très disciplinés, je ne me sentais pas du tout à ma place. Pas dans mon milieu. D'autant moins que je venais de tomber amoureuse d'un tout autre milieu. Je détestais le latin et, en première année, c'était la matière la plus importante. On nous suggérait d'afficher les déclinaisons sur la porte des toilettes pour nous les imprimer dans la tête. Pas du tout ce que je m'imaginais quand je rêvais d'une carrière littéraire. Avant même les premiers partiels, j'avais pris la décision de laisser tomber. En plus, je serais sûrement recalée. Mais je les ai quand même passés, y compris la dissertation de français, par curiosité. Quand j'ai appris que j'avais eu quatorze (un exploit pour une prépa), j'ai compris que je m'étais encore sous-estimée. Mais ma décision était prise. J'allais m'inscrire en fac de droit.

Pour ma mère, ce fut un drame, un de plus. Alors que j'étais dans une grande école, que j'avais fait la preuve de mes capacités, je décidais d'aller en fac de droit. Je devais avoir perdu la tête ! Je ne comprenais pas son raisonnement. Je me fichais, moi, que l'école soit prestigieuse, et la fac trop laxiste. Je voulais choisir une voie qui me corresponde. Et le droit me plaisait parce que j'y cherchais le sens de nos institutions. C'est pourquoi j'ai opté pour le droit public. Tout le champ social et politique m'intéressait. Comprendre sous quel type de régime on vit. Sous quels fondements lois et règlements sont conçus. Je pensais déjà à devenir journaliste, parce que, si l'on s'attache avec passion à comprendre, c'est aussi pour transmettre. Le droit m'ouvrait cette ambition du journalisme social et politique. Sinon, je pourrais toujours devenir avocate.

Chaque week-end, je rentrais à Perpignan, chez ma mère, pour reprendre la même conversation sur mes choix désastreux, amours ou études. Son humeur était de plus en plus taciturne. Elle trouvait contre moi de plus en plus de motifs d'accusation. Ne supportait pas le moindre éloignement supplémentaire. Quand j'allais passer le week-end chez Cathy M., une copine de la fac, j'avais l'impression que ma mère ne s'en remettrait pas. Elle me raccrochait au nez lorsque je l'en informais.

Plus le temps passait, plus je m'installais pourtant dans mes choix. Et je voulais croire qu'elle finirait par me comprendre. Un jour, pendant des congés, Dominique étant descendu dans le Sud, je l'ai invité chez nous. C'était leur première rencontre. Il a fait tout ce qu'il a pu, mais ma mère ne lui a pas donné une seule chance. Elle a prétendu qu'il confirmait tout ce qu'elle pensait de lui. Avec tant de conviction et de détresse que je finissais par douter moi-même. Et si elle avait raison ? Il y aurait eu des précédents ! Si ce type n'était pas fait pour moi, si je m'aveuglais complètement ? Je n'en dormais plus, et elle non plus. La semaine, quand j'étais à Montpellier, elle attendait que je lui téléphone quotidiennement. Chaque fois c'était pour entendre les mêmes reproches : « Tu m'as laissée tomber. » Jour après jour, quelle que soit notre proximité, elle menaçait d'en finir.

Elle sombrait dans la dépression, et j'étais au supplice.

Mes angoisses ont accentué mes crises de boulimie. Depuis ma prise de poids à la puberté, j'étais, à l'image de ma mère, obsédée par ma ligne. Avec les premiers flirts, mes cinq kilos en trop me complexaient à mourir et, vers seize ans, je me servais de la mode baba cool pour camoufler mes supposées rondeurs sous de longues et amples chemises. Mes relations avec ma mère se dégradaient. En rentrant de cours, je passais à la boulangerie m'acheter un pain entier avec deux plaquettes de chocolat suisse et je les engloutissais à peine rentrée dans mon appartement de la rue du Faubourg-Saint-Jaumes. Je le regrettais aussitôt et culpabilisais longuement. Je me mettais à la diète… pour recommencer quelques jours plus tard.

À la fac de droit de Montpellier, il y avait deux amphis. L'amphi A abritait un cours très classique donné par un prof très classique, en robe d'avocat. L'amphi B était réservé à Paul Alliès, un membre de la Ligue communiste révolutionnaire qui donnait une interprétation marxiste du droit. Les révoltés de nature se retrouvaient dans l'amphi B. Je comptais parmi eux, car j'étais curieuse de voir comment il décodait l'appareil social, d'en connaître les rouages grâce à un point de vue différent. Toujours à décrypter ce qui se cache derrière la surface. Allergie aux diktats intellectuels, au politiquement correct, à tous ceux qui prétendent : « C'est comme ça, les faits sont établis comme nous les enseignons, ne vous posez pas de questions. » Rien de plus méprisant selon moi. Autant dire : « Vous êtes des imbéciles, des moutons, contentez-vous de ce qu'on vous donne. » Au contraire…

Paul Alliès était un intellectuel brillant, un orateur qui emportait son auditoire, une sorte de *golden boy* révolutionnaire. J'ai adoré son cours d'un bout à l'autre – même si je n'étais pas toujours d'accord avec ses idées politiques. Et même si, une fois de plus, ma mère en tirait des augures néfastes. « C'en est fini de toi. La fac de droit, c'est vraiment n'importe quoi. » De ce choix aussi je finissais par douter. Aujourd'hui, il m'arrive de me dire que, sur ce coup-là, j'aurais peut-être dû l'écouter, faire un effort, mordre sur mes préjugés et rester en hypokhâgne. Mais, franchement, je m'y sentais vraiment trop mal, alors que j'avais l'impression d'être dans mon élément à la fac.

Dominique venait me voir dans le Sud quand il le pouvait, c'est-à-dire très peu. Pour le reste, nous étions pendus au téléphone. Nous avons décidé que c'était une situation impossible à vivre pendant cinq ans. Puisqu'il n'existait pas de BTS dans son secteur à Montpellier, j'irais m'inscrire à la fac de droit de Lille en deuxième année. Mais je savais que ce serait la fin du monde pour ma mère.

Devant la menace insupportable de ce départ vers le Nord, elle brandit deux arguments massues. Le premier : j'étais une idiote de m'aplatir devant un mec. S'il m'aimait, c'était à lui de se débrouiller pour me rejoindre. J'avais beau lui démontrer que c'était impossible pour des raisons administratives et pratiques, alors que moi je pouvais très bien changer de faculté, elle ne se laissait pas ébranler. Tout son idéal d'indépendance féminine était anéanti si je courais à l'autre bout de la France pour suivre un garçon. Son rêve se brisait en mille morceaux. Pourtant, j'insistais sur le fait que j'étais bien décidée à décrocher mon diplôme et à m'investir dans une vie professionnelle active. Je ne voyais pas en quoi cela m'empêcherait de m'organiser pour vivre avec l'homme que j'aimais. Si elle appelait ça une dépendance, je ne savais pas ce qu'elle appelait « amour ». Peut-on aimer sans dépendre de l'autre du tout ? Même pas sur le plan affectif ? C'était absurde. Mais elle y tenait *mordicus*, sans comprendre, ou peut-être en le sachant trop bien justement, qu'elle-même dépendait de moi au-delà du raisonnable.

Car c'était son second argument, bien plus lourd que le premier. Elle répétait inlassablement : « Si tu pars, je n'y survivrai pas. Son angoisse prenait des proportions incontrôlables. Ce n'était plus la même femme. C'était un vaisseau à la dérive. Elle ne riait plus, ne souriait plus. Elle était absorbée par le malheur, comme aspirée dans un tourbillon morbide, les yeux dans un vide qu'elle seule voyait. Nos coups de fil quotidiens devenaient une torture. Elle me prévenait, mille fois de ce qui allait arriver.

Un jour, mon père m'appela de Mauritanie dans mon appartement de Montpellier. On l'avait averti que ma mère était à l'hôpital. Overdose de barbituriques. Il fallait que j'y aille tout de suite. Il sauterait dans le premier avion pour nous rejoindre.

Quand je suis arrivée dans cette chambre et que j'ai vu ma mère hagarde, j'ai su qu'elle disait vrai : j'étais en train de la tuer. C'est-à-dire : elle était en train de mourir à cause de moi. À cause de moi et malgré moi, je ne voulais que son bonheur. Mais à quel prix ? Quitter le garçon que j'aimais, quitter mes études, suivre le programme dont elle avait rêvé pour moi ? Dans cette alternative, c'était soit elle que je détruisais, soit moi. Le choix était aussi limpide que cruel. Et atrocement douloureux, puisque je l'aimais. Après toutes ces années de symbiose et de complicité, où elle m'avait littéralement portée à bout de bras, où elle était pour moi comme le tronc est à l'arbre, je ne pouvais tout simplement décréter qu'il était temps de partir. J'étais étranglée par la souffrance de la voir si malheureuse et si diminuée, cette femme solaire dont l'éclat aurait dû briller encore longtemps.

Après son « accident », nous avons réussi à la convaincre de se faire soigner. Mais que veut dire « soigner » en cas de dépression grave ? Institution psychiatrique. Elle a été admise en hospitalisation de jour. J'étais en congé, je pouvais la conduire le matin et la rechercher le soir, mon père étant retourné en Mauritanie. Je le sentais complètement démuni devant cette femme qu'il adorait et qui s'enfonçait dans la maladie. Elle ne désirait même pas qu'il revienne vivre auprès d'elle. Elle était définitivement seule. Tous les matins, j'avais le sentiment terrible de la mener à l'abattoir. Par ma faute. C'était horrible de la voir déambuler parmi les « fous ». Je ne voyais pas comment cela pourrait lui faire du bien. Pourtant, après quelques semaines de médicaments, et peut-être justement à cause de l'environnement, elle s'est sentie mieux et s'est déclarée prête à sortir. Elle est retournée chez elle, et moi à Montpellier. Malgré ce cauchemar, je continuais à étudier. Une fois de plus, j'y voyais ma planche de salut. Je m'y consacrais avec d'autant plus de rage que tout semblait s'acharner à me faire lâcher prise. Peut-être voulais-je me prouver que je pouvais réussir dans la voie que je m'étais tracée? Peut-être espérais-je convaincre ma mère que je n'étais pas si mauvaise et que je n'avais pas fait un si mauvais choix? J'ai réussi mon année haut la main. Il n'y eut pas d'expression de joie. Elle n'était pas en état. Elle était prisonnière d'une nasse.

À l'été 1982, je suis partie en vacances avec Dominique en Espagne, avec le projet de poursuivre jusqu'au Portugal. Je téléphonais à ma mère tous les jours pour prendre de ses nouvelles – toujours mauvaises. Le jour où nous sommes arrivés à Lisbonne, elle m'a prévenue d'une voix lasse qu'elle n'en pouvait plu. « Je vais me foutre en l'air si tu ne rentres pas. » C'était ce que je craignais et qui me pendait au-dessus de la tête depuis le départ. Quand je la quittais, je savais que mon temps de bonheur et de liberté était compté, un temps que je lui volais. Impossible, dès lors, d'être totalement heureuse. Que faire quand votre mère est si mal qu'elle veut mourir? Vous rentrez, vous renoncez, vous abdiquez. Je suis restée à ses côtés pour la fin des vacances, renonçant temporairement à ma vie pour la sienne. J'ai dormi sur le sol de ma chambre plutôt que dans le lit, pour me sentir un peu plus proche de l'idée du camping… ou de la prison.

J'ai gardé pour toujours cette sensation d'un temps qui est compté et dont il faut profiter très vite, cette impression que chaque moment de bonheur dont j'ai pu profiter, je l'ai volé. Cette idée que je n'ai pas droit au bonheur m'assaille encore maintenant malgré moi. C'est comme une angoisse, une boule au ventre qui ne me quitte pas. Impossible de connaître la sérénité. D'autant que j'approche aujourd'hui de l'âge où ma mère est morte. Je ne sais pas comment je vais vivre ce tournant. Il m'est impossible de me projeter après. Ce cap, je le sens comme une limite infranchissable. Vais-je aussi m'effondrer? Ou vais-je simplement prendre le relais de ma mère, qui s'éteindra alors vraiment, et me sentir enfin tranquille?

Avec la rentrée s'est posé le problème de la décision à prendre pour l'année à venir. Deux chemins s'ouvraient devant moi, un choix terrifiant. Rester avec elle et me nier. Partir et la tuer. Je suis partie.

6

On a retrouvé ma mère étendue dans sa chambre, morte depuis plusieurs jours, le 23 janvier 1984.

Je lui avais proposé de venir vivre avec nous. Mais il lui était inimaginable de se plier, elle aussi, au « diktat » d'un homme. C'était déjà une honte que j'en sois arrivée là. Très préoccupée de ce qu'elle pouvait devenir, je pensais à elle constamment. Je lui téléphonais tous les jours en me demandant dans quel état j'allais la trouver. Difficile dans ces conditions de commencer une nouvelle vie l'esprit serein.

Un jour, elle a accepté de venir nous rendre visite. Je voulais lui présenter les parents de Dominique, mais les choses se sont très mal passées. C'était le choc de deux mondes, elle qui avait les origines les plus modestes, elle s'était mise sur son trente et un, comme d'habitude, et a joué son personnage de grande dame. Elle n'a pas fait la moindre tentative pour aller vers ces gens simples, qui étaient pourtant tout prêts à l'accueillir. Et, derrière cette façade dédaigneuse, je sentais tellement sa solitude et sa détresse que j'en avais mal au ventre. Je lui avais réservé une chambre dans le plus bel hôtel de la ville, car notre appartement était vraiment très petit et je voulais m'assurer qu'elle serait bien installée. Elle a été humiliée d'être traitée comme une étrangère. Comme si nous ne pouvions plus nous comprendre sur rien. Mais que pouvais-je faire pour elle, si elle ne voulait rien faire elle-même ? Je ne pouvais pas vivre à sa place. Entre-temps, le chien était mort et elle n'avait même plus ce réconfort-là. Lui aussi avait fini par l'abandonner.

Son apparence aussi venait à la trahir. Il y avait, terrible pour elle, le sentiment de commencer à descendre la pente. Elle me disait toujours qu'une femme de quarante ans ne vaut plus rien. Comme elle avait construit beaucoup de son identité sur son image de femme sophistiquée, la perspective de vieillir était une condamnation pour elle. Elle prenait grand soin de son physique, et même de plus en plus, faisant du sport tous les jours, surveillant tout ce qu'elle mangeait, soignant ses cheveux, sa peau et son bronzage, mais les marques du temps ne pouvaient manquer de s'inscrire. Elle se regardait tristement dans le miroir en disant : « Mon corps est encore bien, mais ma tête vieillit. » Je me souviens qu'un jour, au réveil, elle était apparue avec des marques d'oreiller sur la figure et que je m'étais exclamée en riant : « Tu es toute chiffonnée ! » Elle en avait été très vexée. « On ne dit pas ça à une femme de quarante ans. » Pour elle qui vivait dans la hantise des rides, ma remarque devait être cinglante, même s'il s'agissait d'un quiproquo. À dix-huit ans, je n'avais même pas pensé qu'elle pourrait entendre ça comme une allusion à son âge. Maintenant que j'en ai quarante-deux, je vois très bien comme chaque détail peut donner à penser. Quand ma fille me pince le bras et me dit : « Tu as des plis », je sais bien qu'elle ne parle pas de mon âge, mais moi j'y pense quand même, puisque je n'aurais pas tant de plis avec une peau de vingt ans. Et j'y pense d'autant plus que j'ai choisi de vivre avec un homme de dix ans plus jeune que moi.

Après sa visite à Lille, ma mère est rentrée chez elle, et j'ai continué à l'appeler tous les jours. Sauf un soir de janvier, la veille de mon anniversaire, où je lui avais demandé de m'appeler elle-même. Elle ne l'a pas fait. Je n'ai pas bougé. Passer un jour sans parler à ma mère, c'était une chose étrange, anormale, un changement de rythme dans la marche du monde. Je ne savais trop quoi en penser. Ce flottement s'est prolongé le lendemain. Elle n'a pas appelé, et moi non plus. J'étais comme plongée dans une mer de coton, pressentant une catastrophe et n'osant pas la regarder en face. En proie à une sorte de soulagement étrange, et insoutenable. Un peu comme dans un combat épuisant que vous avez mené pendant des heures : juste avant de recevoir le coup final, vous traversez un moment de grâce où tout semble inexplicablement léger. La sentence n'est pas prononcée, et vous n'en portez pas encore le poids, mais le combat s'est arrêté, et vous relevez la tête avec incrédulité. On peut donc vivre sans ça ? Avec cette liberté ?

Dix jours plus tard, la sentence est tombée. Avec tout son poids. Je me trouvais exactement là où je craignais d'arriver.

Je l'avais appelée au bout du septième jour sans nouvelles, et elle n'avait pas répondu. Le lendemain, j'avais joint une voisine qui était allée voir à la porte. La voiture était là, les volets baissés, et la sonnette résonnait sans réponse. J'ai téléphoné à mon père. Il a ordonné de forcer l'entrée. Le voisin a cassé la vitre de ma chambre. Il était beaucoup, beaucoup trop tard.

Elle me désignait comme responsable de son sort. La preuve tangible tient sur une toile qu'elle avait peinte un an auparavant. Le tableau était posé en vue sur le chevalet, dans la pièce où les gendarmes ont découvert son corps inanimé. C'était mon portrait. Elle l'avait repris et entièrement barbouillé de noir. Et fait figurer, au dos, cette dédicace : « À celle qui n'est plus ma fille. »

Le médecin légiste a conclu que le décès était dû à une cause naturelle. Peut-être la cause mécanique était-elle en effet naturelle. Mais nous savions qu'elle faisait suite à une volonté de mourir qui grandissait depuis longtemps. Depuis notre départ de Gand, deux ans et demi plus tôt. À force de l'appeler, la mort avait fini par la rattraper.

Mon père est revenu de Mauritanie. Avant que la cause du décès ne soit établie, il a fallu répondre à des questions sans fin pour l'enquête de gendarmerie. J'ai eu l'impression d'être dépecée vivante lors de ces interrogatoires. Pourquoi fallait-il ajouter ça ? Qu'avais-je fait d'encore plus grave que de me sentir responsable ? Le jour des funérailles, il n'y avait que mon père et moi, je ne suis pas sortie de la voiture pour l'incinération. C'était au-dessus de mes forces. L'inéluctable me tombait dessus. Ne plus jamais pouvoir la convaincre, la faire changer d'avis, me racheter ou prouver quoi que ce soit. Vivre avec cette accusation pour toujours. Assumer ce choix que j'avais fait de ne pas me détruire pour elle.

Comment j'ai redémarré ?

En travaillant.

Bosser est le meilleur moyen de se soigner. Et même là, je continuais à travailler pour elle. Pour ne pas la décevoir, ne serait-ce que dans ma tête. Je me suis abrutie de travail, car cela m'aidait à ne pas penser. Pour me protéger, j'ai fait l'autruche. Me comporter comme si rien ne s'était passé. Repartir au combat, en bon soldat qui vient de voir tomber son meilleur ami. Pour la première fois, j'étais vraiment libre de mes mouvements, et j'en avais le vertige. À vingt ans, l'adulte en moi se révoltait contre tout le mal que ma mère m'avait fait et tout le mal qu'elle s'était fait, contre l'impossibilité qu'il y avait eu à la sauver, contre cette accusation écrite qui me semblait si totalement injuste. Mais la petite fille était encore bien présente, qui se souvenait de la symbiose avec sa mère, de sa tendresse, de ses caresses, de ses attentions permanentes, et qui souffrait terriblement de l'avoir perdue à tout jamais. Au-delà de tous les reproches ne restait que cette évidence : mon Dieu, comme je l'aimais !

Mon père est resté inconsolable pendant dix-sept ans. La maison de Baho est devenue un mausolée à la mémoire de ma mère. Il a fini par se remarier, mais il l'a pleurée très longtemps, restant de longues années sans vouloir faire la moindre rencontre. Il y avait eu entre eux quelque chose de très puissant, une passion qui s'était peut-être engourdie, mais n'en restait pas moins inoubliable. Je pense que ma mère s'est progressivement éloignée de lui parce qu'elle avait ce regret tenace de ne pas avoir « réussi » par elle-même, et ce fantasme obsédant de vivre une autre vie, plus pleine que la sienne. Mais elle avait été très amoureuse de cet homme qui était sa providence et qui avait d'ailleurs tout pour séduire. Quant à l'attachement de mon père… je crois tout simplement que ma mère était quelqu'un d'inoubliable. Ce n'était pas seulement une belle femme, mais une femme qui « dégageait ». Son caractère se voyait dans l'air qui l'entourait. Elle avait du chien. Quand elle passait dans la rue, il était impossible de ne pas la remarquer.

C'était ce qui faisait son être, mais sa difficulté à être aussi. Si vous êtes voyante, les gens vous voient. Vous pouvez leur plaire, mais vous risquez de leur déplaire. C'est l'éternel problème quand on cherche sa place : ou bien vous êtes dans le moule, ou bien vous vous démarquez et vous devenez une cible. J'ai été très marquée par cette alternative. Ma mère avait choisi la voie difficile, peut-être parce que c'était la seule façon possible pour elle de s'affirmer. Et moi, je balançais entre ce modèle et le désir de passer inaperçue. Quand il s'agissait du gris de la blouse d'uniforme, je me rangeais de son côté à elle, car je ne voulais pas rentrer dans le rang. Quand il s'agissait du jaune de la mobylette, je freinais des quatre fers parce que je ne voulais pas souffrir du regard des autres. Jamais je n'ai pu complètement trouver ma voie dans cette recherche. Pourtant, j'ai une conscience très vive des choix à faire. En toutes choses, la société nous enferme dans des moules, des voies moyennes qui nous serviront d'abris. Si vous voulez tenter autre chose, alors vous vous rendez la vie difficile.

J'ai achevé sans encombre mes cinq années d'études de droit en juillet 1986, à l'âge de vingt-deux ans. J'ai tout adoré dans ces études. Le droit n'avait pour moi rien de poussiéreux ni de fastidieux, bien au contraire. Le droit public, en particulier. Je dévorais le droit constitutionnel, le droit international, européen... L'important, c'est de tout replacer dans une cohérence d'ensemble, d'étudier non seulement les textes, mais leur contexte, comment toute cette machinerie s'est mise en place et s'articule. C'est intellectuel et en même temps très concret, puisque cela détermine la vie de la société au jour le jour. On parle du monde réel, celui dans lequel on vit. Tout cela répondait parfaitement à mon goût pour gratter sous le vernis, que j'exerçais depuis toujours. Et cela constitue aussi l'attitude de base de tout journaliste qui se respecte. Depuis le début de la fac, je pensais de plus en plus sérieusement à devenir journaliste. Vers la troisième année, cela a tourné à l'obsession. Je voulais non seulement comprendre ce qui se passait, mais le raconter aux autres. Que ce soit dans la presse ou à la télé, je ne le savais pas encore, mais décoder et transmettre, dans tous les cas. C'était mon but, ma passion, ma mission.

Depuis que j'avais rencontré mon premier amour chtimi, je me sentais comme un poisson dans l'eau dans la culture du Nord. Sa famille était adorable. Ses proches m'ont accueillie à bras ouverts, sans se préoccuper d'où je venais, simplement parce que Dominique m'aimait. J'appréciais leur côté simple, direct, solide, que ne venait pervertir ni l'argent ni le prestige social. On ne se prenait pas la tête, on était droit, généreux, et on s'amusait bien. Je me sentais dix fois mieux avec eux qu'avec les étudiants d'hypokhâgne. Le père travaillait comme ouvrier dans une imprimerie et la famille habitait dans la loge de l'entreprise, pas plus grande qu'une loge de concierge. Avec Dominique, je retrouvais une cellule familiale chaude et unie, moi qui n'avais plus d'autre attache qu'un père en Mauritanie.

Nous vivions enfin ensemble dans un appartement tout petit. Je me souviendrai toujours du grand voyage qui m'a amenée là, à la fin de l'été 1982. Je quittais Montpellier en emportant ce que je pouvais de mes meubles, entassés dans ma 4 L. C'était l'ancienne voiture de mon père, qu'il m'avait donnée après m'avoir appris à conduire. J'ai traversé toute la France avec ce barda, exaltée à l'idée d'aller vers l'amour et la vie, torturée à l'idée d'abandonner ma mère à son sort.

C'est d'elle sans doute que je tiens mon goût pour la décoration, et j'ai réussi à faire quelque chose de notre minuscule *sweet home*. J'adorais chiner dans les brocantes, chercher une bricole pendant des heures, passer du temps à négocier un couteau rare. Je n'aurais manqué pour rien au monde la braderie annuelle de Lille, une institution, le premier dimanche de septembre, où tout le monde vide son grenier. On dormait sur place dans la voiture, pour être sûr d'avoir un bon emplacement sans devoir se lever à quatre heures. À midi, on allait se sustenter à la brasserie *Aux Moules*, où les tas de coquilles grimpaient au fil des heures.

Notre grande évasion avec Dominique, c'était la moto. On partait souvent le week-end à la mer, qui n'était qu'à trois quarts d'heure de route. On allait à Bray-Dunes, où j'avais habité, petite. On mangeait des glaces en regardant les cerfs-volants. Le soir, on zigzaguait dans les embouteillages pour rentrer. On sortait souvent dans les discothèques en Belgique, plus branchées qu'en France, comme tant de Lillois qui vont à Courtrai, Gand ou Bruxelles pour passer la soirée. Au retour de la mer, on passait par les Monts, ces petites collines du plat pays, et on s'arrêtait en route dans des gargotes et estaminets belges dont j'adorais l'ambiance.

Juchée sur la moto, arrimée à Dominique, je me sentais – exceptionnellement – apaisée. L'exaltation de la vitesse, mais surtout un sentiment de liberté nouveau, comme une merveilleuse transgression. Car je savais que cela n'allait pas durer. Dès que je poserais le pied à terre, il faudrait lutter, toujours lutter – contre la culpabilité. Le bonheur de s'abandonner était fugace, mais d'autant plus intense. Je le goûtais avec force.

En vacances, on partait aussi pour de grands circuits. Dominique m'avait fait découvrir le camping et j'adorais ce style de voyage insouciant. Je goûtais une ivresse joyeuse, tout en regrettant amèrement que ces sentiments ne m'aient jamais été permis. Du vivant de ma mère, je me sentais coupable de ne pas être heureuse avec elle, qui ne pouvait pas l'être sans moi – et mon bonheur s'écroulait. Devenait une faute, puisque je la torturais. Mes premières vacances en Espagne avec Dominique avaient été l'exemple extrême de ce bonheur que je n'aurais pas dû me permettre, puisqu'il avait eu pour effet de la pousser au bord du suicide.

Depuis sa mort, mes virées à moto avaient pris une double signification extrêmement contrastée : je pouvais rouler tout mon saoul et m'éloigner en ligne droite sans torturer personne, mais dans cette liberté j'étais toujours ramenée à penser à celle qui en était le contrepoint indissociable – le prix qu'il m'avait fallu payer. Chaque fois que j'enfourchais l'engin, je quittais ma mère à nouveau, m'en libérant et m'y enchaînant de plus belle, mêlant jubilation, transgression et culpabilité en un cocktail infernal.

Mon père à six ans,
à Perpignan.

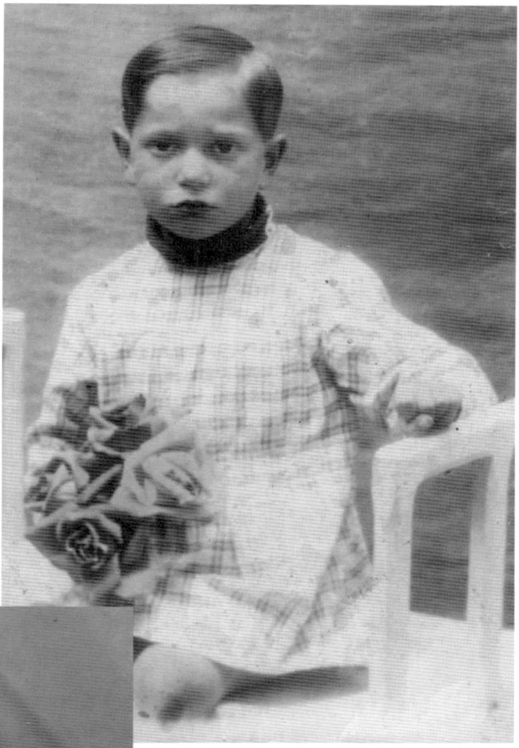

Communion solennelle
de mon père en 1947.

Mon père,
premier Maître mécanicien
en 1964.

En 1966, à Toulon.
L'Équipage
du sous-marin *Junon*,
dont faisait partie mon père.

Sous-marin en surface
dans la baie d'Hyères,
près de Toulon.

Ma mère sur la plage d'Aïn-el-Turck, en Algérie.

Dans un café,
à l'heure de l'apéritif,
à Mers-el-Kebir
(base des sous-marins en Algérie),
près d'Oran.

En 1962, jour de mariage
de mes parents avec les enfants des témoins,
dans leur villa à Aïn-el-Turck.

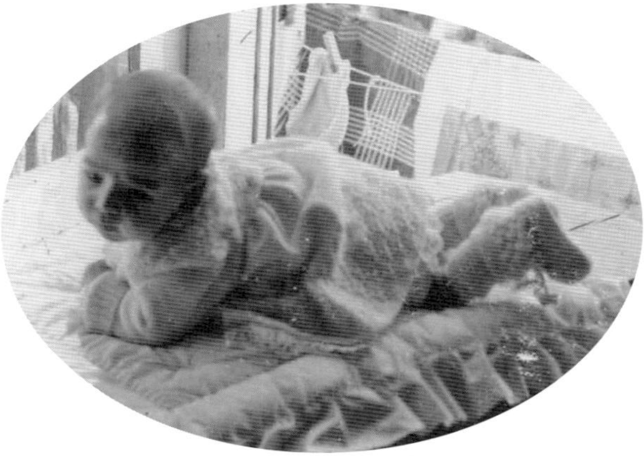

À Toulon, chez Mme Jarjat, à trois ou quatre mois.

Un été à Toulon,
chez Mme Jarjat,
à trois ans.

En vacances au Bourdigou,
près de Torreilles.
Nous logeons dans de petites cabanes en bois,
sans eau ni électricité.

Chez mes grands-parents maternels à Vire,
dans le Calvados.

Un Noël à Vire.

En 1969, avec mes grands-parents, Marcelin et Suzanne, maman et son frère.

J'avais une amie que j'avais rencontrée en terminale et qui s'appelait aussi Dominique. À l'époque elle était très peu assidue aux études et se fichait complètement des examens. Un jour, elle est venue vers moi en m'expliquant qu'elle avait envie de me parler depuis longtemps, mais que je l'intimidais. Toujours cette méprise sur ma solitude, que l'on prend pour de la distance délibérée. Je l'ai remerciée d'avoir fait le premier pas… et nous sommes devenues amies. Encore une fois, l'alliance de la carpe et du lapin. Tout le monde se demandait comment je pouvais m'entendre avec elle, moi si studieuse. Mais je n'ai jamais été attirée par les forts en thème. Je ne me reconnaissais pas du tout dans le comportement typique du bon élève qui reste dans le rang. Il me fallait de la rébellion, de la remise en question, de la contestation des codes, plutôt du côté des cancres. Et puis, j'avais besoin d'un parfum de folie.

Dans le cas de Dominique, il y avait une bonne raison à son je-m'en-foutisme. Elle était gravement malade. La mucoviscidose allait l'emporter tôt ou tard, et cela relativisait beaucoup de choses, dont les études. En revanche, cela lui donnait un grand appétit pour faire la fête et vivre le plus pleinement possible. J'allais souvent chez elle, à Mouscron. Elle m'a appris à m'amuser plus que je ne me l'autorisais avant. Tout en restant sérieuse sur le fond. Je savais exactement quand il fallait arrêter de sortir pour me mettre au travail. Je ne me suis jamais mise en danger. Mais j'apprenais aussi que j'aimais beaucoup faire la fête. Je devais être sociable depuis toujours, sans avoir eu l'occasion de l'exprimer… C'est un peu Dominique qui m'a mis le pied à l'étrier.

Quand je suis revenue à Lille après mon année à Montpellier, nous sommes devenues encore plus proches. Elle n'avait pas réussi son bac. Elle était devenue VRP, comme mon autre Dominique. J'allais aussi lui rendre visite dans le centre médical spécialisé où elle séjournait par périodes d'une quinzaine de jours pour faire de la kiné et des inhalations.

Un jour, je me suis rendue là-bas avec sa mère. D'habitude, on ne parlait jamais de la maladie de sa fille. C'était tabou. Mais, durant le voyage de retour, j'étais tellement sous le choc d'avoir vu tous ces enfants et adolescents promis à une mort précoce que je n'ai pu m'empêcher de lui poser la question. « Comment fais-tu pour vivre avec l'idée que ta fille va mourir bientôt ? » Elle s'est emportée : « Quoi ? Qu'est-ce que tu racontes ? Dominique ne va pas mourir ! » J'étais stupéfaite. Je ne m'étais pas imaginé qu'elle pouvait vivre dans le déni. Dominique le savait bien, elle, qu'elle était condamnée. Son état évoluait lentement, mais cette maladie est imprévisible et elle pouvait basculer à tout moment. Elle m'en parlait souvent. Et elle y trouvait une raison de vivre d'autant plus intensément. Mais sa mère s'était persuadée que cela pouvait durer indéfiniment. Finalement, son optimisme n'était pas si déplacé : Dominique a vécu quarante ans. Un modèle de joie de vivre.

Juste le contraire de ma mère, qui n'aurait pas dû mourir jeune, et qui s'est éteinte de tristesse.

Quel destin plus incompréhensible que le sien !

En pratique, elle avait tout pour être heureuse. Un bon mari, une situation confortable, une fille sérieuse, des loisirs, un physique rêvé... C'était dix fois plus qu'elle n'aurait pu rêver à quatorze ans.

Certes, on pourrait dire qu'elle n'a rien fait pour s'en sortir ; qu'elle a dramatisé chacun de mes gestes ; qu'il ne tenait qu'à elle de repartir du bon pied. Mais je ne crois pas que ce soit si simple, et je suis la dernière à me sentir capable de juger celle que j'étais si à même de connaître.

Elle avait les pieds dans un monde, la tête dans un autre, et aucun moyen de rapprocher les bords de ce grand fossé. Le XXe siècle a engendré ce moment tellement bizarre où les enfants se sont plus éloignés de leurs parents que si dix générations les séparaient.

Ma mère vivait mieux que ses parents, il est vrai, mais à la différence des siens, elle s'était construit des rêves plus hauts que l'Everest. Entre le sort de sa mère, limité à l'horizon domestique, et le destin des gens bâtis pour conquérir le monde, aucune passerelle n'a jamais été lancée à sa portée. Elle fait partie de cette génération de femmes, nombreuses, qui ont vu passer le paquebot de près mais n'ont pu y monter. Il ne lui restait que l'espoir de m'y voir monter.

C'est son aveuglement, quand elle m'a estimée fourvoyée pour de bon, que je ne peux toujours pas comprendre.

Mais sa déception, oui, car elle n'envisageait plus rien de bon pour elle.

Et c'est moi qui, depuis les débuts de ma vie professionnelle, me retrouve en situation de me nourrir de rencontres et de passions, toujours dans le mouvement et la nouveauté, dans l'épanouissement dont elle rêvait. C'est moi qui vis la vie qu'elle aurait mérité de vivre. Et c'est grâce à elle.

Je vis même si bien que, pendant quinze ans, je n'ai pas eu le moindre désir d'enfant. Je n'avais rien à compenser, rien à projeter dans une vie plus réussie que la mienne. Pas de ciel plus bleu à fantasmer. Je me sentais comme une flèche cinglant à l'air libre, tandis que les générations précédentes avaient dû travailler au sol pour fabriquer l'arc qui l'avait lancée. Et j'étais terrorisée à l'idée de reproduire son schéma si je devenais, un jour, mère à mon tour.

7

J'étais convaincue que j'étais faite pour devenir journaliste, et, comme souvent chez moi quand naît un projet, je vivais dans une grande impatience de le concrétiser. Étant en fac de droit, je n'avais pas pris le chemin le plus court ; il faudrait que je trouve moi-même une voie d'accès au journalisme. Fort bien, mais comment ? La solution, comme souvent, n'était pas loin, mais je n'y avais pas pensé. Dans mon amphi se trouvait un garçon plus âgé que les autres, qui devait avoir une trentaine d'années. C'était un journaliste de *Nord-Éclair*, un des grands quotidiens historiques du Nord, qui venait suivre certains cours utiles pour son métier. Je savais qui il était, car on m'avait parlé de lui, mais je ne lui avais jamais adressé la parole. Mon petit ami me répétait :

– Il faut que tu ailles lui parler.

– Qu'est-ce que tu veux que je lui dise ?

– Que tu veux devenir journaliste et que tu cherches un tuyau.

– Mais il va me prendre pour une dingue !

– Qu'est-ce que tu as à perdre ? Tu peux au moins essayer !

L'idée me semblait vraiment téméraire et folle. À la réflexion, ce n'était pas si énorme, mais, vu mon caractère de l'époque, c'était comme si on m'avait demandé de sauter d'un bond par-dessus une montagne. Aborder un inconnu pour lui vendre une telle idée était très culotté. Lui demander un service : je tombais dans les pommes.

D'un autre côté, il était temps que je me soigne ! Je n'allais pas traîner toute ma vie le boulet d'une timidité maladive pour cause d'enfance un peu trop protégée. Il fallait réagir. Je devais exploiter d'autres aspects plus extravertis de ma personnalité.

J'ai passé plusieurs semaines à peser le pour et le contre, à imaginer une stratégie, à passer et repasser le scénario dans ma tête avec toutes sortes de dialogues. Et à envier les gens qui n'avaient pas peur des autres et pouvaient se porter vers eux en toute spontanéité. Je pensais avoir le cran nécessaire, mais chaque jour je repoussais l'échéance.

Et puis, un jour, le hasard m'a donné un coup de pouce. Je passais devant une salle de travaux pratiques dont la porte était ouverte, lorsque j'y vis une personne seule en train de travailler. C'était lui ! Le coup au cœur qui m'ébranla me fit comprendre que c'était le moment ou jamais. Je voyais clairement deux chemins divergents s'ouvrir devant moi. L'un continuait tout droit, comme prévu, bordé de confort et de frustration ; l'autre opérait un virage à quatre-vingt-dix degrés vers la porte de cette salle, le risque et l'inconnu. Mes pieds ont pris le virage avant que je me sois réellement mise d'accord avec eux. J'ai pris une grande inspiration, et dans le temps de cette inspiration s'est cristallisée dans ma tête une ligne de conduite que je me suis promis de respecter pour le restant de mes jours et qui s'énonce comme suit : pour réussir dans la vie, il faut du culot, de la chance et un travail rigoureux. Et c'est effectivement dans cet ordre-là que les choses se sont passées pour mes débuts professionnels.

Pour le « culot », c'était le moment d'agir. Je me suis plantée devant le personnage et j'ai entamé un discours, probablement surexcité, mais j'aurais décroché la lune : « Je m'appelle Évelyne Thomas. Vous ne me connaissez pas, mais moi, je sais qui vous êtes. Je m'adresse à vous parce que je voudrais devenir journaliste. Je suis en quatrième année de droit. Vous allez sans doute me prendre pour une folle, et il n'y a aucune raison pour que vous ayez du travail pour moi, mais j'essaie quand même parce que je veux absolument tenter ma chance. Je dois vous dire tout de suite que je n'ai aucune expérience, mais je crois que j'écris bien, et je suis très motivée. Si vous m'en donnez l'occasion, je vous montrerai ce que je peux faire. Voilà des mois que j'ai envie de vous parler et que je n'ose pas le faire, alors aujourd'hui il fallait que je me lance, sinon je l'aurais regretté toute ma vie. » C'était la première fois que je me propulsais devant quelqu'un, que je me montrais si déterminée. J'avais l'impression de faire le plongeon de ma vie. Je devais sans doute ressembler à la jeune actrice inconnue qui se jette aux pieds du plus grand producteur de Hollywood. Tragique, maladroite, mais motivée et paradoxalement très sûre de moi malgré l'humilité que j'affichais. L'homme m'a regardée, un peu interloqué, et m'a répondu : « Voilà qui a l'avantage d'être direct. Donnez-moi vos coordonnées. Je parlerai de vous au journal. »

Je suis sortie de cet entretien à la fois soulagée et triste. J'étais persuadée que je n'entendrais plus jamais parler de lui. Je m'étais comportée de manière tellement nerveuse que j'avais sans aucun doute gaspillé ma seule et unique chance. Il avait dû me trouver ridicule. Maintenant, c'était trop tard, la cartouche était brûlée. Au moins, j'avais osé un geste et réussi à surmonter mon angoisse. C'était toujours un petit progrès à mon actif.

Deux jours plus tard – voici la partie « chance » de mon programme –, le rédacteur en chef de *Nord-Éclair* me téléphonait pour me fixer un rendez-vous. Il avait un travail à me proposer. Du découragement je suis passée à la panique totale. Qu'est-ce que j'allais bien pouvoir lui raconter ? Je n'avais aucune expérience professionnelle. Je m'étais peut-être avancée inconsidérément ! La peur de l'échec s'est installée en moi, et y a installé ses quartiers d'hiver.

Je suis allée au rendez-vous avec le sentiment de jouer ma vie sur un coup de poker. J'ai tout de suite précisé que je n'avais jamais rien publié.

– Mais vous savez écrire ?

– Oui, je crois que j'écris bien.

– Vous vous y connaissez en droit ?

– Oui !

– Et vous avez une voiture ?

– … Oui, j'ai une voiture.

– Alors j'ai une mission pour vous demain !

Il s'agissait d'assister à un procès d'assises au tribunal de Saint-Omer, dans le Pas-de-Calais, et de rédiger un compte rendu le soir même pour le journal du lendemain. Si le résultat convenait, je pourrais continuer les jours suivants, jusqu'à la fin de la session, qui durait deux semaines. J'ai dit oui sans réfléchir. Je ne pouvais pas refuser une occasion pareille de faire mes preuves, et ma formation de droit m'y aiderait.

Je suis rentrée chez moi sur un nuage et la peur au ventre. J'inaugurais ainsi une sensation qui reviendrait souvent dans ma vie professionnelle, comme un jingle annonçant à la fois l'excitation d'un nouveau défi et l'angoisse de ne pas pouvoir le relever.

Je n'avais pas terminé mes études, mais je pouvais me permettre de prendre un petit boulot à côté, surtout si cela me mettait le pied à l'étrier. Encore fallait-il tenir sur cette nouvelle monture ! C'était le troisième signe d'une réussite possible : le travail rigoureux.

Entre Lille et Saint-Omer, il y a une quarantaine de kilomètres. J'ai pris les petites routes pour éviter les embouteillages. On n'y avançait pas très vite, mais suffisamment pour que les ambulances les empruntent afin de rejoindre Lille dare-dare. J'étais paniquée à l'idée d'arriver en retard. D'autant que je ne connaissais pas le coin.

Donc, j'appuie sur la pédale, je klaxonne, j'ai des sueurs froides et je parviens à destination dans un état de stress épouvantable. La cour d'assises est un bâtiment ancien, très imposant. Je montre le petit badge de journaliste que j'ai reçu la veille, et on me laisse entrer sans plus de vérification. Je suis dans la place, avec ma petite mallette contenant un bloc-notes et deux stylos à bille. Je suis prête, mais prête à quoi ? C'est toute la question. Je me sens comme une extraterrestre débarquant de sa capsule – où puis-je m'asseoir sans que personne ne me voie ? Il y a là toutes sortes d'habitués, gens de la justice et de la presse. Ils se connaissent tous et semblent très à l'aise. Le rédacteur en chef m'avait dit de me mettre en rapport avec un journaliste de la rédaction. Mon papier doit paraître dans les deux journaux, mais je sais bien qu'il est là pour pallier mes insuffisances et mes défaillances. C'est un journaliste confirmé, un « vieux de la vieille » qui assiste à tous les procès d'assises, son domaine de prédilection. Quand je l'ai repéré, je comprends que je n'ai pas trouvé un allié. Il ne fait rien pour me faciliter la tâche, alors que je suis projetée dans un monde inconnu, sans le moindre mode d'emploi en poche – mon briefing au bureau a duré une demi-heure et je n'ai pour tout bagage que mes connaissances en droit et mon audace. Je perçois tout de suite dans ce confrère quelqu'un qui attend de voir ce que je vaux et qui ne m'aidera pas à faire mes preuves. Pour donner le change, je fais celle qui se sent très bien et qui connaît tous les rouages, tout en restant modeste bien sûr, puisque, en réalité, je suis dans mes petits souliers. Un autre journaliste qui travaille pour la chaîne de télé France 3 Lille, se montre en revanche plus coopératif pour m'expliquer le fonctionnement de l'institution où je me trouve. C'est un homme imposant, à grosse moustache et à chevelure épaisse, qui aime proférer des idées bien tranchées. Durant la pause du déjeuner, il me prodiguera de précieux éclaircissements et conseils, mais, curieusement, trouvera nécessaire de m'adresser cette mise en garde : « N'essaie jamais d'entrer à la télévision. Il n'y a aucun débouché de ce côté-là. » Curieuse façon de faire auprès de quelqu'un qui n'en est qu'à sa première pige.

Je n'oublierai jamais le choc de cette première journée aux assises. Le monde solennel et ritualisé de la justice se révélait à moi. On eût dit un spectacle total, monstrueux et sacré à la fois. J'étais médusée comme on peut l'être devant une armée en marche ou la messe de Pâques à Saint-Pierre de Rome – il y avait cette même atmosphère de grandiose, d'inéluctable. C'était plus théâtral encore que tout ce que je m'étais imaginé, même en ayant suivi des cours de droit en fac. Le cadre majestueux. Le décorum. Le rythme cérémoniel. La galerie de personnages. Les tirades, les protestations, les traits d'humour, les énervements. On se serait cru à la Comédie-Française. Sauf que, pour l'un au moins des protagonistes, il ne s'agissait pas du tout de camper un personnage avant de rentrer passer la soirée chez lui. Pour l'accusé, c'était sa vie qui était en train de se jouer, dans un drame ayant unité de lieu, de temps, d'action, et pour dénouement sa condamnation. Quant à la famille de la victime, elle vivait un drame.

Ce jour-là, on jugeait une femme d'environ quarante-cinq ans qui avait tué son concubin d'un coup de carabine 22 long rifle pendant son sommeil. C'était un meurtre patent, qu'elle n'avait jamais nié. L'homme buvait tous les jours et la battait souvent en rentrant. Le soir du drame, il avait été encore plus violent que d'habitude. Depuis longtemps, elle avait peur de succomber sous les mauvais traitements. Cela ne pouvait plus durer. Alors elle était allée chercher la 22 long rifle et elle avait tiré.

Après toutes les interventions des parties, les délibérations du jury durèrent une heure et l'accusée fut condamnée à douze ans de réclusion criminelle.

Il n'avait fallu qu'une heure pour juger sa vie. Une heure pour punir un geste qui mettait un terme à des années de souffrance. Pour changer une victime en criminelle. Et ajouter douze ans de prison à vingt années de coups et de sévices.

Je revois encore le visage paniqué de cette femme, qui ne comprenait pas ce qui lui arrivait. Elle était menue et effacée, presque invisible – elle l'était restée aux yeux des jurés durant son procès.

Bien sûr, elle n'aurait pas dû tirer. Rien ne justifie le crime. Mais je pouvais comprendre pourquoi elle l'avait fait, je pouvais imaginer la profondeur de son désespoir. Si elle avait été poussée à cette extrémité, c'est qu'elle avait eu peur d'y passer, elle, un jour ou l'autre. Sinon, pourquoi risquer des années de prison ? Elle était prête à tout plutôt que de continuer à subir les coups. Et de cette violence, de cette injustice, de cette terreur, personne n'avait pu la protéger. La société ne s'était jamais intéressée à elle. Du moins pas avant ce moment fatidique. Maintenant, oui, elle avait attiré l'attention. Mais tant qu'elle courbait la tête et subissait la violence, personne ne l'avait vue. Aucune main ne s'était tendue. Qui peut dire, avec certitude, qu'il n'aurait pas fait la même chose, dans la même situation ? L'instant T, celui où notre vie peut basculer, décidément, me fascinait.

Pendant toute la journée, j'avais senti monter la détresse de cette femme qui allait voir sa vie cassée par le verdict autant que par les coups de l'homme qu'elle avait tué. Assise sur le banc des accusés, je souffrais avec elle. Quand la sentence est tombée, j'ai cru vivre un cauchemar. Est-ce qu'un seul des jurés savait ce qu'était la prison ? Est-ce qu'un seul d'entre eux avait jamais été une femme battue ?

Je suis sortie du tribunal à dix-neuf heures. Il me restait à écrire mon papier de quatre colonnes pour le journal du lendemain. Je ne savais comment m'y prendre (c'est combien de signes, une colonne ?), que penser, ni même où aller. J'ai perdu une demi-heure rien qu'à me demander si j'allais rentrer chez moi pour être à l'aise ou si je restais sur place pour aller plus vite. Le rédacteur en chef attendait mon papier pour vingt heures, mais ça me semblait tout bonnement impossible de le lui remettre à temps. Je lui ai téléphoné pour l'informer que le procès venait seulement de se terminer. « Huit heures, confirma-t-il, huit heures et demie au plus tard. » (Évidemment, j'aurais dû commencer à rédiger pendant la délibération. Comment n'y avais-je pas pensé ?) « D'accord, ai-je dit, vous l'aurez. » Je me suis installée dans un café, totalement fébrile, j'ai sorti mon bloc-notes, et j'ai commencé à regarder fixement la page blanche. Je suis devenue aussi pâle que le papier. J'étais sur le point de m'évanouir, exactement comme avant certains examens, quand tout devient cotonneux, que le champ de vision se brouille, que les mains se changent en air, et que les seuls mots qui parviennent à l'esprit dansent en rond pour former la phrase : « Je n'y arriverai jamais, je n'y arriverai jamais… » Huit heures moins le quart. Huit heures. Huit heures et quart. Et toujours le vide total. Ma situation devenait désespérée. C'est sans doute quand j'ai estimé qu'il n'était plus possible d'y arriver que le déclic s'est produit. Une phrase m'a traversé l'esprit et je me suis mise à courir derrière. Puis une autre, puis une autre. À huit heures et demie, j'ai appelé le journal pour dire que j'avais presque fini – est-ce qu'ils pouvaient encore attendre un peu ? Je venais de commencer, mais j'avais pris confiance. Finalement, j'ai fourni ma copie à vingt et une heures, et le rédacteur en chef a été chic avec moi. J'ai promis de mieux m'organiser le lendemain. Et je suis rentrée m'écrouler chez moi, heureuse d'avoir réussi à franchir l'insurmontable.

Le lendemain, je partis tôt pour arriver au tribunal à temps. Avec appréhension, j'ai acheté l'édition du matin de

Nord-Éclair et de *Nord-Matin* sans trop y croire. Après m'être précipitée sur la page des procès, j'ai trouvé mes quatre colonnes, signées Évelyne Thomas. Je n'en revenais pas. Je vivais un conte de fées – quand bien même eût-il pour toile de fond une tragédie.

J'ai continué à assister à toutes les séances pendant quinze jours.

J'apprenais à décoder ce monde étrange et passionnant. J'observais le jeu de tous les intervenants, qui poursuivaient chacun des objectifs différents. Je remarquais les traits d'humour, si choquants parfois, auxquels ont recours les avocats pour réveiller l'attention d'une salle fatiguée. J'observais les jurés placés là par le seul hasard du tirage au sort, et qui allaient devoir décider d'une vie « en leur âme et conscience ». Je découvrais comment le procureur et les divers acteurs de la pièce qui se jouait tentaient chacun de mettre en lumière la personnalité du seul « non-acteur ». J'étais presque révoltée que son mode de vie et sa psychologie puissent être établis par le moyen d'enquêtes de voisinage au cours desquelles des gens, par leur simple témoignage, pouvaient « classer » définitivement l'accusé (« Elle rentrait tard le soir, c'est sûr qu'elle trompait son mari »). Ce monde me semblait totalement empêtré dans ses propres logiques et procédures, et parfois bien éloigné du réel, mais j'étais fascinée.

Dans mes articles, il me fallait rendre compte du déroulement des procès sans le moindre état d'âme. Il est interdit de commenter une décision de justice dans les rapports de procès. Mais l'objectivité n'exclut pas la passion de raconter.

Il y a toujours un ton dans un article, un angle de vue, une façon d'exposer les choses, de se renseigner ou d'évoquer la jurisprudence qui permettent de donner plus ou moins de matière à la réflexion du lecteur. L'exercice, très codifié, m'intéressait dans la mesure où il restait possible de parler de l'humain malgré les rouages qui semblaient l'occulter.

Au bout des quinze jours, je suis retournée suivre mes cours à la fac. La session suivante n'avait pas lieu avant deux mois, et j'étais persuadée qu'on ne m'appellerait plus. J'avais sans doute eu la chance de faire un remplacement au pied levé, mais il n'y aurait plus de place pour moi. Quoi qu'il en soit, ça avait été une belle expérience.

Deux mois plus tard, miracle, on me rappela pour me demander si je voulais recommencer. J'ai dit oui avec empressement – même si ce n'était pas cher payé : un franc la ligne. Les sessions se sont enchaînées de deux mois en deux mois, jusqu'à la fin de mes études. Du coup, j'avais acquis une véritable expérience professionnelle avant même de décrocher mon diplôme. Et je n'allais même pas devoir l'utiliser pour chercher un travail, car le rédacteur en chef de *Nord-Matin/Nord-Éclair* proposait de m'engager comme secrétaire de rédaction. J'ai donc décidé de quitter la fac à la fin de mon DEA de droit.

Si j'avais songé aux possibilités de formation complémentaire en journalisme, ce n'était plus vraiment nécessaire. Quelle meilleure formation que de mettre la main à la pâte ? En tant que secrétaire de rédaction, je me trouvais au cœur de la vie du journal, je participais à sa fabrication pour tous les aspects éditoriaux et techniques. Et je m'habituais au stress quotidien du bouclage à dix-neuf heures qui se terminait à une heure du matin dans les ateliers de fabrication au plomb. Concrètement, la maquette des pages 2 et 3, consacrées aux faits divers de la région, était de ma responsabilité. Il me fallait choisir parmi les articles disponibles, décider des titres, de la mise en pages, du choix des photos, bref, il s'agissait de « fabriquer » ces deux pages – parmi les plus prisées des lecteurs. J'avais vraiment les mains dans le cambouis, ce qui peut paraître ingrat – la voie royale du journaliste diplômé serait plutôt d'aller faire un stage à la rédaction du *Monde*, où les aspects techniques sont délégués –, mais j'ai adoré cette formation très instructive. Qu'est-ce qui fait qu'un article est lu ? Sur quels paramètres peut-on jouer ? Comment rédiger un titre ? Comment réorganiser une page quand une urgence vient tout chambouler ? J'ai pu apprendre à maîtriser tous les éléments de la fabrication d'un journal, ce qui est possible dans une rédaction de quotidien régional. *Nord-Éclair* était le deuxième titre régional du Nord-Pas-de-Calais. Une très belle tribune, puisque la presse régionale est la plus lue en France.

Les faits divers étaient à l'époque très souvent considérés comme le domaine le plus insignifiant du journalisme. On parlait avec désinvolture de la « rubrique des chiens écrasés ». Pour moi, ils ont toujours été les plus nobles parce que c'est l'histoire de notre vie, des drames quotidiens, du passage à l'acte qui dérape. Mais ce ne sont pas les chiens que l'on écrase. Si l'on méprise cette rubrique, c'est la vraie vie des gens que l'on méprise, cette vie dont, petite fille, j'écoutais la rumeur grise ou joyeuse aux terrasses des cafés avec mon père, devant un lait fraise. Drôles, tristes, démonstatifs ou seuls dans leur coin, la tête baissée, ils m'étonnaient tous, ces habitués du quotidien. J'avais envie de leur dire : « Je suis là, je vais vous aider, vous écouter. » Les faits divers me tiennent même particulièrement à cœur, ils font partie de l'actualité concrète et proche des gens, avec des répercussions directes sur leur vie. Chaque fait divers est aussi l'arbre qui révèle une forêt, et l'on peut en tirer des enseignements sans fin. Qu'est-ce qu'un fait divers, sinon l'irruption de l'inattendu dans l'attendu, le couac dans nos routines et dans nos prévisions ? Chaque fois qu'un tel dérapage se produit, on peut bien sûr se complaire dans les aspects sensationnels, la photo choc, le titre alléchant, mais on peut tout aussi bien profiter de l'occasion pour interroger le réel en cet instant de défaillance. C'est le moment rêvé pour découvrir comment les gens vivent, pourquoi leurs systèmes résistent pendant des années et soudain craquent sous des contraintes internes ou externes. Le fait divers est évidemment la voie royale pour accéder à l'universel. Là où « il s'est passé quelque chose », la vie se révèle dans ce qu'elle a de plus banal et de plus tragique à la fois. C'est une brèche où il suffit d'entrer pour explorer le plus intime de l'âme humaine. À quelles conditions ne se serait-il rien passé ? Qui a fait quoi pour l'éviter ? Quels sont les scénarios éternels qui se donnent à voir et à revoir à travers ces vies si différentes les unes des autres ? Qui peut-on rencontrer et connaître derrière chacune de ces histoires ? Voilà pourquoi j'ai toujours défendu l'intérêt et l'importance des faits divers comme portes d'accès aux émotions de tout un chacun.

Au bout de quelque temps, mon rédacteur en chef m'a donné la chance de rédiger des éditoriaux pour la une du journal. C'était normalement son privilège, mais certains jours il n'était pas mécontent de me laisser la plume. Je choisissais les sujets politiques et sociaux qui m'interpellaient le plus. Parallèlement, je continuais à suivre les sessions de quinze jours de la cour d'assises, car cela me passionnait.

Les assises me fascinaient, la question du choix qui s'était posé à l'accusé, et comment il l'avait résolue. Pourquoi devient-on un meurtrier ? À quel moment précis ? Celui où on utilise l'arme ? Celui où on se la procure ? Celui où on prémédite son crime ? Avant encore ? Je passais mon temps à essayer de décortiquer la logique du passage à l'acte. Car c'est la matière même de notre vie. Et, dans les procès d'assises, ce cheminement individuel vient se heurter violemment à l'ordre social. C'est la synthèse du psychologique et de l'institutionnel dans une seule mise en scène. Il existe deux grandes catégories d'accusés : les bandits patentés, malfaiteurs professionnels, serial killers, et puis des gens comme vous et moi, que les circonstances de la vie ont amenés à commettre un acte extrême. Comment cerner l'instant où tout a basculé ? Il y en a toujours un. Il y en aura peut-être un pour moi ou pour vous. J'assistais à tous ces procès en ayant la conscience profonde que ce n'était pas le spectacle d'un monde différent et très lointain du mien, mais bien l'agitation du monde normal lorsqu'il tournait au drame. Le drame est possible partout et tout le temps. J'ai vu de tout parmi les accusés, y compris des universitaires (même si, dans le Nord, la pauvreté provoquée par les fermetures progressives des mines et des usines est trop souvent mise en avant comme un facteur prépondérant). C'est une question de circonstances, de barrières plus ou moins solides, d'émotions qui dérapent. Je voyais comparaître des gens qui, à un certain moment, avaient choisi de ruiner leur vie. Cet endroit était un laboratoire où se révélaient non seulement les rouages de la justice, mais aussi les méandres de la nature humaine. J'essayais de me mettre à la place des jurés, ces individus jetés dans une pièce dont ils doivent poser le dernier acte en condamnant ou en innocentant un parfait inconnu sur le seul critère de leur intime conviction. Quelle responsabilité ! Comment exercent-ils leur droit de juger, même si ce droit est en réalité un devoir imposé par la société ! Toutes ces questions me donnaient le vertige, procès après procès.

Elles me sont restées dans la tête, puisque, beaucoup plus tard, certaines d'entre elles allaient alimenter les débats des émissions que j'allais présenter. J'ai eu à cœur, par exemple, de traiter des thèmes tels que les plaintes pour viol, les séjours en prison, les gardes à vue, l'alcoolisme, les violences conjugales, les accusations calomnieuses et bien d'autres.

J'étais l'unique femme de la rédaction de *Nord-Matin/Nord-Éclair*. Mais je n'étais pas la seule personne à ne pas avoir le diplôme de journaliste. À cette époque, on trouvait encore, surtout dans les petites rédactions, beaucoup d'autodidactes, des professionnels qu'on disait de la « vieille école ». Quand j'ai débarqué à vingt ans, avec mes cheveux jusqu'à la taille, dans cette troupe de vieux routiers, efficace et bien huilée, ceux-ci ont écarquillé les yeux. Mais, au bout d'un moment, ils ont compris que je n'étais pas une frimeuse. Ma motivation et mon humilité à l'égard de leur expérience m'aidèrent à emporter leur adhésion et, j'espère, leur respect. Passé quelques mois, j'étais acceptée. Les regards intrigués, amusés ou incrédules avaient fait place à une camaraderie qui m'enchantait.

Plus tard, je découvrirais que la volonté et la capacité de faire du bon travail ne suffisent pas toujours comme carte de visite, mais dans ce milieu-là j'avais conquis ma place grâce à elles. Je souhaitais même travailler mieux et plus : j'avais de plus en plus envie de faire du reportage.

8

Ma vie à la rédaction de *Nord-Matin/Nord-Éclair* était tellement remplie que je n'aurais pu y ajouter la moindre tâche nouvelle, mais je pensais à autre chose : j'avais envie de travailler à la télé. On m'avait certes conseillé de ne pas chercher à y entrer, mais ma curiosité avait été éveillée par le simple fait de rencontrer quelqu'un de cet univers qui avait tenté de me dissuader. D'une manière générale, je dois reconnaître que plus on me dissuade d'entreprendre quelque chose, plus je m'accroche.

Dès mon enfance, et surtout après le retour d'Algérie, j'avais été une fille de la culture télé. Je la regardais beaucoup avec ma mère. Mes émissions cultes étaient « Les enfants du rock », présentée par Antoine de Caunes, et « Droit de réponse » de Michel Polac, mais j'étais aussi très éclectique dans mes choix. Tout me plaisait, l'information autant que le divertissement, la culture autant que les magazines politiques. À cette époque, on sentait l'importance que le petit écran allait prendre dans la société. Les programmes façonnaient non seulement l'emploi du temps des gens, mais leurs opinions et leurs façons de communiquer – le lendemain de leur diffusion, tout le monde en parlait dans les couloirs de l'école ou devant la machine à café.

À nouveau, comment trouver une passerelle qui me mènerait de la presse écrite au fleuve plus agité de la télévision ? Mais à nouveau, la solution n'était pas loin. De temps en temps, après la course du bouclage, je sortais dans quelques bars de Lille. Dans l'un de ceux-ci, j'apercevais souvent un producteur de France 3 Nord-Pas-de-Calais. Je tentai donc d'agir exactement comme je l'avais fait pour entrer au journal. Après deux ans d'expérience professionnelle, j'avais perdu de ma timidité, mais j'ai encore mis des jours, si ce n'est des semaines, avant de me décider à parler à cet homme. Quand j'y suis allée, c'était avec aplomb et détermination. Le trac, que j'ai connu quotidiennement dans ma carrière, a cet effet paradoxal de vous paralyser pendant des heures avant de décupler vos forces une fois venu le moment d'agir – comme par un effet élastique.

J'ai abordé cet homme et je lui ai tenu *grosso modo* le même discours que j'avais tenu quelques années plus tôt au journaliste du *Nord Éclair*. Je voulais devenir journaliste télé (« Je n'en ai jamais fait, mais je suis très motivée, laissez-moi essayer une fois et vous verrez… »). Il m'a écoutée attentivement – l'air assez séduit par mon attaque frontale –, puis nous avons discuté de l'émission qu'il produisait, « Avenue du rock ». Je la connaissais et l'appréciais beaucoup. C'était moderne, un ton direct, visuellement novateur, très différent de tout ce qui se faisait à cette époque-là à la télévision régionale. Cela ressemblait un peu à une de mes émissions préférés, « Les enfants du rock ».

En sortant du bar, j'étais ravie d'avoir discuté avec Pierre Milli, car tel était le nom de ce producteur, mais rien ne pouvait me laisser espérer que cette rencontre porte ses fruits un jour.

La chance s'est manifestée une fois encore, puisque, peu de temps après notre rencontre, le présentateur de l'émission « Avenue du rock » décida de partir. Pierre Milli, dans ses recherches pour le remplacer, pensa à moi, que le culot avait placée devant ses yeux. Comme il avait apprécié mon punch et ma détermination, il m'a fait venir dans son bureau : il cherchait un présentateur ou une présentatrice capable d'écrire ses propres textes et de coproduire l'émission avec lui, comme l'avait fait le présentateur précédent. Est-ce que cela m'intéressait ? J'ai failli avaler ma salive de travers. Bien sûr que cela m'intéressait.

J'avais l'impression que la grâce divine venait de me toucher. Écrire et présenter une émission entière, du jour au lendemain ! J'avais vraiment bien fait de croire à ma sainte trinité – jamais plus je ne changerais de credo –, et il ne restait plus, comme la première fois, qu'à illustrer le troisième principe, « travail rigoureux », du mieux qu'il me serait possible.

Bien sûr, j'étais malade de trouille. L'angoisse de la page blanche dans un petit bistrot de Saint-Omer ne m'avait pas empêchée de fournir ma première chronique judiciaire. Mais la perspective de me retrouver devant une caméra avec toute une équipe technique en train de m'examiner me semblait une épreuve insurmontable. Encore une fois, je m'étais précipitée dans une situation inconnue que j'avais prétendu pouvoir maîtriser. D'où me venait cette manie de foncer vers la difficulté? À qui voulais-je à tout prix démontrer ma valeur?

Je me suis souvent demandé si le déni de ma mère, disparue avant de m'avoir vue à l'œuvre, n'était pas à la source de ma rage et de ma volonté de tracer mon chemin. Son jugement prématuré, que j'ai ressenti comme un poison, a finalement peut-être été une sorte de cadeau d'adieu, chargé d'une énergie dans laquelle je n'ai pas encore fini de puiser.

Le jour du tournage de l'émission, sans essai et devant une équipe de dix personnes, c'est peu dire que je n'en menais pas large. Si je revoyais cet enregistrement aujourd'hui, à coup sûr je me trouverais catastrophique. Mais, étant donné mon expérience à l'époque, je m'en suis tout de même tirée sans couac majeur, et cela m'a valu un contrat de pigiste avec France 3 Nord-Pas-de-Calais pour une saison entière de l'émission. La station régionale disposait de budgets de production interne, consacrés en majorité à des téléfilms ou à de gros événements, tel Roland-Garros, et de temps à autre à des émissions comme « Avenue du Rock », que Pierre Milli produirait donc avec moi. Produire, cela recouvre beaucoup de tâches différentes, depuis la conception globale de l'émission jusqu'au choix de la couleur du pot de fleurs qui se trouve sur le plateau. Côté conception, nous avons décidé de ne pas coller à l'actualité musicale, mais d'élargir le programme à tous les thèmes culturels. L'émission a été rebaptisée « Les doigts dans la prise », et l'on y parlerait de musique, d'arts plastiques, de mode, de bande dessinée, selon l'inspiration. On y ferait également des portraits, aussi bien de jeunes inconnus que d'artistes du dimanche. D'autre part, nous avons décidé d'accentuer l'aspect non conventionnel. Il fallait non seulement parler des nouvelles tendances, mais être *la* nouvelle tendance en matière de télé. Nous voulions des images qu'on n'avait jamais vues, du rythme, du mouvement. Mais aussi des textes décalés, du second degré, du punch et de l'humour !

Par bonheur, la chaîne nous laissait une très grande liberté. La pression de l'Audimat n'était pas aussi forte dans les régions que sur les chaînes nationales. On nous donnait toute une saison pour développer notre concept, samedi après-midi après samedi après-midi. Notre budget, en revanche, était peu conséquent. Pour arriver à faire quelque chose de décoiffant avec si peu, il s'agissait d'être créatif. Nous sommes devenus les rois du système D – un peu comme les équipes des premiers *Star Trek*, qui fabriquaient toutes les planètes de la galaxie avec de l'alu ou du papier crépon !

En quelques mois, j'ai donc appris à faire de la télé d'un bout à l'autre : conception, présentation, technique. On était loin de la cour d'assises de Saint-Omer ! Mais l'actualité culturelle ne me passionnait pas moins que la chronique judiciaire. J'étais confrontée à un autre aspect de la société, où l'on voyait battre différemment le cœur de l'époque.

Nous parcourions toute la région lilloise, mais aussi la Belgique et l'Angleterre, en quête d'œuvres et d'artistes étonnants, dans tous les domaines de la création. Nous visitions les Fonds régionaux d'art contemporain, nous nous intéressions aux graffitis, au moment où les premiers graffeurs acquéraient un nom. En musique, j'ai eu la chance d'interviewer d'innombrables artistes locaux, aussi bien que des stars mondialement connues comme U2, The Cure, Roxy Music. J'ai même fait la dernière interview de Roy Orbison, l'homme qui chantait *Pretty Woman*. Il est mort quelques jours plus tard. Quand je devais interviewer des vedettes, surtout en anglais, j'étais bien sûr complètement flippée. Pour compenser, je bossais mon sujet deux fois plus qu'il n'était nécessaire.

Nos studios étant exigus, on se déplaçait souvent en extérieur. Le premier numéro de l'émission a été tourné au quai du Vault, dans une ancienne caserne de pompiers (elle-même installée dans un ancien couvent), qui a été depuis reconvertie en hôtel de luxe. Une magnifique architecture flamande du XVIIe siècle avec voûtes et cloître – mais équipée de structures métalliques –, cela nous donnait un cadre gothico-postindustriel qui s'accordait bien avec l'esprit de cette première émission. Elle avait pour invités les Rita Mitsouko. Ils venaient de sortir leur premier album, dont le single *Marcia Bailar* marchait déjà très fort. On tournait avec le réalisateur Stéphane Teichner, qui avait travaillé sur « Les enfants du rock ». Il y avait deux clips à tourner, à raison de six ou sept prises par scène, plus les interviews, ce qui nous a pris toute la journée et coûté une caisse de vodka et deux caisses de bière, réclamées par le duo Mitsouko. Je m'inquiétais un peu de voir leur état à la fin de journée, mais ils semblaient tout aussi frais que le matin. Quelques années plus tard, j'ai retrouvé avec émotion le couple Ringer sur le plateau du JT, alors qu'ils étaient devenus des mégastars.

Côté bande dessinée, nous avons, entre autres, reçu François Boucq et Didier Tronchet, le père de Raymond Calbut. Nous invitions aussi pas mal de Belges, car la Belgique est un pays à la pointe dans toute une série de domaines, comme la mode (Anne Demeulemeester, Walter Van Beirendonck), la chanson (Arno est souvent venu nous rendre visite), les festivals (Torhout, Werchter, les Diamonds Awards à Anvers), la musique techno…

Le producteur belge pionnier de la *house music*, Maurice, par exemple, nous envoyait de nombreux artistes. Ses productions se vendaient alors à des millions d'exemplaires, notamment en Angleterre. Un jour, nous sommes allés tourner un reportage chez lui. Je m'attendais à visiter une véritable industrie : en réalité, il faisait tout mixer dans son garage ! C'était un homme très simple et accessible, malgré son look de parfait businessman – costume-cravate et Mercedes –, totalement à l'opposé de la musique qu'il produisait. C'est d'ailleurs pourquoi je me souviens si bien de lui ; les contrastes et les décalages m'attirent.

En Belgique toujours, à Mouscron, nous sommes allés voir le producteur Jean Van Loo. Il nous envoyait beaucoup d'artistes régionaux, mais je ne le connaissais pas. Le jour où j'ai appris qu'il avait « raté » Madonna, j'ai eu envie de le rencontrer. À nouveau, je m'attendais à trouver une installation hollywoodienne (c'était tout de même l'homme qui avait produit Patrick Hernandez et son tube *Born to be alive*) ; or son studio était des plus sobres. Le personnage était encore plus surprenant : très corpulent et passablement négligé (il portait un tee-shirt défraîchi), il était en train de manger un hamburger dont le ketchup, en dégoulinant, tombait sur le dos de son petit chien bâtard qui ne le quittait pas d'une semelle. Pour le moins, nous étions face à quelqu'un de pas trop guindé. Il me parla donc fraîchement de Madonna, débarquée pour faire carrière en Europe, et qui accompagnait Patrik Hernandez en tant que danseuse. Elle avait des velléités de chanter, se disait capable de devenir une star. Pourtant il l'avait remise à sa place, au motif qu'il ne croyait pas du tout en elle. Elle était partie chercher fortune ailleurs et a fait la carrière que l'on sait sous le nom de Madonna. J'étais curieuse de savoir comment il faisait pour vivre avec l'idée qu'il avait raté le contrat du siècle. Sans s'émouvoir, il m'a répondu : « Je ne sais pas. Ça arrive de temps en temps. Je n'ai rien senti. » Et de mordre tranquillement dans son hamburger.

En revenant de cette visite, je pensais à tous les rendez-vous manqués qui émaillent l'histoire du show-business. À tous ceux qui n'ont pas eu leur chance. Certains s'acharnent et finissent par s'imposer, comme Madonna. Mais combien, moins pugnaces, alors qu'ils ont peut-être le talent nécessaire, se découragent et baissent finalement les bras ? Moi-même, à ma petite échelle, si je m'étais laissé impressionner par le discours du premier journaliste de France 3 que j'avais rencontré, jamais je n'aurais cru possible d'entrer à la télé. Une conviction intime, ça ne prouve rien, mais c'est malgré tout la seule certitude qu'on possède, et si quelqu'un parvient à nous l'arracher, alors c'en est fini de nos rêves. Pour ce qui me concerne, toutes mes convictions n'ont pas mené à des succès, mais tous mes succès sont partis d'une conviction. L'histoire de Madonna ne dit pas autre chose.

Beaucoup des rencontres marquantes de l'émission ont eu lieu aux Diamonds Awards d'Anvers, une grand-messe pour tous les groupes qui passent à la télé, axée sur les tubes internationaux. On pouvait y applaudir Bono, Boy Georges, et cinq minutes plus tard Samantha Fox, une petite nouvelle qui venait de faire un tube avec *Touch me*. Les chaînes de télé du monde entier étaient là et faisaient la queue pour interviewer les artistes. Pendant toute la journée qui précédait le show, on courait d'interview en interview, pour lesquelles j'avais potassé biographies et dossiers de presse. Cette année-là, à la fin de la journée, Pierre Milli m'a demandé d'aller interviewer Samantha Fox, car il venait d'obtenir une tranche de sept minutes exclusive. J'étais contrariée, j'avais une journée épuisante derrière moi, et pas la moindre idée de ce que je pourrais demander à la chanteuse. Tout ce que l'on savait d'elle, c'est qu'elle avait été accusée d'avoir tourné dans des films porno, qu'elle avait un caractère difficile, et que son manager, qui n'était autre que son père, la surveillait de près. Il allait effectivement rester dans mon dos pendant toute l'interview. Après avoir parcouru rapidement le dossier de presse, assez léger, je me suis assise devant la chanteuse, une blonde platine pulpeuse au sourire étudié. Les Japonais de la chaîne NHK piaffaient déjà derrière moi, attendant leur tour. J'ai commencé par des questions banales à propos de sa chanson, de son titre, tout en me demandant tout bas : « Et si j'osais ? » J'ai tourné sept fois la langue dans ma bouche pour trouver la bonne formulation, en anglais, et je me suis lancée : « Ce doit être très difficile à gérer pour vous de chanter sur scène alors que certains vous accusent d'avoir fait du porno. Que leur répondez-vous ? » Elle a mis quelques secondes à réaliser, son sourire s'est crispé, elle a levé les yeux vers son père (qui faisait de grands signes STOP derrière mon dos). Puis d'un coup elle s'est levée et a quitté le stand, non sans me donner une gifle au passage. Le cameraman du JT qui m'accompagnait a cessé de filmer juste au moment où sa main touchait mon visage. Il était choqué par mon insolence. J'étais de mon côté très fâchée qu'il ait pris l'initiative de couper la caméra. Je tenais absolument à ce que l'acte de la chanteuse et son départ ulcéré apparaissent sur la bande. Mais le grabuge ne s'est pas arrêté là, puisque Samantha Fox a annulé toutes les interviews suivantes, et que j'ai eu les Japonais et d'autres sur le dos, sans compter les organisateurs du festival, qui s'indignaient de mon audace. Ce fut mon premier fait d'armes de journaliste impertinente, et j'étais plutôt mal tombée. Aujourd'hui, l'anecdote peut paraître futile, car l'insolence est devenue monnaie courante. Il est de bon ton de chatouiller les vedettes sur les points les plus délicats de leur carrière. Mais en ces années-là, c'était un crime de lèse-majesté, et nous avons eu toutes les peines du monde à apaiser les esprits.

Comme présentatrice, il me semble que je n'étais alors pas très bonne. Il faut du temps pour apprendre. Mais je pressentais une émission originale, déjantée, un peu folle, avec une liberté de ton totale. Je pouvais la présenter allongée sur un divan, ou déguisée en Conchita avec un plumeau à la main – le tout dans une ambiance très décalée, et surtout sans se prendre au sérieux. On s'éloignait assez de la télévision régionale de l'époque, où tout était raide et codifié. J'étais souvent étonnée de voir que même des artistes et des musiciens de rock, pas tous heureusement, s'attendaient à être reçus selon le protocole en vigueur. Et un respect proportionnel à leur succès. Jamais je n'aurais imaginé que le monde de la pop pouvait avoir le souci des conventions, monsieur le chanteur par-ci, monsieur le batteur par-là.

Moi, j'adorais ceux qui se présentaient avec humilité et recul – en général, les plus grandes stars –, et qui pouvaient jouer avec leur image.

À côté des vedettes, nous couvrions beaucoup la production des groupes régionaux, ce qui était dans notre cahier des charges, et on adorait ça. Nous tâchions aussi d'intercaler des reportages sur tel peintre de quartier, tel type qui faisait des sculptures en bois d'allumettes. C'était une façon de les mettre à l'honneur, mais aussi de traiter les stars au même niveau que les autres. Pourquoi respecter toujours cette ségrégation entre les cases « people », où seules les célébrités se retrouvent, et les cases « normales », où seuls les gens « de tous les jours » sont visibles ? Je voulais brasser les deux, les faire appartenir à un seul monde. J'interviewais Brian Ferry, et puis on partait faire un reportage sur M. Pingouin, un original belge qui s'habillait en pingouin à longueur de journée. Ou sur un type qui se prenait pour James Bond et dormait avec un pistolet sous son oreiller. Mon idée, c'était de rassembler tous les acteurs culturels sur une même scène, et surtout que le grand public puisse avoir accès à tout avec la même facilité. L'élitisme et le mépris m'énervaient beaucoup. Je me souviens qu'une directrice d'exposition à qui j'avais demandé : « À qui s'adressent les œuvres exposées ici ? » m'avait répondu : « À 0,09 % de la population. » Je me suis retenue pour ne pas exploser de colère. Et les autres, alors, ils comptaient pour rien ?

J'ai beaucoup appris en produisant cette émission. J'ai adoré pouvoir le faire librement, dans un style tout à fait à part. Mais, revers de la médaille, cela me mettait également « tout à fait à part ». Au bout d'un moment, j'ai été identifiée comme la « présentatrice déjantée » qui animait une émission de culture branchée. Je trouvais évidemment fabuleux de travailler sur une émission culturelle, mais, pour moi, il n'y a jamais eu de classement dans les genres télévisuels. La culture n'est pas au-dessus du reste. Ce qui m'intéresse, c'est d'aborder un sujet, quel qu'il soit, sous un angle non académique et accessible à tous. De disposer d'un peu de recul et d'humour par rapport aux catéchismes propres à chaque chapelle. D'ailleurs, si cela peut paraître chic, aujourd'hui, de s'occuper de culture, à l'époque c'était plutôt perçu comme marginal et subversif. Et ce n'était certainement pas la voie royale pour entrer dans le pré carré des journalistes classiques.

À cette époque, j'avais quitté Dominique pour vivre avec quelqu'un d'autre. Je dois préciser ici que j'ai parlé de Dominique au début de ce livre dans la mesure où il a joué un rôle important dans les choix que j'ai faits entre dix-sept et vingt ans, choix dont découlent à la fois la dégradation de mes rapports avec ma mère et la maladie de celle-ci, et les débuts de ma vie professionnelle. J'évoquerai plus loin Christophe, mon compagnon actuel et le père de ma fille, car notre relation a été la source d'un grand nombre de changements dans ma vie professionnelle récente et a été très médiatisée. Pour le reste, je me tairai au sujet des hommes de ma vie, par pudeur et par respect, parce que je ne me sens pas le droit de dévoiler leur vie et parce que cela n'ajouterait rien au récit que je veux faire de mon parcours de femme de télévision. Qu'on sache simplement que toutes mes histoires d'amour et d'amitié ont été calquées sur celle que j'ai connue avec Dominique. Je n'aime pas les rapports de pouvoir, ni la priorité accordée au statut social ou à l'argent. Dans toutes mes relations, je recherche la sincérité et la simplicité avant tout.

J'ai coproduit « Les doigts dans la prise » pendant deux ou trois ans. Plus le temps passait, plus j'avais envie d'élargir mon champ d'action et de communication. Je me sentais coupée des réalités sociales qui m'intéressaient. J'avais envie de toucher un public plus large que les aficionados de la culture branchée. J'ai alors demandé un rendez-vous au rédacteur en chef du journal télévisé, François Paoli, afin qu'il diffuse certains de mes reportages dans son JT. Je réalisais souvent des sujets qui auraient tout à fait pu trouver leur place dans la rubrique culture. Il en est convenu, et, petit à petit, certains de mes sujets ont commencé à être diffusés dans le journal télévisé de France 3 Nord-Pas-de-Calais.

Le contact étant établi, je suis retournée le voir pour lui demander s'il ne serait pas possible de me laisser présenter le JT. Son adjoint, Claude Tronel, était présent, et j'ai vu la stupéfaction se peindre sur leur visage. Présenter le JT ? Vous ? J'ai compris que c'était vraiment une drôle d'idée. À l'époque, je n'avais pas encore très bien mesuré combien le fait de réussir dans un style d'émission peut vous empêcher d'en convoiter une autre. Depuis deux ans, j'avais fait mon nid dans un secteur très particulier, le rock. J'avais acquis un rôle et une image (autrement dit une étiquette) de présentatrice originale, qui convenait parfaitement pour ce secteur. Par conséquent, j'étais cataloguée. Pour présenter le JT, il fallait suivre tout un parcours fléché dont je n'avais pas franchi le premier jalon : entrer comme journaliste dans une rédaction de JT en région, voyager ensuite dans les autres régions, puis attendre d'avoir assez d'ancienneté. En clair, je n'étais pas du tout inscrite sur la liste des candidats possibles. Liste qui était déjà bien fournie par ailleurs. Je n'avais pas compris tout cela dès le début. Je l'avais certes perçu petit à petit, mais je ne me doutais pas que les compartiments étaient aussi étanches. Néanmoins, j'étais journaliste – avec mon numéro de sécurité sociale, ce sont les seuls chiffres que je retiens : Carte de presse 7746. Je ne comprenais pas pourquoi j'étais arrêtée par mes supérieurs sous prétexte que, si vous avez fait du divertissement un jour, vous ferez du divertissement toujours...

Il n'empêche que l'étiquette était là et que, si je voulais aborder un autre secteur, il me faudrait franchir quelques barrières. J'ai argué de ma motivation et de mon envie de présenter le JT avec tout le sérieux voulu. Je pouvais m'habiller en punkette, mais je pouvais tout aussi bien enfiler un tailleur ; il suffisait de me laisser faire un essai pour voir si j'en étais capable. J'ai reçu une réponse très évasive, du genre : « On va y réfléchir. »

J'avais le sentiment, chaque fois que je regardais le JT, qu'on nous tenait un discours qui me semblait artificiel et pompeux, dans une langue qui n'était pas celle des téléspectateurs. Au moment précis où il paraissait à l'antenne, le présentateur me semblait instantanément se transformer en une sorte de mannequin au langage bizarrement mécanique et codé. Je pensais que l'on pouvait présenter le JT autrement. Sortir des codes. Se rapprocher des gens. Et faire un travail qui serait peut-être plus apprécié des téléspectateurs parce qu'il leur paraîtrait plus naturel, et donc plus vrai. Bien sûr, il aurait été prétentieux de dévoiler ces velléités avant même d'être reconnue comme une candidate valable. Et, de toute façon, je ne voulais même pas y songer avant d'avoir été en mesure d'apprendre le métier. On ne bouleverse pas ce qu'on ne maîtrise pas encore. C'était juste un rêve dans un coin de ma tête.

En tout cas, je sentais, surtout après cette conversation, qu'il était grand temps d'élargir mon répertoire et de me défaire d'une étiquette qui me collait déjà à la peau. J'adorais la culture, mais j'avais aussi envie de faire du journalisme pur et dur. Encore fallait-il que quelqu'un m'en donne la chance.

Cette chance s'est présentée le jour où le présentateur du JT est tombé malade et que François Paoli m'a appelée pour le remplacer au pied levé. C'était une décision étonnante, si l'on considère qu'il avait sous la main tout un vivier de candidats parmi les anciens et les jeunes journalistes. Mais c'est moi qu'il a appelée. Peut-être pour tenter le coup, dans une bouffée de fantaisie ? Un remplacement d'un soir ne portait pas à conséquence.

J'ai donc passé ma première journée dans une rédaction de JT. À neuf heures du matin, une première conférence de rédaction permet de dresser la liste des sujets à traiter dans la journée, liste qu'on appelle le « conducteur ». Puis les journalistes partent en reportage pour mettre leurs sujets en boîte. À quinze heures, une deuxième réunion fait le point sur ce qui a pu ou n'a pas pu être traité. On redéfinit le conducteur. On fixe le temps des séquences. Le présentateur écrit alors ses textes sur la base de ce que lui ont rapporté les journalistes après leurs enquêtes.

À dix-neuf heures dix pétantes : moteur. C'était ma première expérience du direct. J'étais morte de trouille. Je portais une veste-tailleur pied-de-poule, assez loin du look du plateau des « Doigts dans la prise ». Dans un contexte de JT, j'estimais qu'il fallait faire honneur aux spectateurs en étant bien habillée (« bien présenter », vieille maxime chère à mon père), mais sans tape-à-l'œil déplacé. Le JT n'est pas un endroit pour faire de l'avant-garde ou de la provocation. Ce modèle de tailleur assez masculin, sobre et chic, est d'ailleurs devenu mon « uniforme » par la suite.

Je pense m'en être bien tirée, même si mes jambes ne me portaient plus quand le générique m'a libérée. J'étais épuisée, mais en même temps j'avais acquis la conviction que j'adorais ça. Le trac n'est rien à côté du plaisir du direct. Le JT est comme un fil tendu entre deux tours. J'avais goûté à l'ivresse de joindre un bord du précipice à l'autre. Calmement, méthodiquement, dans l'ordre imposé, d'un sujet à l'autre, d'une phrase à l'autre, mais avec cette sensation éblouissante d'être suspendu au-dessus du vide et de l'actualité. Quand la traversée s'achève enfin, on n'a qu'une envie, c'est de recommencer dès que possible.

Si cela n'avait tenu qu'à moi, j'aurais rempilé dès le lendemain. Mais le présentateur en titre était rétabli, et plus personne n'est venu me chercher. Des mois ont passé. Je désespérais. Avais-je été si mauvaise ? Non, m'assurait-on, mais il n'y avait pas de place. Ou trop de gens sur la liste. On ne m'oubliait pas. Il fallait attendre. Que c'était long et compliqué ! Mes convictions s'en trouvaient ébranlées. Pour un coup d'essai, ou une place de débutant, le culot, la chance et le talent pouvaient s'emmancher rapidement. Mais, lorsqu'il s'agissait de pousser les portes, les inerties en tout genre devenaient l'élément prépondérant. Je devais m'armer de patience. C'était pour moi le début d'un parcours long, sinueux et difficile. Je voulais bien attendre mon tour et respecter les priorités, mais j'avais des fourmis dans les jambes. J'avais autant envie de présenter le JT qu'une émission sur le rock. Hélas, les choses sont d'autant plus ardues que vous ne creusez pas le même sillon. L'éclectisme semble être un défaut, sinon une tare. Parce que je n'avais pas suivi la filière normale, tout devenait deux fois plus dur et deux fois plus lent. Je voyais bien que d'autres, arrivés après moi, pouvaient atteindre le JT beaucoup plus vite. Ils sortaient d'une école de journalisme et entraient dans la rédaction directement. Moi, cela faisait des mois que je frappais à la porte. Je commençais à me décourager et à avoir envie de tout plaquer. Aussi, puisque rien ne semblait devoir bouger, je suis retournée voir François Paoli pour lui proposer autre chose. À défaut de présenter le JT, j'avais envie de devenir pigiste, c'est-à-dire de traiter des sujets en reportage, mais sans me cantonner aux reportages culturels que j'avais faits jusque-là. Il m'a répondu que je pouvais lui soumettre des sujets – même si je sentais bien l'hostilité d'une partie de la rédaction parce que je ne faisais pas partie du sérail.

Je me suis aussitôt engagée dans la brèche, et j'ai pu, très lentement d'abord, plus régulièrement ensuite, partir à la pêche aux images, en explorant les terrains qui m'intéressaient : l'économique, le social, et aussi le patrimoine historique. Dans tous les cas, j'essayais de porter un regard décalé, mais toujours humain et proche des gens, sur les choses. Je me souviens d'un reportage sur les chapelles dans le pays de l'Avesnois (humbles et modestes petits bâtiments), que j'avais accompagné de la musique grandiloquente du film *Le Nom de la rose.* J'aimais autant parler des majorettes (un sujet jugé « par-dessus la jambe », mais très important dans le cœur des gens du Nord) que des mines qui fermaient les unes après les autres. Dans les corons qu'on s'apprêtait à raser, j'allais interviewer les gens qui refusaient de partir, préférant vivre dans leurs souvenirs plutôt que les perdre dans des appartements modernes.

À travers tous ces reportage se confirmait mon amour du Nord. Plus je les sillonnais, plus j'aimais ces interminables paysages mélancoliques, ces friches industrielles, ces grands alignements de maisons identiques et ces gens qui vibraient dans leurs souvenirs qu'ils n'auraient voulu abandonner pour rien au monde. J'y sentais une vie juste, une vraie simplicité, et je vibrais à leur diapason.

Au bout de quelques mois, on m'a appelée pour faire un deuxième remplacement au JT. À nouveau, tout s'est bien passé. À nouveau, il n'y a eu aucune suite. C'était juste un dépannage, rien qu'un dépannage. Cela faisait plus de deux ans que je travaillais pour France 3 et j'avais présenté ma demande d'intégration dans le personnel depuis un moment. Il y avait là aussi des listes d'attente en fonction de l'ancienneté, du nombre d'heures déjà effectuées, etc. Les dossiers devaient passer devant une commission régionale avant de monter en commission nationale. Tout un circuit administratif qui, là, me pesait moins, puisqu'il n'interférait pas avec la réalité du travail. Ce qui comptait le plus pour moi, c'était de pouvoir pratiquer le métier qui me passionnait, et je m'estimais extrêmement chanceuse de pouvoir l'exercer, quel que soit mon statut. Le dossier a suivi son cours et j'ai finalement pu signer un contrat à durée indéterminée.

Vers la même époque, Jean Réveillon a été engagé comme directeur régional de la chaîne. C'était un homme clé dans la région. Il travaillait auparavant comme directeur du développement au journal *La Voix du Nord*, le numéro un de la presse quotidienne du Nord-Pas de Calais. Je ne le connaissais pas, mais il a tout de suite cru en moi et a osé me donner ma chance. J'ai enfin pu commencer à présenter le JT plus régulièrement. Bientôt, j'ai arrêté de travailler sur l'émission « Les doigts dans la prise », qui a été supprimée, et je suis devenue journaliste à la rédaction du JT à plein temps. Le rêve devenait réalité. J'avais mis du temps avant de forcer les barrages, mais, une fois dans la place, progressivement, preuve après preuve, j'ai été accueillie et intégrée. Je suis restée quatre ans dans cette rédaction, et à la fin je présentais le JT tous les soirs, cinq jours sur sept.

C'est un métier aussi angoissant que fabuleux. On apprend à suivre le cours de l'actualité en temps réel, un peu comme si le monde était un paquebot dont le tableau de bord clignote en permanence sous vos yeux. On sait en outre qu'on s'adresse à un large public, car les chaînes régionales sont très suivies en France. Sur ces chaînes, le JT de dix-neuf heures est l'une des émissions les plus regardées. On stresse, bien sûr, à cause de son rythme infernal. Des sujets peuvent être ajoutés ou retirés au tout dernier moment. Pendant le journal, des dépêches et des informations tombent encore, et le rédacteur en chef décide parfois de les intégrer en cours de route. Dans ce cas, il faut être prudent. Si on n'a pas pu recouper l'information, parler au conditionnel. Il faut en plus tenir le *timing*, qui est la contrainte numéro un. Il m'a fallu quelques semaines avant d'acquérir une certaine assurance. Aujourd'hui encore, il m'arrive très souvent de faire des cauchemars liés à cette expérience du direct: on va me donner l'antenne alors que je ne suis pas prête, et je demande qu'on retarde la diffusion du JT ; ou bien on me donne à lire une dépêche en direct, et je me rends compte que je n'arrive pas à la déchiffrer. Le journal est une gymnastique de précision, mais j'ai fini par m'y sentir à l'aise. Toute mon énergie y passait, je vivais un rêve, qui marquait l'aboutissement de ma ténacité et l'apogée de ma passion. Tous les matins, en allant au travail, je remerciais le ciel de m'avoir donné cette chance. Et j'étais très attentive à emmagasiner les sensations et les images que tout cela me procurait, en me répétant de ne jamais les oublier. J'avais le sentiment que mon bonheur pouvait s'arrêter à tout instant et qu'il fallait le savourer.

FR 3 Lille logeait dans une grande et ancienne bâtisse bourgeoise du boulevard de la Liberté. Le bureau des journalistes du JT se trouvait dans un autre corps de bâtiment, de l'autre côté de la cour. Le plateau, assez petit, était situé au rez-de-chaussée. Au début, j'étais très impressionnée d'être entrée dans le saint des saints du journal télévisé, mais je me rendis compte que le prestige n'empêchait pas les situations cocasses. Le cadreur de la caméra centrale, un « vieux de la vieille », lisait son journal pendant le direct et se fichait royalement de ce qui se passait sur le plateau. Un assistant de plateau, pendant la diffusion des reportages, se lançait dans des opérations d'entretien et de réparation, à grands coups de marteau ou dans des vrombissements de visseuse, ce qui avait le don de me déconcentrer. La « fabrication » du JT était donc beaucoup plus artisanale que je ne le pensais !

J'étais aussi connue pour être perfectionniste au sujet de l'éclairage. Quand j'allume un poste de télévision, la première chose qui, à mes yeux, donne le ton d'une chaîne, c'est la qualité de la lumière. C'est un peu comme dans un roman : les trois premières lignes donnent une tonalité, et celle-ci va déterminer votre humeur de lecteur pour la suite. Pour ce JT, nous n'avions pas de directeur photo, car les budgets ne le permettaient pas dans une station régionale. Le décor n'était pas très recherché non plus : juste un fond bleu et le logo FR3. L'image avait du coup un aspect un peu *cheap* qui gâchait, selon moi, le contenu éditorial du JT. J'estimais que l'audience du journal régional méritait mieux. Pour moi, la télé, par définition, donne à voir, et donc l'image doit se travailler aussi bien que le son, ou alors on écoute la radio. Je me retrouvais en butte aux moqueries de ceux pour qui les lumières et le décor étaient complètement accessoires face à l'information ; seul le contenu méritait qu'on s'y investisse. Les choses ont bien changé depuis.

À partir du moment où j'ai présenté le JT, j'ai connu aussi les joies de la somatisation. Quand on a la chance que j'avais, il ne faut surtout pas décevoir, encore moins faillir (je me retrouvais dans la situation même que j'avais vécue avec ma mère). Je travaillais comme une folle pour tenir le rythme, le niveau que je voulais atteindre et conserver la confiance que l'on m'avait accordée si difficilement. Je voulais être à la hauteur. Je vivais dans la tension, le trac et le doute. Pas étonnant que les maux de dos et de ventre aient suivi. Une de mes collègues avait, elle aussi, l'habitude de se tordre de douleur dès seize heures… avant le direct.

Dès lors que j'ai fait partie de la rédaction, j'ai pu toucher à tous les sujets qui m'intéressaient : la politique, l'économie, le social, les faits divers. J'ai aussi participé à des soirées électorales. Une soirée électorale est un exercice télévisuel très particulier, étant le seul programme d'information en direct prolongé et au contenu imprévisible. La première fois, c'était pour les élections cantonales du Nord-Pas-de-Calais. J'avais demandé à pouvoir en être, car j'étais passionnée par l'actualité politique. Cela faisait partie de mon intérêt pour la société et ses institutions. Il me fut difficile de m'imposer dans ce créneau, qui était l'apanage des journalistes spécialisés, un clan étroit et cloisonné. Cependant, j'avais une envie irrésistible d'animer ces soirées-événements destinées au grand public. En insistant beaucoup et en travaillant beaucoup, j'ai pu acquérir une certaine expérience en la matière. Élections cantonales, régionales, législatives, présidentielle… à mesure que l'enjeu devenait plus important, la responsabilité et l'excitation augmentaient.

Dans les grandes soirées électorales, les comptes rendus régionaux font l'objet de décrochages sur les chaînes nationales. On travaille sans filet, puisqu'il est impossible d'établir un conducteur. On jongle entre les résultats qui tombent, les invités politiques qui vont et viennent. Au début de la soirée, personne ne sait où l'on aboutira. Au lieu d'un fil tendu entre deux tours, comme peut être figuré le JT, on marche sur un fil qui se tisse à mesure qu'on avance et que less résultats tombent. Peu à peu, la direction se précise, l'excitation monte. On arrive bientôt à faire des synthèses en joignant tous les morceaux. J'adorais me trouver au cœur de cette effervescence, découvrir les résultats en même temps que le public. J'avais l'impression de participer à la vie politique et sociale des Français, de la faire partager en direct et à la consolidation de ces institutions que j'avais étudiées pendant des années. C'est ce que je connais de plus impressionnant et de plus excitant à la télé.

Le monde politique est trop décrié. C'est le lieu où se discute et se construit toute l'organisation de notre société. On devrait au contraire s'attacher à mieux le connaître, et dépoussiérer le langage des élus qui est trop souvent – là aussi – éloigné de la vie réelle. Pour ma part, j'étais obligée de connaître mes sujets sur le bout des doigts, car je savais que les spécialistes politiques seraient sur le plateau, prêts à ne faire qu'une bouchée de moi si je me trompais. En général, je travaillais comme si je passais un diplôme universitaire!

Dans un JT, chacun peut proposer ce qu'il veut. Il faut nourrir le journal. Tout est *a priori* bienvenu. Mais je ne tardai pas à constater qu'il y avait des bastions. Par exemple, j'aurais aimé faire des reportages politiques, mais je n'avais jamais accès à l'information quotidienne, chasse gardée des spécialistes. Je présentais les soirées électorales, c'était déjà formidable. Autre chasse gardée, le sport. Quand s'annonçaient des événements populaires, comme le Tour de France ou le Paris-Roubaix, j'essayais de proposer des reportages un peu décalés et humoristiques autour de la course. Mais on ne m'a jamais donné le feu vert (sauf une seule fois, lors de l'Enduro du Touquet). Les journalistes sportifs s'occupaient eux-mêmes des à-côtés.

À cette époque, le journalisme était en mutation. La nouvelle génération fraîche émoulue des écoles remplaçait peu à peu les anciens autodidactes. Ce qui dépoussiérait le métier. On sentait que ça commençait à bouger. Mais j'aimais fréquenter les vieux routiers. J'adorais tout particulièrement Jean Crinon, un vétéran des sports considéré comme le pape du sujet dans le Nord. Il avait été coureur cycliste professionnel quelque temps, avant de se reconvertir dans le journalisme, avec un succès dû sans doute à sa ferveur hors du commun. C'était un homme à l'imposante corpulence, comme tout ancien sportif qui a délaissé la discipline de fer pour les bons plats. Quand il commentait un match de foot ou une course, je craignais souvent qu'il n'aille jusqu'à l'arrêt cardiaque, tant il se laissait emporter. Il était capable d'improviser sur n'importe quel sujet sans le moindre aide-mémoire. Il avait tous les noms et toutes les dates en tête. Parmi la rédaction, c'était le seul journaliste qui refusait de faire confiance à la régie. Il voulait contrôler lui-même l'envoi du reportage au moyen d'une pédale placée sous son pied. Quand on l'observait bien, on le voyait se déhancher légèrement juste avant que les images démarrent. C'était un homme qui avait une faconde incroyable, ce que j'appelle la verve nordiste. Il était d'ailleurs considéré comme une institution vivante dans la région. Je l'avais déjà invité lors d'une édition des « Doigts dans la prise », et nous avions échangé nos rôles, lui en rockeur à banane, moi en footballeuse, preuve que lui au moins n'était pas crispé sur ses fonctions.

Renonçant à la politique et au sport, j'ai en revanche couvert beaucoup de faits divers, mon domaine de prédilection, qui me passionnait toujours autant. Je partais souvent avec une cameraman, qui deviendrait une amie, Laurence Mayerfeld – l'une des premières femmes dans ce métier, et également syndicaliste convaincue. Quant aux reportages « patrimoine », je les tournais surtout l'été, le mois où je n'étais pas en vacances et où j'étais libérée du JT. L'actualité étant plus légère, on pouvait se permettre de faire des reportages plus longs pour le JT. Je voulait sortir de l'académique. J'affectionnais le bucolique, le poétique, le décalé, le créatif. Heureusement pour moi, le poids des contraintes n'était pas trop marqué. À Lille, j'avais pour ainsi dire carte blanche. Je partais pour des escapades champêtres avec un cameraman authentiquement amoureux de la nature. Il était capable de se lever à l'aube pour filmer le lever du soleil ou une toile d'araignée pleine de rosée. Il y avait aussi notre preneur de son, qui faisait stopper la voiture toutes les cinq minutes pour enregistrer une vache ou un clocher. On se serait cru en train de faire l'école buissonnière. J'avais réalisé un très joli reportage sur les kiosques à musique – dont on trouve beaucoup d'exemplaires dans l'Avesnois. Il y a cent façons de faire un reportage sur les kiosques à musique. On peut en filmer dix, interroger les musiciens, aller voir les responsables municipaux… Mais nous avions déniché deux vieux papys intarissables sur le sujet. Le kiosque avait animé la vie de leur village pendant des années, et nous avions suivi tout cela à travers l'évocation de leurs souvenirs, où ils se reprenaient sans cesse l'un l'autre à la façon de don Camillo et Peppone. J'avais trouvé la formule du reportage que j'affectionnais : des personnages forts, qu'on laisse réellement s'exprimer.

Au printemps 1992, les rédactions régionales de France 3 se sont mises en grève au motif que les salaires en région étaient moins élevés qu'à Paris. Les députés ont fini par s'en émouvoir. À l'Assemblée nationale, un député du Nord a brandi une feuille de paie pour illustrer la faiblesse du salaire du journaliste en région. Il n'y avait aucune raison que celui-ci gagne moins qu'un Parisien, disait le député, car il n'y avait pas de sous-journalistes. Le hasard a voulu que la feuille de paie qu'on agitait ainsi à l'Assemblée fût la mienne. J'étais l'une des dernières engagées – et ma feuille de paie illustrait la situation financière des journalistes les moins bien payés en région.

Le journalisme est une activité passionnante mais délicate. A-t-on jamais les mains libres ? Dans ma façon de présenter le JT, je pensais installer un style moins emprunté et rigide que ce qui se faisait habituellement en région. Mon projet initial était de parvenir à « raconter le JT autrement ». Mais, en même temps, je n'étais pas libre de décider de tout. L'exercice restait académique, puisque j'étais seule devant la caméra. J'aurais voulu un journal plus en phase avec le pays dont il parlait. Ce que je savais, c'est que la télé était toujours décalée par rapport au réel. Quand vous écoutiez les gens dans la rue, quand vous vous intéressiez à leurs préoccupations, vous découvriez un tas de choses qui ne se retrouvaient jamais à la télévision. La télé parlait une autre langue. Elle semblait manquer de vie, de vérité, de sincérité. Elle était éloignée des soucis du commun des mortels.

Plus tard, quand je ferais la démarche de m'intéresser à des gens hors normes, je trouverais cela beaucoup plus vrai. S'intéresser à ceux qui assument leur différence, c'est aussi une façon de sortir du rang. Pas directement, mais à travers les autres. Les autres, ceux qui osent transgresser, que ce soit en petit ou en grand, m'ont toujours fascinée. Ils me nourrissent, ils m'apprennent, et je les aime profondément, quel que soit leur choix.

Mais, avant de songer à faire des talk-shows dont le concept n'existait pas encore en France, j'allais rêver d'autre chose : monter à Paris.

9

J'ai toujours défendu la régionalisation en télévision. À tort ou à raison, les régions souffrent d'un manque de considération. Elles ne cessent de réclamer plus de moyens, d'autonomie et d'heures d'antenne. C'est un casse-tête chinois depuis de longues années à France 3.

Mais les expérimentations sont difficiles. J'adorais mon métier, seulement… j'aurais aimé élargir mon champ des possibles. À terme, l'idéal me semblait la production, c'est-à-dire la conception complète de programmes. Pour l'heure, j'avais envie de rester dans l'info, mais à plus grande échelle, ce qui ne me laissait qu'une seule possibilité : Paris. Et puis, je l'avoue, je rêvais de la capitale et de ses lumières, comme une midinette. Toutes ces images me tournaient dans la tête depuis que j'avais regardé, jeunette, l'émission « Champs-Élysées » de Michel Drucker.

Pendant deux ans, mon dossier a suivi son cours sans que rien n'aboutisse. Régulièrement, j'apprenais que des gens étaient appelés à Paris. Était-ce encore un problème de profil ? Me considérait-on toujours comme la fille du rock ? Ou n'avais-je pas le bon diplôme ? Il faut toujours se battre contre les étiquettes. Comment peut-on vouloir présenter le JT à Paris lorsqu'on a fait un magazine de rock en province ? J'ai vraiment dû la faire oublier, cette émission qui m'avait pourtant permis d'entrer à la télé. Où que j'aille, les débuts étaient difficiles. Comment « monter à Paris » quand on n'a pas les clés et que l'on n'est pas un Rastignac en jupon ?

Je n'y croyais plus. J'étais prête à rester à Lille définitivement. En dernier recours, il m'a semblé que je ne risquais rien à demander un rendez-vous à Paris. J'ai été reçue par Christian Dauriac, le directeur de la chaîne régionale France 3 Paris-Île-de-France. Je lui ai expliqué que j'avais très envie de présenter le journal, que j'étais motivée, qu'il pouvait me donner ma chance pour juger de ce que je pouvais faire, etc. Cette fois-ci, je n'avais plus le handicap du manque d'expérience. Après quatre ans de JT à Lille, j'étais plutôt rodée. Quand j'en suis venue à exposer ma vision du JT, sur un mode moins académique, plus proche des gens, je lui parlais sans calcul, avec passion, et j'ai touché, sans le savoir, une corde sensible. Christian Dauriac avait, je l'ai su plus tard, le même type de conception. Sa référence était le journal *Le Parisien Aujourd'hui*, en région, un journal qui colle aux préoccupations réelles des Français et qui donne la parole à ses lecteurs. Il trouvait là un modèle dont il voulait s'inspirer très concrètement dans son JT, et je trouvais l'idée formidable. Il m'a dit de faire mes bagages et de venir à Paris le plus vite possible. Aussi simple que ça.

L'audace et la sincérité avaient réussi… enfin !

Puis tout a été très vite. Juin 1993. À la fin du mois, un vendredi soir, j'ai présenté mon dernier JT à Lille. Le lundi suivant, je présentais celui de Paris. Malgré ma joie de « monter » à la capitale, j'avais le cœur lourd de quitter ce Nord que j'aimais tant, et surtout les gens qui m'entouraient. J'avais mis du temps à trouver ma place parmi eux, mais maintenant nous formions une famille, j'ai senti combien mes collègues et moi étions liés.

Même Claude Tronel, le rédacteur en chef qui avait pris la place de François Paoli au JT, s'est montré affecté. C'était un homme rigoureux, presque austère, avec un physique qui n'était pas sans rappeler Claude François. Je n'avais jamais vraiment su s'il m'appréciait ou pas. Un jour, après avoir lu mes plateaux (on appelle ainsi les textes de lancement du JT), il m'avait fait ce commentaire : « Tu dois épurer ton style. N'aie pas peur de couper. Sois plus sobre. » Sur le moment, j'avais été vexée, et la critique m'avait paru sévère. Mais le conseil est allé se loger quelque part dans un coin de ma tête. Par la suite, je l'ai souvent appliqué, et je sais aujourd'hui ce que j'y ai gagné en efficacité. Je pense souvent à lui, aux sens de la rigueur et de la concentration qu'il m'a inculqués. Au sein de la rédaction, nous avions des liens un peu particuliers. Pendant les conférences, je sentais qu'il me soutenait dans mes propositions, mais ce n'était pas ouvertement, et il n'en parlait jamais après coup. Il était tout en retenue. Lors de mon départ, j'ai été stupéfaite de voir qu'il était très ému. Il avait les yeux humides et m'a dit les mots les plus gentils de la soirée.

Nous nous embrassions avec chaleur : scripts, monteurs, secrétaires, journalistes. Je quittais donc délibérément un cocon douillet, où j'avais fini par être aimée, pour me jeter dans l'arène. J'allais de nouveau devoir faire mes preuves, recommencer tout un travail d'intégration – et à Paris, ce ne serait sûrement pas de la rigolade pour une petite provinciale.

N'ayant pas le temps de déménager tout de suite, je me suis installée dans un petit hôtel deux étoiles, le Tim Hôtel, à côté du Palais-Royal, à Paris. La ligne qui desservait la station du Louvre-Rivoli me menait directement à France 3, qui était alors sur les quais de Seine. La station régionale de Paris-Île-de-France se trouvait dans le même bâtiment que la chaîne nationale.

Je n'étais jamais venue à Paris qu'en touriste. Je me sentais complètement perdue. Le métro me faisait peur. Tout me dépassait. Mais, j'avais remué ciel et terre pour arriver là, et il s'agissait à nouveau de me montrer à la hauteur. Le lundi, à neuf heures, je me suis retrouvée au milieu d'une longue tablée d'inconnus. Je voulais être modeste et respectueuse, et ne pas oublier que, à Paris, j'étais une débutante. Je ne savais rien, ou presque, et je devais recommencer à zéro.

J'ai vécu cette première journée à Paris exactement dans le même état d'esprit que ma première journée au tribunal de Saint-Omer. Je n'avais pas dormi de la nuit. Dès le petit matin, un voile blanc était tombé devant mes yeux, et mes mains se dérobaient à mes ordres. J'essayais d'appliquer les quelques principes de relaxation que j'avais appris, mais au bout de cinq minutes l'angoisse me gagnait de nouveau.

Comme toujours quand on arrive dans un nouveau milieu, j'ai soulevé la curiosité. Qui est-elle ? Que va-t-elle faire ? On m'attendait au tournant.

Ma plus grande appréhension était de travailler avec un prompteur, situé sur l'objectif de la caméra. Je n'en avais jamais vu, ayant toujours travaillé avec des fiches. Mais, ici, nous tournions dans les studios de la chaîne nationale, puisque les deux stations logeaient dans le même bâtiment. Techniquement, un réalisateur gérait tout. Cependant, je n'arrivais pas à faire confiance à ce prompteur, engin inconnu, donc imprévisible. S'il tombait en panne, ce serait le naufrage. Je voulais avoir mes fiches avec moi. Je les ai suivies, ne jetant qu'un coup d'œil au prompteur de temps en temps. En gros, j'ai fait comme s'il n'était pas là, et heureusement, car il s'est comporté « bizarrement ». Je n'ai jamais su s'il s'agissait d'un bizutage ou d'un simple incident de routine, car il arrivait aussi de manière récurrente, chaque fois qu'on changeait l'ordre prévu dans les sujets, que le texte défile à toute vitesse en avant ou en arrière pour se repositionner au bon endroit. J'avais bien fait de conserver mes fiches pour mon baptême du feu. Par la suite, je me suis progressivement habituée à cet appareil bizarre. J'ai surtout compris qu'il fallait entretenir des rapports étroits avec la personne qui s'occupe du prompteur, afin qu'elle s'adapte à votre rythme et puisse anticiper vos réactions. Plus tard, quand je présenterais des émissions de variétés, il m'arriverait souvent d'improviser et d'imposer à la prompteuse un travail d'attention très soutenu pour me suivre.

Pendant longtemps, j'ai présenté le JT. Je devais m'adapter à ce nouveau milieu, technique autant qu'humain, de plus les images de notre JT régional un peu atypique étaient fort suivies, ce qui n'était pas sans ajouter à mon stress.

Puis sont venues à nouveau les soirées électorales. Cette fois, l'enjeu était énorme, puisque la rédaction recevait les ténors des partis, qui passaient chez nous après avoir fait le tour des télés nationales.

Ma première demande pour coprésenter une soirée électorale s'est vu opposer un refus catégorique. On ne m'a pas fourni d'explications, mais je sentais que mon franc-parler et ma manière d'interviewer pouvaient paraître dérangeants. Par ailleurs, c'était comme partout une chasse gardée du service politique de la rédaction. J'ai attendu patiemment, je me suis obstinée, et finalement Christian Dauriac, mon directeur régional, a décidé de prendre le risque. Je le remercie d'avoir osé me faire confiance et d'avoir braver l'« ordre établi » au sein de la station régionale de France 3.

Ma première soirée électorale parisienne, je l'ai coprésentée avec le spécialiste politique de la chaîne, qui d'ordinaire officiait seul. Nous avions plusieurs tranches à remplir tout au long de la soirée, dont une pendant le JT. Vers vingt et une heures, un décrochage de la chaîne nationale nous offrait longuement l'antenne. Lorsque j'ai demandé à Christian Dauriac comment il envisageait ce décrochage, il m'a répondu : « Tu appelles les quatre relais en direct dans les départements, et pour le reste tu te débrouilles avec les invités. » Le briefing était court. Il ne me restait donc plus qu'à potasser mon sujet et à me débrouiller !

La première partie de la soirée s'est d'autant mieux passée que, la politique régionale, je la connaissais sur le bout des doigts. Nous arrivons à l'heure du décrochage. Je prends l'antenne et, très confiante, j'annonce : « Nous allons tout de suite nous adresser à notre correspondant en Seine-et-Marne. Bonjour Jean-Jacques. Quelles sont vos premières estimations ? » Silence à l'antenne. Panne de son. OK, ce sont des choses qui arrivent, je me tourne vers le deuxième département : « Nous partons vers les Yvelines, pouvez-vous nous communiquer vos premiers résultats ? » Silence à l'antenne. Le troisième et le quatrième département étaient muets également. Nous n'avions rien. Pas le moindre résultat pour nourrir la discussion. J'ai senti une immense solitude m'envahir. Que faire ? Il a fallu improviser totalement, avec pour seul combustible quelques résultats pour Paris qui arrivaient sur notre fax. À mes côtés le spécialiste politique commentait cette maigre matière. Se trouvait également sur le plateau un analyste d'un institut d'études politiques. Puis les invités ont commencé à arriver. Nous nous en sommes sortis à l'aveuglette, jusqu'au moment où le son a été rétabli, une demi-heure plus tard. Au funambule qui ne voit pas où va son fil, on avait encore ôté le balancier. Mais quand on arrive au bout d'un exercice aussi difficile, un mot s'impose : la jubilation.

Toutes mes soirées électorales ont suivi le même déroulement : d'abord un trac à vous faire éclater la tête, puis, au moment où vous allez tomber dans les pommes, le direct commence. C'est en état d'hypnose que vous prenez la parole, puis une phrase en appelle une autre, les propos s'enchaînent comme par magie, selon l'inspiration du moment, vous vous sentez de plus en plus léger, vous marchez sur un nuage, tout coule de source, et quand le générique tombe, vous voudriez que l'émission ne s'arrête plus – vous pourriez tenir jusqu'au bout de la nuit. Pendant des heures, vous restez survolté, en état d'apesanteur, incapable de vous calmer, encore moins de dormir. C'est une expérience de jubilation inouïe, qui ne ressemble à rien d'autre, et dont j'ai souvent reconnu les signes sur le visage de mes confrères célèbres lors de ce genre de soirée, lorsque je les regarde en zappant pour comparer leurs approches, car c'est la vie de la cité qui en dépend.

J'ai donc commencé à recevoir les ténors politiques sur le plateau du JT ou lors des soirées électorales. Comme tout un chacun, ne les ayant jamais rencontrés, j'étais très impressionnée à l'idée de leur parler « en vrai ». Pour me décontracter avant l'interview, je me répétais qu'ils étaient des êtres humains comme les autres. Mais je ne savais pas comment les présenter, car le protocole ne permet pas de s'adresser à eux comme à des gens ordinaires. Je devais respecter scrupuleusement les civilités d'usage.

Mon seul désir, en la circonstance, aurait été de leur parler de façon informelle et directe, en leur posant les questions que tout le monde se pose. Le ton a beaucoup évolué en une dizaine d'années. Quand je l'ai reçue sur RMC très récemment, Arlette Chabot, la responsable de l'information sur France 2, m'a confié que sa priorité était d'obtenir des mots simples et des réponses vraies de la part des hommes politiques. Comment ne pas adhérer à cette conception ? Mais, au début des années 1990, la langue de bois prédominait. On devait mettre des pincettes pour s'adresser aux « institutionnels », il ne fallait pas les brusquer, il était impossible de s'écarter des sujets arrêtés par avance. En novembre 1993, Jacques Chirac, alors maire de Paris, est passé dans notre JT à l'occasion du lancement du Samu social, qui a vu le jour à Paris avant d'être généralisé à la France entière. Toute la rédaction était en effervescence. Pendant l'interview, en tant que présentatrice, ce n'était pas à moi de décider du contenu des questions. Pourtant, je mourais d'envie de m'adresser à Jacques Chirac, en toute liberté, comme si par extraordinaire je me trouvais en train de boire un café avec lui au coin de la rue – simple vue de l'esprit ! L'exercice a été terriblement frustrant. Je me sentais prisonnière d'un carcan de conventions. Malgré l'honneur qui m'était fait d'interviewer un ancien Premier ministre, futur candidat à la présidence de la République, je n'ai pas eu le sentiment d'une rencontre véritable. Il y avait un décalage énorme entre ce que j'aurais voulu faire, et cette espèce de protocole qu'il fallait respecter pour la caméra. Ce malaise, je le ressentirais toujours avec les personnalités médiatiques.

Je ne me sens réellement à l'aise que lorsque je rencontre des anonymes, des gens ordinaires, lesquels ne sont pas si ordinaires que ça quand on prend le temps de les écouter. J'aime à entendre leur histoire, leurs grandes comme leurs petites histoires : elles sont pleines de vérité et de sincérité, elles touchent au cœur parce qu'il s'agit de leur vie. En revanche, je ressens toujours un étrange malaise lorsque je rencontre des gens célèbres. Habitués aux photos, aux micros, aux caméras, ils gèrent leurs interventions avec virtuosité, leur vraie personnalité restant insaisissable – c'est une attitude protectrice que j'ai moi-même appliquée plus tard. Je suis alors partagée entre l'éblouissement de la gamine qui voit ses idoles en chair et en os et la frustration de penser que je n'arriverai pas à les rencontrer dans leur vérité. C'est comme si j'étais de l'autre côté de la barrière.

Poser des questions simples, de bon sens, celles que tout le monde se pose, sans emphase ni chichis, voilà pour moi l'interview idéale. Avec Jacques Chirac, par exemple, j'aurais aimé commencer l'entretien par une : « Comment s'est passée votre journée ? Pas trop fatigué ? » Ces considérations sont certes des plus banales, mais le quotidien des grands hommes a aussi sa part d'ordinaire. J'aurais donc voulu que s'établisse entre nous non une connivence, mais une spontanéité, un ton naturel. Je ne maîtrise pas les codes de la vie entre célébrités – je ne veux pas m'y intéresser.

Lors d'un JT, je devais interviewer Françoise Giroud en duplex. On lui avait envoyé une équipe technique, elle m'entendait grâce à une oreillette (un mini-récepteur placé dans l'oreille). Je lui pose ma première question, mais elle ne réagit pas. Je repose ma question. On la voit tressaillir, puis froncer les sourcils. Ensuite, elle se penche vers le technicien et demande : « Mais qu'est-ce qu'elle dit, la dame ? » (Elle n'avait aucune idée de mon nom, bien sûr.) Je me suis tassée sur mon siège, partagée entre la panique et le fou rire. L'oreillette était défectueuse. On a dû abréger l'interview, mais la scène a fait une petite carrière dans le bêtisier de la télévision française.

Au début de l'année 1993, lors d'une réunion de travail au sein de la chaîne, j'ai fait la connaissance de Jean-Pierre Elkabach, le PDG de France Télévision (l'institution qui chapeaute toutes les chaînes publiques). Il me précisa qu'il connaissait et appréciait mon travail. J'en fus surprise et flattée. Quelque temps plus tard, il m'a proposé d'animer une émission qui allait se créer sur la chaîne nationale France 3, consacrée à la recherche d'emplois. Édouard Balladur, Premier ministre à l'époque, voulait, lui aussi, prendre à bras-le-corps le problème du chômage. Dans la panoplie de mesures envisagées se trouvait la diffusion d'une émission quotidienne et en direct pour aider les chômeurs. Son nom : « Emploi du temps ». Au bout de six mois, l'émission passerait sur une chaîne alors en préparation, la Cinquième.

Cela me vaudrait six mois de travail à un rythme infernal, mais j'ai relevé le défi. Donner des conseils, des astuces, et recueillir des témoignages pour aider quelques personnes à trouver du travail ne me semblait pas une démarche critiquable en soi. J'avais l'impression de tenter quelque chose d'utile pour des milliers de chômeurs. La télévision peut aussi permettre d'aider les gens.

À la présentation du JT de dix-neuf heures s'est donc ajoutée celle d'« Emploi du temps », à huit heures du matin. Cela m'obligeait à me lever à quatre heures. Le matin, je travaillais au rez-de-chaussée et, le soir, au premier étage. Entre-temps, je rentrais chez moi faire une sieste d'une heure pile; je me couchais tous les jours à vingt et une heures trente. Je n'avais pas du tout prévu la folie que présentait l'animation de deux directs par jour.

Un jour, une chef d'entreprise que j'interviewais me parut bizarre d'entrée de jeu. Il y avait une tonalité qui me mettait mal à l'aise dans son vocabulaire. Une tendance mystique tout à fait déplacée dans le contexte économique. À peine sortie du plateau, je suis allée trouver le producteur pour lui demander s'il avait bien vérifié qu'il ne s'agissait pas d'un membre d'une secte. Il m'a regardée comme si j'étais la dernière des paranoïaques. Pour en avoir le cœur net, je me suis adressée à l'ADFI (Association de défense des familles et de l'individu victimes des sectes), où l'on m'a confirmé que cette femme appartenait à une organisation suspecte. Sous le couvert d'un Groupement européen des professionnels du marketing (GEPM), elle pratiquait le recrutement de vendeurs, qu'elle formait par des techniques payantes : tantôt des séminaires de développement personnel tantôt des « week-ends de rêve ». Les plaintes de vendeurs s'estimant escroqués et soumis à un lavage de cerveau étaient connues depuis 1992. L'organisation allait finalement passer en jugement en juin 2000.

Voilà pourquoi depuis toujours, et plus encore suite à cette expérience, je juge si important de pouvoir être à l'origine du contenu de l'émission que je présente. Il ne s'agit pas que d'une question d'argent, comme le pensent parfois les spectateurs. D'ailleurs, jusqu'à cette époque, il s'agissait toujours de budgets internes, c'est-à-dire entièrement gérés par la chaîne, dont je restais salariée. Mais la production est le seul moyen de contrôler le contenu éditorial d'une émission, prérogative capitale si l'on ne veut pas se retrouver obligé de cautionner n'importe quoi.

Quand l'émission est passée sur la Cinquième au bout de six mois, comme cela était prévu, le producteur ne m'a pas retenue.

Je serais curieuse de savoir combien de gens ont réellement trouvé du travail, ou tout au moins un soutien moral, grâce à elle. Selon moi, on y parlait trop peu d'expériences concrètes, et d'exemples à suivre. Sur le plateau, j'étais entourée de chefs d'entreprise qui se gargarisaient de leurs succès, alors que j'aurais voulu que des chômeurs viennent nous raconter leurs démarches et leurs difficultés. Or, des histoires de chômeurs, Dieu sait si ça existe (j'allais bientôt pouvoir en raconter moi-même) ! Derrière le « problème du chômage », il y avait une foule d'êtres humains ; et derrière chacun d'eux, une histoire ou un drame, que j'aurais bien voulu entendre et faire entendre. Quoi qu'il en soit, je remercie Jean-Pierre Elkabach de m'avoir fait confiance.

Quand l'émission s'est achevée, en décembre 1993, j'étais sur les genoux. Je fumais trois paquets de cigarettes par jour. Je n'avais plus de vie sociale. C'est souvent ainsi dans ce métier : quand ça marche, ça marche trop bien, on ne peut plus rien faire d'autre ; et quand ça ne marche pas, c'est le désert total. Il n'y a jamais de période équilibrée.

J'étais dans un tel état de fatigue que je mettais à profit le moindre moment pour tenter de me relaxer. J'avais appris avec un médecin à m'autohypnotiser ; je parvenais même à le faire entre deux stations de métro (il faut surmonter une certaine pudeur pour oser fermer les yeux dans une rame, mais l'audace est vite récompensée). Comme mon hypnothérapeute me l'avait enseigné, je me concentrais sur les sons. J'isolais tous les bruits un par un. La dame qui tousse, un journal qu'on feuillette, le crissement des roues, un bébé qui pleure, un Walkman en marche, les portes qui se ferment... Rien de plus étonnant que de percevoir le monde avec ses oreilles. Tout prend un autre relief et forme un paysage fantasmatique et fascinant. Aujourd'hui encore, j'applique quelques principes d'hypnose avec ma fille pour l'aider à s'endormir. Je lui dis de fermer les yeux, de se concentrer sur ma voix, et je lui chuchote à l'oreille: « Tu es en sécurité. Ta maman est là pour veiller sur toi. Tu vas te détendre et t'amuser à écouter tous les bruits qu'il y a autour de toi. Ils forment une jolie mélodie. Écoute la jolie mélodie et tu vas t'endormir très facilement. » Elle doit me prendre pour une cinglée, mais le système fonctionne assez bien... enfin la plupart du temps!

J'étais absolument épuisée, mais en même temps heureuse d'avoir vécu cette expérience, fût-ce à un rythme délirant. On m'avait fait confiance en me donnant un défi à relever, j'avais acquis une nouvelle expérience du direct, j'avais aussi exploité un nouveau sujet. Au total, le bilan était positif.

Et je savais, une fois pour toutes, que l'adrénaline était pour moi un ressort essentiel. Plus tard, à l'époque de « C'est mon choix », quand je craindrais d'être terrassée par le stress et m'en plaindrait auprès de Stéphane Rak, le bras droit de Jean-Luc Delarue, il dirait souvent: « Allons, c'est ton moteur, tu sais que tu as besoin de ça. »

C'est vrai, j'aime me surpasser pour m'en sortir. Peut-être y a-t-il toujours cette volonté de prouver à ma mère que je peux réussir à devenir ce qu'elle voulait que je sois. Ou bien le désir de donner raison à mon père lorsqu'il affirmait que le travail bien fait finit toujours par vous récompenser. Ou encore la satisfaction d'avoir gravi une montagne malgré toutes les embûches rencontrées.

Mais j'ai conservé aussi ma nature contemplative, mon goût pour l'observation et la solitude. Ces aspects-là de ma personnalité, je les exerce plutôt pendant les vacances. J'adore partir seule et me couper de tout. Ni téléphone, ni télévision, ni presse. Personne ne m'accompagne non plus. Je pars dans une bulle. Je vais souvent à la mer. J'adore la mer. J'ai besoin de la regarder des heures durant. Je peux passer une journée entière à le faire. Ce n'est que de l'eau. Mais c'est inépuisable. Mon marin de père me disait : « En mer, il faut savoir rester humble. » Face aux vagues, je respire, je suis enfin confrontée à quelque chose d'immuable. La mer m'aide à trouver un refuge en moi-même, dans ce point immobile où l'on est en accord avec soi, quoi qu'il arrive à l'extérieur, où l'on sait qui l'on est, et où l'on sait que cette certitude est inaltérable.

Quand je cesse de travailler, je n'aspire qu'à la paix. N'être plus que moi-même, me défaire de tout le reste. Je vais là où je suis sûre de ne connaître personne. J'ai beaucoup fréquenté Saint-Idesbald, une petite plage belge proche de la frontière française, ou bien la pointe du Raz, au Cap Sizun, un endroit incroyable ou encore La Baule. Toujours des plages du Nord ou de Bretagne. L'été, ça sent l'huître, les embruns… et la crème solaire. Malgré les paravents, le sable fait des plaques sur la crème. Je passe des heures à regarder passer les gens. Je mange des crevettes sur la digue. Un bout de fromage avec une bonne bière belge. Une portion de frites. Je ne travaille pas, je ne parle pas, je ne lis pas. J'ouvre les yeux, je marche, je fais du vélo. C'est mon grand nettoyage. Je me sens comme une petite souris invisible, enfouie sous son bonnet et sa parka. Je contemple les bateaux, les enfants qui jouent. J'imagine l'histoire des gens que je croise. Qui ils sont. Ce qu'ils font. J'ai toujours eu du plaisir à observer les familles en vacances. Moi que ma mère a élevée dans l'horreur de la famille, je n'ai cessé de fantasmer sur cette image du bonheur : des gosses en train de faire un château de sable avec leur père. C'est une image d'Épinal, certes, mais je ne connais rien de plus vrai. Et puis, elle éveille en moi des souvenirs. Moi aussi, j'ai joué sur des plages avec mon père. C'est tout simple, mais c'est beau. Innocent. Paisible. Harmonieux.

En dehors des vacances, j'ai d'autres occasions d'exercer mes dispositions contemplatives, même au milieu de la foule et du bruit. Lorsque je suis arrivée à Paris, je n'aimais pas prendre le métro, parce que je m'y sentais déboussolée. Mais, dès que j'ai su y trouver mes repères, j'ai compris que c'était au contraire un endroit extraordinaire. On y croise chaque jour une galerie de personnages incroyables. À toute heure, en tout lieu, des milliers de gens et de scènes se donnent à voir. Il m'est arrivé souvent de laisser passer plusieurs stations après la mienne pour continuer à observer le spectacle étrange de cette humanité souterraine.

Quelque temps après « Emploi du temps », j'ai rencontré un autre producteur de France 3. Celui-ci m'a proposé de travailler avec lui sur une émission de défense du consommateur et du citoyen. L'idée m'a enchantée. L'émission s'est appelée « De qui se moque-t-on ? » Le titre veut tout dire. Il y était question de personnes en litige avec des firmes ou des institutions et qui ne parvenaient pas à faire valoir leurs droits auprès de l'administration, des banques, ou des arnaqueurs. Cette thématique m'a permis de renouer enfin avec des témoignages issus de la vie quotidienne, de renouer avec une télé qui a le courage de dire non. Notre optique était simple : nous allions prendre à bras-le-corps la défense des victimes, en agissant sur le plateau même pour aider nos invités. Pour cela, il fallait convoquer les parties opposées et leur demander des réponses claires (c'est ce que fait aujourd'hui avec succès Julien Courbet dans son émission « Sans aucun doute »). Nous nous intéressions aux litiges bénins ou très graves, comme dans le cas de cette femme qui avait perdu son enfant à la naissance parce qu'elle avait mangé du fromage contaminé par la bactérie listeria. Elle essayait désespérément d'obtenir un dédommagement, mais ne savait vers qui se tourner. Dans l'état de détresse où elle se trouvait, son seul dessein était d'empêcher d'autres tragédies en faisant reconnaître les responsabilités. Nous sommes aussi venus en aide à des victimes d'erreurs médicales, comme cette femme dont le sein était tombé au niveau du ventre après une opération de chirurgie esthétique ratée, ou cette vieille dame escroquée par une société de dépannage d'urgence – on lui avait soutiré une fortune pour réparer une simple fuite de plomberie dans ses toilettes. Ou encore ces gens surendettés qui ne parvenaient plus à rembourser les intérêts des intérêts, alors que les banquiers avaient accepté de leur accorder crédit sur crédit malgré leurs maigres revenus. Dans tous les cas, nous faisions venir la ou les parties adverses sur le plateau et nous leur demandions de réparer le préjudice ou de trouver une solution satisfaisante sur-le-champ. Du seul fait qu'ils se trouvaient sur un plateau de télévision, ces gens tenaient soudain un discours très différent. Ce qui n'était « absolument pas possible » auparavant devenait envisageable devant la caméra. Nous avons obtenu un taux de réussite de 95 % dans nos interventions, et cette fois je peux dire que je me sentais utile en présentant cette véritable émission de service public. Non seulement parce que les victimes partaient en ayant obtenu gain de cause, mais aussi parce que cela pouvait servir d'encouragement à une foule de téléspectateurs, qui trouveraient peut-être enfin le courage de forcer des portes ! Le tort de la victime est souvent d'avoir honte de s'être fait escroquer et de ne pas oser porter plainte, de peur d'affronter le ridicule. À cela s'ajoute la difficulté des démarches, de la paperasserie et la force implacable et aveugle de l'administration. En France, le réseau d'aide aux consommateurs est moins bien organisé qu'en Allemagne, par exemple, où chacun se considère comme un consommateur citoyen.

Pour recruter nos invités, nous comptions sur tous les cas qui nous étaient spontanément signalés, sur les magazines spécialisés dans les sujets de consommation et sur le soutien du service de la répression des fraudes, qui nous apportait des dossiers. L'émission était enregistrée tous les vendredis (c'était l'époque où l'on avait institué les longs week-ends qui englobaient le vendredi soir et j'étais donc libérée du JT ce jour-là), pour être diffusée le samedi. Quatre JT, une émission, ce rythme me convenait à merveille, j'adorais ma vie et cette télécitoyenne.

Mes amis étaient surtout des collègues. Parmi eux se trouvait un journaliste (pour préserver son anonymat, je l'appellerai Paul) qui avait attiré mon attention dès son arrivée à la rédaction de France 3 Paris. Je suis très sensible aux différences, et cet homme se distinguait par son élégance hors du commun, très british, par sa galanterie et son souci du protocole, et surtout par sa vision du journalisme. Ses idées originales bousculaient pas mal de traditions ancrées dans la rédaction. C'était comme moi un passionné de faits divers, et j'étais toujours heureuse de débattre de tel ou tel sujet avec lui, ou de lui glisser quelques suggestions pour ses reportages. Nous nous sommes vus de plus en plus souvent en dehors du travail, jusqu'à ce qu'il se sente suffisamment en confiance pour me révéler qu'il était homosexuel. Après des années de silence, il avait pris la décision, très difficile et risquée, de s'en ouvrir à ses parents. Mais, dans cette famille d'artisan où les enfants avaient reçu une éducation traditionnelle, l'incompréhension et la honte furent totales. Ses parents furent profondément choqués, et il ne fut plus jamais question d'« en parler ». Le sujet est devenu tabou. Les relations de Paul avec sa famille se sont distendues. Il sentit qu'il n'était plus le bienvenu. Malgré cet opprobre, il avait fait le choix d'assumer son homosexualité au grand jour, de s'accepter tel qu'il était quelles qu'en soient les conséquences sur ses relations familiales. Cruel dilemme…

C'est en pensant à lui que j'ai réalisé plus tard une émission de « C'est mon choix » sur le thème : faut-il révéler son homosexualité à ses parents ? Nous avons reçu un jeune homosexuel dont la vie était brisée parce que sa mère l'avait renié et refusait de le voir. Il est venu lui lancer un appel vibrant à l'antenne, lui disant combien il l'aimait et souffrait de cette situation. Mais elle ne lui a pas répondu. En revanche, un père est venu plaider le fait qu'il vaut mieux assumer sa sexualité que la cacher aux yeux de sa famille. Depuis que sa fille leur avait confié, à sa femme et à lui, qu'elle était lesbienne, le climat dans la famille était devenu beaucoup plus paisible, et ils abordaient ce sujet, désormais assumé par tous, avec un certain goût de la provocation. Enfin, nous avons accueilli un transformiste qui imitait à la perfection Zizi Jeanmaire. Comme mon ami Paul, il avait tout révélé à sa famille – ses frères étaient rugbymen à Béziers –, préférant se brouiller avec eux plutôt que de continuer à se taire et à faire « comme si ».

Lors de cette émission régnait une grande émotion dans le public, ainsi qu'une grande compréhension, de l'empathie même.

Je pense ici à mon beau-père, pour qui l'homosexualité était un comportement anormal, pour ne pas dire une « maladie ». Comme beaucoup, il n'osait pas s'exprimer sur cette « chose bizarre ». Lorsqu'il a rencontré mon ami Paul à des dîners où je les ai conviés ensemble, il a commencé à comprendre que l'on peut être différent sans être malade ou coupable. Les parents non plus ne sont pas coupables, comme on l'a longtemps laissé croire (c'est l'éducation, c'est la mère possessive qui désirait une fille à la place d'un garçon...). Toutes ces croyances sont bien mises à mal par les histoires croisées de tous les témoins qui parlent aujourd'hui : on est homosexuel, on ne le devient pas.

En discutant avec Paul, qui était célibataire à l'époque, j'ai appris les codes de la séduction entre homosexuels, beaucoup plus directs que ceux de la séduction hétérosexuelle, ce qui n'empêche ni la tendresse ni l'attente du « prince charmant », même si Paul désespérait un peu de rencontrer le sien. De son côté, il me questionnait sur ma manière de fonctionner en tant que femme qui revendiquait une totale égalité avec les hommes, sur tous les plans, y compris sentimental et sexuel. J'appliquais là les visions de ma mère, théories émancipatrices qui tournaient dans mon inconscient comme une comptine d'enfant. À l'époque, je ne voulais pas me fixer, je ne voulais pas entendre parler de mariage ni d'enfant, ni même devenir propriétaire – surtout pas d'attaches ! Aucun homme ne me satisfaisait totalement. Pourtant, j'ai profondément aimé tous les hommes qui ont traversé ma vie. Mais je ne voulais pas m'engager. Je voulais être libre, ne dépendre de personne, m'assumer financièrement. Tous le savaient et l'acceptaient, même si certains devaient en souffrir. Et, au fond, j'en souffrais aussi, car je devais inconsciemment chercher la personne qui, sur cette Terre, contredirait les conceptions maternelles, que j'avais faites miennes. J'ai dû attendre d'avoir trente-sept ans pour qu'elles soient balayées en un instant… sans aucune explication rationnelle.

Revenons à mon métier. Un beau jour, plutôt mauvais pour moi, un nouveau directeur régional a débarqué à France 3 Paris. Je ne dirai pas son nom. J'avais appris par des bruits de couloir qu'il « voulait ma peau ». Dans une rédaction réputée, à tort ou à raison, plutôt rebelle, il fallait faire tomber une tête visible, et ce fut la mienne qu'il choisit. Un matin, pendant la conférence de rédaction quotidienne, le directeur est arrivé et, devant tous mes collègues, m'a annoncé froidement que dorénavant je ne présenterais plus le JT. J'étais tout simplement éjectée, sans avertissement ni explication. Dès le lendemain, quelqu'un d'autre avait pris ma place.

Il avait l'autorité pour prendre cette décision et je l'ai respectée – même si je ne l'ai jamais digérée. Elle était totalement injustifiée. Mais cette déception a renforcé ma rage de combattre.

Plus tard, il m'a convoquée dans son bureau pour me donner « autre chose en compensation ». Il s'agissait de la tranche de midi à midi et demi. Il fallait mettre sur pied une nouvelle émission, car l'audience était mauvaise. On me demandait de produire un projet qui permettrait de remédier à ce problème d'audience, mais dont le budget s'élevait à… zéro centime ! Autrement dit, c'était mission impossible. J'ai ravalé ma rancœur et j'ai relevé le défi. Je suis d'abord parvenue à grappiller tout juste de quoi payer une assistante (ce serait Sabrina Obadia, que je retrouverais plus tard) et ensuite, sans autres moyens que des bouts de ficelle, j'ai proposé une émission qui s'appelait « Droit de suite ». L'idée de base était d'inviter des personnes confrontées à un problème dans leur vie quotidienne. Nous traitions de sujets très franciliens, comme les querelles de voisinage, mais aussi de sujets plus sérieux liés à l'actualité : le scandale de l'amiante à l'université de Jussieu, les sectes sur les campus universitaires, les femmes battues, la mort de Mitterrand, les centenaires, les héros d'un jour… Je me souviens d'une vieille dame qui nourrissait des pigeons avec amour, mais dont le voisin du dessus, un ingénieur en aéronautique, était allergique à ces volatiles. Le cas paraissait insoluble, le pigeon étant aussi vital à la vieille dame qu'il était néfaste à l'ingénieur. Je les ai réunis tous les deux sur le plateau, ainsi qu'un urbaniste spécialiste des pigeons à Paris et un médiateur.

Malgré les conditions impossibles dans lesquelles elle était réalisée, l'émission a très bien marché. J'imaginais la rage de mon directeur : son défi s'était transformé en succès. Cependant je sentais poindre un vrai danger.

10

C'est en plein milieu de cette période de doute que sont arrivés des producteurs américains. Ils débarquaient en France pour développer une nouvelle émission, à la suite d'un appel d'offres de TF1. J'ai été contactée, je ne sais comment, par la directrice de casting, qui cherchait une présentatrice pour l'enregistrement de l'émission pilote.

Les Américains faisant toujours les choses en grand, ils avaient prévu de convoquer toutes les présentatrices en activité sur le territoire français. Je tombais des nues: « Pourquoi moi? Comment savent-ils que j'existe? » me répétais-je en boucle. J'étais perplexe et incrédule, mais curieuse. Les consignes pour ce casting étaient simples: préparer deux interviews, l'une à propos de la drogue (« Vous interrogez une femme dont le fils se drogue ») et l'autre au sujet des séducteurs.

Par loyauté pour France 3, j'ai tenu à informer mon directeur que j'avais été contactée pour un casting. Celui-ci a déclaré que j'avais raison de tenter ma chance ailleurs…

Je prépare donc mes questions et me rends au casting qui se tenait à la Maison de la radio, à Paris. En lieu et place du studio auquel je m'attendais, je me retrouve dans une toute petite pièce de trois mètres sur quatre, assise sur une chaise en face de la directrice de casting.

– Allez-y ! me dit-elle

– Allez-y, c'est-à-dire ?

– Vos interviews !

– Mes interviews ? Mais où est la caméra ?

– Il n'y a pas de caméra.

– Vous n'allez pas me filmer ?

– Non.

– Mais, alors, comment saurez-vous ?

– Je saurai.

– Et où sont les personnes à interviewer ?

– C'est moi.

– Pardon ?

– Posez-moi vos questions, à moi. Je joue le rôle des interviewés.

Un casting non filmé ! Peut-être était-ce une méthode américaine dont j'ignorais la recette !

En vérité, c'était la première phase d'un processus. Il s'agissait d'abord d'opérer un premier « tri », pas trop coûteux, parmi les dizaines de présentatrices potentielles.

J'ai conduit mes interviews comme j'ai pu, puis je suis rentrée chez moi en pensant que je n'avais aucune chance d'être retenue dans cette histoire de fous. De toute façon, France 3 était ma vraie « maison ».

Une semaine plus tard, la directrice de casting m'a rappelée : j'avais passé avec succès la première sélection, une deuxième épreuve m'attendait. Cette fois, il s'agissait d'un test plus classique d'annonces et de lancements de reportages à l'aide d'un prompteur, exercice très proche du JT. L'épreuve comportait toutefois une dimension saugrenue : elle n'avait aucun sens dans la mesure où le prompteur ne serait jamais utilisé dans l'émission ! Mais je ne le savais pas : tout était très mystérieux et rapide, j'arrivais, je repartais, on ne m'informait sur rien. Entre-temps, je continuais à produire et à présenter mon émission quotidienne sur France 3 sans jamais relâcher mes efforts. Je tenais à remplir ma mission la tête haute.

Une semaine plus tard, la directrice de casting m'a rappelée : j'avais passé avec succès la deuxième épreuve, on m'invitait à la troisième. Décidément, le jeu commençait à devenir excitant. Je ne comprenais toujours pas ce qui se tramait, mais cette sorte de course d'obstacles m'intriguait beaucoup. Pour ce troisième et dernier test, il ne fallait rien préparer. Je me suis retrouvée dans un petit studio, seule devant une caméra. Et j'ai entendu ces phrases surréalistes : « Il n'y a qu'une seule consigne pour ce test-ci : soyez naturelle. Rien d'autre. Faites ce que vous voulez devant la caméra. Improvisez. »

Pendant quelques secondes, j'ai pensé à un canular, et j'ai failli partir. Puis je me suis ravisée. Après tout, c'était la première fois qu'on me proposait de me comporter exactement telle que j'étais et non de jouer un rôle. On me demandait non pas d'être Madame Rock, Madame JT ou Madame Emploi, mais simplement Évelyne Thomas. Je me suis donc mise à parler. Ça devait commencer par: « Ça tombe bien que vous me demandiez d'être naturelle parce que, justement… », et j'ai brodé là-dessus pendant cinq minutes. Le lendemain, on me téléphonait pour m'annoncer que j'avais été choisie. Parmi toutes les prestations testées, j'avais été retenue. J'étais soufflée, mais très fière, et en même temps considérablement ennuyée. Les choses prenaient une tournure concrète, et le choix de quitter « ma maison » me tourmentait. J'avais tout de même le privilège de bénéficier d'un contrat à durée indéterminée sur une chaîne publique. Comment abandonner une situation aussi enviable, pour une aventure incertaine avec des Américains tombés du ciel, même si c'était pour la première chaîne de télévision française?

J'ai décidé de jouer cartes sur table avec France 3. J'ai demandé un nouveau rendez-vous à mon directeur régional. Je lui ai expliqué exactement ce qui se passait, et la nature de la proposition qu'on me soumettait. Je lui ai avoué que je n'avais pas envie de quitter la chaîne: s'il me demandait de rester, je resterais. Il m'a laissé entendre que l'on n'était pas présentatrice à vie sur France 3. J'ai cru comprendre que mon sort dépendait de lui. Parallèlement, j'ai prévenu les dirigeants de France 3 en leur tenant le même discours. Ils ne m'ont pas retenue. Triste perspective qui me confortait dans mes doutes.

Malgré tout, j'hésitais à partir. Renoncer à cette histoire d'amour avec la chaîne sur laquelle j'avais tout appris me semblait une pure folie. Il fallait d'abord que j'en apprenne davantage sur cette émission que l'on me proposait.

Je suis donc allée rencontrer les producteurs américains. J'ai compris que, loin d'être des amateurs, ils déployaient un niveau de professionnalisme incroyable, une véritable machine de guerre. Leur projet novateur les avait distingués parmi les nombreux candidats ayant répondu à l'appel d'offres de TF1. Ils produisaient de grands talk-shows aux États-Unis et en Europe, un concept qui n'existait pas encore en France, mais qu'ils comptaient bien implanter, ici et maintenant, avec moi. L'émission s'appellerait « Évelyne », comme il est d'usage outre-Atlantique, où la plupart des talk-shows portent le nom de leur animateur (The Oprah Winfrey Show, The Phil Donahue Show, etc.). Là-bas, chaque émission est un « salon » où l'on est reçu par le maître ou la maîtresse de maison. Vue de ce côté-ci de l'Atlantique, en 1996, cette façon de faire semblait complètement folle et prétentieuse, mais pour les Américains il n'y avait rien de plus naturel et ça ne se discutait même pas.

Je tombai des nues en découvrant l'envergure de ce qu'ils avaient imaginé, mais leur énergie, leurs méthodes, leur vivacité intellectuelle, leur efficacité professionnelle, et aussi la nouveauté de l'idée, tout cela me séduisait. Participer à leur projet, c'était me lancer dans une aventure qu'aucune structure française ne pouvait me permettre de vivre, et qui plus est parfaitement en accord avec mes visées personnelles. En effet, le talk-show, c'était quoi ? Inviter des anonymes, les faire parler de leur expérience, animer un débat sur un mode convivial, faire participer le public. Tout ce que j'aimais. Je me suis donc lancée dans la préparation du projet, sans toutefois me décider encore à rompre mon contrat. J'espérais que l'on me retiendrait. il n'en fut rien. Pendant deux mois, tous les soirs après mon travail à France 3, un New-yorkais amoureux de la culture française et une grande blonde ultramince et extravertie m'ont dispensé d'une formation accélérée aux techniques du talk-show à l'américaine, dont j'ai gardé pour souvenir celui d'un tourbillon permanent. En ce qui concerne l'efficacité, les Américains sont imbattables. Le producteur et la productrice étaient des gens adorables et géniaux. Il y avait aussi un producteur français dans l'équipe, Patrick Meney, efficace et redoutablement percutant, destiné à prendre la relève quand les deux autres repartiraient aux États-Unis – et qui allait devenir plus tard l'un des dirigeants de Fremantle, société de production qui produit sur M6 notamment « La Nouvelle Star », « Super Nanny » et « Oui chef ! ».

Je crois que j'ai plus appris avec eux qu'avec n'importe qui. Le plus drôle était qu'ils m'accablaient d'exercices, d'exemples et de recommandations dont le seul but était de m'aider à être naturelle ! Chez moi, dans mon salon, réunis à quatre ou cinq avec un plateau-repas, nous faisions des simulations d'émission. Ils me demandaient certes d'être moi-même, de m'approcher des gens comme je l'aurais fait dans la rue, de les interviewer comme je le sentais – ils m'avaient choisie précisément parce que je semblais en être capable –, mais tout cela n'allait pas sans un sérieux entraînement. Autre challenge : ne jamais faire descendre le rythme. Les américains ont le sens, comme on sait, du happening permanent.

Le jour fatidique de l'enregistrement de l'émission pilote approchait. Bientôt je ne pourrais plus faire machine arrière. Il fallait trancher. Je suis de nouveau allée parler avec le directeur régional de France 3 et aussi avec les dirigeants de la chaîne nationale. De nouveau, je leur ai dit que, s'ils me demandaient de rester, je resterais. Je cherchais la confiance de mes patrons. Mais personne ne m'a retenue. J'ai donc donné ma démission.

TF1 me faisait un peu peur. Quel saut ! Mais j'avais envie de travailler sur cette émission-là dont il se trouvait que TF1 était le commanditaire. Il fallait que je tente le coup, quoi qu'il m'en coûte, quand bien même je sentais confusément que l'aventure n'allait pas durer longtemps et qu'elle risquait d'être compliquée.

En effet, l'ouverture d'une nouvelle case horaire à onze heures du matin ne correspondait en rien à la culture française. D'ordinaire, on programmait à cette heure des feuilletons qui coûtent moins cher. Notre public potentiel, par la force des choses, serait constitué de femmes au foyer, à une heure où celles-ci sont disponibles, avant de partir chercher les enfants à l'école. C'était un coup d'essai. Une émission nouvelle, voire novatrice, dans une case horaire nouvelle, voilà qui additionnait beaucoup de risques. Mais quel pari !

La première nouveauté, dans ce talk-show, était la présence d'un public actif. Outre les invités qui venaient témoigner, étaient conviés à réagir, questionner, commenter, Monsieur et Madame Tout-le-monde, et non des représentants institutionnels ou professionnels, détenteurs de la parole sacrée à la télé. Pour une fois, ce n'étaient pas les experts qui disposeraient de la parole. Par la voix du public, composé d'alter ego, la télé était rendue aux téléspectateurs. Un véritable exercice de démocratie directe, comme il s'en produisait par dizaines aux États-Unis et en Europe.

Autre nouveauté : nous travaillions avec des techniques américaines, inconnues en France. En fait de techniques, il faudrait dire : absence de techniques connues, avec pour seule ligne de conduite l'imprévisible. Pendant une heure, j'étais propulsée sur le plateau sans oreillette, sans pendule, sans écran de contrôle et sans prompteur. Du jamais-vu. Le téléspectateur ne mesurera peut-être pas l'aspect révolutionnaire de la chose, mais qu'il essaie de se représenter l'oreillette – ce minuscule écouteur placé dans l'oreille – comme le cordon ombilical qui relie en permanence le présentateur à la régie et au producteur. Tout ce que le responsable de l'émission veut communiquer à son présentateur en cours de route pour calibrer, recadrer, améliorer ou modifier sa performance passe par ce petit émetteur. Pendant que le présentateur avance au jugé, cette voix venue d'en haut lui distille la marche à suivre, les écueils à éviter ou le temps à rattraper, comme un filet tendu sous ses pas. Ici, rien de tout cela, on me disait simplement :

« Évelyne, tu es une grande fille, tu gères tout toute seule. Tes invités ont chacun une histoire à raconter, le public va poser des questions que tu ne connais pas, à toi de jouer les chefs d'orchestre. Fais comme tu le sens, mais garde le rythme. » Pendant une heure, j'allais donc être seul maître à bord. Mais quand on vous dit : « Fais comme tu le sens », vous comprenez que vous avez intérêt à « sentir » les choses de la bonne façon. En fait, le rythme était le maître mot. Le producteur avait, pour me l'enfoncer dans la tête, une image qui revenait constamment dans son discours. Il disait : « Pense à un ballon de basket que tu dois maintenir en l'air. Il ne peut pas toucher le sol. Chaque fois qu'il descend, tu le relances en l'air (il agitait les bras à l'appui de sa démonstration). Ou bien pense que tu as l'Himalaya à franchir. Tu ne peux pas rester sur place, ni revenir en arrière ; tu dois parvenir de l'autre côté en une heure, sans que le ballon ait jamais touché terre. » Simple, non ?

Voici l'heure H. Nous arrivons dans le studio 101, au sous-sol de la Maison de la radio, face à la Seine. C'est un grand studio historique et mythique qui a vu défiler les gloires de la télé. On les retrouve d'ailleurs dans une galerie de photos qui bordent le couloir. Je note en passant les photos de Christophe Dechavanne et de Jean-Luc Delarue, qui enregistre « Ça se discute » dans le studio 102 voisin.

Pour « Évelyne », on allait enregistrer dans les conditions du direct, avec un débord de cinq minutes pour permettre un léger montage ultérieur. Une heure en roue libre avec six invités et le public, sans avoir aucune idée de ce qui allait se passer. Je maîtrisais évidemment le thème par cœur, et j'avais compulsé les dossiers constitués sur chaque invité, mais sur le plateau je ne pouvais rien emporter avec moi, juste deux fiches comme aide-mémoire, avec les noms et quelques informations essentielles sur les témoins.

Ce premier enregistrement s'est bien passé et l'émission a été programmée aussitôt. Elle a marché tout de suite. La formule était bonne. J'étais comme un jockey heureux de courir et totalement en osmose avec sa monture. Nous avons enregistré quarante numéros en tout. Les chiffres d'audience ont grimpé très vite, jusqu'à 36 % de moyenne (chez les ménagères de moins de cinquante ans – le groupe cible principal de TF1). Un tel résultat tenait-il au choc de la nouveauté ? Cette émission arrivait comme un ovni. Je me déplaçais librement dans le public, ce qui modifiait à la fois son rôle et le mien. Pour la première fois, le public ne servait pas uniquement à décorer et à applaudir sur commande. Il était là pour agir, intervenir, fabriquer l'émission. De mon côté, je n'étais pas la présentatrice qui dirige tout selon un timing soigneusement calibré. Je n'étais pas non plus la vedette, mais un simple trait d'union entre des invités et un public non sélectionné, posant des questions non préparées, que tout le monde pouvait avoir envie de poser devant son poste. Je me sentais vraiment dans mon élément, car c'était le public, précisément, que je faisais entendre. Après, les spécialistes qui détiennent la parole autorisée ! Place aux questions de bon sens populaire ! Chaque fois que je regardais des débats à la télé, le moment venait souvent où je me mettais à bouillir parce que ces questions manquaient. Sur le plateau d'« Évelyne », tout le monde pouvait demander ce qu'il voulait. J'étais là pour garantir le rythme et la bonne tenue des débats (pas d'insultes, de racisme ou de débordements). Et on voyait agir une sorte d'alchimie telle que tout s'enchaînait d'une manière cohérente, si on parvenait à surfer sur la vague et à tirer parti de l'improvisation générale.

Les téléspectateurs nous ont suivis. Les journalistes qui ont dit plus tard que l'émission avait été supprimée par manque d'audience auraient dû prendre la peine de vérifier les chiffres : l'émission coûtait simplement plus cher qu'une série qui faisait autant d'audimat.

Néanmoins les producteurs américains arrivaient avec une technique bien rodée, et ils ont voulu en faire un modèle, sans prendre la peine de l'adapter à la mentalité française – ou plutôt sans penser qu'il était nécessaire de l'adapter. Le fossé s'exprimait surtout à travers le choix des thèmes. Plusieurs fois Patrick Meney et moi, avons dû nous battre pour écarter des sujets choquants pour le public français, qui auraient paru franchement banals pour nos amis d'outre-Atlantique. Nous avons abordé des dizaines de sujets qui ont très bien marché, comme l'anorexie, l'amour après soixante ans, le relooking – ce thème traité pour la première fois à la télé française (c'était en 1996) a remporté un tel succès que je l'ai gardé dans mes cartons, et il est devenu plus tard un sujet phare dans « C'est mon choix », quand je l'ai proposé à Jean-Luc Delarue.

Je me souviens d'un jour de grande animation dans les couloirs de la Maison de la radio. Tous les studios enregistraient en même temps, avec un certain cafouillage dans la réservation des loges. J'étais en train de réviser mes fiches avec l'attachée de presse de TF1, lorsqu'un individu fait irruption dans ma loge comme une bombe. Je reconnais Christophe Dechavanne. Il écarquille les yeux et tonne : « Mais qu'est-ce qui se passe ici ? Vous êtes dans ma loge ! » Je lui explique gentiment qu'il doit y avoir un malentendu et il repart aussi brusquement qu'il était arrivé. Trois minutes plus tard, il revient pour s'excuser, toujours en trombe : « Je ne savais pas que vous étiez la présentatrice. Je me suis emporté. Excusez-moi ! » Trois minutes plus tard, nouvelle visite, dans un genre tout différent. On frappe à la porte et un homme entre très posément, tiré à quatre épingles, portant de petites lunettes rondes. Avant que j'aie le temps de le reconnaître, il se présente : « Bonjour. Je suis Jean-Luc Delarue. J'apprécie ce que vous faites. Je viens de temps en temps jeter un coup d'œil sur votre plateau et j'aime beaucoup votre émission. Les talk-shows américains me plaisent. Je pense qu'on se reverra. » Comme encouragement, ce n'était pas peu dire. Deux stars de la télé dans ma loge, jamais je n'aurais osé croire que je les retrouverais un jour… J'ai pu méditer sur ces deux rencontres tout à mon aise pendant les deux années qui me virent au chômage !

Nous avions signé quarante émissions, qui se sont arrêtées en juillet, comme prévu. Mon contrat valait pour deux ans, je faisais donc toujours partie du personnel de TF1, mais pour ne rien faire. J'étais assise dans un bureau, et je me tournais les pouces. J'étais payée, oui, j'allais au travail tous les matins, mais pour ne rien faire. La marée descendante, retournant vers les États-Unis, m'avait laissée sur le rivage. J'ai proposé successivement à la chaîne une série de projets qui élargissaient le principe du talk-show à des thèmes plus sérieux, plus sociétaux (comme Paul Amar l'a fait ensuite sur Paris Première en politique). L'idée d'une tribune ouverte au public pouvait être déclinée dans beaucoup de domaines différents. Tribune ouverte ne voulant pas dire lynchage public – c'était le piège à éviter –, mais plate-forme de conciliation entre les institutions et les citoyens. Mes tentatives restaient vaines. J'étais dans un placard, attendant un signe de mes patrons. Xavier Couture, qui dirigeait alors l'antenne de TF1, m'a beaucoup soutenue, de même que Catherine Barma, la productrice de Thierry Ardisson. Mais on ne me proposait que des jeux à animer – ce qui ne correspondait pas à mes attentes.

Je ne regrettais cependant pas d'avoir vécu une expérience aussi excitante que ce talk-show sur TF1. Je savais que ce type d'émission de démocratie directe était ma destinée. Ne pas travailler était un supplice. Après des mois d'attente et de refus, j'ai estimé que je ne pouvais plus rester dans une situation aussi frustrante. Je préférais partir. La direction de TF1 a finalement accepté de se séparer de moi, et au mois de mai je me suis retrouvée au chômage pour de bon.

Pendant un an et demi, j'ai passé mon temps à sonner à toutes les portes et à présenter des projets, sans le moindre résultat.

Je suis retournée voir Jean-Luc Delarue. Puisqu'il m'avait dit qu'il appréciait mon travail, c'était le moment de savoir s'il le pensait vraiment. Il m'a reçue en présence de son bras droit, Stéphane Rak – devenu aujourd'hui directeur des divertissements sur M6. Je lui ai déclaré que je voulais continuer à faire du talk-show dans l'esprit de l'émission « Évelyne ». Cette expérience de démocratie directe avait démontré que le concept recelait un grand potentiel. J'étais prête à m'investir dans toute formule qui recruterait des témoignages au sein du public et ouvrirait le débat. Jean-Luc Delarue a paru tiède. Il a orienté la conversation vers d'autres choses, des idées d'émissions classiques et très féminines qui ne m'intéressaient pas du tout. Je suis ressortie on ne peut plus dégrisée. Ses félicitations, lorsqu'il était passé me voir dans ma loge, semblaient bien lointaines.

J'ai continué à chercher une main qui voudrait bien se tendre. J'avais toujours le soutien de Jean Réveillon, devenu directeur des sports à France Télévision, avec qui j'avais gardé de très bonnes relations professionnelles. J'appréciais ce bel homme d'âge mûr, distingué et policé, je suivais attentivement ses conseils de diplomatie. Et je l'écoutais inlassablement me parler de son attachement au Nord. Ancien sportif, il roulait toujours à vélo sur les routes des Flandres, et il aimait aussi pousser la chansonnette à l'occasion. Je m'entendais également très bien avec Jean Mino, le patron des programmes de France 3, qui était devenu un ami. Je suis allée le trouver pour lui proposer un magazine de société où le public interviendrait. L'idée lui a paru formidable. Malheureusement, ce n'était pas le bon moment. On verrait plus tard. Lorsqu'il est devenu directeur de la Cinquième, la chaîne éducative, je lui ai soumis l'idée d'un forum sociétal pour les jeunes. C'était un projet passionnant auquel je tenais beaucoup. Mais, de nouveau, ce n'était pas le bon moment. Trop tôt peut-être…

J'ai été approchée pour devenir rédactrice en chef de l'émission « Rive droite rive gauche » sur Paris Première, un magazine culturel présenté par Thierry Ardisson, icône de la télévision nocturne et décalée, que j'admirais, à l'époque en pleine traversée du désert sur les chaînes hertziennes. Je correspondais au profil, m'a-t-on dit lors de la première entrevue, mais, une semaine plus tard, on m'a répondu que j'étais « trop qualifiée pour le poste »! Je ne sais pas si je devais le prendre comme un compliment, mais c'est une phrase terrible à entendre lorsqu'on se morfond au chômage.

Mes projets étaient très bons, me disait-on, mais ce n'était jamais le moment, ou bien j'étais trop ceci ou pas assez cela. Cette fois, je ramais pour de bon, moi qui, depuis dix ans, avais dépensé une énergie folle pour faire mes preuves. À chaque nouvelle étape, j'avais mis toutes mes forces dans la bagarre pour obtenir un peu de reconnaissance, et dès que je passais au défi suivant, je devais tout recommencer à zéro. Je n'avais pas le bon profil, le bon parcours, la bonne image. Chaque choix que j'avais fait semblait compromettre le choix suivant, comme si, dans cette société, on ne pouvait choisir qu'une fois, au moment de ses études;

après quoi, il fallait accepter de se laisser porter sur un de ces tapis roulants qui ne communiquent avec aucune autre voie.

Je me trouvais dans une situation critique. J'étais tombée dans une spirale de doutes effroyables. C'est terrifiant, de ne pas pouvoir travailler. C'est une façon d'être en prison. Nié, bâillonné. Je ne le supportais pas du tout. Je pointais aux Assedic, prenais mon ticket, faisais la queue. Mais à quoi bon ? Les petites annonces pour les présentatrices télé ne passent pas par l'ANPE !

J'étais inscrite dans une agence du dixième arrondissement de Paris, quartier populaire. J'ai un souvenir très marquant de cette salle d'attente, un entre-deux-mondes si particulier, très étrange à observer, où tout le monde est d'une tristesse absolue. Comme dans le métro ou pendant les vacances, je passais mon temps à essayer de deviner les vies et les drames qui se cachaient derrière chaque visage. Nous étions tous réduits à un numéro. J'ai pensé au documentaire émouvant que j'aurais pu réaliser sur cet endroit. J'aurais voulu raconter tous ces gens qui attendaient là, leur détresse, leur ennui, leur sentiment d'inutilité, et surtout l'angoisse de ne pas réussir à nourrir leur famille. J'observais leurs pieds : selon leur position, leurs mouvements, je tentais de deviner ce qu'ils révélaient de leur propriétaire.

Cette période est la plus noire de ma vie, en dehors du décès de ma mère, mais aussi la plus enrichissante, d'une certaine façon. Je me retrouvais seule face à moi-même. Je passais beaucoup de temps au cinéma, généralement à la séance de onze heures, quand les salles sont presque vides. Mon *Pariscope* ne quittait jamais mon sac et j'allais voir tout ce qui passait, du film d'auteur iranien au polar américain en passant par le nouveau cinéma français. Il m'arrivait d'assister à deux projections dans la journée. Je m'occupais ainsi l'esprit, et cela me donnait l'impression, dans ce vide qui s'éternisait, que je ne perdais pas tout à fait mon temps. Je courais aussi les musées et les expositions, passant des heures notamment au Louvre. J'aimais également m'asseoir dans les jardins publics pour observer les gens. Dans les rues, dans le métro, je humais cette vie parisienne trépidante qui se déroulait sans moi, m'identifiant à tous les solitaires, chômeurs, retraités ou sans-famille : comme eux, je vivais sur une sorte de scène parallèle et invisible et je regardais l'agitation du monde sans y participer.

La solitude favorise la réflexion, mais la réflexion sans objet entraîne souvent vers les extrêmes. Je passais de moments de grande exaltation à des moments de doutes profonds ou de révolte. Je gardais souvent ses sentiments pour moi, ayant peu d'amis proches. Je sortais peu, rien n'étant plus déprimant que d'entendre des gens vous parler de leur travail alors que vous vous morfondez – à part mes visites au musée, qu'aurais-je bien pu leur raconter ? Je voyais toujours Paul, mon ami journaliste à France 3 Paris, qui avait entretemps rencontré l'amour de sa vie, un « nounours » antiquaire venu de Picardie. Je fréquentais aussi un autre ancien collègue de France 3 Paris, Jean-Jacques Basier, et un couple d'amis dont la femme était peintre, ainsi que Jean Mino et son épouse. J'allais de temps en temps à Lille pour retrouver mes anciens amis et me changer les idées avec eux dans les estaminets belges, loin du tourbillon parisien. Puis, pendant de longues périodes, je ne sortais plus de chez moi, sauf à la tombée de la nuit, comme pour être encore moins visible.

Durant cette période de doutes et de mal-être profond, j'ai senti ressurgir des angoisses que je croyais avoir vaincues depuis longtemps, alors que je refusais seulement de les voir. Pendant douze ans, mon rythme de vie effréné m'avait permis de me détourner de ce que je redoutais : ma culpabilité à l'égard de ma mère. Elle était sans doute la raison même de mon activité frénétique. M'étais-je lancée dans une vie de journaliste à vingt ans, en plus de mes activités universitaires, pour éviter d'affronter mes démons ? Ou, plus exactement, mon démon. Depuis le 23 janvier 1984, je m'étais raccrochée au travail comme à une bouée de sauvetage.

Inactive par la force des choses, je constatai que je n'avais rien réglé : ma mère m'accusait toujours, comme au premier jour, de n'être plus sa fille. J'ai alors compris que je ne m'en sortirais pas toute seule. J'avais cependant gardé un assez mauvais souvenir des psys : quelques mois après la mort de ma mère, j'avais consulté à Lille un thérapeute antipathique, très froid, qui ne pipait mot, sauf pour me réclamer son dû. Je me souviens encore de sa salle d'attente, où était accrochée une affiche illustrée des différentes espèces d'oiseaux que l'on pouvait chasser et de l'unique phrase qu'il m'ait jamais lâchée: « On ne peut pas tout avoir. » Sur le coup, j'avais jugé cette sentence d'une incroyable étroitesse d'esprit et nous en étions restés là. Aujourd'hui, je suis obligée de reconnaître qu'il n'avait pas tout à fait tort…

Quand j'ai fait part de cette première expérience à mon médecin gastro-entérologue, qui me suivait à Lille pour mes soucis de somatisation, il m'a recommandé une psychologue. Je n'avais rien à perdre, et ma curiosité naturelle a achevé de me décider à rencontrer cette femme qui pratiquait une thérapie dont on parlait encore peu: l'analyse rapide.

J'arrive dans un décor lumineux, moderne, joyeux, et je découvre une personne avenante et très volubile. Le courant est tout de suite passé et j'ai pu lui confier mes souffrances et mes secrets d'enfance, enfouis depuis trop longtemps. En retour, elle m'a proposé des exercices pratiques pour résoudre mes tensions et tourments. J'ai suivi scrupuleusement ses propositions, même si je n'étais pas convaincue au départ… et j'ai senti que cela me faisait du bien. Un jour, elle m'a invitée à prendre congé de ma mère par écrit, sans complaisance, en évoquant aussi bien la souffrance qu'elle m'avait infligée que tout l'amour que je n'avais su lui témoigner avant qu'elle parte. Ensuite, j'irais jeter cette lettre dans un endroit que j'aimais. J'ai d'abord éclaté de rire. L'idée me paraissait absurde, sans commune mesure avec la douleur et la rancune qui demeuraient en moi. Néanmoins, j'ai décidé de la suivre. Il ne faut jamais juger avant d'avoir essayé. J'ai donc écrit cette lettre, très sérieusement, comme si ma mère allait réellement la lire une heure plus tard. J'ai senti que s'ouvraient en moi des portes que je maintenais soigneusement cadenassées. J'ai ritualisé toutes les opérations pour bien m'imprégner de leur importance : la rédaction de la lettre, le lieu où je l'ai écrite, le moment où je l'ai jetée dans la Seine après l'avoir chiffonnée ; du pont Alexandre III, l'un des plus beaux de Paris, je l'ai suivie du regard jusqu'à ce qu'elle disparaisse dans l'eau. J'ai été stupéfaite de constater combien je me sentais soudain délivrée d'un fardeau. J'avais enfin réalisé l'adieu à ma mère. Ceux qui n'ont pas effectué en toute sincérité une démarche de ce type ne peuvent absolument pas comprendre le bouleversement que cela provoque.

C'est d'ailleurs ce que j'ai tenté de mettre en œuvre dans la récente émission que j'ai coproduite pour TF1 en 2005, « Starting Over », fondée sur le coaching psychologique de femmes en difficulté. Le coaching ne consiste pas en une longue analyse destinée à résoudre tous les nœuds du passé. C'est une approche assez pragmatique et rapide qui cherche à établir par quel exercice ou par quel comportement on pourra améliorer son état d'esprit, ici et maintenant, et donc transformer sa vie quotidienne. Parmi les femmes invitées pour être coachées, Martine souffrait de problèmes relationnels. Elle faisait preuve d'une autorité excessive et se fâchait avec tout le monde. Elle s'était brouillée avec toute sa famille, ainsi qu'avec sa meilleure amie, et n'avait pas eu de relation amoureuse depuis cinq ans. En creusant son histoire, on découvrait que, dans sa jeunesse, elle avait été traumatisée par la dépression de son père et que, lorsqu'il était mort, elle s'était convaincue que sa maladie avait été un appel au secours qu'elle n'avait su entendre, ce qui lui aurait permis de le sauver. Le coach de Martine, sous le contrôle de notre psychologue de référence, Sylvie Angel, lui a proposé de tirer une batterie de casseroles derrière elle, le long d'un sentier désert menant à une falaise. Arrivée au sommet, elle allait écrire dans le fond des casseroles les mots qu'elle voulait dire à son père, puis elle les jetterait dans le vide. Moi qui sais exactement ce que c'est que de se sentir responsable de la mort d'un parent, j'ai été bouleversée de voir le courage de Martine. Je grimpais cette pente avec elle. Je sentais ce poids. Elle s'est sentie immédiatement libérée…

L'impact de certains actes symboliques est indéniable – des psychologues dont on ne peut remettre en cause l'intégrité professionnelle en sont convaincus. D'ailleurs, notre vie est remplie d'actes et d'objets auxquels nous reconnaissons tous une valeur symbolique, depuis l'anneau de mariage jusqu'à la Légion d'honneur, en passant par la toge du juge et les couronnes royales. Au prix d'une démarche psychologique, une simple casserole peut être investie d'un sens aussi fort que celui qu'on attribue à un drapeau ou à un crucifix. Le mieux-être de Martine, qui s'est réconciliée avec sa famille et sa meilleure amie, en est la preuve.

Grâce à « Starting Over », nous aurons au moins aidé une vingtaine de femmes. Il était passionnant de mesurer l'impact que la caméra pouvait avoir sur le coaching proprement dit. Engager un acte symbolique est très important, mais l'engager publiquement, devant des milliers de témoins, lui conférait une puissance supplémentaire. Je reste persuadée que nous avons réalisé une très belle émission.

Sylvie Angel, la psychiatre de référence qui encadrait notre démarche, a estimé que « les outils métaphoriques mobilisés avaient parfaitement joué leur rôle ». Sous réserve que les témoins sont consentants et que leur histoire n'est pas trop pathologique, la caméra exerce un effet bénéfique sur le coaching. Le public français n'est pas encore habitué à ces techniques, très prisées aux États-Unis.

Revenons à ma période de chômage. En un an et demi, elle n'a été interrompue que deux fois. Le premier job consistait à réaliser une enquête pour le magazine *Sciences et Avenir*. Je connaissais Georges Golbérine, le directeur de la rédaction, car il était intervenu dans l'émission « De qui se moque-t-on ? », lorsqu'on y avait parlé des sectes, de l'amiante et de la vache folle. À l'époque, ces sujets étaient peu abordés. En ce qui concerne les sectes, par exemple, les premières commissions d'enquête commençaient seulement à être menées.

Georges Golbérine, journaliste pugnace et d'une grande humanité, aimait les enquêtes décapantes et bien menées. Dans mes multiples démarches pour sortir du chômage, je lui ai proposé que nous tournions un reportage sur les sectes pour l'émission « Envoyé spécial » de France 2. Il connaissait bien l'une des sociétés de production qui fournissait certains sujets de l'émission, et il a commencé à négocier avec eux. Finalement, cela ne s'est jamais concrétisé, mais le sujet a été repris en dossier dans le magazine *Sciences et Avenir*.

C'était un court retour à la presse écrite, un vrai travail de journaliste, sérieux et approfondi. Mais c'était la télévision qui continuait à m'attirer. J'y voyais un moyen plus direct d'être en contact avec un public, je l'avoue. J'étais aussi accro à la partie purement « spectacle » de la télé. Chaque tournage a un parfum de magie, que l'écriture ne parvient pas à fournir. Et puis j'avais besoin de sentir vibrer le lien qui se noue entre les protagonistes sur un plateau. Car aujourd'hui, qu'on le veuille ou non, la télé est devenue le lieu où les anonymes, frères, sœurs, maris, femmes, enfants, voisins, viennent pour se parler. Le lien social s'est distendu, la cellule familiale a éclaté et les lieux de rencontre d'antan ne remplissent plus leur rôle. La télévision est la mise en situation de la parole retrouvée et de la main tendue comme on ne trouve pas ailleurs.

Pour moi, travailler à la télé relevait d'une mission. J'avais investi tellement de temps et d'énergie pour défendre mes convictions dans ce monde-là, que je ne me voyais pas abandonner la partie. Je me sentais toujours portée par une force sans défaillance dès que je me trouvais en difficulté.

Le second travail que j'ai décroché était une émission pour la chaîne Régions, appelée « 7 en France ». Au cours de mes nombreuses démarches, j'avais rencontré Gilles Vaubourg, le directeur de cette chaîne, qui entrait dans le giron de France Télévision. Il m'a proposé une émission quotidienne et en direct avec des invités sur le plateau et des décrochages en régions par visiophone. Jamais je ne le remercierai assez de la confiance qu'il m'a accordée. Je retrouvais avec plaisir une sorte de forum, où les téléspectateurs pouvaient donner leur avis sur des sujets de société. Je concevais moi-même l'émission avec des moyens internes, c'est-à-dire trois francs six sous. On abordait des thèmes de société et d'actualité. L'émission a duré quelques mois. J'y ai vu débuter le charmant Laurent Luyat, qui présente aujourd'hui le sport sur France 2.

En dehors de ces deux jobs, j'ai traversé deux années entières de galère (si l'on compte mes six mois de « placard » chez TF1). Avec des périodes d'angoisse épouvantable où, inévitablement, je ne pouvais m'empêcher de me remettre en question. Les personnalités sont légion, à la télévision, qui ont connu ce genre de passage à vide. Michel Drucker, Jean-Pierre Foucault, Thierry Ardisson, Christophe Dechavanne et tant d'autres… c'est ce que me rappelait récemment, tel un « parrain » bienveillant, Étienne Mougeotte, patron de TF1, qui n'est pas connu pour mâcher ses mots. Sans vouloir me comparer à eux, je savais que ce n'est pas nécessairement lié à ce que l'on est ou à ce que l'on a fait. Il faut compter avec les circonstances, les modes, etc. Il y a l'« air du temps », qui n'est pas toujours facile à comprendre. Une seule règle est sûre: les diffuseurs sont impénétrables. Les diffuseurs, c'est-à-dire les chaînes, ceux qui maîtrisent le choix des programmes.

Je joue cartes sur table, cash, avec une sincérité qui confine parfois à la naïveté. Quand je veux décrocher un job ou un projet, je vais trouver le responsable dans son bureau, et j'aborde la question frontalement. Je ne mets en avant que mes qualités professionnelles, et rien d'autre. Un jour, un producteur très célèbre m'a conseillé de présenter mon émission « comme une femme ». Sincèrement, je ne sais pas ce qu'il voulait dire. Je ne dispose pas d'un tel registre. J'ai appris par ouï-dire que beaucoup de gens qui ont travaillé avec moi me considèrent plutôt comme un mec, du moins en ce qui concerne ma façon d'être au boulot. Ma mère me répétait souvent qu'il valait mieux être un homme dans notre société. Ce n'est pas un choix de style pour moi, c'est une nature.

Je n'ai jamais songé à changer de métier, c'eût été tirer un trait sur des années d'effort, et je ne pouvais m'y résoudre. J'y croyais dur comme fer et j'avais encore le feu sacré.

Si j'ai souvent baissé les bras, pendant ces deux ans, cela ne durait jamais très longtemps. Je finissais toujours par repartir à l'assaut. Combien de fois me suis-je retrouvée à plat, persuadée que je n'arriverais jamais à remonter la pente! Mais je relevais la tête en pensant aux conseils de mon père: le travail et la pugnacité finissent toujours par l'emporter.

Je n'avais pas d'image auprès du public et de la presse à l'époque. Je n'avais guère de notoriété. Seuls quelques chiffres d'audience parlaient pour moi, ainsi qu'une ou deux études marketing sur mon compte, dont les résultats étaient bons. Mais cela ne suffisait pas. J'avais conscience que certains facteurs ne jouaient pas en ma faveur. Mon ton trop personnel effrayait-il mes interlocuteurs ? Mon parcours éclectique brouillait-il les pistes ? Mon expérience avec la production américaine, en raison de son extrême originalité et de certains choix de thèmes trop racoleurs, je le reconnais, pouvait-elle être retenue contre moi ? Et puis redoutait-on encore de donner la parole aux « vrais gens » ?

J'étais assaillie de doutes de plus en plus profonds, pas seulement sur moi, mais sur le sens de mon combat. Pourquoi tant d'efforts, si c'était pour être si mal comprise ? Pourquoi en baver autant ? Le jeu en valait-il la chandelle ? J'allais finir par laisser ma peau dans ce monde brutal animé par une compétition permanente.

Je ne savais plus que penser ni vers quoi me tourner.

Jusqu'au jour où…

11

Un matin d'hiver particulièrement sombre, la sonnerie du téléphone retentit alors que je sors de ma douche. « Bonjour, c'est Jean-Luc Delarue. » Avec un véritable esprit d'à-propos, je réponds : « C'est ça. Arrête tes conneries, tu veux. C'est pas le jour. » Grand blagueur devant l'Éternel, mon ami Karl Van Damme, ancien copain de fac devenu avocat, m'appelait parfois en imitant Christophe Dechavanne. J'ai donc aussitôt pensé à lui, d'autant que, à mon idée, une star comme Jean-Luc Delarue ne prenait pas la peine d'appeler les gens lui-même. Seulement voilà, c'était bien lui... Mortifiée, je me confonds en excuses, convaincue d'avoir commis une gaffe irréparable. Mon interlocuteur pourtant ne paraît pas en prendre ombrage. Sans tarder, il me propose de passer le voir : il veut m'entretenir d'un projet qui pourrait m'intéresser. Un rendez-vous est fixé. Pendant deux heures, je me sens toute requinquée, comme par un coup de baguette magique. Puis je replonge dans la morosité, redoutant encore un faux espoir. Comme la première fois, Jean-Luc Delarue m'a reçue en présence de Stéphane Rak. « Voilà des années que Stéphane insiste pour que je travaille avec vous. » Moi, surprise : « Ah bon, vous me connaissez ? » Stéphane Rak : « J'ai suivi votre talk-show. Et j'avais déjà vu vos émissions sur France 3. » Quelle chance ! trouver un tel soutien dans une société de production si importante !

Jean-Luc m'a exposé les grandes lignes de son projet : il voulait monter une nouvelle émission sur un principe assez proche du concept d'« Évelyne » sur TF1, à cette différence près : les invités viendraient y parler d'un choix de vie assumé pleinement, devant un public qui poserait des questions et serait libre de marquer son accord ou son désaccord. Voulais-je bien travailler sur le concept avec Stéphane et présenter l'émission ? Elle s'intitulerait « C'est mon choix ».

Me voilà emballée. Enfin un projet qui correspondait à mes aspirations. J'ai demandé aussitôt qui en était le diffuseur. « Je suis en train d'essayer de vendre l'idée aux chaînes », m'a répondu Jean-Luc. Ah bon, ai-je pensé en me ratatinant sur ma chaise, alors on parle dans le vide ?

La société de production de Jean-Luc, nommée Reservoir Prod, vendait des programmes, essentiellement à France Télévision. Pour cette nouvelle émission, il avait déjà entrepris des démarches auprès des diffuseurs potentiels. TF1, après avoir longtemps hésité, avait refusé. France 2 se montrait mitigée. Avec M6, rendez-vous était pris. Mais, à France 3, la production n'avait pas ses entrées. J'ai appelé Jean Réveillon, qui venait d'être nommé directeur général de l'antenne et des programmes, après plusieurs années à la direction des sports. Je connaissais également son adjoint, Didier Hespel, son ancien bras droit à Lille. J'ai demandé à les rencontrer en annonçant : « Jean-Luc Delarue et moi, nous avons une bombe atomique entre les mains. » Je le pensais au mot près. Bien sûr, en télévision, rien n'est prévisible. Mais j'étais certaine que ce projet était dans l'air du temps. Forte de mon intime conviction, j'ai dû me montrer persuasive, car Jean Réveillon s'est déclaré intéressé et, en effet, il est devenu notre allié. Jean-Luc Delarue a bien sûr pris le relais pour mener les négociations avec France 3. Il a rencontré le président de la chaîne. Le projet a ensuite cheminé au sein des instances responsables.

Cependant il ne s'agissait pas de perdre une minute : bientôt se tiendrait à Cannes le MIP (Marché international des programmes de télévision), où se négocient les bonnes idées entre maisons de production du monde entier. Jean-Luc jugeait impératif d'y participer. Parlais-je anglais ? Je ne me débrouillais pas trop mal. « Alors, tu vas aller vendre l'émission là-bas. » En fait d'émission, nous en étions encore au concept, mais nous y croyions dur comme fer. Nous avons donc préparé une belle affiche en couleurs pour soutenir la présentation. Le titre affichait en grand : « *It's my choice*! »

Avec l'ancien directeur général de Reservoir Prod, Childeric Muller, nous avons pris l'avion pour Nice. Trajet bouclé en hélicoptère. Pour une chômeuse émargeant aux Assedic, c'était assez cocasse (même si l'hélicoptère est une pratique assez courante au MIP, pour éviter les embarras de la route de Nice à Cannes – une sorte de taxi de luxe.)

Me voilà donc sur place avec ma belle affiche. Se débrouiller en anglais, d'accord. Mais assurer l'affaire devant un parterre de professionnels australiens, anglais, américains… Or notre projet n'avait rien de novateur pour des Anglo-Saxons : des talk-shows, ils en avaient vu de toutes les couleurs depuis des années. Autant essayer de vendre une chaussure à un cordonnier. Nous sommes rentrés bredouilles.

Plus tard, nos saisons d'émissions se négocieraient sur le marché francophone, et les droits de diffusion se vendraient en Belgique, en Suisse, au Québec.

Au sein de France 3, le processus suivait son cours. De comité en comité. Manifestement, la chaîne avait du mal à se décider. Ça se discutait ! Les semaines et les mois passèrent sans aboutir à rien. Je commençais à désespérer quand j'ai reçu un appel d'Alain Vautier, directeur de la programmation de la chaîne, un de ceux qui défendaient le projet. Il n'avait rien de nouveau à m'apprendre, mais, en attendant, il me proposait de revenir à l'antenne nationale dans deux programmes : je pouvais devenir chroniqueuse dans l'émission « Pourquoi ? Comment ? » présentée par Sylvain Augier, ou coprésenter « Mon auto et moi » avec Alexandre Debanne et Denis Astagneau.

Chroniqueur, c'est un rôle assez particulier, que je ne briguais pas particulièrement. Quant à présenter une émission consacrée aux voitures… j'étais plutôt tiède. Mais la vraie perspective, l'émission « C'est mon choix », transitait interminablement dans les organes de décision de la chaîne. Et mon statut de chômeuse ne me permettait pas de jouer les divas. L'offre était une providence, d'autant que mon retour à l'antenne se ferait sur France 3, ma « maison mère ». J'ai demandé conseil à Jean-Luc, qui n'a pas hésité : « Si la chaîne te le demande, tu dois foncer. » Selon lui, ce serait une bonne façon pour moi de remettre le pied à l'étrier.

J'ai participé à trois numéros – dont un formidable sur le GIGN – de « Pourquoi ? Comment ? », magazine bimensuel d'*infotainment* (émission d'information divertissante), diffusé le mardi soir en prime time. Mais c'est à peine s'il faut mentionner ma participation, car mon rôle de chroniqueuse était réduit à la portion congrue. Je disposais de trois minutes de temps de parole.

Quant à l'émission « Mon auto et moi », diffusée chaque dimanche à treize heures trente, je pensais y appliquer l'idée du reportage sportif décalé, que je n'avais pas pu développer dans la rédaction du JT à France 3 Lille. J'espérais pouvoir poser sur le monde des voitures un regard un peu différent. Mais, dans ce monde-là, l'esprit est un petit peu, comment dire… réfractaire à l'ironie. Une femme au Salon de l'automobile, c'est surtout là pour faire joli, n'est-ce pas ? Donc je me présente en toute simplicité, pantalon, tee-shirt, les cheveux courts. Et je ne garde pas ma langue dans ma poche. Faux sur toute la ligne !

Là-dessus, arrivaient les vacances d'été. Aucune des deux émissions ne fut renouvelée par France 3. Et aucune réponse n'arrivait. Pour nous donner du courage, nous travaillions d'arrache-pied, Stéphane Rak et moi. Puis vint le jour béni : France 3 nous annonça que nous avions le feu vert. Il ne restait qu'à mettre toutes nos forces dans la bagarre.

Nous savions exactement ce que nous voulions. Rien d'équivalent n'avait jamais été réalisé en France, si l'on excepte le talk-show « Évelyne », pendant quelques mois sur TF1. Pour « franciser » le concept il fallait recruter une équipe capable d'innover, car personne n'était rodé aux techniques que nous voulions mettre en œuvre. Nous avions pour nous à la fois l'expérience (le savoir-faire d'une maison de production qui pouvait se prévaloir de « Ça se discute »), la force de frappe considérable de son producteur, et la volonté de faire du neuf, avec audace. Sans oublier le génie de Stéphane Rack.

J'allais pouvoir travailler comme j'en rêvais, bouger sur le plateau, marcher, courir ou m'asseoir par terre, au milieu du public, pour le faire parler. Dans mes rêves, et toutes proportions gardées, je revoyais Yves Mourousi, dont j'avais toujours été fan. Un géant de la télé, le seul qui se montra capable de faire le grand écart entre le journalisme et le divertissement. Un soir il dansait des claquettes sur une émission de variétés, le lendemain il interviewait Gorbatchev. Toujours crédible. Même quand il présentait le JT en blouson de cuir, coiffé avec une banane de rocker. Plus aucun présentateur après lui n'a réussi à déployer une telle liberté. Il réussissait à brouiller toutes les catégories et toutes les pistes.

Je jubilais surtout à l'idée de donner la parole au public. Des émissions d'experts, il y en avait quantité. Des émissions qui donnaient la parole au public, pas une seule. Qu'on parle de la vraie vie ! N'est-il pas normal que la télé appartienne un peu à ceux qui paient une redevance pour la regarder ?

Voilà donc le grand inconnu dans notre travail de préparation, le « public ». Jusque-là, dans les émissions françaises, il était soigneusement trié sur le volet, constitué d'individus sélectionnés, interrogés à l'avance. Chez nous, seraient conviés à entrer tous ceux qui le voudraient. La porte serait ouverte. Il fallait juste s'assurer d'y représenter tous les âges, tous les milieux sociaux. Quant à leurs interventions, elles seraient totalement spontanées, aucune ne serait planifiée. Tel était le risque.

Pour mettre en route une telle machine, nous avons recruté de jeunes journalistes motivés. A la réalisation nous avons engagé Massimo Manganaro, qui dirigeait « Ça se discute » et connaissait très bien les talk-shows à l'italienne.

Arrive le jour de l'enregistrement de l'émission pilote. Nous avons choisi pour thème : « Je travaille grâce à mon corps. » Les invités, des body-builders, des mannequins... L'épisode non destiné à la diffusion a été filmé avec de petites caméras DV : nous devions tester la mécanique, roder toutes les techniques que nous mettions en place simultanément.

Nous étions tous sur les dents, spécialement moi, pour qui c'était le premier vrai retour à l'antenne après quasiment deux ans d'absence.

Jean-Luc Delarue s'était montré très pointilleux sur mon look. Selon son idée, très précise, de l'image que je devais véhiculer, il avait lui-même choisi mes vêtements. Il voulait une présentatrice en jupe, twin-set assorti, aux cheveux longs, à la fois féminine, classe et sérieuse. Quelque chose comme un Jean-Luc Delarue au féminin peut-être !

Le tournage s'est parfaitement déroulé, et nous avons immédiatement embrayé. La toute première diffusion de « C'est mon choix » a été programmée le 22 novembre 1999, à treize heures cinquante. Nous disposions de trois mois pour faire nos preuves. À l'issue de cette période, si les chiffres étaient mauvais, l'émission disparaîtrait.

Premier numéro : les régimes. Les invités : deux frères, représentant des choix opposés. L'un s'imposait une discipline alimentaire ascétique. Chez l'autre, bon vivant, un certain embonpoint trahissait le mode de vie épicurien. Comment deux individus soumis à la même éducation pouvaient-ils réagir de manière si différente ? Deuxième numéro : « J'ai fait un bébé après quarante ans ». Au fil des jours, le rythme s'est mis en place. Quatre à huit invités montaient tour à tour sur le plateau pour témoigner. Le dialogue s'instaurait rapidement entre eux, ainsi qu'avec le public. La formule prenait bien, tout le monde le sentait. Les membres du public se montraient réactifs, ils intervenaient, ils exprimaient leur désaccord, créant une ambiance très animée. Avant le tournage, je leur expliquais que nous attendions d'eux une participation maximale. Tout en conduisant mes interviews, je surveillais l'assistance du coin de l'œil pour repérer les bras levés. J'allais ensuite tendre le micro, mais je le gardais en main, car je devais maîtriser le rythme (je pensais toujours à cette image du producteur américain : le ballon de basket qui doit rester en l'air et la montagne qu'il faut franchir). Je venais en aide aux intervenants un peu trop confus. Mon rôle s'arrêtait là, être la médiatrice entre les invités et le public. Les stars, c'étaient eux…

Pour la première diffusion, l'audience, bien que supérieure à l'émission qui précédait, n'a pas été formidable. Il a fallu attendre trois ou quatre jours pour que les chiffres grimpent en continu, alors que nous ne faisions aucune publicité, ni dans la presse ni par bande-annonce. En quelques mois, nous sommes passés de huit à vingt-cinq ou trente pour cent de part de marché. C'était colossal. Inespéré pour cette tranche horaire qui ne franchissait jamais, sauf les jours fastes, la barre des dix pour cent. Pourquoi un tel succès ? Peut-être parce que, enfin, à la télévision, on parlait différemment. Les thèmes abordés, le langage employé, le ton direct, ludique, provocateur, parfois émouvant, choquant, voire énervant. L'audience a tellement dépassé les attentes que la question de continuer ne se posait même plus. Nous avons continué.

Le fonctionnement de l'émission reposait pour l'essentiel sur les épaules de nos invités, toujours des anonymes qui assumaient un choix de vie singulier. Lors de nos discussions préalables, nous devions nous assurer qu'ils étaient assez forts psychologiquement pour en débattre et supporter la pression de la caméra, surtout celle du public – lequel n'entendait pas faire de la figuration, mais questionner, contester, éventuellement avec vigueur. Pour ceux qui ont franchi le pas, l'expérience s'est quasiment toujours révélée positive. En affirmant avec force leur choix devant un public, ils ont pour beaucoup réussi à vaincre les préjugés auxquels ils étaient confrontés.

Sylvie Angel, psychiatre de référence avec qui j'ai travaillé pour l'émission de coaching psychologique « Starting Over » sur TF1, en explique le principe : « Les histoires individuelles sont beaucoup plus fortes lorsqu'elles sont racontées par les individus eux-mêmes que lorsqu'elles sont relayées et analysées par des experts. L'authenticité du discours initie un processus d'identification chez le spectateur. Pour l'invité, le fait d'exprimer verbalement ce qui est souvent resté dans le non-dit, puis de se voir à l'image dans le cadre magnifiant de la télévision, entraînera souvent une évolution et une transformation positives. » Sylvie Angel conclut : « Si la télévision n'est pas une thérapie, il est indéniable que, dans notre société, elle déclenche des réactions et que cette transmission du récit est utile. Parler, débattre, se confronter aux réactions du public permet de se renforcer et de clarifier ses sentiments. »

Le noyau pensant de l'émission était constitué de deux personnes : Jean-Luc Delarue et Stéphane Rak. Jean-Luc Delarue s'occupait des rapports avec la chaîne. Lui seul était sous contrat avec eux. Stéphane, son bras droit, en était le créateur et la cheville ouvrière. Et moi, la présentatrice, j'avais signé un contrat d'exclusivité de quatre ans, non renégociable pendant cette période.

Stéphane Rak est un petit homme mince aux cheveux très courts, soucieux de sa forme physique, mais assez peu soucieux de sa présentation – je l'appelais « Monsieur No Look », Jean-Luc Delarue l'appelait Snack. Ses sweat-shirts trop larges et son sac à dos contrastaient singulièrement avec la mise impeccable et les chemises sur mesure de Jean-Luc Delarue. Alors qu'ils formaient une paire soudée au travail, on aurait dit le jour et la nuit, d'autant que l'un était aussi grand que l'autre était petit. Stéphane Rak et moi constituions un couple professionnel si uni que Christophe en a été souvent jaloux. Nous avons d'ailleurs traité ce thème : « L'amitié est-elle possible entre un homme et une femme ? » Notre réponse était oui.

En effet, avec Stéphane Rak, j'ai connu une relation de travail exceptionnelle. J'avais trouvé mon jumeau professionnel. C'est lui qui était à l'origine de l'émission. Il en avait trouvé le concept, le titre, et il avait insisté pour m'embaucher. Sans faillir il m'a aidée, soutenue, protégée. Je lui faisais une totale confiance. Nous discutions ensemble des thèmes, et nous trouvions toujours un accord. En cas de difficulté, devant Jean-Luc Delarue, il n'hésitait pas à trancher : « Si Évelyne ne le sent pas, on ne le fait pas. Elle a l'instinct ! » De mon côté, si un sujet me semblait trop ardu ou ennuyeux, je me laissais convaincre lorsque Stéphane se disait persuadé du succès. J'en donnerai deux exemples. Le mercredi après-midi, il fallait tourner des sujets adaptés aux téléspectateurs nettement plus jeunes qu'à l'habitude. Chaque fois, nous réfléchissions à partir de la question suivante : qu'est-ce qui va nous amuser ? (Et non : qu'est-ce qui va leur plaire ?) Un jour, Stéphane Rak a proposé que nous invitions des illusionnistes. Rien ne nous en empêchait. Un talk-show c'est du *talk* ou du *show*, ou les deux ; on peut mettre le curseur où l'on veut. C'est bien pourquoi, d'ailleurs, l'émission était chaque jour différente – et que je ne me lassais jamais. Seulement, je ne me croyais pas compétente pour présenter un spectacle de ce genre. Mais Stéphane Rak s'est montré tellement emballé que j'ai accepté de le suivre. Nous avons finalement réalisé un show de magie du tonnerre, et l'émission a reçu un très bon accueil. Certaines idées à l'ancienne méritent d'être remises à l'honneur…

Quand Stéphane Rak m'a proposé une émission sur la trisomie, j'ai voulu refuser. Je me sentais trop fragile pour parler à des enfants atteints par cette anomalie génétique. Il a insisté, il suffirait que je leur parle exactement comme à tous les autres invités, et comme Jean-Luc Delarue le fait merveilleusement dans « Ça se discute ». Il avait raison : l'émission a offert, je le crois, un moment exceptionnel d'émotion et de dialogue. Il m'a ainsi régulièrement poussée à sortir de mes retranchements, à traiter des sujets que je n'aurais pas abordés spontanément, et qui se sont révélés de grandes idées. En vrai bourreau de travail, il consacrait jusqu'à seize heures par jour à Reservoir Prod. Très talentueux, totalement dévoué à son métier et à Jean-Luc Delarue, il avait été rédacteur en chef de « Ça se discute », puis avait grimpé les échelons jusqu'à devenir le bras droit du patron. Il est à la source de bon nombre de concepts développés par Reservoir Prod, notamment « Jour après jour », « Vis ma vie » et « C'est mon choix ». Dans l'organisation, c'est lui qui avait autorité sur les équipes de journalistes travaillant pour l'émission. Moi, je n'agissais pas en prise directe avec eux, j'en étais même tenue plus à distance que je ne l'aurais voulu. Toute la semaine, je travaillais avec Stéphane Rak sur le contenu des prochains tournages et la définition des thèmes ultérieurs, ensuite il organisait les recherches avec les équipes. Je supportais difficilement d'être coupée de la rédaction mais, selon Stéphane Rak et Jean-Luc Delarue, c'était la meilleure façon de procéder pour m'épargner des soucis et du travail – avec six tournages minimum par semaine, j'avais suffisamment de pain sur la planche. Plus tard, j'ai appris que les journalistes, eux aussi, comprenaient mal que je sois si peu en contact avec eux. Mais, chez Reservoir Prod, c'était un principe – qui m'a en effet protégée par la suite : la présentatrice ne devait pas se mêler du quotidien de la rédaction.

Celle-ci, composée au départ d'une quinzaine de journalistes, a compté jusqu'à une cinquantaine de personnes, dont quatre rédactrices en chef (chacune ayant alternativement la responsabilité d'une émission, avec son équipe), à l'époque où nous avions des prime time et des soirées spéciales. Elle a changé plusieurs fois de bureau au sein de l'immeuble du 101, boulevard Murat, siège de Reservoir Prod et de l'agence de presse Sipa. C'était dans tous les cas une vraie ruche, où les journalistes passaient leur temps à téléphoner aux témoins de l'émission, dans un brouhaha impressionnant. Ils formaient une famille soudée qui travaillait tard le soir, souvent le week-end, pour boucler la préparation des émissions quotidiennes. Beaucoup, devenus amis, sortaient ensemble le soir. L'ambiance était très bonne, notamment parce que tous adoraient l'émission et éprouvaient un intérêt sincère pour les témoins qu'ils suivaient après leur passage. C'est la clef de la réussite d'une émission comme « C'est mon choix », qui repose sur les équipes rédactionnelles et techniques. Nous avions tous la sensation de fabriquer une émission de véritable « service public » plus qu'une émission de télé *stricto sensu.*

L'équipe ayant déménagé pendant les vacances qui ont suivi la première saison, j'ai eu la surprise de constater qu'on avait oublié de m'attribuer un bureau. J'ai donc considéré que je disposais d'un fauteuil permanent dans le bureau de Stéphane Rak et de son assistante, Magali Chambily, avec qui se préparaient les émissions en cercle restreint. Je « partageais » Magali avec Stéphane, bon arrangement pour Jean-Luc Delarue qui ne voulait pas embaucher d'assistante pour moi. Je m'en accommodais, car il ne me semblait pas prioritaire d'avoir quelqu'un pour gérer mon agenda, mais cela reste une exception dans le métier – je ne connais guère de présentatrices qui n'aient pas leur assistante. De toute manière, Magali est une grande pro, adorable et de bon sens, et tout allait bien comme cela.

Les réunions avec les rédactrices en chef se tenaient dans l'immense bureau de Jean-Luc Delarue, en son absence. On pouvait y admirer sa collection de casquettes de base-ball, ainsi que les maquettes des plateaux de ses différentes émissions (« C'est mon choix », « Ça se discute », « Vis ma vie », « Jour après jour »…). Quand Jean-Luc occupait les lieux, nul n'aurait osé y entrer sans rendez-vous. Il était autant respecté que craint.

Les émissions étaient enregistrées au rythme de trois le lundi, et trois le mercredi. La sélection des témoins se déroulait sur un système d'enquêtes, selon les méthodes éprouvées de Reservoir Prod, qui visaient à déceler les affabulateurs. Lorsque certains témoins s'expriment d'une façon excessive sur le plateau, leurs arguments paraissent peu crédibles. Nous sommes des créatures émotives et, dans une situation de stress, nous dépassons rapidement la mesure. Mais il n'entrait absolument pas dans notre ligne de conduite de leur demander de « se calmer », pour faire plus vrai.

C'est un paradoxe fascinant que la vérité puisse sonner faux et paraître invraisemblable. C'est qu'elle ne suit pas la progression dramatique élaborée par la fiction, au fil des siècles, dans le roman, le théâtre ou le cinéma. Dans ces œuvres qui, depuis l'enfance, ont façonné notre jugement, l'exigence de cohérence est largement dominante. Le propos est le fruit d'une intention, il procède de la maîtrise d'un auteur. Dans la vie, les choses sont bien moins claires, et les gens n'ont pas appris leur texte. Ils réagissent sous le coup de leurs émotions et de leurs contradictions, de sorte que parfois ils semblent se conduire au hasard. L'expression d'une vérité, dans toute sa complication et ses errances, n'a qu'un faible pouvoir de persuasion – j'en ai vu des dizaines de démonstrations. Ce n'est pas une vaine formule de dire que, souvent, la réalité dépasse la fiction.

À cette difficulté se sont ajoutés quelques malentendus malheureux, dont celui-ci qui nous a beaucoup desservis. Sur le difficile sujet « Je ne fréquente que des hommes riches », quelques femmes avaient accepté de parler au passé, mais nous peinions à en trouver une qui vivait la situation au présent : ce n'est pas un mode de vie qui se revendique facilement. Finalement, une invitée s'est présentée, mais elle ne voulait pas parler à visage découvert et préférait taire sa profession. Elle est donc apparue à l'écran avec une perruque et des lunettes noires (pratique assez courante dans ces circonstances). Et elle a tenu un discours très tranchant et provocateur, soulevant une vague de réactions scandalisées dans le public. L'un d'entre eux a reconnu l'actrice, qui jouait dans une série télé à succès, et un journaliste de la presse à sensation accusa notre émission d'être une imposture, prétendant que nos pratiques étaient fondées sur le faux témoignage. Il n'y avait rien de plus injuste. Cette femme était comédienne de profession, en effet, ce qui ne l'empêchait pas d'avoir une vie privée dans laquelle elle avait fait le choix de fréquenter des hommes pour leur argent. Son témoignage était parfaitement authentique. Pourquoi les acteurs seraient-ils dans l'impossibilité de parler d'eux-mêmes ? Quand Gérard Depardieu répond à une interview, on ne le soupçonne pas de réciter un texte, que je sache. Nous nous sommes expliqués longuement dans une émission ultérieure, et chaque fois que sont intervenus, par la suite, des invités qui exerçaient la profession de comédien, la précision a été clairement apportée à l'avance. Mais le fantasme des invités comédiens est souvent resté dans les esprits. Il était d'autant plus insultant de nous voir attaqués sur l'authenticité de nos témoignages que l'équipe rédactionnel s'acharnait à tout vérifier et revérifier. Notre hantise était précisément d'éviter de laisser passer des imposteurs. Chaque témoignage était vérifié, l'entourage interrogé, toutes les sources recoupées. Les journalistes de l'émission consacraient l'essentiel de leur temps à ces vérifications. Nous y mettions un point d'honneur – même s'il est impossible de se mettre complètement à l'abri.

Aujourd'hui encore, des fans de l'émission me demandent si nous utilisions des acteurs. Je le redis : jamais, jamais, nous n'avons utilisé d'acteurs. Jamais nous n'avons rémunéré aucun témoin. Seuls les frais de déplacement des invités étaient remboursés, et seuls les artistes présentant un numéro, comme les magiciens, étaient rémunérés au cachet, selon l'usage dans la profession.

Le plus fascinant, le plus dérangeant, je l'admets, reste ce choix de vie affirmé haut et fort par certains individus, librement, face à l'opinion publique. Affrontement, compréhension, émotion – telles étaient les étapes-clefs d'un processus filmé par la caméra. Notre objectif a toujours été d'aider à développer la compréhension et l'empathie, à faire accepter les différences, sans considération doctrinale ni scientifique.

En dix ans de télé, jamais je n'avais connu une telle synergie entre les intervenants. Les invités comme les membres du public s'investissaient totalement, ils se sentaient en confiance, et je sentais rapidement s'établir entre eux un rapport véritable. On sortait des codes classiques à la télé, on avait l'impression d'être au chaud, chez soi, pour discuter, ferrailler éventuellement, sans contrainte ni tabou, mais dans la décence. En règle générale, je ne voyais pas les invités avant l'émission, car je ne voulais pas me mettre en situation de reproduire sur le plateau ce qui se serait révélé dans les coulisses. Il fallait protéger la fraîcheur de la première rencontre. En revanche, j'allais saluer le public et lui présenter longuement le thème avant chaque émission, en rappelant que croiser le fer ne veut pas dire s'insulter et que le but était de tenter de se comprendre. Après les émissions, quand le timing le permettait, je restais bavarder avec les invités. Toutes leurs histoires, qu'ils nous ont livrées en pleine confiance, sont les plus beaux souvenirs qui restent de cette aventure.

Une émission pouvait transformer des vies – l'expérience nous l'a montré à maintes reprises. Nous avons régulièrement fait revenir des invités pour discuter avec eux des conséquences de leur passage à la télévision. Pour une part d'entre eux, les débats les avaient amenés à changer substantiellement de point de vue, et le destin de certains semblait s'être complètement modifié. Mais l'impact télévisuel ne se limitait pas aux invités. Nous avons reçu d'innombrables témoignages de téléspectateurs qui, eux aussi, sous l'effet de telle ou telle discussion, se sont sentis changer, surtout lorsqu'ils s'identifiaient particulièrement à l'un ou l'autre des participants.

Je me souviens d'une jeune fille que nous avions invitée pour traiter de l'anorexie. Elle pesait quarante kilos pour un mètre soixante-quinze. Depuis des années elle ne prenait plus de repas et se cachait pour vomir. Elle ne sortait plus, ne fréquentait plus l'école, n'avait aucune amie. Sa famille était complètement désemparée. Ses parents, qui avaient tout essayé, ne savaient plus vers qui se tourner. L'anorexie est un phénomène très complexe, que les malades ne comprennent pas elles-mêmes. Souvent, elles ne se rendent pas compte qu'elles sont en train de se laisser mourir. Le regard qu'elles portent sur elles-même est frappé d'une telle distorsion qu'elles se trouvent trop grosses et cherchent encore à ajouter du sport à la diète. Convaincues de s'endurcir ou d'améliorer leur physique, elles s'exténuent dangereusement. Sur le plateau, cette jeune fille a rencontré d'autres anorexiques qui étaient guéries. Une discussion s'est engagée. Quelques mois plus tard, la jeune fille est revenue sur le plateau (je le répète, nous suivions nos invités et voulions savoir ce qu'ils devenaient après l'émission), complètement métamorphosée. Quelque chose s'était passé pendant l'émission, qui avait mis un terme à la spirale infernale. Était-ce d'avoir écouté l'expérience d'autres victimes ? D'avoir raconté son cas devant des étrangers et d'avoir entendu leurs questions ? De s'être vue et entendue à la télé ? C'est ce qu'elle a affirmé, et le résultat était patent. Après l'émission, nous avons reçu des dizaines de lettres d'autres jeunes filles dans la même situation, qui m'ont remerciée parce que, pour la première fois, elles s'étaient senties comprises et qu'elles en avaient été bouleversées. Elles me disaient : « Continuez à parler de nous. On n'a jamais parlé d'anorexie comme vous le faites. » Une jeune fille qui se trouvait dans un état quasi irrémédiable m'a écrit : « Vous êtes le rayon de soleil de ma journée. Si je meurs demain, au moins je vous aurai vue. » À prendre comme une remarquable leçon d'humilité…

Nous avons reçu des femmes qui avaient choisi de ne pas révéler à leur enfant l'identité de leur père. L'une d'entre elles se justifiait sur un ton très vindicatif : « C'est un salaud. Jamais je ne parlerai de lui à mon fils. Jamais je ne le lui laisserai voir. » Devant tant de hargne, le public grondait, mais elle tenait bon. C'était son choix, elle l'assumait malgré la vindicte populaire. Puis d'autres témoins ont pris la parole.

Des femmes qui avaient révélé la vérité et qui l'avaient regretté. Des femmes qui ne l'avaient pas dite et qui l'avaient regretté tout autant. Des enfants qui avaient souffert toute leur vie de ne pas savoir qui était leur père. Des enfants qui l'avaient su et à qui cela n'avait rien apporté. Tous les cas de figure. Certains s'adressaient à cette femme pour la critiquer vertement : « Vous n'avez pas le droit de faire ça. C'est son père. Il doit le connaître. » À aucun moment elle n'a faibli. Elle parlait de tous les hommes en bloc, avec la même rancœur. A la violence de son rejet on devinait la profondeur de sa blessure. Quelques mois plus tard, nous l'avons réinvitée. Toute sa hargne avait disparu. Elle avait réfléchi. Elle avait visionné et revisionné l'émission. Elle avait fini par entendre les autres points de vue. Résultat : elle avait un nouveau compagnon (elle était seule auparavant), elle s'était réconciliée avec son ex-mari, et elle lui laissait voir son fils tous les mercredis après-midi. Elle est venue nous dire merci. La rencontre, la discussion et la télé, cela avait suffi pour changer sa vie.

Encore un exemple spectaculaire : nous avons reçu une jeune fille albinos, complètement désocialisée à cause de son aspect physique. Sans amis, elle vivait solitaire et renfermée, complexée par les regards qui, dans la rue, s'arrêtaient sur elle avant de se détourner précipitamment. Son malaise s'observait dans son attitude : dos voûté, tête baissée, pieds rentrés, comme si elle avait honte d'exister. Sur le plateau, elle a pu expliquer son calvaire quotidien et les conclusions qu'elle en tirait : « Je suis condamnée à rester seule, personne ne voudra jamais de moi. » Pour une fois, au moins, elle parlait sans tabou de ce qu'elle ressentait. Plutôt que de glisser furtivement devant eux, elle prenait place face à des gens qui, sans détourner les yeux, lui ont posé toutes les questions qu'ils n'auraient pas osé formuler dans d'autres circonstances. Du simple fait d'avoir retenu l'attention d'autrui, elle se sentait déjà visiblement mieux. Pendant qu'elle parlait, sa posture se redressait. À la fin de l'émission, je lui ai dit que je prenais l'engagement de l'aider. Elle allait revenir dans une prochaine émission, et nous travaillerions sur son apparence pour l'aider à se sentir moins différente et moins exclue. Ainsi fut fait. Des spécialistes l'ont relookée des pieds à la tête : coiffure, maquillage, vêtements. Quand elle s'est découverte dans un miroir à la fin de l'émission, elle n'en croyait pas ses yeux. En larmes, elle a prononcé cette phrase pour la première fois de sa vie : « Oui, c'est vrai que je peux être jolie. » Elle venait de bénéficier d'un traitement auquel toute femme pourrait prétendre, sauf elle, parce qu'elle se l'interdisait. En s'estimant perdue d'avance, elle annulait toute chance d'être vue et entendue. Mais, grâce à cette séance, elle a repris confiance. Elle a commencé à se faire des amis sur le plateau, où l'émotion était telle qu'à la fin tout le monde pleurait. Ensuite, elle a eu un petit ami pour la première fois de sa vie. Et elle a trouvé du travail. Un cercle vertueux avait été amorcé, parce qu'elle avait changé son regard sur elle-même. Elle nous a remerciés d'avoir transformé sa vie. Tel était le plus beau cadeau, le plus beau résultat que nous pouvions espérer, et cela se produisait sans arrêt. Nous en étions très bien informés, les journalistes prenant constamment des nouvelles de leurs invités après leur passage à la télévision – et cela continue bien que l'émission ait été arrêtée il y a deux ans et demi.

Je reste persuadée que nous avons bien agi, en dépit du procès que nous a intenté une certaine presse, notamment sur ces fameuses séances de relooking. Personne n'en avait jamais vu à la télévision, et certains trouvaient cela futile et dérisoire. Les invités acceptaient de ne pas se voir pendant la transformation et se découvraient dans un miroir sur le plateau, une fois que le public avait découvert le résultat. Mais comment nier aujourd'hui l'importance de l'apparence physique, la difficulté de soutenir les regards quand on est gros, ou encore les dégâts causés par une mère qui ne vous a jamais trouvée jolie ou par des camarades de classe qui se moquent de vous ? Et même si, pendant cinq ans, nous avons « milité » pour faire accepter les différences, on ne peut blâmer quiconque de chercher à se sentir plus beau et plus à l'aise, dans une société où règne le diktat de l'image, au travail comme dans la vie privée, à l'école comme dans les magazines.

Sur l'initiative de Stéphane Rak, nous avons un jour invité une femme d'une cinquantaine d'années atteinte d'un cancer. Extrêmement déprimée, amaigrie, elle avait perdu toute féminité à cause de la maladie. En accord avec son frère, nous lui avons proposé sur le plateau de l'aider à se réconcilier avec son image. J'avais très peur de sa réaction. N'allait-on pas trop loin ? Mais elle a accepté. Elle est revenue une heure plus tard, habillée et coiffée sobrement, très élégante malgré son teint pâle. Cette coquetterie retrouvée lui a redonné le sourire pour un temps. Malgré les dommages de la maladie, elle se sentait redevenue une femme. En larmes, elle nous a remerciés comme personne ne l'avait jamais fait. Toute la salle pleurait avec elle. Oui, cette démarche sincère et militante, nous l'avons osée pour elle. D'ailleurs, de telles actions sont de plus en plus fréquentes dans les hôpitaux spécialisés dans le traitement du cancer.

Que l'apparence physique soit un sujet futile et sans intérêt pour certains, j'y vois plusieurs explications : soit ils sont gâtés par la nature et ne connaissent pas la souffrance du complexe physique, soit au contraire ils connaissent bien cette souffrance mais veulent la nier en discréditant sa cause, soit encore ils ont atteint un équilibre grâce à d'autres satisfactions, intellectuelles, morales, sociales, spirituelles… Mais ces cas chanceux, ou de mauvaise foi, ont-ils à juger du besoin que d'autres éprouvent de se sentir moins mal dans leur peau, au sens premier du terme ?

Chacun sait que la beauté ne fait pas le bonheur. En revanche, le sentiment qu'on a d'être plus ou moins proche d'une certaine image est parfois le premier pas, futile apparemment, mais décisif, dans une entreprise de réhabilitation de soi.

En attendant d'atteindre la sagesse de ceux pour qui toute beauté est intérieure, il n'est pas toujours inutile de se réconcilier un peu avec son enveloppe extérieure. Il est connu de tous les thérapeutes que l'intérieur et l'extérieur, loin de s'opposer, sont des vases communicants, et que l'on peut raffermir une volonté en commençant par raffermir des muscles.

Superficiel, le relooking ? Pas si sûr. Faut-il rappeler le mot de Valéry : « Ce qu'il y a de plus profond dans l'homme, c'est la peau. »

L'émission eut également des conséquences indirectes, et inattendues. Je citerai l'exemple d'une femme qui nous avait écrit elle aussi pour participer à une séance de relooking. Elle habitait dans l'Est et nous lui avions envoyé son billet de train, ainsi qu'un taxi. Sur le trajet qui l'a menée de la gare au studio, elle a lié conversation avec le chauffeur et, malgré la différence d'âge (elle avait quinze ans de moins que lui), ils sont tombés amoureux. Le coup de foudre ! Après le relooking, ils se sont revus, ils ont emménagé ensemble et ils ont eu un enfant. Je ne savais rien de cette aventure, jusqu'au jour où, prenant un taxi, j'ai eu la surprise d'entendre le chauffeur me dire : « Vous savez que vous avez changé ma vie ? » Et il m'a raconté leur histoire. Il y eut aussi l'histoire de ce couple qui s'est formé sur le plateau : deux invités qui se sont plu, se sont revus, ont vécu ensemble ; ils ont eu des jumelles qu'ils ont surnommées les « jumelles de "C'est mon choix" ».

Les émissions avaient aussi un impact très concret sur l'entourage de nos invités, si bien que nous avons décidé de préparer une émission sur le thème : « Un de mes proches a témoigné à “C’est mon choix” et ça a changé ma vie. »

Ainsi est venue Brigitte, mère de Florian. Ce jeune homme de vingt-trois ans aimait depuis deux ans et demi Isabelle, quarante-huit ans, mère de quatre enfants, dont un fils du même âge que lui. Ils avaient témoigné de leur histoire dans une émission et, en les voyant à la télévision, Brigitte avait enfin compris à quel point ils s’aimaient. Jusqu’alors elle considérait Isabelle comme une passade et ne voulait pas la présenter comme sa belle-fille. Depuis l’émission, elle l’avait acceptée et considéré les enfants d’Isabelle comme ses propres petits-enfants.

Il y avait également Christine, tante du petit ami de Julie, une jeune femme qui avait participé à une émission sur les maladies rares. Atteinte depuis dix ans d’une « pelade universelle », Julie, qui n’avait plus ni cheveux, ni poils, ni cils, ni sourcils, avait parlé de la souffrance qu’elle endurait et osé montrer des photos d’elle sans sa perruque. Christine, qui connaissait Julie depuis dix ans, ne l’avait jamais vue ainsi et n’avait pas imaginé sa détresse. À dater du jour de l’émission, elle avait décidé de tout entreprendre pour elle. Désormais, dans le cadre de son association, elle se tient à ses côtés pour l’aider.

Paulo avait vu son ami Yann raconter dans une de nos émissions qu’il était complexé par son physique depuis l’âge de treize ans au point de ne pas arriver à se regarder dans un miroir. Paulo a compris le passage de Yann à la télé comme un appel au secours. Il s’est rapproché de lui, et ils entretiennent depuis lors une véritable amitié, grâce à laquelle Yann se sent mieux dans sa peau.

Lena connaissait depuis longtemps Martine, atteinte d'une maladie génétique qui altère sa vue et l'oblige à se déplacer avec une canne blanche. Mais, quand Lena l'avait entendue à la télévision, ç'avait été un véritable choc. Sceptique jusque-là, persuadée que Martine se plaignait beaucoup pour rien, elle avait compris la gravité du handicap dont elle souffrait. Après l'émission, elle avait repris contact, et elles s'étaient réellement liées d'amitié.

Il y a eu Véronique, la mère de Mickael, jeune homme affecté d'un surpoids important. Il avait voulu exprimer sa souffrance et sa rancœur vis-à-vis de ses parents qui n'avaient rien fait pour l'empêcher de grossir. Véronique, bouleversée par le témoignage de son fils, venait lui demander pardon.

Outre tous ces bouleversements consécutifs aux passages dans « C'est mon choix », il nous a parfois été donné de voir des événements ou des changements se produire en direct. Un jour, nous avons rassemblé ces témoins qui avaient vécu une grande surprise sur notre plateau.

Audrey a été demandée en mariage par Christophe ; elle a dit oui devant le public, et elle a chanté « Je t'aime » de Lara Fabian.

Nadine est venue avec sa fille Cathy, qui lui a annoncé que, pour ses cinquante ans, ses enfants lui offraient un voyage en Guadeloupe. Pour Nadine qui s'était toujours sacrifiée et n'était jamais partie en vacances, Cathy avait apporté une cassette où tous les enfants lui adressaient une chanson d'amour.

Gwenaëlle accompagnait son père Felix qui lui a dit à quel point il était fier d'elle et l'aimait. Gwenaëlle souffrait de problèmes visuels. Depuis, elle s'est fait opérer des yeux et va beaucoup mieux. Elle a déménagé, vit un grand amour et a trouvé du travail.

Des enfants tahitiens, Émilie, Cyril, Thomas et Johan sont venus chanter pour leur mère Fanora qui, en conflit avec Émilie, sa fille aînée, pensait témoigner sur les conflits avec les enfants. En réalité, ceux-ci lui ont dit leur amour sur l'air de “S'il suffisait d'aimer”.

Roland a demandé Sylvie en mariage sur le plateau et lui a déclaré qu'il voulait reconnaître officiellement sa fille. Les démarches sont aujourd'hui en cours. Roland et Sylvie affirment que l'émission a consolidé leur amour.

Émilie, une adolescente difficile, a lu un texte à sa mère afin de lui demander pardon pour toutes les bêtises qu'elle avait commises. Aujourd'hui, elles sont devenues très proches. Émilie s'est mariée et Chantal pense que, si elle n'avait pas fait ce geste, il y aurait toujours entre elles un manque de confiance.

Valérie et Nicolas habitaient chez les parents de Nicolas, mais Valérie avait soif d'indépendance. Devant le public, Nicolas lui a annoncé la grande nouvelle : ils allaient avoir un appartement à eux. Aujourd'hui, ils vivent heureux avec un enfant.

Un reproche nous a très vite été adressé : nous faisions du voyeurisme, parce que nous exposions des situations originales, déviantes ou douloureuses. Le cas de la jeune fille albinos est un exemple typique. Est-ce du voyeurisme que de montrer une albinos à la télévision ? À supposer que la question se pose encore maintenant que j'en ai dit les conséquences positives, je répondrai sans la moindre hésitation qu'il y a du bon et du mauvais voyeurisme. C'est là que se place le débat, et pas ailleurs. Voyeurs, nous le sommes tous. C'est un comportement automatique, qui découle des lois de l'évolution biologique. Dans un environnement naturel, tout ce qui sort de l'ordinaire doit attirer l'attention, car il peut s'y cacher un danger potentiel. L'individu qui n'est pas sensible à l'insolite est en danger. Aujourd'hui encore, aucun d'entre nous, à moins de faire preuve de mauvaise foi, ne peut dire qu'il n'est pas alerté lorsqu'il remarque un comportement étrange, ou une singularité physique. Notre regard est irrésistiblement attiré vers la différence. Telle est la donne naturelle. Et sur cette donne naturelle ont pu s'établir des milliers de spectacles cruels : exhibitions de monstres de foire, bûchers de sorcières, expositions d'Indiens en cage, et j'en passe. La vraie question, aujourd'hui, est la suivante : plutôt que de répondre à la différence par la peur, le mépris ou la violence, ne pourrait-on choisir d'apprendre à l'accepter ? Nos réflexes naturels d'alerte ne nous servent à rien lorsqu'ils pénalisent des personnes « différentes » qui ne représentent aucun danger. Dans ce cas, ils nous trompent. Cela, nous le savons. Nous le savons, mais nous n'allons pas jusqu'au bout du raisonnement. Nous restons piégés dans ce mouvement primitif d'alerte et de peur. Le voyeurisme est très souvent une attitude de mépris ou de moquerie, au mieux de pitié. Quand des gamins obligent un camarade asthmatique à courir pour le voir s'essouffler, ils ramènent sa différence à un sujet d'amusement, de raillerie. Une émission de télévision qui, invitant un travesti ou une anorexique, en ferait un objet de ridicule ferait du voyeurisme primaire. Le voyeurisme qui en reste au voyeurisme a pour effet de détruire. Dans « C'est mon choix », nous avons toujours adopté la démarche opposée. Nous nous saisissions de la singularité pour interroger le réflexe voyeuriste, présent chez tout un chacun. Pourquoi riez-vous ? Pourquoi êtes-vous mal à l'aise ? Avez-vous essayé d'entendre ce que l'autre vous dit ? Il faut peu de chose pour ébranler les préjugés et rendre les gens plus compréhensifs, plus humains en un mot. Combien de fois ai-je vu, dans le public, des gens rire sous cape à l'entrée de certains invités et, à la fin de l'émission, pleurer d'émotion ou serrer ces mêmes invités dans leurs bras ? Il s'agit tout simplement de dépasser le réflexe voyeuriste pour le vaincre.

Quand l'émission a commencé à avoir beaucoup de succès, dans le courant de la deuxième année, France 3 a commandé des numéros spéciaux pour les diffuser en prime time. Un de ceux-ci avait pour thèmes : « Se lancer des défis malgré les différences. »

C'est à cette occasion que nous avons fait la connaissance d'Auriant, un jeune homme d'Aubagne, âgé de dix-neuf ans, affligé d'un défaut de prononciation très marqué – il bégayait depuis l'âge de sept ans, à la suite d'un choc émotionnel. À cause de ce handicap, et malgré un physique attrayant, il avait complètement raté son départ dans la vie. Il voulait devenir infirmier, mais avait été recalé au concours, malgré une excellente note à l'examen écrit (18 sur 20), parce que son oral avait été mauvais. Il travaillait comme agent d'entretien à l'hôpital de Cahors. Il était totalement désocialisé, coupé de sa famille, il vivait replié dans son appartement ; son seul lien avec le monde extérieur était une amie – c'est elle qui nous avait écrit. Auriant, plutôt que d'assumer son handicap, avait choisi de se taire. Il ne parlait à personne en dehors de cette amie. À sa boulangère il montrait un petit panneau où il avait écrit : « Une baguette, s'il vous plaît. Je suis muet. » Ainsi, il souffrait moins du regard des autres. Ses collègues ignoraient tout de son état et de son histoire. Il s'était muré dans le silence.

À la suite de l'appel lancé par son amie, nous l'avons invité, et elle l'a convaincu de venir sur le plateau. Je l'ai d'abord interviewé en coulisses : il s'exprimait effectivement avec beaucoup de difficultés. Je lui ai proposé de monter sur le plateau pour se lancer un défi terrible, une thérapie de choc : lire tout haut une lettre qu'il allait écrire pour ses collègues. On pouvait imaginer à l'avance les commentaires qui pourraient s'élever : « Faire venir un bègue à la télé et lui demander de lire tout haut ! Quel spectacle odieux ! Quel voyeurisme ! » Il avait le choix, bien évidemment. Et il a accepté. Je lui ai demandé pourquoi. Pourquoi, lui qui se taisait depuis des années, venait-il à la télévision se soumettre à une épreuve qui semblait au-dessus de ses capacités ? Il m'a expliqué, toujours avec difficulté, que, au point où il en était, plus rien ne pouvait le faire tomber plus bas. Il avait tellement souffert, il avait tellement perdu le contact avec ses semblables qu'il se sentait comme en prison à perpétuité. S'il ne tentait pas quelque chose, il était « mort ». Nous lui avons laissé le temps de se préparer et de réfléchir. Pendant trois heures, il est resté dans les coulisses à écrire sa lettre. Il a aussi discuté avec un ancien bègue qui avait mis au point une technique de respiration améliorant l'élocution. Ils se sont entraînés ensemble. Sur ces entrefaites, l'enregistrement de l'émission a commencé. L'interview conduite en coulisses trois heures plus tôt a été diffusée, provoquant une grande émotion. Tout le monde avait envie d'entendre Auriant. Dans le public se trouvaient ses collègues, et sa chef de service, que nous avions invités sans autre explication. Nous les avions seulement prévenus que quelqu'un sur le plateau aurait peut-être quelque chose à leur dire. Auriant a relevé son défi. Lui qui se faisait passer pour muet a lu de bout en bout une très belle lettre, terriblement émouvante. Grâce aux exercices, il parlait mieux que la première fois. Toute la salle pleurait. C'était un moment d'une beauté extraordinaire. À partir de là, tout s'est amélioré progressivement pour lui. Ses collègues ont promis de l'aider. Il s'est fait des amis. Il a soigné son handicap avec des techniques appropriées. Son élocution s'est améliorée. Sa vie a changé. Où est le voyeurisme dans tout cela ?

J'ai surtout parlé de sujets graves ou difficiles jusqu'ici, mais nous en avons aussi traité de plus ou moins excentriques et de plus ou moins frivoles. J'ai reçu quantité de tatoués, de piercés, de gothiques, etc. J'ai fait une émission sur les androgynes. L'ambiguïté sexuelle fascine toujours, sans qu'on mesure quelle difficulté à vivre elle engendre. Un de nos invités, un homme cultivé, proposait une réflexion intéressante et disposait d'une vraie lucidité sur lui-même. Le public ne comprenait pas bien sa démarche. Il ne voulait pas changer de sexe. Il se considérait comme une femme dans un corps d'homme, mais aussi et en même temps comme un homme. Sans être travesti, il s'habillait avec féminité et portait les cheveux très longs. Il subissait tous les jours le poids du regard des autres. Je le répète, il est normal d'avoir l'attention attirée par une apparence ou un comportement qui s'écartent des codes habituels. Ce qui n'est plus normal, dans une société qui se dit civilisée, c'est de s'arrêter là. Le public présent constituait une sorte de « résumé » du regard des autres. Il représentait les *a priori* épidermiques auxquels cet homme se heurtait chaque jour. Mais ici, comme il avait le temps et l'occasion de s'expliquer, les gens ont mieux compris la réalité de son ambiguïté sexuelle et la difficulté de sa vie sociale. Et ce rapprochement s'est produit sans recours à un discours intellectuel, sans théorie ni spécialistes. C'était tout simplement une vraie rencontre, un débat d'égaux à égaux. Notre prétention s'arrêtait là.

Nous avons invité aussi de purs originaux. Monsieur Pingouin et l'homme qui se prenait pour James Bond, de vieilles connaissances remontant à mes émissions lilloises. Des gens qui s'environnaient d'une couleur unique, comme ma mère avec sa passion pour l'orange ! Des gens qui s'habillaient comme au Moyen Âge. Un homme qui, bien qu'hétérosexuel, portait des jupes (et sa femme s'en accommodait très bien). Il y a eu une émission en prime time consacrée aux excentriques, avec un couple habitant un tipi, dans l'est de la France, et un homme vivant comme un cow-boy avec toute sa famille – ils allaient au supermarché à cheval. Pour nous assurer que les récits de nos invités étaient bien réels, nous avons demandé à une équipe de tourner un reportage sur place en leur adjoignant un témoin extérieur qui devrait s'acclimater à leur mode de vie pour le temps du reportage. C'était le garant de l'authenticité de la situation. Par la suite, ces reportages ont servi d'illustration à une autre émission produite par Jean-Luc Delarue et présentée par Laurence Ferrari sur TF1, « Vis ma vie », où un invité essaie de s'accommoder d'un mode de vie très différent du sien.

Bien sûr, nous avons été critiqués sur ces thèmes « frivoles », qui n'auraient aucun intérêt. Certes, je ne dis pas qu'il est profond de parler des jupes ou des pingouins. Mais que des individus puissent adopter des comportements si particuliers de façon si constante, même si cela ne semble pas concerner des aspects essentiels de l'existence, me paraît fascinant.

De mon côté, j'étais sur le point de me singulariser en tombant amoureuse d'un homme plus jeune que moi de dix ans.

12

Un réel esprit de famille régnait chez Reservoir Prod quand j'y suis arrivée. Après chaque journée d'enregistrement, toute l'équipe restait ensemble tard le soir pour bavarder et se détendre. Totalement focalisée sur mon travail, qui me satisfaisait entièrement, je menais une vie très remplie et bien réglée. Je n'avais pas le temps de penser à « ça ». Je n'avais pas remarqué qu'un jeune homme prénommé Christophe gardait les yeux fixés sur moi. Affecté au courrier de l'entreprise, il était très vite devenu assistant de production. Avec son bac professionnel en poche, il avait d'abord été directeur de magasin, puis, comme la télé le fascinait, il avait réussi à se faire embaucher dans cette société prestigieuse qu'était Reservoir Prod. Esprit vif, motivé, débrouillard, ne manquant ni de bagout ni d'idées, il avait grimpé très vite les échelons et pouvait rêver d'un bel avenir – car chez Reservoir Prod, qui grandissait vite, on privilégiait la promotion interne. Jean-Luc Delarue croyait en lui et entretenait avec lui, comme avec ses autres salariés, un rapport paternaliste et bienveillant.

Deux ans après son arrivée chez Reservoir Prod, Christophe a été affecté à la régie de « C'est mon choix » en qualité d'assistant de production. Il s'est occupé de l'intendance de l'émission et de tout un ensemble de tâches logistiques, y compris pour moi. Il venait me chercher dans ma loge quand le plateau était prêt pour le tournage. Il m'apportait un sandwich à midi, car je mangeais sur place pour perdre moins de temps entre deux enregistrements. Le soir, il m'appelait un taxi pour que je rentre chez moi. Comme je n'avais pas d'assistant personnel, je comptais sur lui pour régler tous les petits soucis pratiques. Peu à peu, il a commencé à rester bavarder avec nous après les tournages, on se repassait inlassablement les tournages, cherchant toujours à les améliorer – les équipes techniques aussi bien que journalistiques étaient animées d'une sorte d'engouement, de ferveur pour l'émission. De fil en aiguille, Christophe et moi sommes devenus plus proches, prenant l'habitude de plaisanter ensemble. Mais je n'avais aucune autre idée en tête. C'était juste un mec sympa qui faisait partie de l'équipe.

C'est Olivier, le coiffeur de l'équipe, qui a allumé l'étincelle. Un jour, il m'a glissé à l'oreille : « J'ai bien l'impression que tu plais beaucoup à Christophe. » J'ai pouffé de rire : « Quoi ? Non mais, ça ne va pas la tête ? Il a dix ans de moins que moi. Et il n'a qu'à claquer des doigts pour séduire n'importe quelle fille ! » Christophe avait en effet une réputation de tombeur. Avec son physique « viril », sa dégaine de beau gosse typé et son charme indéniable, il n'avait aucune peine à se trouver des amoureuses toutes plus charmantes les unes que les autres. Je ne voyais pas du tout ce que je viendrais ajouter à ce tableau. Il n'empêche, Olivier a continué à me baratiner là-dessus, et c'est devenu un sujet de blague récurrent entre nous. Mais, à force de plaisanter, j'ai senti mon intérêt s'éveiller pour cette personnalité qui me paraissait mystérieusement atypique.

Au début du mois de juillet 2000, Jean-Luc Delarue a loué l'Olympia pour une Soirée « rose » – énorme fête qu'il organisait pour remercier tous ses collaborateurs et relations professionnelles. C'était une façon de couronner une année pleine de succès, dont celui qu'avait rencontré « C'est mon choix ». Je suis arrivée devant l'Olympia avec l'élégant Paul, mon ami journaliste. Christophe m'attendait à l'entrée. Il est venu nous saluer. À la seconde où il s'est éloigné, Paul, évidemment très sensible au charme masculin, m'a demandé : « Qui est ce garçon ? C'est une vraie beauté ! » J'étais amusée de voir que tous les avis convergeaient. Christophe, qui ne pouvait pas savoir que Paul n'était pas mon petit ami, avait l'air nerveux. On a joué au chat et à la souris toute la soirée, pendant que je dansais avec Paul. Je commençais à me sentir troublée. Mais il me semblait totalement impossible de sortir avec Christophe. Non seulement il était plus jeune que moi, non seulement il effectuait un travail d'assistant tandis que j'étais présentatrice, mais surtout nous travaillions dans la même société ! J'imaginais les commentaires qui allaient fuser s'il nous prenait l'idée d'avoir une idylle. Non, c'était vraiment trop compliqué. Je suis partie l'une des dernières. Il m'a raccompagnée chez moi et je suis restée sur mes gardes. Il ne s'est rien passé entre nous ce soir-là.

Le 12 juillet suivant, Jean-Luc a refait une grande fête. Cette fois, ce grand fan de ballon rond avait loué le Stade de France pour célébrer les deux ans de la victoire française à la Coupe du monde de football.

Dans sa jeunesse, Christophe avait joué au PSG. Il était très bon joueur et voulait devenir professionnel. Mais une mauvaise blessure au genou l'avait obligé à arrêter, annihilant tous ses espoirs. (Aujourd'hui, il joue encore dans un club amateur et je vais souvent l'applaudir le dimanche.) J'aimais moi aussi, à ma manière, le football. Pendant mon chômage, j'avais même passé un grand nombre d'heures dans les stades, notamment pendant la Coupe du monde, pour m'imprégner de l'ambiance, car j'avais conçu le projet un peu fou de raconter les tribulations sentimentales d'une fille célibataire pendant l'effervescence que suscitait la Coupe (je n'ai jamais osé présenter le manuscrit à un éditeur).

Nous avions donc tous les deux, mais pour des motifs différents, des raisons de nous sentir émus et nostalgiques dans ce lieu chargé de gloire.

Tous les hommes de la « maison » ont été conviés à une séance de tirs au but. Il était assez incongru de voir Jean-Luc

Delarue, que l'on ne croise jamais que vêtu des costumes sombres qu'il porte dans « Ça se discute », évoluer sur le terrain en tenue de football. Eu égard à son statut de grand patron, personne n'osait vraiment lui « rentrer dedans ». Pour Christophe, en revanche, le jeu, c'est le jeu. On ne descend pas sur un terrain pour ménager son adversaire. Il se donnait à fond, et je commençais à le trouver extrêmement séduisant. Le regarder « guerroyer » y compris face à Jean-Luc – ce que je trouvais culotté – me procurait un trouble bizarre, amplifié par l'ambiance de fête et par tous les souvenirs qui me revenaient de la Coupe du monde. Je me rappelais également le concert de Johnny Hallyday ici même, pendant lequel j'avais crié sur la pelouse avec les fans. Je me sentais heureuse, bien dans l'instant, comme cela m'arrive rarement. Dans les phases d'arrêt de jeu, j'envoyais des textos amusants à Christophe, qui me répondait. Nous sommes entrés dans une complicité très ludique, communiquant par SMS au nez et à la barbe de nos collègues. Pendant la soirée, il m'a draguée ouvertement cette fois. J'ai senti monter en moi une panique immense. C'était une histoire impossible. Mais quelque chose de plus fort encore que la panique m'envahissait. Une évidence.

À la fin de la soirée, nous nous sommes retrouvés seuls dans cette arène mythique de quatre-vingt mille places. Nous étions assis sur les gradins. C'était la pleine lune. Christophe n'a rien tenté encore. J'avais quinze ans dans ma tête, je regardais la lune, les étoiles, et ce stade qui nous appartenait. « Dans quel pétrin tu es encore en train de te fourrer ! Tu es cinglée ! » me disais-je, car je sentais qu'en moi les barrières avaient lâché et que quelque chose d'important était en route – plus rien ne pourrait l'arrêter. Jamais je n'avais vécu un emballement pareil, même à vingt ans. Or j'en avais trente-six, et lui vingt-six. Nous allions vers une fusion totale alors que tout nous séparait : le milieu social, l'âge, le statut professionnel. Ça allait jaser ! Le lendemain, nous avons cessé de résister à cette force qui nous projetait l'un vers l'autre.

Bizarrement, la situation rappelait un peu celle que j'avais vécue avec mon premier amour, Dominique, fils d'ouvrier lui aussi. C'était le début des vacances, nous venions de tomber amoureux, et je m'étais engagée à accompagner des amis au Maroc. À nouveau, comme lorsqu'à dix-sept ans j'étais partie en Espagne à contrecœur, j'ai passé toutes mes vacances dans un état de manque abominable. Et de même que, vingt ans plus tôt, mes parents avaient tenté de me décourager de me lier à un garçon « au-dessous de ma condition », la pression du milieu professionnel me semblait vouloir s'opposer à notre amour.

En septembre, j'ai retrouvé Christophe avec une joie indescriptible et les enregistrements de « C'est mon choix » ont repris pour la deuxième saison. Cacher une relation avec quelqu'un que vous fréquentez tous les jours est éminemment difficile. Il y aura toujours un collègue pour surprendre un

Sur le balcon de notre appartement.

Promenades dans les bois,
près de Cherbourg.

Première photo d’école, à Cherbourg.

Sur la plage de galets à Saint-Mandrier, près de Toulon.

En 1973, Carnaval à Bray-Dunes, près de Dunkerque.

En 1972, première boum à Annaba,
en Algérie.

En 1972, dans le Sahara algérien.

1970, Amsterdam.

En 1972, au Barcarès.

En 1975, ma mère au Barcarès.

Ma mère et
son Opel Manta
jaune.

Au Barcarès, en blonde,
avec ma chienne Izara.

À dix-sept ans, en brune,
sur le bateau familial.

Noël 2005 en famille.

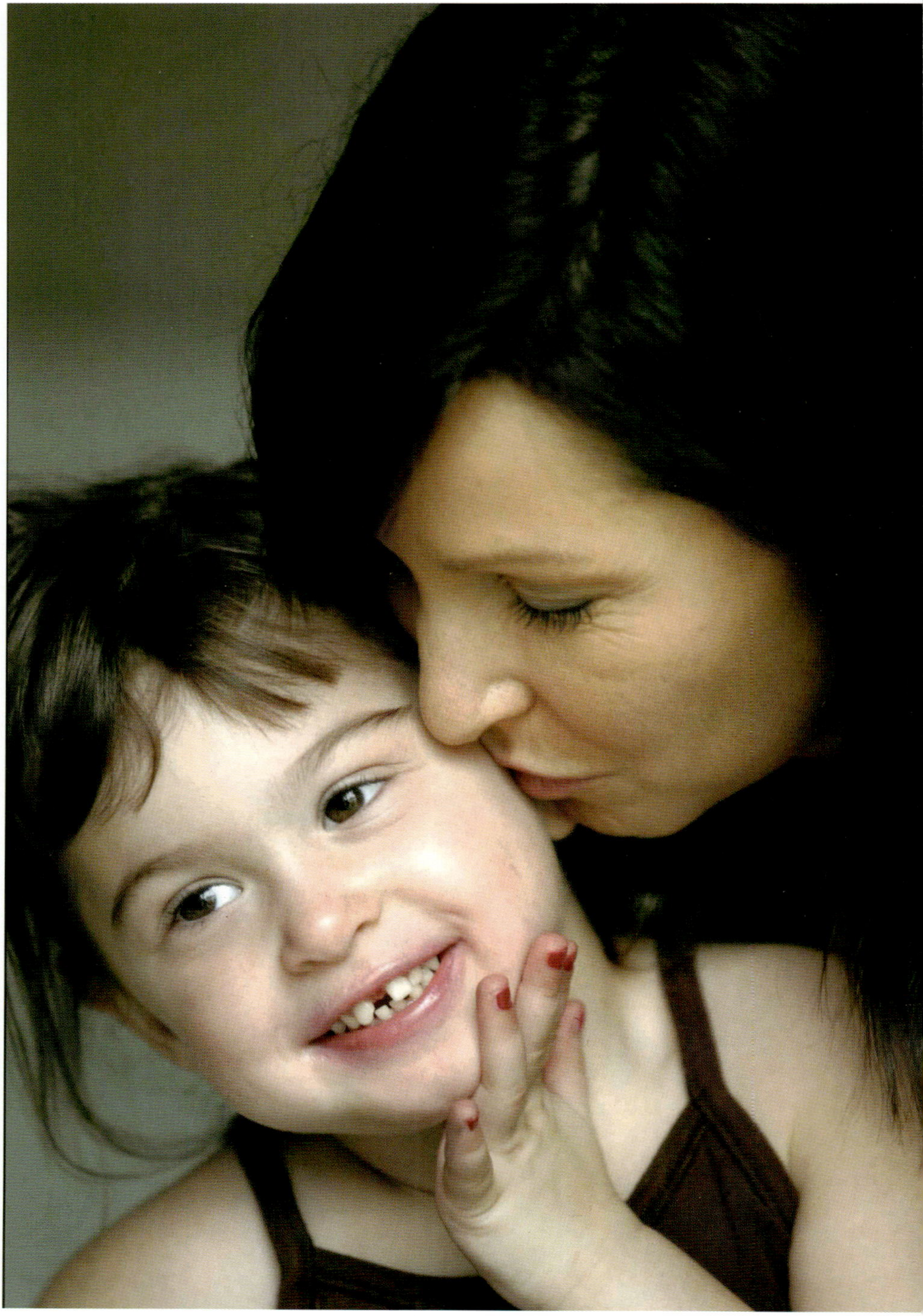

Lola et moi.

geste affectueux ou un clin d'œil. Bientôt, tous les membres de l'équipe étaient effectivement au courant. On sentait leur surprise, leur incrédulité. À mon avis, ils pensaient que Christophe voulait m'instrumentaliser pour monter en grade. Mais le seul commentaire que tout le monde se permettait à voix haute était : « Que va dire Jean-Luc ? » Les patrons sont généralement méfiants à l'égard des relations amoureuses entre leurs employés. Plutôt que d'attendre sa réaction lorsqu'il apprendrait notre histoire par la bande, j'ai préféré lui exposer la situation. J'ai demandé un rendez-vous en tête à tête et je lui ai annoncé que j'avais une nouvelle importante à lui communiquer : je vivais une grande histoire d'amour avec l'un de ses employés. Quand j'ai prononcé le nom de Christophe, il a eu du mal à cacher sa surprise. Il ne s'est permis aucun commentaire désobligeant, m'assurant juste qu'il était très content pour moi. Mais cette histoire cadrait-elle avec ce qu'il attendait de sa présentatrice ?

Christophe et moi avons eu immédiatement envie de vivre ensemble. Mais l'appartement que j'occupais depuis mon arrivée à Paris, huit ans plus tôt, était justement rendu inhabitable à cause de travaux de rénovation. Je suis donc allée m'installer chez Christophe, dans son deux pièces d'une HLM de Gentilly. Un trente mètres carrés loin du huitième arrondissement de Paris, mais qu'importe, nous vivions un amour fou.

J'avais le sentiment d'avoir trouvé mon port, et que désormais plus rien ne pourrait m'arriver. En plus de son physique et de son mental de gagnant, les idées de Christophe, sa détermination, son intelligence instinctive me fascinaient. Il était là pour me protéger, à sa manière un peu macho, qui ne cadrait pas nécessairement avec mes grands principes de femme indépendante qui se débrouillait toute seule depuis des années. Enfin, j'avais une épaule sur laquelle m'appuyer, un homme ambitieux et rassurant sur qui compter. J'aimais aussi son mode de vie : Christophe était ouvert sur l'extérieur, actif, sportif, et je me suis mise à suivre son rythme. Ça me changeait de mon train-train boulot-boulot-dodo. En quelques semaines, j'ai changé de vie avec l'impression de m'ébrouer d'une longue torpeur. Je pense à l'image idiote de la princesse réveillée par le baiser du prince charmant – idiote mais juste. Il m'éveillait à la vie. Il m'entraînait dans son mouvement. Surtout, il faisait battre mon cœur comme jamais.

J'ai très vite adopté la famille de Christophe ; tous sont adorables. Je dis tous, car la famille est nombreuse en oncles, tantes et cousins, ce qui d'ailleurs me tournait la tête, moi qui avait vécu ma jeunesse dans un cercle de trois personnes. La première fois que j'ai rencontré les parents de Christophe, j'habitais encore rue Washington. Nous nous étions donné rendez-vous en bas de chez moi pour passer l'après-midi à Deauville. Pour eux, il devait être surréaliste de rencontrer une présentatrice qu'ils avaient souvent vue à la télé. Mais, moi aussi, j'éprouvais un trac terrible, au point que, lorsque la sonnette a retenti, je suis descendue en trombe et suis montée tête baissée dans la voiture de Christophe, oubliant d'aller saluer ses parents dans l'autre voiture. Je suis ressortie aussitôt pour aller réparer ma faute. Deux heures plus tard, nous étions tous attablés à une terrasse, en train de savourer une glace sur la digue de Deauville. J'ai immédiatement eu le coup de foudre pour ce couple simple, chaleureux, joyeux. Dans les premiers moments, je les ai sentis un peu inquiets. La télévision véhicule beaucoup de clichés sur ses propres ouailles et ils se demandaient si notre histoire pouvait vraiment être sérieuse. Le doute n'a pas duré ; il y avait tellement d'amour entre nous qu'ils ont vite été rassurés. On se trouvait bien ensemble et personne n'avait envie d'écourter la journée. Le soir, nous sommes allés manger des moules-frites à Trouville avant de rentrer à Paris.

La mère de Christophe n'a que dix ans de plus que moi. Belle blonde aux cheveux courts, comme ma mère, elle ne fait pas du tout son âge et pourrait passer pour ma sœur. Elle est rapidement devenue une grande amie, je devrais peut-être dire ma meilleure copine, voire ma mère de substitution. Je l'appelle pour aller faire des courses. Je l'emmène danser en boîte. Elle a beaucoup d'allure et je la trouve très jeune d'esprit. J'ai tellement de plaisir à être avec elle que je voudrais parfois vivre en famille en permanence. J'ai découvert les réveillons de Noël et les dimanches en famille dans le trois pièces de Gentilly, moi qui n'en avais jamais vécu. J'invite les parents de Christophe en vacances chaque fois qu'il est possible. Je ne crois pas encore à ma chance : en même temps que l'amour, j'ai trouvé une famille qui ressemble un peu à la maison du bonheur qui hantait mes rêves d'adolescente.

Christophe est quelqu'un dont j'admire énormément l'intelligence et l'énergie, d'autant qu'il a dû surmonter beaucoup d'obstacles. Un milieu social modeste. Des études courtes. Une carrière de footballeur manquée. Et un physique typé, assez efficace auprès des filles, mais qui, en dehors de cela, a plutôt constitué un handicap. Quand il était gamin, il se faisait souvent traiter d'« Arabe ». Son physique typé et son look tout sauf BCBG lui ont toujours donné l'air un peu « décalé » dans le milieu policé de la télé. J'ai vite remarqué qu'il souffrait d'une sorte de peur des origines, comme toute sa famille d'ailleurs. On ne parlait jamais de l'histoire familiale, Christophe ne savait même pas d'où ses grands-parents venaient et ne voulait pas le savoir.

Quand ma fille est née, j'ai insisté pour en apprendre un peu plus. Je ne voulais rien cacher à Lola quand elle grandirait. Les secrets de famille resurgissent dans les générations suivantes, et cette espèce de grand « trou de mémoire » qui frappait la famille de Christophe me concernait à présent personnellement. On m'a expliqué que le grand-père maternel de Christophe était né de parents alsaciens qui avaient peut-être des origines gitanes, la famille émigrée de Hongrie se serait sédentarisée dans l'est de la France… Son autre grand-père, qui est mort presque centenaire, était un enfant de la Ddass, abandonné par sa mère américaine. Mais tout cela avait été totalement occulté ; on préférait parler de l'avenir plutôt que du passé. Le mot « Gitan » était trop connoté, trop honteux, il valait mieux ne pas chercher à vérifier. Moi, au contraire, je voulais tout savoir : quelle branche des Gitans ? Pourquoi avaient-ils quitté la Hongrie ? Personne ne le sait, et la seule femme qui aurait pu tout dévoiler, on refusait de lui téléphoner. Je pense que cela faisait partie du petit drame intérieur qui habitait Christophe depuis le plus jeune âge. Ses parents avaient tous deux un physique de Français bon teint, mais lui avait hérité de son grand-père brun basané un physique beaucoup plus marqué, à l'image des héros du *Temps des Gitans* d'Emir Kusturisca. Quand il se faisait traiter d'« Arabe » à l'école, il souffrait surtout d'en ignorer la raison – un enfant s'imagine tant de choses.

Les souffrances infligées aux enfants par leurs camarades ont fait l'objet de plusieurs émissions que j'ai présentées. Tout est bon pour nourrir la cruauté. Je pense par exemple au fait de porter un nom difficile. Dans l'émission qui traitait de ce thème, nous avons reçu une jeune fille qui s'appelait Salope. Elle le supportait très mal, rougissait de honte chaque fois qu'elle devait dire son nom à l'école, le déformait en « Salopé », et songeait sérieusement à en changer. Au cours de l'émission, elle a parlé avec des gens également mal lotis : certains avaient changé de nom, d'autres l'assumaient, jusqu'à s'en montrer fiers. Lorsque nous avons repris contact avec elle plus tard, elle nous a dit que cette expérience l'avait transformée. Désormais, elle n'avait plus honte et ne déformait plus son patronyme : « Mon nom reste une insulte, mais maintenant il me fait rire et j'en ai fait une différence dont je suis fière. Je reprends les gens qui le déforment ou n'osent pas le prononcer. » En définitive, ce qu'elle considérait autrefois comme un handicap s'était transformé en un trait distinctif qui lui permettait d'attirer l'attention. Cocteau disait : « Ce qu'on te reproche, cultive-le. »

Pour moi, Lola est peut-être une petite Gitane, et j'en suis fière. Je ne veux pas qu'elle porte un secret de famille comme une chape de plomb sur ses épaules. J'ai donc demandé à ma belle-mère de téléphoner à la seule personne susceptible de savoir pourquoi la famille avait quitté la Hongrie. C'était très important pour moi.

Pour Christophe, la question des origines familiales a été occultée pendant toute sa jeunesse. Il aurait pu grandir plus sereinement sans ce lourd secret, il y a néanmoins puisé une force.

C'est dans son complexe d'enfant sans origine que s'est enracinée sa rage de s'en sortir. Il a beaucoup lutté pour tracer son chemin, et une fois arrivé dans le monde où il ambitionnait d'entrer, il a continué à affronter les regards interrogateurs. Déjà, habiter une banlieue quand on travaille à la télé n'est pas du tout dans les mœurs. En outre, dès qu'il est sorti avec moi, on l'a accusé à mots plus ou moins couverts de vivre à mes crochets, puisque mes revenus étaient nettement supérieurs aux siens. Nous nous heurtions aux réactions immédiates qu'entraîne tout écart par rapport à la norme. Lorsque, dans un couple, l'homme gagne plus que sa femme, c'est dans l'ordre des choses et personne n'y voit rien à redire. Mais lorsqu'il gagne moins, il devient aux yeux du monde un exploiteur, un profiteur, un fainéant, un incapable, que sais-je encore. La différence est toujours suspecte – et la médisance suit comme un chien fidèle.

J'ai fait des dizaines d'émissions sur le thème des couples atypiques. L'écart d'âge, de taille, de salaire, de style vestimentaire... autant de critères qui font se dresser les cheveux sur la tête chaque fois qu'ils ne sont pas ajustés selon les convenances. À tous les couples qui sont venus sur le plateau défendre et affirmer leur écart par rapport à la norme, je tire mon chapeau, car ils ont fait le choix de la conviction intime contre le diktat social.

Je pense à Laurent, qui a épousé une femme qui mesure treize centimètres de plus que lui et qui explique : « Au début, c'était difficile, les gens se moquaient de nous. Encore aujourd'hui, on a toujours tendance à croire que ma femme n'est pas la mienne. Mais ce n'est pas la taille qui compte, c'est l'amour. Je n'oblige pas ma femme à se "faire plus petite", je l'aime dans sa féminité et j'adore qu'elle porte de hauts talons. »

Je pense à Patrice, mécanicien au look négligé, qui vit avec une secrétaire BCBG, toujours tirée à quatre épingles.

Bien que les beaux-parents aient mis du temps à l'accepter, et qu'on les surnomme « la belle et la bête », il s'en sort toujours grâce à son sens de l'humour.

Je pense à Sandrine, trente-huit ans, qui a épousé un homme de seize ans son cadet, et qui piqua un fou rire sur le plateau en évoquant le courroux de sa belle-mère.

Je pense à Cyril, qui a épousé une femme de trente ans son aînée, contre l'avis de sa mère, mais qui affirme vivre un grand bonheur et trouve inadmissible que les gens en soient choqués.

Je pense à Nicole, soixante-quatre ans, mariée depuis cinq ans à un homme plus jeune qu'elle de trente ans, et qui se sent heureuse et épanouie, n'ayant pas peur de dire : « Il y a probablement des filles de vingt ans qui ne m'arrivent pas à la cheville », tandis que lui affirme : « Je vis le moment présent, je ne pense pas à l'avenir, j'ai une chance énorme d'être avec elle. »

Je pense à Marguerite, qui, à soixante-dix-sept ans, a rencontré un homme de cinquante-sept ans. Elle n'avait encore jamais été vraiment amoureuse et il lui a fait découvrir le plaisir. Elle l'a épousé et affirme : « Je suis la plus heureuse des femmes aujourd'hui. Il ne faut pas hésiter à refaire sa vie et ne pas tenir compte du qu'en-dira-t-on. On n'a qu'une vie, il faut la vivre à fond. Ma fille a mal vécu mon mariage, mais je m'en fiche. Quand le bonheur sonne à votre porte, il ne faut pas le laisser partir. » Et son mari d'ajouter : « Je suis fou amoureux de Marguerite. Elle est parfaite. On vit quelque chose de merveilleux. On ne fait qu'un. »

Je pense à Ariane, fille de la haute aristocratie bruxelloise, qui, à dix-sept ans, tombe amoureuse de Victor, un roturier plus âgé qu'elle de vingt-cinq ans. Sa famille, scandalisée, se ligue contre elle et entreprend tout pour les séparer, jusqu'à l'emmener chez un curé désenvoûteur, demander l'intervention de la police et de la justice, mettre le téléphone de Victor sur écoute, droguer la jeune fille au Valium et l'emmener de force à l'étranger. Victor a porté plainte pour enlèvement et Ariane a fini par l'épouser, quitte à perdre définitivement l'estime des siens, ainsi que l'aisance financière : « Aujourd'hui, je travaille, alors que je n'y avais jamais pensé. Mais je travaille avec mon mari et ça nous rapproche encore. » Ils tiennent ensemble un salon d'esthétique et ont deux enfants. Victor n'est toujours pas admis dans les réunions de famille, mais il remarque : « Le plus drôle, c'est que tous les membres de la famille ont connu une histoire d'amour avortée à cause de considérations de classe ! Nous, on est un super-couple, et je pense qu'on le leur doit. Ils ont contribué à la solidité de notre relation. On a dû se battre pour notre amour et ça l'a rendu plus solide. »

Je pense à Karine, qui est pilote de ligne et gagne très bien sa vie, tandis que Philippe, son compagnon, est DJ intermittent et gagne trois fois moins qu'elle lorsqu'il a du travail, et dix fois moins lorsqu'il dépend du RMI. Pour Karine, l'idée qu'un homme doit gagner plus que sa femme, « c'est vraiment n'importe quoi ! » « On ne se met pas en couple avec quelqu'un pour de l'argent. Il se trouve que je gagne plus que Philippe parce que c'est la vie, et c'est tout.

Il a une passion qui est la musique et il se battra toujours pour travailler. Ce qui me dérangerait, ce serait de vivre avec quelqu'un qui n'a pas de passion. » Pour Philippe, « la virilité d'un homme n'a aucun rapport avec son compte en banque ». Il affirme : « Je suis fier de la réussite de Karine. Si un homme pense que c'est à lui de gagner plus, c'est tout simplement du machisme et c'est dommage. »

Je pense à Patrick, cinquante-cinq ans et père au foyer, alors qu'il avait un poste très bien payé de maître de conférences en astronomie : « Je suis à la maison, j'élève notre enfant, je retape notre maison, je m'occupe des animaux. J'adore ma vie. Je n'ai aucun complexe parce que ma femme rapporte l'argent du foyer. Je suis fier d'elle. Je suis heureux qu'elle avance dans sa carrière. Moi, je lui enlève le poids de la maison. J'aimerais qu'il y ait encore plus d'égalité entre les hommes et les femmes. C'est négatif que les hommes veuillent encore être les plus forts au XXIe siècle ! » Sa femme Nicole est cadre dans une grande mutuelle, où elle dirige une équipe de vingt-deux personnes. Sa situation ne lui paraît pas étrange : « Je le vis très bien. Je ne me pose même pas la question. Dans beaucoup de couples, il n'y a qu'une personne qui rapporte l'argent du foyer. Le fait que Patrick ne travaille pas est très agréable. Je n'ai pas de souci pour récupérer notre enfant à l'école, pour faire à manger le soir. Je n'ai pas besoin de courir. Je me sens privilégiée. Pourquoi serait-ce le rôle de l'homme de gagner plus ? Le rôle de l'homme, c'est de vivre en harmonie avec sa famille ! »

Christophe et moi aurions pu venir ensemble dans l'une de ces émissions et grossir la liste des couples devant braver le regard des autres.

Ce qui m'a plu surtout chez lui, c'est précisément tout ce qui inquiétait les autres. Son physique typé, son style un peu m'as-tu-vu, son charme viril spontané… on aurait dit que je l'attendais pour baisser ma garde de femme indépendante et libérée. Dieu sait que je ne suis pas une femme soumise – ni au travail ni dans la vie privée –, mais j'ai clairement senti les bienfaits de rencontrer quelqu'un qui était capable de me remettre à ma place et de m'en remontrer. Christophe est redoutablement intelligent et n'a peur de rien, avec un sens inné de la justice, qui correspond à mes idéaux. Il avait un côté beau légionnaire, et aussi chien fougueux, ce qui rendait notre amour impossible et inévitable à la fois. Grâce à lui, j'ai eu l'impression de devenir l'adolescente que je n'avais jamais été – que je ne m'étais jamais permis d'être, par manque d'insouciance et de frivolité. Il me donnait le droit d'être jeune en me montrant comment se déprendre des angoisses et des objectifs tyranniques. J'aime aussi sa force de caractère, sa grande vivacité d'esprit, sa clairvoyance, son instinct presque animal de battant. Il a tellement de revanches à prendre… Mais, contre les us et coutumes du monde de la télévision, il n'adopte jamais les artifices du beau langage et de la compromission. Et on ne l'embobine pas non plus avec des paroles. Dans les banlieues, on est cash. À cette force directe il ajoute une finesse et une rapidité que peu de gens anticipent. Dans une négociation, il retient tout, il sait exactement de quoi il parle, il est précis et intraitable, ce qui finit toujours par agacer ceux qui pensaient pouvoir le gruger facilement. Mais il me protège dans un milieu où le business est aussi important que la conception des émissions de télévision.

Avant de le rencontrer, j'avais toujours pensé que la maternité n'était pas pour moi. J'étais trop éprise de liberté et trop passionnée par mon boulot. Les relations fusionnelles que j'avais connues avec ma mère ne m'incitaient guère non plus à procréer ; je craignais de les reproduire avec mon propre enfant. Parviendrais-je à bien élever mon enfant, avec justesse, alors que je ne faisais qu'avec peine le deuil de ma propre mère ?

Avec Christophe, les choses ont changé du tout au tout. Le déclic s'est produit un jour de l'automne 2000, alors que vous venions de commencer la deuxième saison de « C'est mon choix ». Christophe venait souvent me voir pendant les enregistrements. Il s'installait dans les coulisses et nous échangions quelques regards complices dans les respirations de l'émission. Ce jour-là, durant une prestation musicale, je l'ai regardé et j'ai eu comme une révélation : « Je voudrais que mes enfants lui ressemblent. » Jamais je n'avais pensé cela avec aucun homme. Soudain, il m'est apparu naturel qu'un bébé prolongerait notre amour passionnel. Cette conviction me venait du cœur, de la chair et des tripes. À partir de là, tous les arguments et les obstacles que j'avais invoqués pour justifier mon refus d'être mère se sont évanouis. Et cette force de l'évidence s'est traduite dans l'emballement du calendrier. En juillet, nous nous étions retrouvés seuls au Stade de France dans la nuit. En octobre, nous vivions ensemble. En décembre, j'arrêtais la pilule. En janvier, j'étais enceinte.

À trente-sept ans, je n'aurais pas imaginé que mes fonctions biologiques répondraient aussi vite. Nous avions d'abord pensé nous marier, mais je suis tombée enceinte si vite que l'idée est passée à la trappe. À quoi bon les formalités ? Tout le monde verrait bien que nous étions engagés. Et tous ceux qui prétendaient que cela ne durerait pas entre nous allaient être surpris. J'ai attendu que ma grossesse soit bien confirmée, au troisième mois, pour mettre Jean-Luc Delarue au courant. Une femme enceinte peut certes continuer à travailler, mais une présentatrice de télé ? Je craignais de ne pouvoir assurer mes émissions aussi bien dans mon état. Le travail rigoureux, toujours le travail, m'avait répété mon père, et j'ai donc supporté mes malaises « en cachette ». Car, par malchance, j'ai eu un début de grossesse très déplaisant, je me sentais horriblement malade du matin au soir. Mais je mettais un point d'honneur à ne rien laisser paraître et à travailler exactement de la même manière, malgré les nausées. Puis j'ai assumé pleinement ma maternité. J'ai compris que, à côté de cet enfant, le reste n'avait pas beaucoup d'importance. Au bout de trois mois, je suis donc allée parler à Jean-Luc Delarue. Par bonheur, il a très bien pris la chose. Loin de voir ma grossesse comme un obstacle à l'enregistrement des émissions, il a sans doute pressenti, en bon pro des médias, l'engouement que cela pourrait provoquer. Il a rééchelonné tout le planning des enregistrements pour tourner le plus grand nombre d'émissions possible avant la date prévue de l'accouchement.

Durant tous ces mois, le public a été formidable. Je recevais tous les jours des marques d'attention et d'affection, des cadeaux pour le bébé, des mots de félicitations de femmes qui appréciaient que je n'aille pas me cacher dans un coin parce que j'étais enceinte… et que je prenais du poids !

J'ai fait une émission, plus tard, sur le thème très politiquement incorrect : « Chérie, depuis que tu es enceinte, tu es vraiment trop grosse », et où l'on évoquait le regard des hommes sur la grossesse. Un des invités est venu expliquer combien la vision de sa femme enceinte lui déplaisait. Il a choqué tout le monde, et moi en premier. Je ne me suis certes jamais sentie séduisante ni en forme quand j'étais enceinte (alors que certaines femmes ne se sentent jamais aussi bien qu'à ce moment-là), mais au moins j'avais la chance que Christophe ne se détourne pas de moi. Au contraire, il me trouvait magnifique, et cela me rassurait. Le mari dégoûté affirmait : « Elle a pris trop de poids, ce n'est pas beau ! J'essaie de la surveiller pour qu'elle ne mange pas trop de chips ni de bonbons. Des fois, je l'appelle "ma grosse". Je lui dis qu'elle a encore grossi des fesses, qu'elle a enflé du visage. Ce qui me

choque le plus, ce sont ses fesses. C'est naturel qu'une femme enceinte grossisse, mais il ne faut pas prendre ça pour une excuse et tout se permettre ! Elle pourrait manger sans exagérer ! » Cet homme-là, je le trouvais franchement odieux, et tout le public avec moi. Mais, en même temps, il fallait pouvoir l'entendre, car ce sentiment-là existe, même si très peu d'hommes osent le confesser. La grossesse est à ce point sacrée que nul n'a le droit de la discréditer. Pour les femmes aussi, qui se sentent parfois coupables, il est très difficile d'avouer les angoisses et les désagréments qu'elles traversent.

Pour ma part, j'ai seulement commencé à grossir le cinquième mois, quand les nausées ont cessé. Jusque-là, je me couchais tous les soirs à vingt heures, exténuée par les tournages, après avoir ingurgité un quart de bol de soupe dans la journée. J'ai repris alors une vie sociale, et j'ai renoué avec la nourriture. Quel plaisir de retrouver le goût des aliments, de s'asseoir à une table et de déguster longuement ce que l'on mange ! Christophe, trop heureux de me voir retrouver l'appétit, ne m'a pas vraiment aidée à éviter les sucreries. Il me rapportait sans cesse des viennoiseries, des crêpes ou des gâteaux, au point que je le soupçonnais de me faire manger ce qu'il mourait d'envie de manger lui-même, afin d'échapper à la fameuse « couvade » qui fait grossir les hommes en même tant que le ventre de leur femme s'arrondit. (Il a lui-même une attitude « yoyo » avec la nourriture, mettant régulièrement toute la famille au régime poulet grillé et fromage blanc allégé, puis, le mois suivant, finissant en douce devant la télé les pots de Nutella de sa fille.)

Et ma belle-mère Martine n'était pas en reste. Elle défendait la croyance très répandue, quoique sans fondement scientifique, selon laquelle une femme enceinte doit manger pour deux. Quand nous allions lui rendre visite à Gentilly, elle me gavait littéralement, et comme je la connaissais encore très peu, je n'osais protester contre sa choucroute alsacienne, excellente au demeurant, mais particulièrement nourrissante. Nous ne nous en tirions jamais à moins de deux entrées, deux plats, fromages et double dessert, sans oublier la madeleine avec le café (heureusement, par crainte de la listeria, je pouvais échapper au fromage).

À ce régime, mon poids est passé de cinquante-sept à soixante-quinze kilos en trois mois, remplissant de fierté ma belle-mère, ainsi que mon homme qui me trouvait très belle. Visiblement, le public de « C'est mon choix » adorait aussi mes rondeurs, heureux de voir à la télévision une femme enceinte « normale », grasse de partout, enflée des jambes, des joues (ces maudites joues), et qui n'arrivait plus à mettre des talons, tandis que dans les magazines people, les top models enceintes sont juchées sur des talons de dix centimètres et réussissent encore à s'habiller chic.

Les mois filaient au galop, mais il fallait aussi penser aux impératifs pratiques. L'appartement de la rue Washington était étroit pour deux, il serait inhabitable à trois. J'ai alors envisagé une chose que je m'étais juré de ne jamais faire : acheter une maison. Jusque-là, je ne possédais rien, pas même une voiture. Je ne voulais m'attacher qu'à mon métier, sans doute par fidélité aux idéaux de ma mère qui prétendait qu'il fallait pouvoir se séparer de tout. J'avais toujours eu l'habitude de dépenser ce que je gagnais. Plus qu'une tendance, je devrais parler d'une compulsion à acheter. Malgré toutes mes bonnes résolutions, j'y succombais toujours, exactement comme on est pris d'une crise de boulimie – les deux phénomènes étant somme toute assez proches : dans les deux cas, la satiété vise à la nausée. Sortir ma carte bancaire était pour moi un acte existentiel, et j'ai vécu à crédit pendant des années. Sans le moindre franc de côté. À l'époque de « C'est mon choix », j'ai enfin pu gagner ce que je dépensais. Et en faire profiter les amis et la famille de Christophe. Car j'éprouvais encore plus de plaisir à dépenser pour les autres que pour moi. J'adore offrir des cadeaux, des voyages, inviter, partager avec mes proches les avantages auxquels je peux avoir accès. C'est à vivre en société que l'argent doit servir.

Mais l'arrivée du bébé changeait la donne. Je me prenais à penser à la maison du bonheur de mes rêves d'enfant. Il me semblait que j'avais besoin d'un abri solide et rien qu'à nous, capable de résister à toutes les tempêtes. Nous avons trouvé une maison qui nous convenait, et j'ai entamé les démarches pour obtenir un prêt. Le prêt était garanti par mon salaire, et la maison hypothéquée, mais, en raison de mon état de femme enceinte, on me demandait encore une garantie supplémentaire : une décharge pour la compagnie d'assurances stipulant que, si je mourais en couches, Christophe et le bébé deviendrait débiteurs à ma place. Outre que l'on n'a jamais envie de penser à une telle éventualité, je trouvais cette clause révoltante, injuste et discriminatoire à l'égard des femmes enceintes. Mais il n'y avait rien à faire. Soit je signais, soit je n'obtenais pas le prêt. Le lendemain, révoltée, j'accouchais.

Nous étions déjà en septembre. L'accouchement était prévu un mois plus tard. J'avais repris les enregistrements après des vacances sur la Côte d'Azur, dont je reparlerai plus loin. Il fallait désormais que je reste assise dans le public – une présentatrice officiant dans la salle, une grande première ! – et chacun venait très gentiment se placer à mes côtés pour poser des questions aux invités. Il allait bientôt falloir m'hélitreuiller pour que j'atteigne le plateau. Mais ma fille, pressée de voir à quoi ressemblait tout ce tintamarre dans lequel elle baignait depuis huit mois, m'a épargné de telles extrémités.

Le lundi 24, nous avons enregistré toute la journée, et le mardi j'avais rendez-vous à la banque pour signer ce maudit papier. Je pestais de devoir souscrire à un engagement si lourd pour Christophe et Lola, même si la probabilité que je décède était minime. Après la signature, j'ai dû me recoucher tellement je me sentais mal. Toute la journée, je suis restée dans un état de profond abattement. Puis, le soir, j'ai été prise d'une sensation extrêmement bizarre dans le ventre.

Je me suis demandé si je n'étais pas en train de perdre les eaux. Je n'en étais qu'à huit mois. Ah, si j'avais trouvé le temps de suivre mes séances d'information prénatale ! N'ayant assisté qu'à deux d'entre elles, tout au début, je ne savais à peu près rien de ce qu'était un accouchement (je pensais avoir encore un mois devant moi pour me mettre au courant). Christophe non plus, bien sûr, et nous étions là tous les deux à palper mon ventre précautionneusement, aussi démunis que si on nous avait demandé d'ausculter un kangourou ! Finalement, j'ai décidé d'appeler ma sage-femme et de lui décrire tout ce qui s'était passé depuis le matin. Elle a estimé que nous devions nous rendre à l'hôpital d'urgence.

Mon obstétricien était le professeur René Friedman (le « papa » d'Amandine, le premier bébé-éprouvette français). Je l'avais choisi tout simplement parce que ma gynécologue exerçait comme lui à l'hôpital Antoine-Béclère de Clamart et me l'avait recommandé. Beaucoup de gens m'avaient conseillé d'aller à l'Hôpital américain de Neuilly, où les « célébrités » accouchent, mais j'avais préféré faire confiance à ma gynécologue. Seulement, il fallait traverser toute la ville. Nous sommes arrivés vers minuit. À une heure du matin, on nous confirmait que le bébé était engagé. Avec un mois d'avance ! Panique générale. Et l'enregistrement des trois émissions du lendemain ? Christophe a aussitôt essayé de joindre Stéphane Rak, qui a eu le message à huit heures du matin. Le rendez-vous au studio était prévu à dix heures.

Il fallait tout annuler. Mais, avant de s'y résoudre, Stéphane a eu cet éclair de génie : il a contacté Joël, le sosie de Coluche, pour lui demander de présenter « C'est mon choix » à ma place. Nous avions abordé une fois le thème des sosies, et « notre » Coluche avait eu tant de succès qu'il était devenu la mascotte de l'émission. Il a tout de suite accepté de faire ce qu'il pourrait pour sauver le premier tournage de la journée. Il a d'emblée expliqué au public qu'il fallait me pardonner de ne pas être fidèle au poste pour une fois, car j'étais dans l'impossibilité d'animer autre chose que mon accouchement dans les heures à venir. Le public a explosé en applaudissements, sous les youyous de Naïma, une habituée de l'émission. En combinant les bonnes volontés, un enregistrement a pu être mené à bien. Dans le même temps, on m'envoyait des textos du plateau, auxquels je répondais depuis ma chambre d'hôpital, et les messages étaient lus à l'antenne. Pour la première fois, sur un plateau de télévision, on suivait en temps réel l'accouchement d'une présentatrice. C'était formidable, sauf que mes affaires avançaient comme un film au ralenti. Ce n'est que deux jours plus tard, le vendredi 27 septembre 2001, à six heures du matin, que Lola a fait son apparition. Le professeur Friedman, appelé à son domicile vu l'heure matinale, est arrivé juste à temps pour l'accueillir. Elle pesait deux kilos six cents, on pouvait la tenir dans une main.

Autant la grossesse m'avait semblé loin des clichés enchanteurs (pénible, contraignante, malaisée avec ces nausées permanentes, puis ces moments où l'on ne sait plus comment se mettre, où l'on se sent comme une baleine monstrueuse), autant la délivrance correspondait bien à son nom. Je n'en pouvais plus d'héberger ce petit être envahissant, ce petit poisson qui faisait gonfler son aquarium, et j'avais hâte que cela se termine. Mais, au moment d'en finir, j'ai connu une panique d'enfer. Je n'avais pas suivi de préparation et ma mère n'était plus là pour me passer le flambeau. Je n'en savais pas plus sur l'accouchement que sur le jeu de cricket, et je dois avouer que j'ai eu quelques surprises. Heureusement, Christophe était à mes côtés. Lui qui ne voulait pas assister à l'événement a finalement tout regardé. Lui qui ne voulait pas couper le cordon l'a finalement coupé. Il a pris Lola dans ses bras, me l'a posée un long moment sur la poitrine avant de la laver. J'ai pleuré comme une Madeleine. Le plus beau moment de ma vie. Tout ce que j'avais soutenu au sujet de la maternité virait à l'anachronisme. La vie seule parlait en moi.

Le lendemain, je suis passée par une crise de vertige abominable. J'ai compris que je ne serais plus jamais seule. Que je ne pourrais plus jamais faire ce que je voulais ou agir sur un coup de tête. J'ai compris aussi que je ne savais pas du tout comment m'occuper de ma fille. Je n'avais aucune idée de la marche à suivre pour la nourrir, la changer, la soigner. Déjà, l'assistante maternelle me regardait de travers parce que je posais des questions idiotes. Sur un coup de tête, le dernier, j'ai commandé un taxi de toute urgence. Il fallait que je prenne l'air. Que je me retrouve seule. J'ai demandé au chauffeur de rouler au hasard. Traverser la ville sans raison et m'imprégner du spectacle de la vie quotidienne m'a aidée à me calmer.

Mais, dès que je me suis sentie un peu mieux, la culpabilité a pris la relève. Qu'avais-je osé faire ? J'avais abandonné mon enfant à peine né. J'étais un monstre. On nous a tellement répété, à nous les femmes, que nous sommes des mères dans l'âme… nous voilà littéralement traumatisées quand nous nous rendons compte que ce n'est pas si naturel. Nous n'osons le confesser, de peur de paraître odieuses ou incapables. J'admire le courage des femmes qui osent jeter le pavé dans la mare, les écrivains, les chanteuses, les cinéastes qui crient bien haut leur horreur des couches et des biberons. Dans la maternité, il y a l'amour, bien sûr, mais il y a cela aussi, c'est une réalité. Il faudrait arrêter d'idéaliser par principe tout ce qui touche à l'enfant. Je suis revenue dans ma chambre après trois heures de fugue – ce fut ma (courte) période « mère indigne ».

Quand je suis sortie de l'hôpital, l'appartement de la rue Washington avait été relégué dans le passé. Christophe et ses parents avaient effectué tout le déménagement pendant mon séjour à l'hôpital – puisque le fameux papier était signé, nous pouvions emménager. Je suis arrivée dans notre nouvelle maison avec mon bébé dans les bras. Une nouvelle vie commençait.

Aujourd'hui, Lola a quatre ans et demi, et, si c'était à refaire, je le referais immédiatement. Les raisonnements que je tenais auparavant ont été balayés. Mais je persiste à croire qu'une femme ne devrait pas, par principe, se sentir obligée d'avoir des enfants. La pression sociale nous incite à penser que c'est là notre rôle et notre justification. Les femmes continuent à être définies, et donc à se définir, par leur situation familiale – alors que, chez les hommes c'est toujours l'activité professionnelle qui prime. D'un autre côté, je dois avouer que beaucoup de comportements qui m'agaçaient chez les mères de famille me sont devenus naturels. Oui, je parle de ma fille avec passion et bonheur. Oui, je m'émerveille de ses moindres progrès. À l'expérience, je découvre que je suis finalement une mère comme les autres – et je découvre aussi que ce n'est pas si grave. Avec la maternité s'est installé en moi un solide sentiment de mansuétude pour les autres comme pour moi-même.

Je suis donc rentrée chez moi avec un nourrisson et toute l'angoisse de mal faire. Comment gérer ma nouvelle vie ? Et la sienne ? Dans l'imaginaire de la maternité, et de la paternité aussi, on ne se prépare jamais assez à l'arrivée d'un être à part entière. On décide de faire un enfant comme une sorte de prolongement de soi, et de l'amour du couple, mais on accueille avant tout un être parfaitement nouveau et inconnu qui, dès le premier jour, exprime un caractère irréductible. Comment va-t-on arriver à cohabiter avec cet inconnu ? Surtout dans un couple fusionnel comme le nôtre ?

Instruite de ma propre expérience, j'ai voulu prévenir très tôt toute assimilation excessive entre ma fille et moi. Je voulais être proche d'elle, mais en même temps l'habituer à être autonome. Je l'ai ainsi mise très tôt en week-end chez sa grand-mère, chez des oncles ou des cousins, pour m'assurer qu'elle ait une vie familiale bien développée en dehors de sa relation avec moi. J'essaie qu'elle se construise en tant qu'individu non en tant que fille de sa mère. Il faut qu'elle existe par elle-même, avec moi, mais aussi en dehors de moi… par ses propres choix, et qu'elle échappe si possible aux projections de ses parents.

Sur le plan pratique,cela a été l'enfer. J'ai dû trouver une nounou en urgence, et je n'ai plus jamais cessé d'en chercher. Je pourrais écrire tout un livre sur la valse des nounous. J'ai tenté en vain de prendre quelqu'un à domicile. Au travail, je n'avais pas non plus d'assistante qui aurait pu m'aider à m'organiser. Certains jours, en désespoir de cause, j'étais obligée d'emmener le couffin avec moi sur le plateau parce que je n'avais trouvé aucune solution. Ce qui posait des problèmes, parce que Lola demandait beaucoup d'attention. Ce n'était pas un bébé qui se laissait oublier. Et je n'étais pas moi-même dans un état brillant, car elle n'a fait ses nuits que très tard, à cinq mois seulement. Je dormais deux heures par nuit. Impossible de récupérer. Souvent, le samedi, je demandais à ma belle-mère de venir chez nous l'après-midi, pour que je puisse faire une sieste, tellement j'étais épuisée. J'ai repris le travail après seulement sept semaines de congé de maternité. J'étais bien obligée : les émissions enregistrées à l'avance arrivaient à leur terme. J'ai donc dû me débrouiller, comme toutes les femmes qui travaillent. Je courais dès que je sortais des enregistrements pour m'occuper de ma fille. C'est très difficile, mais on n'a pas le choix. Parfois on craque et on se met à pleurer en se disant qu'on n'y arrivera jamais. Et l'enfant en souffre, car il est comme une éponge, il absorbe tout ce qu'il sent autour de lui. Je culpabilisais.

Bien sûr, Christophe m'a beaucoup aidée. Mais un papa n'est jamais tout à fait une maman. Et puis il se laissait embobiner. Quand c'était lui qui se levait la nuit, je ne le voyais plus revenir. Lola avait l'art de faire n'importe quoi pour ne pas dormir et jouer avec lui. Il y passait des heures. Elle profitait de lui, sachant qu'il n'aurait pas le cœur de la quitter. Nous découvrions combien un petit être de quelques mois peut se montrer malin et manipulateur. Moi, j'arrivais à rester plus ferme, m'obligeant parfois à la laisser pleurer jusqu'à ce qu'elle s'endorme.

Quand j'ai repris le travail, je l'ai repris exactement comme avant. Je n'ai pas réduit mes heures. L'émission explosait littéralement, et quand on a le vent en poupe, il est très difficile de lui résister. Il faut saisir la chance quand elle passe. Et puis, par principe, je ne voulais pas me sacrifier pour Lola comme ma mère l'avait fait pour moi. L'aimer, oui. Me renier, non. Je ne me voyais pas lui dire, quand elle aurait dix-sept ans : « J'ai donné toute ma vie pour toi, et maintenant tu m'abandonnes… » Il n'y a rien de pire pour un enfant que de supporter ce poids. Je le lui explique toujours aujourd'hui. Quand elle me demande pourquoi je ne viens pas la chercher à l'école comme les autres mamans, je lui réponds d'abord que ce ne sont pas toutes les autres mamans, loin de là, ensuite que j'aime beaucoup mon travail et que je ne voudrais pas l'accabler plus tard de reproches au sujet de tout ce que j'ai dû abandonner à cause d'elle. Jamais elle ne se sentira coupable d'avoir gâché ma vie. Mais je l'emmène à l'école le matin, et c'est moi qui la couche tous les soirs.

J'ai traité dans quelques émissions de « C'est mon choix » du difficile partage entre famille et carrière, si crucial pour les femmes aujourd'hui. Certaines n'ont pas peur de dire qu'elles veulent en priorité vivre leur vie et que leurs enfants n'ont pas à leur dicter leur conduite. Ghislaine, huissier de justice, affirmait : « J'ai décidé depuis toujours de m'investir dans ma vie professionnelle. J'ai attendu l'âge de trente-huit ans pour avoir un enfant. Même le week-end, je rapporte du boulot à la maison. Je dépose ma fille le matin à sept heures chez la nounou et je la récupère vers dix-neuf heures trente le soir. Je la fais élever par une nounou, mais je n'en souffre pas du tout. Mon truc, c'est de privilégier ma vie professionnelle. Je n'ai pas fait des études pour tout abandonner. J'ai deux employés, et mon souci premier est de faire tourner mon entreprise. Ma fille m'a déjà fait des reproches, mais elle comprendra plus tard. Elle me dit que je ne vais pas la chercher à l'école, que je ne suis jamais là le mercredi et que je ne l'emmène jamais à la bibliothèque, mais, en tout cas, elle est très autonome, car elle y a toujours été habituée. Elle est comme moi, très indépendante. C'est moi qui lui ai appris à s'habiller seule, à mettre ses chaussettes et à lacer ses chaussures. Elle prépare même son petit déjeuner le matin. J'ai très peu de temps, c'est pour ça que je lui ai appris à être autonome. Quand elle est malade, je n'ai pas le temps de m'en occuper, mais la nounou le fait très bien. Le soir, c'est la nounou qui la fait manger, qui lui donne le bain et, finalement, moi, je n'ai plus qu'un bisou à lui donner. Mais je pense que ma fille est très fière de moi. »

Chantal, elle, faisait passer sa vie de femme avant ses enfants : « Après mon divorce, j'ai rencontré un homme. Ma fille a tout de suite été hostile à mon compagnon, et elle l'est toujours. Elle se montre insolente, désagréable. Mais à aucun moment je n'ai pensé à quitter mon ami pour ma fille. Ce n'est pas aux enfants de dicter la conduite de leurs parents. Même si je lui fais de la peine, je n'y peux rien. Je lui montre mon affection, mais ma vie de femme est également importante. J'ai toujours pris du temps seule avec mon ami. De toute façon, il vaut mieux qu'elle soit malheureuse plutôt que moi, sachant qu'elle ne sera pas malheureuse toute sa vie, alors que moi, seule, si ! Je sais que c'est égoïste, mais c'est comme ça ! »

À l'inverse, nous avons reçu un jour une ancienne chef d'entreprise qui, après avoir sacrifié sa vie de famille, avait décidé à quarante ans d'arrêter sa carrière pour se consacrer à ses enfants et prendre un plaisir fou à faire des confitures…

Par moments, je me demande si cela a du sens, de travailler autant. Je me sens coupable de ne pas être là tous les jours pour Lola, de ne pas la voir évoluer et grandir autant que je le pourrais. J'ai l'impression de manquer certaines choses avec elle. Je dois me partager au jour le jour entre ce que je veux faire pour moi et ce que je veux faire pour elle. Je repense parfois à cette phrase du psychanalyste lillois, qui m'avait tant hérissée : « On ne peut pas tout avoir. » Je trouvais révoltant de se résigner ainsi, d'abdiquer ses désirs. Dans mes rêves les plus fous, je pensais qu'en travaillant beaucoup il devait être possible de tout faire, de tout être, et peut-être même de tout avoir. Vingt ans plus tard, j'ai revu mes prétentions à la baisse. Ce qui importe n'est pas de tout faire, mais de faire le plus possible, et surtout le mieux possible. Comprendre cela, c'est gagner en sagesse et devenir enfin capable de profiter de la vie. La plénitude implique de renoncer à beaucoup de choses.

Il est évident que ma fille compte plus que tout. Mais mon travail est important aussi. On ne fait pas un enfant pour soi et pour le garder enfermé, comme l'a fait ma mère. Certains enfants sont plus malheureux avec leur mère près d'eux que d'autres sans. Ce n'est pas une question de temps. Les enfants ont besoin d'amour, mais ils doivent aussi avoir la possibilité de s'émanciper. J'essaie de donner les deux à Lola.

Aujourd'hui, Christophe et moi formons tout à la fois un couple, une famille et une société de production. Il n'est pas toujours facile de faire autant de choses ensemble. Mais nous restons unis, quelles que soient les circonstances. Nous sommes parvenus à la stabilité et à la sérénité après cette passion qui nous a emportés sans prévenir un soir de juillet. J'ai trouvé en lui un rempart contre la brutalité qui a souvent cours dans le monde de la télévision. Pour la première fois, je me sens protégée par un amour véritable. Il ne tolère pas que l'on me fasse du mal. Il fera toujours passer en premier son sens de la famille, lui dont les parents sont unis depuis plus de trente ans. En s'engageant avec moi, il a renoncé à certaines libertés, mais sans remords. Il est drôle et il est chiant. Il a mille défauts et mille qualités. Il m'a donné beaucoup de force, mais m'a valu beaucoup de problèmes professionnels. C'est lui la clé et le pivot de tout ce qui s'est passé pour moi depuis cinq ans. Nous sommes unis par l'amour et par Lola, ainsi que par le même sens de la justice et de la droiture. C'est une belle histoire compliquée. Je ne sais pas si ma mère serait fière de moi, j'ai peut-être fait un choix qu'elle ne comprendrait pas mais, maintenant, c'est moi qui décide. C'est ma vie et je l'assume. Quand je vois Christophe avec Lola, toutes mes interrogations disparaissent. Elle tient beaucoup de lui, avec son caractère bien trempé et décidé. Je passe des heures à les regarder jouer. Je suis heureuse. Je ne pensais pas que cela m'arriverait un jour. Au fond, peut-être que je me l'interdisais. Je me répétais que ce n'était pas pour moi. Je suivais toujours le conseil de ma mère: « Travaille d'abord. Tu penseras à toi après. »

Pendant trente-six ans, j'ai travaillé d'abord. Maintenant, j'apprends à penser à moi.

13

Les premiers problèmes de l'émission « C'est mon choix » sont apparus lorsque son vrai succès a démarré, dans le courant de la deuxième saison, et que l'émission a été présentée à un horaire plus tardif. France 3 avait commencé à diffuser des best of de l'émission, le soir à vingt heures dix, et ils atteignaient des parts de marché jamais connues à cette heure. La chaîne a ensuite commandé des émissions d'une heure et demie. Ceux qui ne s'étaient jamais souciés de l'émission parce qu'elle passait l'après-midi ont commencé à se répandre en commentaires et critiques lorsqu'elle leur est tombée sous les yeux. Le scandale est né et la polémique s'est déchaînée. Des parlementaires se sont émus de la moralité de l'émission, emboîtant le pas à la ministre de la Culture, Catherine Tasca. On nous accusait de faire de la trash-TV, indigne du service public. Le CSA a envoyé un avertissement à France Télévision : « La façon dont l'émission "C'est mon choix" aborde les sujets de société en privilégiant le sensationnalisme et le voyeurisme ne semble compatible ni avec l'exigence de respect des personnes invitées, ni avec celle de respect du public[1]. » Les journalistes en faisaient des gorges chaudes.

Durant cette tempête médiatique, nous recevons un appui de poids. Ségolène Royal, alors ministre déléguée à la Famille et à l'Enfance, fait savoir qu'elle regarde régulièrement, en compagnie de ses enfants, cette émission qui « pousse à une certaine forme de tolérance », et se déclare frappée par l'hypocrisie des réactions. De son côté, le président de France Télévision, Marc Tessier, affirme dans une tribune du *Monde* que « la télévision publique n'est pas – et ne sera jamais – celle qu'une élite conçoit pour tous les autres ». Il rappelle que France 3 demeure la chaîne préférée des Français et qu'elle se voit comme une « pionnière du vivre-ensemble ». Quatre-vingts pour cent des Français la considèrent « proche d'eux » et « tout à fait à sa place sur le service public ». Mais il reconnaît qu'il faut une vigilance de tous les instants. Hervé Bourges, le président du CSA, confirme qu'il a reçu des assurances de la part de la chaîne quant aux « mesures prises pour reprendre en main le travail éditorial réalisé en amont sur chaque émission et éviter les dérapages ponctuels observés[2] ».

Mais ce qui a surtout tassé la polémique, ce sont les réactions des téléspectateurs, lesquels ont écrit en masse pour protester contre les accusations dont nous étions la cible. Ce courrier, ajouté à un sondage publié par *Télé 7 jours*[3], éta-

1. telesatellite.com
2. *Ibid.*
3. *Télé 7 jours*, 20 janvier 2001.

blissant que 69 % des Français soutenaient « C'est mon choix », ont rapidement éteint les velléités de nos détracteurs. Il était d'ailleurs étonnant qu'ils se soient attaqués à une émission si manifestement populaire, et qui provoquait un engouement sans précédent. Rappelons que la téléréalité n'existait pas encore, et que « C'est mon choix » apportait quelque chose de jamais vu – auquel le public s'est montré très sensible.

Il n'empêche, à cause de cette brève levée de boucliers, nous allions garder une réputation indéracinable dans le microcosme parisien, malgré tous nos efforts pour nous en débarrasser. Désormais, tous les sujets graves, émouvants ou drôles que nous avions traités seraient systématiquement passés sous silence, tandis que les sujets jugés sensibles pour l'horaire de l'après-midi nous seraient automatiquement attribués.

Il faut préciser que nos heures de diffusion tous publics nous obligeaient depuis toujours à une certaine réserve. Les « vrais » thèmes délicats, on les voyait sur d'autres plateaux, plus tardifs. Ainsi Mireille Dumas a interviewé avec brio des transsexuels. Thierry Ardisson a repris le thème d'une femme avec deux hommes. Quelques années auparavant, sur France 3, à treize heures cinquante, André Berkoff avait traité quantité de sujets assez « hard » (entre autres : les écoles du plaisir ; la prostitution masculine ; vivre avec une malformation ; les parricides ; la jalousie au masculin ; quand un conjoint kidnappe l'enfant ; la polygamie ; vivre avec un malade mental ; la sexualité des gays ; filles à marier sur catalogue ; le juge et la prostituée). Il a aussi fait venir des prostituées, des transsexuels et des sadomasochistes en tenue sur son plateau. Sans compter le producteur de « C'est mon choix », Jean-Luc Delarue qui, dans « Ça se discute », en deuxième partie de soirée, a abordé à peu près tous ces thèmes.

Tous ces animateurs, pour qui j'ai la plus grande estime, n'ont jamais provoqué la vague de protestations soulevée par les émissions prime time de « C'est mon choix ». Pourtant, vous pouvez chercher tant qu'il vous plaira la date où nous avons reçu un transsexuel sur le plateau, ou bien des couples pratiquant l'échangisme ou le sadomasochisme – vous n'en trouverez pas. En revanche, on nous reprochait continuellement de l'avoir fait, et même de ne faire que cela. En cinq ans, nous avons traité plus de mille thèmes, des plus légers aux plus sérieux, mais la presse n'a jamais retenu et cité que les thèmes légers, jugés stupides (chéri, mets-toi en jupe ; mangeriez-vous ce que je mange ? ; je vis avec un animal sauvage ; je ne supporte par les cheveux et les poils...), et les thèmes un peu audacieux, jugés « trash », sur les naturistes, les androgynes, l'éducation sexuelle, en oubliant les amitiés intéressées, les mères qui abandonnent leurs enfants, la chirurgie esthétique, les parents confrontés à l'homosexualité de leur fils, la difficulté d'avouer sa séropositivité. On n'entendait jamais citer nos émissions sur les vocations religieuses, les métiers à risques, les grossesses précoces, l'autorité parentale, les enfants hyperactifs, les publicités sexistes, la vie avec une maladie rare, l'uniforme à l'école, les maris alcooliques, l'origine des expressions françaises, l'obésité chez les enfants, la vie en prison, les mères abusives, les violences conjugales, les enfants surdoués, la vie avec un amnésique, les carrières féminines, les conjoints handicapés, les mères dépressives, l'impact des jeux vidéo sur les jeunes-... et tant d'autres sujets de société qui ne présentaient rien de particulièrement sensationnel ou provocateur.

Pourquoi d'autres émissions pouvaient-elles aborder certains sujets sans éveiller de contestation, tandis que, lorsque nous en tentions le dixième, cela soulevait un tollé ? Est-ce l'horaire de « C'est mon choix » qui nous valait un traitement spécial ? Certaines mises en scène qui pouvaient heurter ? Ou encore l'avis de Monsieur Tout-le-monde à la télé qui dérangeait ? Les émissions qui échappaient aux critiques avaient pour point commun de trier sur le volet leurs invités et leur public. Le Français de la rue restait dans la rue, et l'on se retrouvait entre « gens bien » à parler de lui. Les questions, préparées à l'avance, étaient portées par des intervenants représentant toujours un certain niveau socio-culturel. Chez nous, au contraire, le public n'était absolument pas sélectionné. Toute personne qui voulait intervenir pouvait se lever et poser sa question. Est-ce justement cette « voix du peuple », source de l'immense succès de l'émission, qui a tellement heurté ? Comme si, alors qu'il est de mise de se référer au peuple français dans tout discours, nul ne voulait l'entendre lorsqu'il avait l'arrogance de prendre la parole.

C'est, me semble-t-il, un très vieux problème, qui dépasse de loin l'arène de la télévision. Il s'agit de ce que nous entendons par « démocratie » représentative, laquelle s'incarne si imparfaitement dans nos institutions et dans la vie civique. Je veux simplement dire que, dans ce contexte peu attentif à la voix populaire, une des missions de la télévision consiste peut-être à lui offrir des mini-tribunes. C'est pourquoi Jean-Luc Delarue avait tant misé sur la proximité avec le public et les invités. Avec « C'est mon choix », on a vu pour la première fois une présentatrice se déplacer dans le public. Je prenais les gens par la taille, je leur donnais la parole sans restriction, ils étaient heureux, et moi aussi.

Une étude[1] menée par Éric Darras, chercheur à l'IEP (Institut d'études politique) de Toulouse, a fait la preuve que, dans nos émissions, les interventions du public étaient équivalentes en temps à celles des invités, et au moins deux fois supérieures à mon propre temps de parole. Il en a conclu que cela montrait bien « la réalité de la présence verbale, donc réelle, du public, au contraire de toutes les émissions françaises précédemment analysées ». « L'animatrice ne coupe que rarement la parole et les "tunnels" (monologues) ne sont pas rares, rappelant ainsi qu'à ces heures peu stratégiques (NB : il est question des émissions

1. « Les usages télévisuels de la démocratie. Heurs et malheurs de l'institutionnalisation de la "talk show democraty" en France et aux États-Unis », 2 septembre 2005.

de l'après-midi, mais le fonctionnement est resté le même pour les prime time), une parole profane relativement libre et argumentée peut aussi bénéficier du privilège, rare à la télévision, de la "longue durée". [...] Le statut relativement actif du public dans l'émission "C'est mon choix" constitue sans doute une innovation particulière dans l'histoire de la télévision française. »

Le même chercheur remarquait aussi que la création et la réparation du lien social problématique étaient au cœur de plus de la moitié des éditions de « C'est mon choix ». Selon ses analyses sur ces émissions, 61 % s'intéressaient aux relations entre hommes et femmes, 18 % aux relations parents-enfants, et 21 % aux relations amicales.

Une autre étude a été menée par des sociologues de l'IUT de Lyon[1] – comme quoi l'engouement du public pour l'émission « C'est mon choix » est devenu un phénomène social qui intéresse les universitaires. Leurs conclusions rejoignent celles de l'étude précédente : « C'est le public qui a un rôle clé dans cette émission. [...] On a affaire dans cette émission à une présentatrice plutôt effacée qui ne se met pas en avant. [...] Elle incite les gens à se parler directement, sans passer par elle. [...] Dans "C'est mon choix", c'est le public qui tient les rênes du débat. »

Cela n'a pas empêché le fossé de se creuser avec la critique, qui jugeait le système idiot, crétin, débile, bas de plafond, et j'en oublie.

1. « Analyse des interactions télévisées : "C'est mon choix" » par Benoît Gallerey, Clara Paillard et Aline Royer.

Du côté de France 3, Jean-Luc Delarue partait en croisade pour défendre son émission, un programme qui sentait le soufre…. Dans les déclarations publiques, on évitait de parler de nous, on mettait d'autres émissions en exergue dans le tableau d'honneur de la chaîne – alors que nous engrangions de loin les meilleures audiences et les meilleures recettes publicitaires. « C'est mon choix » était bien devenue une bombe atomique, mais dont on préférait se féliciter en secret.

À Reservoir Prod, la consigne donnée à tous les employés était de ne laisser filtrer aucun commentaire. Chez Jean-Luc Delarue, on ne parle pas, on travaille. Et les chiens peuvent aboyer. Comme j'étais salariée de la maison, je suivais la politique maison, dont Jean-Luc était le seul porte-parole attitré. J'appréciais que Jean-Luc monte au créneau et réponde aux attaques au nom de Reservoir Prod. Il me protégeait de toute implication directe dans la polémique. Reservoir Prod détenait le monopole des décisions en ce qui concernait la communication. Je n'avais de contact avec aucun journaliste, sauf ceux que l'on me disait de rencontrer. Certains en ont conçu au début une amertume contre moi. Quand on leur disait qu'Évelyne Thomas ne pouvait pas les recevoir, ils s'imaginaient que je ne voulais pas les rencontrer. Au début de l'année 2001, Jean-Luc a décidé que je pouvais me montrer en certaines occasions, pour défendre l'image de l'émission auprès du grand public. Je suis alors apparue en couverture de *Télé 7 jours*, à l'occasion de leur sondage : « 69 % des Français votent pour “C’est mon choix” », et de nouveau quelques mois plus tard avec cette accroche : « Évelyne Thomas enceinte ». Tout au long des quatre ans de mon contrat, Reservoir Prod a continué à gérer mes relations avec la presse. Jean-Luc m’assurait que je n’avais pas à me préoccuper de mon image dans la presse, car cela n’avait pas d’importance. Seul le public comptait, et le public était avec nous, puisque les chiffres d’audience étaient meilleurs que jamais. Mon rôle était de travailler sur l’émission, pas de perdre mon temps en relations publiques, dont il se chargeait, lui avec un grand dévouement. C’est ainsi que, pour être « protégée » et « déchargée », j’ai toujours été coupée de la presse et des journalistes. Pendant longtemps, j’ai pensé que Jean-Luc avait raison d’agir ainsi. Plus tard, sans avoir rien vu venir, j’allais me retrouver complètement isolée et impuissante.

Mais les affaires tournaient, et tournaient même très bien. En plus des best of et des émissions tournées pour une diffusion en prime time, Jean-Luc proposait à la chaîne des soirées spéciales, concoctées avec son associé et ami Franck Saurat (responsable de la filiale divertissements, nommée Carson Prod). Plusieurs séries ont été produites, d’orientation différente. L’une était de nature caritative. Le point de départ en était le drame du couple Fugain, dont la fille Laurette venait de mourir, emportée par la leucémie. Stéphanie Fugain s’était beaucoup investie dans la lutte contre cette maladie, et son témoignage, relayé par *Paris-*

Match, m'avait bouleversée. Nous sommes allés la trouver pour lui proposer de l'aider dans son action au travers d'une soirée télévisée, et j'ai éprouvé un coup de cœur immédiat pour cette femme exceptionnelle. Le nouveau concept a rapidement été mis sur pied par Franck Saurat. Chaque numéro de la série, intitulée « Au nom des autres », soutiendrait une cause précise en y associant des vedettes. Chacune de ces vedettes apporterait sur le plateau un objet personnel qui serait mis en « tombola ». Les téléspectateurs nous appelleraient pour s'inscrire comme candidats, et les gagnants seraient tirés au sort. Le montant des appels serait reversé à la cause en question, dans le premier cas le fonds Laurette-Fugain.

L'émission suivante, consacrée aux personnes âgées, a eu pour marraine Bernadette Chirac, laquelle préside entre autres l'association Plus de vie. Pour préparer l'émission, j'ai dû me rendre à l'Élysée, où je n'avais jamais mis les pieds, contrairement à beaucoup de journalistes qui fréquentent la garden-party annuelle. J'étais d'autant plus angoissée que Bernadette Chirac me paraissait très intimidante. Comment allait-elle me recevoir, moi, la présentatrice de « C'est mon choix » ? Franck Saurat m'a dit : « C'est elle qui te testera. Si tu passes l'examen, tu le sauras. » J'y suis donc allée en roue libre, naturelle, plutôt décontractée. Mais, dès que je me suis retrouvée sur le perron de l'Élysée, accueillie par une haie de gendarmes, dans les fastes et les ors de la République, j'ai retrouvé mes timidités enfantines. Cependant, avec Bernadette Chirac, j'ai oublié mon trac, et nous avons passé en revue le plan de l'émission, qui prévoyait plusieurs invités prestigieux : des artistes comme Johnny Hallyday, Florent Pagny, Patrick Bruel, et diverses personnalités, qui apporteraient un objet personnel (Anne Sinclair son stylo fétiche, Michel Drucker son vélo, Claude François junior un disque d'or de son père). Mais nous n'avions pas prévu de demander une contribution à la marraine. Lorsque je lui ai expliqué le déroulement de l'émission, je l'ai vue hocher la tête et froncer légèrement les sourcils comme si elle cherchait à deviner si elle était concernée. J'ai décidé d'embrayer sur son hésitation : « Si j'osais… Comme vous le voyez, chaque invité va apporter quelque chose… Je trouve que ce serait formidable si, vous aussi, vous pouviez… » Elle s'est exclamée : « Mais bien sûr ! Quelle bonne idée ! Il ne fallait pas hésiter à me le demander. » Elle s'est éclipsée. Très vite je l'ai vue revenir, se diriger vers moi en souriant : "Dans le couple Chirac, il est la vitesse, et je suis la lenteur". Elle me tendait une tortue de jade. Son mari avait l'habitude, nous a-t-elle rapporté en souriant, de la surnommer la Tortue, pour sa façon de prendre toujours le temps de soupeser chaque décision.

Au total, nous avons réalisé quatre émissions de la série « Au nom des autres ». Deux avec Stéphanie Fugain dans le cadre de la lutte contre la leucémie, une avec Bernadette Chirac en faveur des personnes âgées, et une sur les victimes d'accidents de la route, avec une avocate et une mère de victime qui avaient fondé une association luttant pour que les chauffards soient plus sévèrement punis et les familles mieux indemnisées.

Dans une deuxième série d'émissions, appelée « Des vies d'exception », nous avons invité des gens ayant connu ou choisi un destin tout à fait particulier, comme Martine, qui avait adopté quatre filles trisomiques. Ce choix peut apparaître incroyable, mais, dans les faits, les choses s'étaient mises en place de fil en aiguille. Alors que leurs deux fils biologiques étaient adolescents, Martine et son mari avaient recueilli un petit neveu, Mathieu, un enfant malheureux et battu, mais celui-ci leur avait été retiré trois ans plus tard. Pour combler le vide de son départ, ils voulurent accueillir un autre enfant, mais la seule façon de pouvoir le garder était de l'adopter. Or les seuls bébés en attente d'adoption étaient handicapés. Ils se sont adressés à une association qui leur a montré des photos. En voyant l'une d'elles, Martine s'est écriée : « Celle-ci, c'est ma fille ! » C'est ainsi qu'ils adoptèrent Anne-Tiphaine, une petite fille trisomique de cinq mois. Une fois à la maison, Martine l'avait tenue toute l'après-midi dans ses bras en lui racontant son histoire : « Je lui ai dit que maintenant j'étais sa maman et que je l'avais choisie. Elle s'est alors mise à pleurer pendant des heures, et la responsable de la pouponnière m'a dit que l'enfant avait tout compris. » Martine a vécu cette adoption comme une grossesse : « J'avais l'impression que cette petite venait de moi, de mon cœur et de mon sang. J'étais très fière, comme quand je sortais de la maternité avec mes fils. » Ceux-ci ayant déjà dix-sept et dix-neuf ans, Martine et son mari, qui ne voulaient pas élever Anne-Tiphaine comme une fille unique, décidèrent d'adopter une deuxième enfant trisomique, Fanny, à qui s'ajouteraient Amélie et Nora.

Nous avons également accueilli une jeune fille de quinze ans, Angèle, atteinte du sarcome d'Ewing, une forme de cancer des os. Pendant son séjour à l'hôpital de Lyon, celle-ci avait pris sous sa protection une petite fille de cinq ans, Océane, atteinte d'un cancer des tissus nerveux, qui partageait sa chambre. Océane adorait Walt Disney. Lorsqu'elles s'étaient quittées, elle avait dit à Angèle : « Si jamais on se revoit, je voudrais porter une robe de princesse. » Nous avons invité l'adolescente dans l'émission, ainsi que sa petite protégée. Celle-ci était si faible qu'elle a dû rester couchée dans les coulisses. Je courais lui donner des baisers entre chaque plateau, le cœur déchiré de douleur. Tout le monde était stupéfait par le courage d'Angèle, par sa force de caractère et sa joie de vivre. Même sa mère, présente sur le plateau, et qui sombrait périodiquement dans le désespoir, se demandait où sa fille allait puiser une telle énergie. Après le tournage, l'adolescente est allée dans les coulisses offrir une robe de princesse à la petite Océane, dont les yeux se sont illuminés de bonheur. Océane, jamais je n'oublierai ton visage si pâle et radieux. Quand la petite fille est repartie pour l'hôpital, dans sa robe de princesse, Christophe, qui l'accompagnait, a appris de la bouche de l'ambulancier que sa mère se trouvait dans une situation financière dramatique. J'ai alors décidé de lever une collecte au sein de Reservoir Prod pour lui venir en aide. C'était la seule chose que nous puissions faire pour atténuer un tout petit peu son malheur. Grâce à nos dons, la chambre d'Océane a été décorée en chambre de princesse, et plus tard, toujours grâce à cet argent, elle a pu aller à Eurodisney avec sa mère.

J'ai appris par la directrice éditoriale de l'émission, Delphine Allegrini, qu'aujourd'hui Angèle et Océane vont beaucoup mieux. Angèle n'a plus de cellules cancéreuses, et elle fait partie d'une association qui réalise les rêves des enfants malades, comme elle-même l'avait fait spontanément pour Océane, elle aussi, en rémission. Les médecins lui ont affirmé que l'émission leur avait donné plus de force pour lutter.

Toujours dans la série « Des vies d'exception », nous avons tourné un reportage sur Louis, un jeune Lillois de quinze ans, issu d'un milieu bourgeois et catholique, qui s'était senti la vocation de venir en aide aux SDF. Tout avait commencé par une collecte de savons et de shampoings, organisée par une association de Lille, pour laquelle il avait mobilisé les élèves de son collège. Mais cette action ne l'avait pas mis en contact réel avec les sans-abri. Il avait donc insisté pour aller à leur rencontre. Pas trop effrayé et plein de naïveté, il tenait à leur distribuer du café et discuter avec eux. Nous avons suivi ses pérégrinations dans les rues. Le contact n'était pas toujours facile entre ce petit garçon de bonne famille et les SDF. On sentait un fossé entre eux, c'était flagrant dans leur manière respective de s'exprimer. La mère de Louis avait très peur qu'on brutalise ou qu'on ridiculise son jeune garçon. Mais il a tenu bon et a réussi à se faire accepter. Il est venu témoigner de l'enrichissement personnel qu'il en avait retiré. Sur le plateau se trouvait également Patrick Topaloff, un chanteur comique qui avait connu le succès dans les années 1970 et que les circonstances de la vie avaient mis à la rue. Après un divorce dans lequel il avait tout perdu, il avait progressivement glissé vers la clochardisation, dormant sur les bancs de la gare du Nord. Au début, certains passants le reconnaissaient, puis plus personne. Il n'était plus qu'une ombre qui ne recueille qu'indifférence. Je l'avais reçu précédemment sur le plateau de « C'est mon choix », où son témoignage avait provoqué la surprise. Le dénuement l'avait marqué à jamais – il y avait comme une tristesse indélébile inscrite dans son regard. Dans la série « Des vies d'exception », face au petit garçon au grand cœur, il a expliqué combien une aide sincère et généreuse comme celle-là peut compter pour les gens qui sont tombés tout en bas de l'échelle. Comment s'en était-il sorti ? Il avait lu dans la presse qu'il y avait un mandat d'amener contre lui, parce qu'il ne versait plus de pension alimentaire – et pour cause. Il s'était alors rendu à la justice et avait effectué quatre mois de prison à Fleury-Mérogis. Il avait noué une relation amoureuse avec une avocate, puis avait retrouvé un ancien amour qu'il avait épousé. C'était la fin de la galère. Les femmes l'avaient sorti de la rue.

Il y eut aussi une troisième série de soirées spéciales, les « Symphonic shows », une émission de variétés conçue autour d'un orchestre belge de quatre-vingts musiciens et choristes classiques. Cette formation accomplissait une tournée avec des vedettes pop lorsque Franck Saurat m'a proposé de travailler avec elle sur un concept innovant. Il voulait casser l'image de l'orchestre classique en lui faisant jouer aussi des tubes populaires. Cette idée de désacraliser la musique classique me tentait évidemment beaucoup. Jouer un air de *Carmen*, puis un tube de Johnny Hallyday, c'était nouveau, rafraîchissant, et ça ferait du bien à tout le monde (aussi bien aux amateurs d'opéra qu'aux fans de Johnny). Mais je n'étais pas tout à fait sûre de pouvoir maîtriser une émission de variétés pure. Dans « Au nom des autres », je mêlais certes des vedettes à des anonymes (des malades atteints de leucémie, des parents de victimes d'accidents de voiture...), mais c'était dans le cadre d'une cause caritative. Franck m'a conseillé de me laisser porter par l'émotion du moment. Je me suis donc montrée tantôt intimidée, tantôt éblouie, tantôt honorée, comme n'importe quel membre du public. Je n'entretenais pas de rapports de connivence avec les stars, je ne les connaissais pas personnellement et je n'avais jamais fréquenté leur monde, j'allais les saluer dans les loges avant l'émission, par respect et pour leur montrer que j'étais heureuse de les recevoir. Je savais que certaines d'entre elles avaient marqué un temps d'hésitation quand ils avaient appris que je présenterais l'émission. La plupart ne me connaissaient que par ouï-dire : j'étais l'animatrice d'un talk-show qui défrayait la chronique. Mais, très vite, leur appréhension se levait, semblait-il, et l'on m'a souvent répercuté des échos positifs.

Il était de coutume de demander à certains invités de chanter un air a cappella. Franck m'avait prévenue de m'en dispenser avec Charles Aznavour, car il refuserait tout net. Quand je l'ai vu arriver sur le plateau, quel choc ! J'étais telle une gosse le jour de Noël. Il était venu pour chanter un *Ave Maria* avec l'orchestre et répondre à l'interview, un point c'est tout. Une légende vivante assise devant moi ! Emportée par la beauté du moment, je lui ai lancé à tout hasard : « Vraiment, si j'osais… j'aurais envie de vous demander une faveur immense… – Je vous vois venir ! m'a-t-il répondu sans attendre la fin de ma phrase. Vous voudriez me faire chanter a cappella ? » – Mais seulement si vous insistez vraiment ! » ai-je repris. L'admiration m'a toujours inspiré de la malice. Ça l'a fait rire et il a soupiré : « Vous m'avez eu. » En régie, Franck Saurat ouvrait des yeux comme des soucoupes. Dans l'oreillette, il me glissait que j'avais eu un culot de tous les diables et, en sortant du tournage, il répétait : « Je n'en reviens pas que tu sois parvenue à lui demander ça ! »

Parmi les mesures qui visaient à redorer le blason de « C'est mon choix », les premières concernaient le contenu de l'émission elle-même. Stéphane Rak et moi avons donc mis un soin particulier à imaginer des sujets encore plus variés, du plus léger au plus sérieux, du plus général au plus particulier. « C'est mon choix » est ainsi devenu « C'est mon choix de lire ». Nous avons souvent reçu des écrivains de talent comme Philippe Jaenada, Christine Orban, Florian Zeller, Ariane Lefort, David Foenkinos, Alix Girod de L'Ain, Yann Moix, Françoise Dorin, Élisabeth Quin, Dan Franck, Françoise Rey... C'était pour nous l'occasion de désacraliser les livres et les auteurs afin qu'ils intimident moins leurs lecteurs potentiels. Loin de nous l'idée de faire une véritable émission littéraire! Depuis mes tout premiers reportages culturels à Lille, rien ne me plaisait autant que de rendre accessibles au plus grand nombre les domaines que l'on croit réservés à une élite. Il ne faut pas nécessairement être cultivé pour lire de bons livres, il faut juste avoir de la curiosité. Le plateau de télé en guise d'apéritif pour tous, c'était une option qui se tenait. Plusieurs fois, nous avons confronté des auteurs à des invités ayant vécu des aventures similaires à celles que décrivaient leurs livres. Comme souvent la réalité dépassait la fiction, et les auteurs sortaient heureux du rapprochement. La vraie vie et la littérature redevenaient sœurs jumelles. Le public a largement suivi, puisque l'émission est montée jusqu'à deux millions de téléspectateurs, ce qui est énorme pour une émission consacrée aux livres. Notre part de marché tournait autour de vingt pour cent. Au-delà de cette belle audience, nous étions surtout heureux d'avoir fourni l'occasion d'un échange passionné et intelligent. Si des gens aussi respectables que des écrivains venaient sur notre plateau, c'est qu'ils ne nous jugeaient pas indignes de les recevoir. Chaque fois qu'on attaquait l'émission, j'estimais qu'on attaquait tous les téléspectateurs. Mettre l'élite au contact du public, c'était aussi permettre au public d'approcher l'élite, et remettre à l'honneur tous les autres invités.

Bien sûr, certains écrivains que nous avions pressentis ont poliment décliné l'invitation, mais le bilan était tout de même enthousiasmant. Après son passage dans « C'est mon choix de lire », Yann Moix, devenu plus tard le réalisateur à succès du film *Podium* tiré de son livre, a écrit un article dans *VSD*, intitulé « Évelyne Thomas, nouveau Pivot[1] ». C'était très culotté ! Je n'en demandais pas tant, mais j'étais ravie de trouver chez cet intellectuel adepte de la culture populaire un bel enthousiasme : « "C'est mon choix" prouve que c'est sur son plateau que se fait la littérature. Le roman sert à faire une photographie de la société à un moment précis. "C'est mon choix" ne fait rien d'autre. On comprend enfin que la culture littéraire et la culture populaire se marient très bien ; c'est un retour aux sources, car, à sa base, la littérature, la grande, est populaire. »

Pourtant les critiques continuaient, et à propos de tout. Parmi elles, les accusations de trucage avaient le don de me mettre hors de moi, car s'il y avait bien une chose qui ne pouvait pas être mise en doute, c'était l'authenticité de tout ce qui se déroulait sur le plateau. J'ai déjà parlé de nos vérifications minutieuses au sujet des histoires rapportées par nos invités. Mais les soupçons se nichaient absolument

1. *VSD* du 3 au 9 octobre 2002.

partout. Il nous arrivait parfois d'organiser un quiz au cours duquel un invité devait identifier une personne que l'on plaçait parmi trois leurres. On les choisissait tous dans le public, sauf la quatrième et bonne personne. Un jour, un journaliste de *France-Soir* qui se trouvait dans le public (rien ne l'en empêchait, puisque l'entrée était libre) fut désigné comme leurre. Du coup, il s'est imaginé que le quatrième personnage, celui que l'on devait reconnaître, avait été lui aussi choisi au hasard et qu'il s'agissait donc d'une supercherie. Dans son article du lendemain, il y avait une petite part de vérité (trois des quatre personnes étaient bien choisies au hasard), et le reste, il l'a extrapolé en affirmant que nous utilisions de faux témoins, sans rien savoir vraiment et sans rien nous avoir demandé. C'est ainsi que s'installent de fausses images.

La critique confinait parfois au ridicule. Par exemple, sur le plateau de « C'est mon choix », entre deux enregistrements, je signais souvent des autographes et je recevais des cadeaux des spectateurs qui sortaient. Le timing était serré. Ensuite, je venais saluer le nouveau public, auquel je donnais un mot d'explication avant le début de l'enregistrement. Les très nombreux cadeaux que je recevais à ce moment-là, je les donnais à un assistant pour qu'il aille les déposer dans ma loge. Tout se passait dans la demi-heure séparant deux enregistrements. Le timing exigé par la société de production de l'émission était serré. Un jour, un journaliste de la presse à sensation, présent dans le public, a assisté à cette agitation entre deux enregistrements. Sous sa plume, on a pu lire que j'expédiais mes autographes et que je me débarrassais de mes cadeaux dans les mains du premier venu. Mais qu'en savait-il, bon Dieu ? Est-il venu vérifier dans ma loge ? M'a-t-il demandé un autographe ? M'a-t-il suivie pendant une journée pour voir comment je me comportais avec le public ? Quand je sortais des enregistrements le soir, je trouvais parfois des gens dans la rue qui m'avaient attendue pendant des heures. Comment pourrais-je bâcler un seul autographe ?

Au fil du temps, plus l'émission « C'est mon choix » prenait de l'ampleur et faisait parler d'elle, plus les commentaires touchaient à ma personne. On décortiquait tout ce que je disais, tout ce que je faisais. On glosait sur mes tenues, sur mes coiffures, éventuellement avec la plus grande désobligeance, et lorsque j'en changeais on me le reprochait tout aussi vigoureusement. On m'a accusée de devenir plus apprêtée, plus sophistiquée, plus belle, et de m'éloigner du « naturel » qui avait fait le succès de l'émission auprès du public. Certains m'ont même soupçonnée d'avoir recouru à la chirurgie esthétique. Parlons donc de mon image.

Au début de « C'est mon choix », je m'en préoccupais fort peu, parce que je n'en avais ni le temps ni l'envie. L'infrastructure technique mise à la disposition de l'émission par Reservoir Prod était axée sur la mise en valeur du concept, et pas du tout sur l'esthétique du spectacle, encore moins sur le sex-appeal de la présentatrice. En clair : les décors et l'éclairage étaient minimalistes. Dans une émission de variétés à paillettes, on aurait misé beaucoup plus sur la beauté de l'image, mais on s'en dispensait dans un talk-show. En outre, le fonctionnement même de l'émission m'interdisait d'accorder beaucoup d'attention à mon look. Je n'avais aucun écran de retour sur le plateau – ces écrans qui permettent au présentateur de vérifier ce qu'on voit à l'image. Les Américains m'avaient appris à m'en passer: « L'écran distrait tout le monde, sois toi-même et occupe-toi de l'émission plutôt que de ton image. » Je devais donc m'en remettre à mon entourage pour m'assurer que ma jupe n'était pas de travers ou ma coiffure en pagaille. Je tâchais simplement d'être bien habillée. Il faut toujours « bien présenter », par respect pour les autres, comme disait si souvent mon père (et, au fond, est-il si étonnant qu'avec ce précepte chevillé dans la tête je sois devenue « présentatrice »?). Je tenais compte de la ligne « féminine » imposée par Jean-Luc Delarue, mais sans jamais en faire trop. Ce que je portais, la Française moyenne aurait pu le porter aussi.

Puis est venu le succès, et à sa suite les diffusions aux heures de grande écoute, les soirées spéciales. Avec cette visibilité grandissante se sont multipliés les commentaires sur mes vêtements, ma coiffure, mon visage... En même temps, Christophe est entré dans ma vie: j'en étais amoureuse et je voulais lui donner le meilleur de moi-même. J'ai donc de moins en moins supporté de me voir si mal éclairée, dans des décors si ternes. J'étais l'objet de moqueries que j'aurais pu éviter si j'avais bénéficié de la même mise en valeur que d'autres présentatrices. Bientôt, je l'avoue, j'ai réclamé avec insistance de meilleurs éclairages – qui sont venus dans le courant de la quatrième année, apportant une amélioration spectaculaire. J'avais envie de porter des robes plus sophistiquées, de me montrer sexy, par envie de plaire à Christophe. J'ai commencé à porter des vêtements plus chics que, le succès aidant, les marques acceptaient de me prêter.

C'est un problème constant que de parvenir à s'habiller correctement pour la télé. Quand je travaillais au JT de France 3 Lille, j'y laissais une bonne moitié de mon salaire, simplement parce que je voulais paraître convenable tous les soirs. On ne peut tout de même pas présenter le JT en sweat-shirt! Mais je me ruinais littéralement. J'ai essayé de me faire prêter des vêtements, mais sans succès, car ce ne sont pas les boutiques qui prêtent, mais les marques, et les marques étaient à Paris. Un jour, j'ai réuni les autres présentateurs et je leur ai proposé une action commune pour demander une prime destinée aux vêtements. Je suis ensuite allée négocier avec la direction, et nous avons finalement obtenu une prime de mille cinq cents francs par mois. Mais, à Paris, il fut impossible de réitérer cet exploit. Alors j'ai pris mon téléphone et j'ai démarché moi-même les marques. J'ai obtenu des vêtements en prêt chez Lolita Lempika et chez Thierry Mugler. J'allais en métro jusqu'à leur show-room, je prenais des vêtements pour la semaine (surtout des vestes, puisque le bas restait hors champ) et je les rapportais en métro à la fin de la semaine (en priant pour qu'on ne me les vole pas entre-temps).

À l'époque de « C'est mon choix », la styliste qui m'était affectée a poursuivi la combine, mais beaucoup de marques prestigieuses refusaient de me prêter des vêtements : « Pour l'émission "C'est mon choix" ? Non, désolé, ça ne correspond pas à notre image. » Seuls Dior et Galliano ont, dès le début, accepté de m'habiller. Ce qui n'était pas rien ! Plus tard, Chanel et Sonia Rykiel. De jeunes créateurs peu connus venaient souvent proposer leur production, mais avec eux se posait le problème de l'excentricité. Je ne voulais pas apparaître comme une silhouette futuriste à laquelle les Françaises n'auraient pu s'identifier. Malgré tout, j'ai sans doute été trop loin dans mon évolution vestimentaire (il y avait, je l'avoue, le plaisir de porter ces tenues de mannequin). Finalement, je n'aurais jamais dû quitter mon uniforme de départ, tailleur-pantalon sobre, plutôt que d'aller vers les tenues féminines que Jean-Luc Delarue affectionnait (jupes et dentelles), ou celles trop chics que la mode me donnait envie de porter. De celui de « Madame Tout-le-monde », j'ai pu donner l'impression de passer à un look de vedette. Il s'agissait pourtant de peu de chose. Une belle robe, une lumière « amicale » – faut-il que j'explique comment un éclairage peut mettre un visage en valeur, fût-il le plus ingrat, ou au contraire l'enlaidir, fût-il le plus angélique ?

Si j'avais voulu tenter la chirurgie, j'aurais pu y penser dès mon arrivée à Paris, ma nouvelle coiffeuse, à ma première visite, m'ayant conseillé de me faire rectifier le nez : « Tu ne réussiras jamais avec un nez pareil » m'avait-elle dit. Je n'avais jamais rien eu à reprocher à mon nez, et surtout pas cette bosse que je n'avais jamais remarquée. Je l'aimais bien, c'était celui de mon père, et si mon nez ne plaisait pas à tout le monde, eh bien, tant pis! Jamais je n'aurais l'idée de transformer mes traits, mon nez faisait partie de ma personnalité. L'âge n'a pas que des désavantages, bien au contraire. Je me sens beaucoup plus belle aujourd'hui qu'à trente ans, parce que j'ai réalisé beaucoup de rêves qui me rendent heureuse, notamment avec ma fille, et c'est dans l'amour que je place la beauté avant tout.

Quant au débat sur le look « naturel » ou « pas naturel », il faudrait admettre une fois pour toutes qu'il est totalement biaisé dès lors qu'on parle de télévision. La télé implique la mise en scène par définition. Il y a rarement de télé sans fond de teint, y compris pour les hommes. Il y a rarement de télé sans faux ongles, pour les présentatrices qui tiennent un micro en main. À ce compte-là, et en termes de physique, je n'ai jamais été beaucoup plus « naturelle » qu'une autre présentatrice. Ce sont les contraintes du métier, comme le tablier du laborantin, le casque de l'ouvrier ou le costume-cravate de l'homme d'affaires.

En dehors des plateaux, oui, on peut dire que je suis plutôt « naturelle », car je m'habille et me coiffe très simplement et ne me maquille pas. Ce qui ne m'empêche pas de vouloir prendre soin de moi. L'amour m'avait changée, et on ne me reconnaissait pas comme avant.

Toutes ces critiques sur mon apparence me pesaient, car je ne voulais pas consacrer mes forces à un combat pour mon image – enjeu sans intérêt, dont j'aurais apprécié qu'on me libère. Je ne revendiquais que le droit de faire mon travail avec passion et sincérité, et je ne comprenais pas pourquoi cela devait entraîner autant de commentaires sur ma personne. Ceux qui n'aimaient pas l'émission n'avaient qu'à zapper! Jugée, je l'avais déjà été beaucoup trop à mon goût dans mon enfance et ma jeunesse. Depuis que j'officiais à la télévision, je n'avais jamais volé ni trompé ni lésé personne – bien au contraire, me semblait-il –, et je me dépensais comme une folle. Alors, pourquoi un tel acharnement contre moi?

Tout le propos de l'émission « C'est mon choix » était précisément de renverser et d'abolir les préjugés. De démontrer la grossièreté qu'il y a à ricaner d'autrui.

Il faut en finir avec les *a priori*. Assez! Je me suis battue pour les gros, pour les maigres, pour les moches, pour les bizarres… Qu'on arrête de les montrer du doigt. Qu'on les écoute – et qu'on les entende – au lieu de les stigmatiser.

Ouvrons les yeux. Ouvrons les yeux et voyons les autres tels qu'ils sont. Acceptons-les. Qu'ils puissent enfin être eux-mêmes et ne plus trembler. Se montrer au grand jour et ne plus se faire montrer du doigt. Voilà le combat, mon vrai combat, le seul que je veux mener. Il est terriblement nécessaire, car nous vivons plus que jamais sous une dictature: la dictature de la beauté et de la réussite – insidieuse, mais terriblement efficace. Nous sommes complètement conditionnés par les modèles de ce que doit être une vie réussie. Au point que des maladies graves, comme la dépression ou l'anorexie, peuvent découler de l'angoisse générée par l'échec.

La norme pose des problèmes à tous, même quand l'écart est faible. Prenez le fait d'être roux. Ce n'est pas une tare, direz-vous. Et pourtant, les roux et les rousses véhiculent malgré eux tant de clichés et de préjugés qu'ils se sentent stigmatisés comme s'ils étaient atteints d'une maladie honteuse. J'ai tourné une émission formidable avec eux. Où l'on a bien compris une chose : celui qui n'est pas roux ne peut pas s'imaginer ce que c'est.

Le malheur veut que dénigrer autrui soit devenu un sport national, particulièrement à la télé. On croirait une compétition quotidienne avec podium et médailles en fin d'année. Chacun rivalise d'esprit pour mieux ridiculiser un collègue, un voisin, n'importe qui dont la tête dépasse. Dans ce climat, plus rien n'arrive à être pris au sérieux. Un quidam qui raconte à l'antenne une expérience difficile ou même des malheurs graves risque fort de s'attirer sarcasmes et épigrammes. J'ai le gros défaut d'afficher des ambitions opposées. Ça ne me fait pas rire de voir quelqu'un souffrir. Je souffre avec lui. J'essaie de l'aider.

Je crois que l'un des plus gros challenges de la télé actuelle se pose en des termes très simples : comment faire pour que la vie des gens soit prise au sérieux, pour qu'on les aide ?

Entendons-nous, je ne veux surtout pas jouer les intellectuelles militantes, argumenter, justifier et faire croire à une philosophie mûrement réfléchie derrière chaque plan de chaque émission. Bien sûr, il ne s'agit que de télévision. Mais, puisque celle-ci a pris une telle place dans nos vies, pourquoi ne pas en faire un instrument à combattre les préjugés ? Dans la légèreté, on peut aussi véhiculer de fortes vérités.

On a souvent voulu réduire « C'est mon choix » aux thèmes les plus anecdotiques, comme je l'ai déjà expliqué. Par exemple celui-ci : « Je ne porte que des minijupes. » Il n'en est pas ridicule pour autant. Essayez de vous imaginer ce que représente pour une femme, dans la société d'aujourd'hui, surtout si elle a plus de quarante ans, le fait d'enfiler une minijupe chaque matin. La mode n'est pas aux minijupes pour les femmes d'un certain âge, et les plus jeunes qui en portent sont tout de suite cataloguées. Attirer volontairement le regard est un geste lourd de sens. Chacun sait que, lorsque les adolescents adoptent un look provocateur, et presque tous en passent par là, c'est pour exprimer quelque chose. Ils veulent se démarquer d'une société qu'ils mettent en question. Prenez le look gothique. Trouvez-moi un gothique de trente-cinq ans. Ils sont infiniment plus rares que les gothiques de seize ans. Il y a là une volonté de transgression évidente, qui s'émousse à l'âge adulte.

Quand je parle des minijupes, je choisis un thème apparemment léger. Mais se balader avec une jupe au ras des fesses jour après jour, n'est-ce pas une transgression évidente ? Une jupe n'est pas qu'une jupe, tout le monde le sait. Une jupe traduit un mode de vie, une manière de penser, une façon d'être. N'est-ce pas intéressant et amusant de se poser quelques questions là-dessus ? Et pourquoi ces femmes n'auraient-elles pas une parole aussi légitime et digne d'être entendue que ceux qui font des choix plus marquants et socialement respectables ? Le droit à la légèreté, c'est important aussi.

Bien sûr, pour chacun des thèmes que nous avons traités, y compris les minijupes, il serait possible de réaliser un documentaire fouillé, avec experts à l'appui, qui passerait sur Arte. Et il y a des gens pour le faire. Réservoir Prod préférait en parler avec les personnes concernées et en faire un spectacle simple, direct, et si possible ludique.

Je ne sais pas pourquoi je me sens si proche du public, pourquoi je le comprends au point de me mettre à pleurer avec lui, c'est sans doute parce que, pour moi, c'est naturel. Je pourrais donner quantité d'exemples montrant combien je m'identifiais aux problèmes discutés. Cela tenait sans doute au fait que je m'y étais confrontée moi-même. J'ai eu une mère possessive, dépressive. Un père absent, sévère. J'avais connu la timidité maladive et la culpabilité filiale. La tyrannie des régimes et la boulimie. Le rejet du conjoint par la famille. La compulsion d'achat. Le rejet du conjoint par le milieu social. Les sacrifices à consentir pour vivre une histoire d'amour qui dérange. L'attachement à ma belle-mère. Le conflit entre carrière et maternité. Autant de sujets qui furent traités tels quels, auxquels se sont ajoutés tous ceux dont j'avais des exemples sous les yeux par mes amis, mes connaissances et ma nouvelle famille. Je pense par exemple à ma belle-sœur Véronique, dont l'histoire était extrêmement riche. “Allô, Véronique où es-tu ? Allô, Véronique, tu es là ?”

Véronique est entrée dans ma vie en même temps que Christophe et ses parents, et depuis trois ans elle est mon assistante. Comme toute la famille, elle est sanguine, mais en même temps carrée, organisée ; elle apprend vite et s'intéresse à tout. Elle est très rapidement devenue la gestionnaire dévouée de notre société de production, 2 Secondes Prod. Avant Christophe, je n'avais jamais travaillé en famille – et pour cause. J'y trouve un sentiment de sécurité sans précédent, qui me rappelle ce que m'avait dit très amicalement Michel Drucker, un jour où je le recevais sur RMC dans mon émission « On l'a vu à la télé ». Il estimait que c'était le seul moyen de se sentir en confiance dans un monde professionnel sans pitié, où l'on redoute à tout instant les peaux de banane.

Grande et jolie brune d'un mètre soixante-dix-sept, Véronique souffre de son poids, elle refuse de se peser, et se déclare perpétuellement au régime. Elle s'efface sous d'amples vêtements noirs, alors qu'à mon sens elle pourrait tout à fait accepter son physique et mettre en valeur sa poitrine généreuse. Encore une fois, le diktat de l'image. Plusieurs fois, nous avons invité des femmes rondes qui avaient réussi l'exploit de se trouver jolies, comme Patricia, quatre-vingt-dix kilos pour un mètre soixante, qui disait : « Quitte à être regardée parce que je suis grosse, autant qu'on me regarde parce que je suis grosse et sexy ! Avant, je n'osais pas me montrer, j'étais complexée, puis petit à petit je me suis lâchée. Maintenant, ça me plaît de montrer qu'une femme peut être ronde et sexy. Je me fais beaucoup draguer. » Depuis quinze ans, elle fait un show en discothèque, et n'hésite pas à porter des vêtements affriolants et moulants, du moment qu'ils lui vont bien : « Je fais des shows de femme ronde et sexy. À présent, c'est un atout d'être ronde, et mon corps, c'est mon métier. Je trouve super d'être regardée. C'est agréable de savoir qu'on plaît. » Sylvie, une Black bien ronde de la région parisienne, avait choisi aussi d'assumer ses rondeurs avec fierté. Elle faisait partie d'une fratrie de trois sœurs bien en chair, toutes de grandes gueules, qui faisaient avec leur frère l'animation de leur quartier.

A contrario, il y eut cette jeune fille qui, ne supportant plus le regard des autres sur ses cent vingt kilos, parvint à force de courage et de régimes à la taille trente-huit – pour constater non seulement qu'elle ne se reconnaissait plus, qu'elle avait perdu sa bonne humeur, mais aussi quelle était désormais considérée par ses amies comme une rivale. Maigrir n'est pas toujours la panacée…

Liliane, elle, avait fait de son rapport avec la nourriture le centre tourmenté de sa vie : « J'étais ronde au point que je suis montée à quatre-vingt-dix kilos. J'étais mal dans ma peau. À vingt et un ans, j'ai décidé de faire un régime pour garder le mec que je venais de rencontrer. Depuis lors, je suis obsédée par mon poids. Je suis au régime depuis vingt-cinq ans! Je suis passée, durant toutes ces années, par des phases de boulimie et d'anorexie. Il m'arrivait de ne manger qu'un quart de pomme par jour. À une autre période, je buvais uniquement de l'eau et ne mangeais que du pain. Je suis tombée à quarante-quatre kilos. Aujourd'hui, je vais mieux, mais je surveille mon alimentation en permanence. Je me pèse trois fois par jour. Je ne mange que de la salade, des légumes à l'eau et, quand tout va bien, du poisson. Je mange toujours après mes enfants, même si je me mets à table en même temps que tout le monde. C'est mon mari qui me fait à manger, car il m'est impossible de manger ce que je cuisine. Je ne vais jamais au resto avec des amis. La nourriture représente pour moi un monstre avec des crocs qui m'avalent si je me laisse faire. C'est un rapport de force entre nous. La bouffe est une sale bestiole, une bête noire. Ce n'est pas moi qui dévore la nourriture, mais la nourriture qui me dévore. »

Ces témoignages réveillaient en moi des souvenirs de l'époque difficile de l'adolescence, où j'avais moi aussi connu des rapports d'amour-haine avec la nourriture. Aujourd'hui, heureusement, je surveille ma ligne normalement, en m'efforçant de manger le plus sainement possible, mais j'avoue que, entre un plat de haricots verts à la vapeur et un bon rognon de veau chez mon ami Serge Alzerat, qui a eu l'honneur de recevoir une visite du président de la République dans son petit bistrot à Montparnasse… je prends le rognon, avec des frites !

Quand j'ai vu Véronique pour la première fois, elle avait les cheveux très courts et refoulait visiblement sa féminité. Puis j'ai découvert une photo où elle avait quinze ans et j'ai eu un choc : c'était une bombe en puissance. Une beauté très mince aux longs cheveux noirs de jais. Plus tard, pour des raisons personnelles ou familiales secrètes, elle s'est mise à prendre du poids, et l'on sent en permanence chez cette femme de vingt-sept ans, au caractère pourtant bien trempé, la nostalgie de ce physique qu'elle n'a jamais retrouvé.

Il y a deux ans, pour son anniversaire, je lui ai offert le choix entre deux cadeaux : un beau manteau d'hiver ou un coaching avec un pro du poids. Émue jusqu'aux larmes, elle a choisi l'option coaching, comme si c'était le plus beau cadeau de sa vie. Elle s'est accrochée avec beaucoup d'assiduité à ses entraînements intensifs et à son régime de choc, qui lui ont permis de perdre bon nombre de kilos et de se mettre en jupe. Hélas, les kilos sont revenus par la suite.

A-t-elle raison de le regretter ? L'homme qui partage sa vie l'aime telle qu'elle est, il ne cesse de le lui répéter : il l'aime ronde, il le clame haut et fort, autant de fois qu'il lui prouve son amour.

Mais cet homme représente lui-même un autre cas de conscience dans la vie de Véronique. Pendant cinq ans, elle a caché son existence à son entourage, et surtout à ses parents. Pourquoi ? Parce que leur couple n'entre pas dans la « norme ». Il mesure un mètre soixante-neuf pour soixante-deux kilos en fin de repas – sa femme est donc plus grande et plus forte que lui. Est-ce une raison suffisante pour se cacher ? Véronique m'a souvent raconté que, dans la rue, ils ne se donnent jamais la main, et qu'ils essuient des quolibets lorsqu'ils passent près d'une bande de jeunes. Les clichés ont la vie dure, malgré tous les discours sur le droit à la différence. Les regards moqueurs sur un homme plus petit que sa femme sont fréquents, sans parler du racisme antigros. Combien d'émissions de télé faudra-t-il pour faire grandir la tolérance ?

Le sociologue Jean-François Amadieu, que j'ai reçu à l'occasion de la publication de son essai, *Le Poids des apparences*[1], a mené une étude approfondie et politiquement très incorrecte sur le sujet, encore tabou, du rôle que joue l'apparence physique dans la réussite sociale. Contrairement à l'idée répandue selon laquelle les critères de milieu et de mérite seraient prépondérants, il montre combien l'apparence physique conditionne la réussite individuelle, qu'elle soit scolaire, professionnelle, politique ou amoureuse. La beauté, selon lui, plus que le reste, discrimine et reproduit les inégalités sociales, renvoyant alors à la sélection par le milieu d'origine. Reste que les personnes grosses, laides ou

1. Jean-François Amadieu, *Le Poids des apparences*, Odile Jacob, 2002.

petites ont moins de chances de réussir dans la vie. Des études menées sur le premier tri à l'embauche, qui s'opère via les photos envoyées avec les CV, montrent par exemple que les « gros » ont moins de chances que les autres d'être convoqués. De plus, les personnes au physique difficile seront moins bien payées : leurs salaires sont de 11 à 15 % inférieurs, ce qui est extrêmement choquant.

Face au complexe physique, il est deux grands types de réaction : s'enfermer ou réagir. Jean-François Amadieu rappelle que tout individu possède en lui un côté gagnant, des qualités qu'il peut développer afin de se valoriser et, ainsi, de changer le regard des autres. À ce propos, lors d'une émission inoubliable consacrée au thème… « Je n'ai pas un physique facile », nous avons reçu Rosine, une comédienne qui tire parti de son physique difficile dans son métier : « À vingt ans, je n'avais déjà pas un visage de midinette. Je ne pouvais pas jouer la jeune fille conventionnelle. Mais je travaillais. À l'époque, Bardot illuminait tout sur son passage, et ce n'était qu'un physique. Ce qui compte, c'est la personnalité, l'intérieur. En tant que comédienne, je me sers de plus en plus de mon visage atypique. En vieillissant, il prend encore plus d'intérêt. Il faut aimer ses défauts. Vous me diriez : “Change de tête”, je ne le ferais pas. J'ai tellement développé ma personnalité que c'est ce que les gens voient en premier. Ce qui compte aujourd'hui, ce sont mes défauts ! »

Même la grande beauté peut causer des complexes. Témoin cette danseuse orientale professionnelle qui veut éviter de paraître trop belle : « Je me camoufle. Je ne porte jamais de jupe. Je mets un pull qui me cache les fesses. L'été, je porte des choses amples. Je ne me coiffe pas. J'essaie d'être la plus moche possible. »

Alors ? Ma belle-sœur Véronique a-t-elle eu peur du regard de ses parents ? A-t-elle cru qu'elle décevrait sa mère en choisissant d'aimer un homme qui ne correspond pas au gendre idéal ? J'ai suffisamment souffert moi-même des attentes de ma mère pour la comprendre et ne pas vouloir la juger. Qu'il soit explicite ou discret, le jugement des parents est toujours difficile à affronter.

Dans une émission intitulée « Maman, arrête de t'occuper de ma vie amoureuse », nous avons reçu une mère excessive à cet égard, qui revendiquait son ingérence dans la vie amoureuse de son fils : « Il faut impérativement que je connaisse ses copines. Si elles ne me plaisent pas, je fais un scandale jusqu'à ce que cela se termine ! Je lui fais un chantage à l'argent de poche. Mon fils en devient malade, il fait des crises et dit qu'il va quitter la maison, mais il finit toujours par laisser tomber la fille ! Chaque fois qu'il a une copine, je le harcèle de questions : que font ses parents, où elle habite, qu'est-ce qu'elle fait ? Quand je la rencontre pour la première fois, je la dévisage de la tête aux pieds. Mon rêve est qu'il tombe sur une fille vraiment bien. Je serais capable d'aller en boîte de nuit jusqu'à quatre heures du matin pour voir avec qui il traîne et qui il drague. Je veux qu'il soit heureux. Qu'il ne souffre pas. Je trouve ça normal qu'une mère s'occupe du bien-être de son enfant. C'est son rôle ! »

Proche du public, j'aimais l'être, proche de lui je l'étais par mon implication dans les thèmes abordés, mais je l'étais aussi par mon souci de traiter tous les invités et les membres du public sur un pied d'égalité. Y compris lorsque nous avons commencé à inviter des gens connus. Chaque parole était de même valeur. Et chacun parlait en son nom. Nous n'invitions pas un Maghrébin pour avoir le point de vue des populations immigrées. Nous invitions Rachid pour avoir le point de vue de Rachid, et Robert pour avoir le point de vue de Robert. Chacun était là pour lui-même. Il y a encore tant de lieux où quiconque appartient à une minorité ne peut que représenter ce point de vue, y compris à la télévision où les quotas sont devenus à la mode, pour ne pas dire qu'ils se sont imposés comme un nouveau diktat. En ce qui nous concerne, nous n'avons pas attendu les quotas, il y a toujours eu des Blacks et des Beurs, et ils venaient chez nous en tant qu'eux-mêmes, pour témoigner sur un sujet qui les touchait personnellement et qui avait rarement à voir avec leur identité ethnique ou religieuse. Je crois que beaucoup de gens ont été très sensibles à cette reconnaissance. Nous étions très regardés dans les cités, et j'en suis fière.

Dans le souci de revaloriser l'image de l'émission, nous avons progressivement commencé à inviter des personnalités. Comment pouvait-il y avoir une telle différence entre l'appréciation du public, enthousiaste, et certains commentaires à propos des « cinglés » ou des « débiles » qui défilaient sur notre plateau ? J'en avais mal pour eux. Nous avons voulu montrer que notre émission pouvait aussi attirer des célébrités, et que si des célébrités venaient côtoyer notre public, c'est que notre public n'était pas si « débile ». Je voulais à tout prix réconcilier la sphère des people et celle des anonymes, combler le fossé qui les séparait. Parmi des invités anonymes, j'ai ainsi accueilli Dominique Bromberger, qui avait frôlé la mort dans un accident de la route, Michel Chevalet, journaliste de TF1, dont le fils était dans le coma depuis qu'un chauffard l'avait heurté, et Jean-Marc Sylvestre, journaliste sur TF1 et France Inter, qui avait vécu trois mois de galère aux frontières de la mort après une infection d'origine nocosomiale et une opération à cœur ouvert. Il nous expliqua à quel point l'humanité le touchait davantage depuis son accident.

Pourtant, malgré ces précieux témoignages, c'est à partir de ce moment-là que quelque chose s'est mis à s'effilocher, à se déconstruire. Car il semblerait qu'on ne puisse pas être à la fois des deux côtés. Il faut choisir son camp.

14

Mon camp se situait toujours du côté du public. Les téléspectateurs m'acceptaient telle que j'étais. Mais j'étais minée à l'idée que nous passions toujours pour les derniers des derniers. Finalement, j'ai eu la faiblesse de penser que, si je voulais changer l'image de l'émission auprès des gens qui faisaient autorité, je devais peut-être commencer par changer ma propre image auprès d'eux.

Il fallait s'employer à redresser la barre, en les côtoyant, en les rencontrant dans des mondanités – moi qui, jusque-là, les évitais systématiquement. Il fallait les convaincre d'aimer l'émission…

J'ai commencé à passer de soirées en soirées, j'ai accepté de voir se multiplier mes photos dans les magazines, j'ai passé des vacances à Saint-Tropez… Je sortais de mon univers. Je me sentais assez mal à l'aise et gênée au début, mais j'ai persévéré, car j'étais en mission : il s'agissait d'une entreprise de relations publiques nécessaire, du moins le croyais-je. Du reste, mes réticences ont progressivement fondu. Il devient vite facile de se prendre au jeu et d'y trouver du plaisir. Dans quelque soirée que ce soit, on sympathise toujours avec quelques convives, et puis comment nier que j'étais fière comme Artaban de m'asseoir à la table d'Eddie Barclay, surtout quand j'ai appris qu'il savait qui j'étais ! J'ai goûté à l'ivresse de me voir de plus en plus souvent invitée et traitée comme une personnalité. Il faut savoir que le fait de porter un « nom » connu vous transforme en objet de convoitise : votre présence est réclamée par tous ceux qui ont envie de rehausser leur soirée, ou le prestige de leur hôtel, de leur restaurant. Avec pour conséquence le paradoxe suivant : plus on est connu, moins l'on dépense pour se loger, se nourrir, sortir, se vêtir. Et l'on rentre chez soi les bras chargés de cadeaux ! J'ai vécu quelques-unes de ces soirées organisées par des marques, où le gratin est invité avec la promesse de recevoir un téléphone portable, une montre… tout cela dans l'espoir de réaliser un véritable « happening ». Je mentirais si je disais que ces faveurs me laissaient indifférente. On se sent toujours comme un enfant devant l'arbre de Noël, vous vous en doutez. Je suis sortie à un rythme soutenu pendant un an. C'était féerique autant que profondément choquant. J'aurais pu sortir tous les soirs (et même à trois ou quatre endroits dans la même soirée). Tout était à portée de main. Les offres se bousculaient.

J'ai joué ce jeu-là pendant un moment pour me rapprocher des gens qui me snobaient, et aussi parce qu'il est très difficile de résister à tant d'empressement flatteur autour de soi. On peut sans risque affirmer qu'on ne trempera jamais là-dedans tant que le cas ne s'est pas présenté. Mais quand on vient vous chercher ? Quand on vous demande comme une faveur de bien vouloir vous montrer ? Est-ce vraiment possible de refuser ? Moi qui adore danser, j'ai passé un certain nombre de soirées comme invitée permanente à l'Étoile ou au VIP. C'est vrai.

Tout cela, je l'ai fait. Aujourd'hui, j'ai décidé de prendre mes distances, bien que les cartons continuent à affluer. Pour la Saint-Valentin, cette année, j'ai reçu trois invitations prestigieuses. J'aurais pu savourer avec Christophe trois repas gastronomiques arrosés au champagne. Mais nous avons préféré rester à la maison.

En pénétrant dans la vie étincelante de la jet-set, je n'avais pas mesuré que je risquais de perdre mon crédit auprès des anonymes. Je venais vendre leur cause aux célébrités, je voulais réduire la fracture, alors que, en réalité, je lâchais la proie pour l'ombre. Quand j'ai eu mis un pied chez les people, ai-je été perçue comme une dissidente ? Les gens croyaient-ils que je passais de l'autre côté du miroir et devenais « comme les autres » ? Car il suffit d'une photo dans *Gala* pour asseoir une réputation.

J'ai eu la naïveté de croire que je pouvais plaider la cause de l'émission en me rapprochant du petit monde qui fait l'opinion. Je ne peux m'en prendre qu'à moi-même. Ce choix-là, je l'assume aussi, comme tout ce que j'ai fait.

La mécanique s'est mise en place assez sournoisement, car je n'avais pas beaucoup d'efforts à fournir pour être reçue. Les occasions et les sollicitations s'enchaînaient de plus en plus rapidement.

D'abord, il y avait les célébrités que je rencontrais de plus en plus grâce aux soirées spéciales, « Au nom des autres », « Symphonic shows », et même ensuite dans « C'est mon choix ». L'impact de ces rencontres était imprévisible. Généralement, les vedettes repartaient avec une bien meilleure opinion de moi et de l'émission qu'en arrivant. Mais l'effet pervers de tout contact « au sommet » s'est vite fait sentir : les commentaires vont bon train sur les intentions qui vous animent. Un seul exemple : lorsque j'ai présenté l'émission « Au nom des autres » en faveur des personnes âgées en présence de Bernadette Chirac, on a immédiatement prétendu que j'étais devenue son amie personnelle et que j'étais « vendue » au pouvoir. Pire encore : comme l'émission a eu lieu après le drame de la canicule, les commentateurs ont dit et redit qu'il s'agissait d'une opération politique pour rattraper les manquements de l'été. Il n'y a eu personne pour s'apercevoir que Bernadette Chirac menait cette action chaque année à l'automne, et que France 3, de son côté, avait signé l'émission dès le printemps.

En tout et pour tout, j'ai vu Bernadette Chirac trois fois dans ma vie, et je n'étais pas la première journaliste à l'interviewer – les autres ont-ils récolté autant de critiques ? Je prenais pour un honneur la visite d'une telle personnalité sur mon plateau, j'y voyais une reconnaissance de mon travail et du public de « C'est mon choix ».

Il y avait les demandes de plus en plus nombreuses des journalistes de la presse people qui s'intéressaient de plus en plus à moi. Cet intérêt a été renforcé par mon « actualité familiale » – ma deuxième photo pour la presse est une photo de moi enceinte dans *Télé 7 jours* –, et plus tard par mes apparitions dans quelques endroits « courus ». J'ai été emportée dans une sorte de spirale où tout concourait à me faire avancer sur un terrain qui n'était pas le mien.

Même pour les vacances, un concours de circonstances m'a menée là où je ne voulais pas aller. En juillet 2001, avant mon accouchement, j'avais envie de partir en Bretagne, au cap Sizun, où j'allais chaque année me détendre en regardant tranquillement les vagues. Mais nous n'avions pas disposé d'une minute pour préparer ces vacances et nous nous y sommes pris bien trop tard. En Bretagne, les locations ne sont pas légion ; tout était pris. Dans le Sud, en revanche, il restait des possibilités. Christophe a déniché sur Internet une maison très abordable à Sainte-Maxime, une station balnéaire populaire juste à côté de Saint-Tropez, qu'il connaissait bien pour y avoir passé plusieurs fois des vacances. J'ai tout de suite mis mon veto. La Côte d'Azur, pour moi, c'était hors de question. Me retrouver dans un endroit où tant de gens célèbres sont en représentation, alors que j'aspirais au calme et à la solitude… Mais je n'avais rien d'autre à proposer, j'étais épuisée, et surtout je voyais combien Christophe avait envie d'y retourner.

Quand nous sommes arrivés sur place, la maison toute simple m'a beaucoup plu, j'ai vu que je pourrais m'y cloîtrer tranquillement si je voulais rester à l'écart, et j'ai trouvé de suite une affectation pour les deux chambres inoccupées :

elles allaient nous permettre de faire des heureux. J'ai invité à nous rejoindre mes beaux-parents, qui n'avaient pas de quoi s'offrir de telles vacances. Deux jours plus tard, nous étions tous réunis et je m'estimais très heureuse de la formule à Sainte-Maxime.

Vint le soir où Christophe proposa d'aller faire un tour à Saint-Tropez. J'étais la seule à n'en avoir aucune envie. Ma belle-mère insistait. J'ai fini par céder. Christophe a réservé une table à la *Villa Romana*, le restaurant le plus huppé des lieux – celui où vont les stars. Quitte à aller à Saint-Tropez, autant découvrir l'endroit « où il faut aller » et être assis à côté de Bruce Willis ! Le temps de nous mettre en route et de rouler doucement par égard pour mon ventre, nous sommes arrivés une demi-heure en retard et… nous nous sommes fait refouler. Charmant accueil. Impossible d'entrer, réservation ou pas, enceinte ou pas. Bien contente d'échapper à cet endroit inhospitalier, j'ai proposé qu'on aille manger dans une gargote.

Deux ou trois jours plus tard, rebelote. Christophe avait obtenu une invitation à mon nom pour la fameuse Fête blanche d'Eddie Barclay. Je n'avais pas plus envie de m'y rendre, ainsi enceinte jusqu'aux dents, mais de nouveau la majorité l'a emporté. Mes beaux-parents et Christophe mouraient d'envie de voir à quoi ressemble ce monde de paillettes, et je pouvais les comprendre. Nous voilà au milieu de la fête. N'y connaissant personne, je me sentais très mal à l'aise. Puis j'ai été abordée par un certain Vincent : il aimait beaucoup mes émissions et m'avait reconnue. Il me fit promettre de venir dans le bar qu'il tenait sur le port, le *Loco Zen*. Rien de plus notable ce soir-là, mais je me félicite d'être sortie, car le bar de Vincent est devenu mon QG à Saint-Tropez. Vincent est un gars formidable, parti de rien (tiens, comme tous les gens qui me plaisent…), et qui vit là-bas à l'année. Il nous a expliqué comment fonctionnait l'endroit, quels étaient les codes d'accès à cette étrange communauté – au début, toutes les portes paraissent fermées mais, si l'on sait où frapper, on pourra virevolter de fête en fête. Lui connaissait surtout le vrai Saint-Trop', celui où il vit toute l'année, et il nous a présenté de nombreux amis : Alain et Jean-Charles, un couple d'homosexuels, puis le plus ancien coiffeur de Saint-Tropez, qui travaille au *Byblos* et a coiffé toutes les stars, et aussi Frigide Barjo, que je connaissais déjà et que j'ai eu un plaisir fou à retrouver là-bas – c'est une journaliste iconoclaste que j'apprécie vraiment beaucoup.

À partir du moment où j'ai trouvé ce lieu convivial, je me suis sentie un peu chez moi à Saint-Tropez et nous y sommes revenus les étés suivants. J'ai passé des heures et des heures, assise sur la terrasse, à scruter de loin l'animation perpétuelle du petit port. J'éprouvais une fascination enfantine devant cette débauche de luxe, d'argent, de jet-setteurs qui s'éclaboussaient de champagne sur leur bateau. J'observais le choc entre l'univers des vedettes d'une part, et les familles normales qui sortent du camping en Pataugas de l'autre. Ceux qui regardent et ceux qui sont regardés, deux mondes qui se côtoient et se nourrissent l'un de l'autre en un savant ballet quotidien, mais ne se mélangent jamais. Car si, pour passer du quai aux bateaux ou aux soirées, il suffit d'un carton, sur ce carton, il faut impérativement un nom.

Il y a eu aussi, dans ma « peopolisation » progressive, toutes les propositions ou distinctions qui ont commencé à converger sur moi, me rapprochant toujours plus du feu des projecteurs, même si je ne l'avais pas cherché. Les prix, les sondages, le film *Podium*, l'élection de Marianne, la pub Garnier… autant de jalons dans un parcours que je ne contrôlais plus.

Un jour, dans « C'est mon choix de lire », se trouvait donc Yann Moix pour son roman *Podium*, qui venait de sortir. En le lisant pour préparer l'émission, j'ai eu la surprise de tomber sur mon nom. J'y apparais comme la présentatrice d'une cérémonie des sosies à laquelle Bernard Frédéric, le sosie de Claude François, veut participer. Le clin d'œil m'a beaucoup amusée, et l'émission s'est très bien déroulée, (vrai) sosie de Claude François à l'appui – selon notre habitude de confronter fiction et réalité. Quelques mois plus tard, Yann Moix m'a téléphoné. Il allait bientôt tourner un film tiré de son livre, et il ne voyait pas comment demander à une autre que moi d'interpréter mon rôle. J'ai éclaté de rire, en lui rappelant que je n'étais pas actrice, mais cela n'inquiétait pas Yann : somme toute, il ne s'agissait pas de jouer, mais simplement d'être celle que je suis d'habitude. Comment nier que cela me flattait et piquait ma curiosité d'aller mettre un pied sur un plateau de cinéma, même si c'était seulement pour quelques jours ? Et puis, surtout, quelle vitrine formidable pour « C'est mon choix », qui avait plusieurs fois traité du thème des sosies en ne récoltant que des sourires apitoyés, malgré d'excellentes audiences. Traité par un auteur réputé, le sujet présentait une tout autre allure. Pour la scène de la cérémonie, Yann Moix a convoqué tous les sosies ayant participé à « C'est mon choix » et, soudain, ils n'étaient plus ringards, mais super-branchés – tout le monde les a trouvés formidables.

Sur ce tournage, je me suis sentie en plein conte de fées, la fée la plus drôle étant Benoît Poelvoorde, génial acteur, mais surtout très agréable et spontané. Ma scène avec lui était courte, je la connaissais sur le bout des doigts mais, à la dernière minute, Yann Moix a tout changé en me proposant d'improviser : sur-le-champ, il a ajouté une scène qui se déroule dans les coulisses, où Bernard Frédéric envoie son concurrent dans les choux.

Mon autre petite histoire de cinéma est une sorte de rendez-vous manqué avec Maurice Pialat. À la fin de sa vie, alors qu'il avait cessé de tourner, Pialat a été interviewé dans une grande émission de télé. Pour justifier son retrait, il a dit que les acteurs ne l'inspiraient plus. Le présentateur lui a alors demandé : « Il n'y a vraiment rien ni personne qui pourrait vous faire revenir ? – Si, a répondu Pialat, il y a bien quelqu'un : Évelyne Thomas. » Le présentateur en a presque avalé son micro : « Évelyne Thomas, la présentatrice de "C'est mon choix" ? Vous êtes sûr ? – Oui, oui. Je trouve qu'elle est formidable. Très vraie et naturelle. »

Je ne regardais pas l'émission. Ma belle-mère m'a téléphoné pour me prévenir. J'ai allumé mon poste, mais il était trop tard, et j'étais persuadée qu'elle avait mal compris. Mais j'ai reçu une copie sur cassette et je l'ai vu, de mes yeux vu. Je n'en revenais pas. Pialat... J'étais très émue. J'ai pensé que je devrais envoyer un mot à Pialat pour le remercier, mais je n'ai pas osé. Il est mort quelque temps après.

Au début de notre cinquième saison, je suis entrée dans le palmarès annuel du *Journal du Dimanche* des cinquante personnalités préférées des Français. Tout ce que je faisais était décortiqué dans la presse. J'avais un boulot colossal. Vers le 20 octobre, un journaliste de *VSD* m'appela et me dit : « Savez-vous que vous avez été élue Marianne ? » J'ai éclaté de rire. C'était la dernière chose qui me semblait possible. Mon métier, c'est la télévision. Je voudrais être appréciée, ou non, pour ce que je fais en télévision. A qui les tempêtes médiatiques autour de mon physique ou de mon caractère peuvent-elles profiter ? C'est pourtant en cette occasion-là que s'est déclenché un raz-de-marée de commentaires. J'en ai entendu de toutes les couleurs, alors que je n'avais rien demandé. J'ai vu déferler sur moi la méchanceté caractérisée, des bordées de critiques sur mon physique, mon style, mon niveau intellectuel, et Dieu sait quoi encore.

À nouveau, je ressentais cette campagne comme une attaque contre tous les gens qui aimaient « C'est mon choix ». On les insultait à travers moi : je représentais « cette France-là ».

On a prétendu aussi que le vote était faussé parce que quatre cents maires seulement y avaient participé. À ma connaissance, ce fut toujours le cas. Mais je sais aussi qu'une Brigitte Bardot ou une Mireille Mathieu ont rencontré pareille opposition en leur temps, parce qu'elles étaient pour l'une « trop sexy », pour l'autre « trop populaire » pour incarner l'image de la République. Et si c'était précisément la motivation de ces quatre cents maires que de mettre « cette France-là » à l'honneur à travers moi ? Qu'est-ce que je représente de si honteux ?

Malheureusement, dans mon désir de rapprocher les défenseurs et les détracteurs de l'émission, je me suis coupée des uns et des autres. Les membres du public qui m'avaient aimée parce que j'étais « de leur côté », pouvaient-ils comprendre ce que je fabriquais dans le milieu chic ? Leur bonne copine les aurait-elle trahis ?

Je n'ai pas vu venir le moment où je ne serais plus ni dans un camp ni dans l'autre.

Mais qu'il est difficile de prendre quotidiennement des décisions sur ce qu'il faut dire ou ne pas dire, montrer ou ne pas montrer ! Une fois où nous étions en vacances à Saint-

Tropez, une équipe de M6 s'est présentée chez nous pour tourner sur le thème des people en vacances. J'avais toujours refusé ce type de reportage, estimant que me montrer en bikini ou sur un bateau emprunté ne représentait rien de ma vraie vie. Je n'avais jamais dérogé à ce principe. Mon premier réflexe a été de fermer la porte à double tour. En quoi mes vacances avaient-elles à voir avec mon métier ? Pourquoi fallait-il exposer ma vie privée ? Et pourquoi cette partie-là ? Il y avait bien d'autres facettes à mon existence. Pourtant j'ai surmonté mes réticences, pensant que c'était une concession nécessaire pour défendre l'émission. En me rapprochant d'une certaine image commune à tous les people, je serais peut-être moins stigmatisée par ceux-ci, moins montrée du doigt, le public de « C'est mon choix » avait tout à y gagner. Christophe allait dans le même sens, mais lui pensait plus à l'affection que le public me témoignait : « Les gens ont envie de savoir comment tu vis, ce n'est pas méchant. Tu peux donner un peu de toi, un peu de ta vie, à eux qui t'ont tant donné. » J'ai donc accepté de me prêter au jeu, mais je me suis sentie très mal à l'aise, sachant que je ne me montrais pas sous un jour honnête. Pourquoi me filmer ici plutôt qu'en Bretagne où j'ai passé bien plus de temps ? J'assumais cette image mais on ne montrait qu'une partie de ma vie, pour l'essentiel très simple, et l'image que les médias allaient donner de moi serait faussée.

Je ne suis allée à Saint-Tropez que trois fois durant l'été, et je passais le plus clair de mon temps à la terrasse du *Loco*

Zen. Mais si j'assistais à une seule fête, fût-ce celle toute simple que Vincent donnait pour son anniversaire, et s'il se trouvait un seul photographe présent sur les lieux, mon portrait paraissait aussitôt dans la presse people, et tout le monde en retirait l'impression que je passais ma vie dans les soirées arrosées de champagne. En revanche, quand j'y séjournais l'hiver (dans la maison qu'Alain et Jean-Charles nous prêtaient), il ne se trouvait personne pour me suivre. Ni quand j'allais à La Baule ou à la pointe du Raz pour me ressourcer en regardant la mer. Ni quand je rendais visite à mes beaux-parents à Gentilly. Et aujourd'hui, lorsque je m'échappe à Marseille, dont je suis tombée amoureuse récemment, et que je me balade toute seule dans les vieux quartiers, je n'attire pas les photographes. Ni quand je vais à Montdidier, un petit village de Picardie dans lequel mes beaux-parents ont une minuscule maison, style coron, de soixante mètres carrés. Ni quand je conduis ma fille tous les matins à l'école. Mais il suffit que je me montre dans une seule soirée à paillettes pour être épinglée dès l'entrée. People un été, people à perpétuité.

Autre exemple de ce décalage : une séance de photos fin août pour *Gala*, où l'on nous voit dans une piscine avec Lola, toujours à Saint-Tropez.

C'était à l'époque de mon transfert sur TF1. Je venais de me faire évincer brutalement de France 3, et la presse m'avait éreintée, prétendant que j'étais finie, déprimée, qu'aucune chaîne ne voudrait plus de moi et que c'était un suicide d'arrêter « C'est mon choix ». Pendant tout le mois de juillet, où j'attendais une confirmation par Étienne Mougeotte, patron de TF1, de mon nouveau contrat avec la chaîne, je n'avais rien pu laisser filtrer. Je n'ai reçu son feu vert qu'aux environs du 20 août, et j'ai donc pu annoncer, pendant ce reportage à Saint-Tropez, mon arrivée sur TF1 pour la rentrée. J'étais heureuse et impatiente d'affirmer que je n'étais pas aussi « finie » qu'on l'avait dit. Je n'aurais pas dû accepter pour autant de poser dans une villa en train de barboter joyeusement dans une piscine de rêve qui n'était pas la mienne. Mais je l'ai fait, et je l'assume.

Quelle importance peuvent bien avoir mes faits et gestes ? Qui suis-je pour retourner dix fois chaque décision en fonction de l'image que je vais donner ? De qui parle-t-on, bon Dieu ? Du président de la République ? Alors, au diable les scrupules ! Pourquoi ne pourrais-je pas me balader aussi à Saint-Tropez si j'en ai envie, comme des milliers et des milliers de Français chaque été ? Pourquoi ne pourrais-je représenter qu'un seul personnage, soit discret, soit people ? Si j'ai envie d'être tantôt l'un, tantôt l'autre, je voudrais bien que cela ne prenne pas les proportions d'une affaire d'État.

Aujourd'hui, j'essaie de faire le point de la manière la plus honnête possible sur toute cette période où j'ai vécu entre deux camps. Ce qui me frappe en premier lieu, c'est la difficulté de prouver sa sincérité. Du seul fait qu'elles ont été montrées et commentées dans la presse, certaines choses ont pris un poids démesuré, comme une déclaration officielle, alors qu'il s'agissait juste de passer une soirée ou de serrer une main. Le plus souvent, j'ai suivi mon cœur, sans calcul, sinon celui de défendre le public en défendant l'émission qu'il aimait. Voilà tout ce que l'on peut m'attribuer comme stratégie.

Mais c'est de la folie de parler de soi en espérant être compris.

Régulièrement aussi la presse m'a reproché de ne pas être assez glamour. À la fin, j'en ai eu assez qu'on me traite de fille de la campagne, et j'ai voulu montrer que je pouvais, si je voulais, passer la vitesse supérieure. On m'a vue arriver dans certaines soirées lookée comme une star. Évidemment, ce n'était pas l'Évelyne du quotidien. Et alors ? Je ne vais pas nier le plaisir qu'on peut prendre à briser son image habituelle. Vive la liberté de jouer sur des registres très différents selon le moment, selon l'envie ! Et puis, j'avais passé tellement de temps à transformer en princesses des femmes qui rêvaient de ne plus avoir l'air ordinaire, pourquoi n'aurais-je pas pu me relooker moi aussi, de temps en temps ? J'ai dû réussir mon coup, puisque, lors d'une soirée des Best à Paris organisée par Massimo Gargia, j'ai reçu des mains du grand couturier Loris Azzaro le prix de l'Élégance 2002. Pensez si j'étais heureuse ! J'avais cloué le bec à tous les ricaneurs qui me traitaient de dindon, et surtout j'étais persuadée avoir rehaussé l'image de « C'est mon choix » dans l'esprit de tous les jet-setteurs présents.

C'est pourquoi j'ai aussi accepté de tourner une publicité pour Garnier. Et là, je l'avoue, j'ai été très fière.

Quand tout s'accélère, quand les propositions pleuvent, quand tout devient magique, quand tout le monde a les yeux braqués sur vous, finalement, vous vous laissez prendre au piège « comme les autres ». Je ne peux pas le nier, car je veux être absolument sincère. Je me suis laissé griser. J'espérais aussi mettre un point final à toutes les critiques – et finalement je les ai décuplées.

Quand les responsables marketing de L'Oréal vous téléphonent et vous disent que, parmi cinquante personnalités françaises possibles, vous êtes celle qu'ils ont choisie pour véhiculer leur image de marque, vous êtes flattée. Impossible de ne pas l'être. Surtout si, depuis des années, on vous envoie des vannes à tout bout de champ ! J'allais entrer dans la galerie des stars du cinéma et de la mode qui avaient posé pour L'Oréal. On me voulait pour Garnier, la marque davantage tournée vers le grand public. Mais ce positionnement me convenait. Et, en même temps, il symbolisait tous mes problèmes d'image : aux mannequins anonymes de Garnier succédaient des personnes connues. People, mais sur une marque grand public. Spéciale et normale. Ni dans un camp ni dans l'autre.

J'avais une autre motivation, secrète celle-ci, à me lancer dans cette direction. Je voulais prouver à Christophe qu'il n'avait pas fait un si mauvais choix – lui que je voyais bondir d'indignation lorsqu'il lisait des articles où on me traitait de tous les noms. Parce que je l'aimais, et parce que j'ai dix ans de plus que lui, je voulais lui donner toutes les raisons d'être fier de moi et briller à ses yeux. Il me fallait me surpasser chaque jour pour nourrir et porter cette histoire qui était en butte à tous les commentaires. D'où la tentation des photos. Elles furent toutes des déclarations d'amour à mon homme.

J'ai fait la pub Garnier, et mon image personnelle, si on parle de beauté plastique, s'est certainement améliorée. Mais cela ne m'a-t-il pas encore plus coupée des gens qui me croyaient faite de la même étoffe qu'eux ? Tout d'un coup, ils m'ont vue parader sur les affiches des supermarchés et sur des Abribus. Et, dans la presse, les commentaires se sont déchaînés de plus belle. N'importe quelle vedette aurait tourné cette pub, on ne se serait même pas retourné. Quoi de plus normal ? Mais parce que c'était moi, qui n'avais pas l'image d'une vedette, cela soulevait une tempête – tempête dans un dé à coudre, s'entend. Quant à Christophe, il prenait des coups lui aussi. Un chroniqueur a prétendu que ma belle-mère (c'est à elle que j'étais censée m'adresser dans la pub quand je disais : « Allô ! belle-maman ? ») devait beaucoup souffrir du mauvais choix de son fils. Il était scandalisé, et ma belle-mère aussi. Je n'avais pas arrangé nos affaires.

Avec cette publicité, j'ai été la cible des sarcasmes encore plus acides que d'habitude de ce critique télé qui s'est demandé pourquoi Garnier avait choisi la présentatrice qui avait les cheveux les plus gras du PAF et qui, en plus, jouait comme un pied. Il a même été, un jour, jusqu'à me traiter de « salope ». Quelque temps après, j'ai croisé ledit critique dans une séance photos organisée par le magazine *VSD*. Je me demandais comment allait se comporter un homme qui dépensait tant d'énergie pour me dénigrer. Allait-il m'ignorer? Raser les murs? Ce fut beaucoup plus fort que cela: il est tombé dans mes bras. « Évelyne, je suis dé-so-lé, je ne pense pas un mot de ce que je dis, mais tu sais que c'est le jeu, il faut bien faire tourner la machine… » Et de m'embrasser sur les deux joues. La semaine suivante, il recommençait à me massacrer dans son émission.

Je ne crois pas qu'il m'ait menti ce jour-là. Pour le show, pour un effet réussi, pour un mot, comme les comédiens, comme les courtisans autrefois, certains jouent leur vérité. Avec la sincérité du bon droit. Tout pour le spectacle.

Il faut vraiment en prendre son parti: la télé marche à la polémique, réelle ou gratuite, et produit presque à la chaîne (si j'ose dire) des êtres obligés de devenir schizophrènes. C'est leur façon de survivre. Admettons, mais j'essaierai encore, pour ma part, de rester d'un seul tenant.

Pourquoi ai-je donné dans le panneau de la satisfaction narcissique que me procurait la fréquentation des people? J'aurais dû me moquer complètement de mon image et rester proche du public, me montrer insensible à la flatterie et refuser tous les honneurs. Après le temps des honneurs vient celui des claques. En 2003, j'ai reçu le trophée de la personnalité la plus idiote de l'année, cadeau d'une émission de France 2. L'équipe qui m'attendait au rez-de-chaussée s'est ruée sur moi, caméra en avant. J'ai reçu la « chose » des mains d'un journaliste que je connaissais bien, un roi de la caméra cachée qui, pour une fois, ne se cachait pas. Il m'a expliqué plus tard, hors caméra bien sûr, qu'il était vraiment désolé (lui aussi), que cela ne venait pas de lui, qu'il n'était pas d'accord, qu'il avait été obligé, etc. J'étais d'autant plus surprise que je l'avais invité plusieurs fois dans mon émission de radio sur RMC et qu'il s'était toujours montré charmant avec moi. Il ne suffit pas d'entretenir de bonnes relations avec du beau monde pour être à l'abri des coups.

J'ai rangé l'objet sur une étagère, à côté du trophée Best, le sommet de l'inélégance à côté du sommet de l'élégance…

À ce moment-là, j'étais aspirée dans un tourbillon médiatique et professionnel. À « C'est mon choix », et huit prime time annuels, allait s'ajouter une nouvelle aventure qui me tentait depuis longtemps : la radio. En cette période où les propositions affluaient, le patron de RMC, Alain Weil, m'avait demandé d'animer de dix heures à douze heures une émission quotidienne consacrée au monde de la télévision, « On l'a vu à la télé ». Cette thématique m'embarrassa un peu. Tout d'abord parce que je m'éloignais de mon univers, le talk-show, ensuite parce que je me retrouvais juge et partie.

Mais, finalement, j'ai pu éviter l'écueil en orientant la ligne éditoriale de l'émission vers un débat d'idées, lié au rôle de la télévision dans la société. Je recevais plusieurs invités en studio, et nous prenions des appels d'auditeurs qui pouvaient poser des questions en direct – de nouveau, une façon pour moi de donner la parole aux anonymes. J'étais la productrice de l'émission et, bien sûr, j'avais une équipe formidable qui m'aidait à préparer des thèmes extrêmement diversifiés : faut-il avoir peur d'Al-Qaida en France ? ; en avez-vous ras le bol de la politique ? ; fallait-il dévoiler l'affaire AZF ? ; la cohabitation des religions à l'école ; le FN à la télé : en parle-t-on trop, mal ou pas assez ? ; doit-on révéler sa séropositivité au travail ? ; sommes-nous préparés à une nouvelle canicule ? ; fallait-il donner la parole au terroriste Carlos ? ; avez-vous apprécié la soirée électorale ? ; environnement : attention danger ; comment être le fils ou la fille d'un criminel ? ; les personnalités de la télé doivent-elles révéler leurs blessures dans des livres ? ; faut-il marier les gays ? etc.

Chaque jour, je recevais trois ou quatre journalistes, experts ou acteurs des questions débattues : Jacques Seguela, Franz-Olivier Giesbert, Jérôme Clément, Patrick Poivre d'Arvor, Claire Chazal, Pascale Clark, Philippe Labro, José Dayan, Michel Drucker, Éric Zemmour, Christine Ockrent, Pierre Tchernia, Marc-Olivier Fogiel, Élisabeth Quin, Jean-François Kahn, Martin Winckler, Guy Birenbaum, Albert Jacquard, Pascal Rostain, Brigitte Bardot, Dominique Volton, Jean Bertolino, Ariel Wizman, Pierre Lescure…

Un an plus tard, lorsque ma situation est devenue difficile, France 3 m'ayant écartée de l'antenne, j'ai été remerciée par RMC également. Ma façon de présenter l'émission avait peut-être déçu. RMC est une radio connue pour son côté « agressif » et pour le franc-parler de ses animateurs. En ce qui me concerne, je ne veux éreinter personne. Ce n'est pas dans ma nature, cela ne m'intéresse pas. Pour discuter, je suis toujours partante. Pour attaquer ou se moquer, je préfère passer mon tour.

Dans la notoriété, je n'apprécie guère qu'on parle tant de moi et qu'on me voie partout – j'ai assez montré combien cette visibilité est à double tranchant et lourde à porter. En revanche, il est très agréable que des gens viennent vous taper sur l'épaule dans la rue, en toute confiance et avec l'envie de vous parler à cœur ouvert. Je ne les ai jamais vus, mais ils semblent me connaître, c'est curieux. C'est un sentiment étrange et merveilleux chaque fois qu'ils m'assurent que je fais partie de leur famille.

Il n'en reste pas moins bizarre de devenir le point de mire d'une foule d'inconnus. Beaucoup d'aspects de la notoriété sont sympathiques, mais certains laissent une impression étrange.

Les membres du public ont pris une importance de plus en plus grande dans ma vie, au fil des années de « C'est mon choix ». Certains sont devenus de véritables fans de l'émission, et nous avons finalement fonctionné avec un bon tiers du public (qui comptait cent personnes) composé de fidèles, d'inconditionnels qui se débrouillaient pour être présents à tous les enregistrements de l'émission, lundis et mercredis, quoi qu'il leur en coûte parfois.

Corinne, qui travaillait dans un lycée, devait mentir à son patron pour expliquer ses absences et retards, et le mercredi elle expédiait le repas de ses enfants, car elle n'aurait manqué pour rien au monde le début du tournage, à midi. Elle ne manquait aucune diffusion, refusant d'aller chez des amis si on ne la laissait pas regarder la télévision. De même, elle écoutait toutes mes émissions sur RMC, et ne partait en vacances que si une connexion Internet lui permettait de capter la station. Elle m'envoie toujours fleurs et cadeaux pour les fêtes, du muguet le 1er Mai ; elle n'oublie jamais l'anniversaire de Lola et de Véronique mon assistante de belle-sœur.

Jackie avait découvert « C'est mon choix » en zappant et ne manquait elle non plus aucune émission. Un jour, elle a voulu savoir si j'étais vraiment « comme à la télé ». Elle est venue assister à un enregistrement et, en arrivant sur le plateau, a lancé haut et fort : « Bonjour Évelyne ! », à quoi j'ai répondu aussitôt : « Bonjour ! » avec un grand sourire. Elle n'a plus jamais cessé de venir sur le plateau. Aujourd'hui, on la reconnaît dans la rue, elle est devenue célèbre et tout le monde l'appelle Jackie de Pontault-Combault, ville de Seine-et-Marne où elle vit. Elle m'appelle au moins trois fois par semaine pour me passer sa bouchère ou sa boulangère.

Tiffanie, jeune Belge de dix-sept ans, souffrait d'être jugée tout le temps par son entourage. En découvrant « C'est mon choix » elle est devenue accro pour la raison unique que je suis « la seule qui ne juge pas! » Elle m'a envoyé deux cent trente-six roses pour la dernière émission et m'a offert un press-book de sa fabrication, qui compte des centaines de photocopies en couleurs.

Anicée, handicapée moteur de vingt et un ans habitant en Belgique, regardait beaucoup la télévision. Lorsqu'elle a découvert « C'est mon choix », elle a été frappée par les valeurs humaines de l'émission et la place qui était donnée à la parole des gens. Elle n'en a plus jamais manqué une seule. Elle s'est créé un monde à part dans lequel je suis sa confidente et son amie – elle dit que nul n'a jamais été aussi proche d'elle. Je l'ai invitée sur le plateau lors d'une des émissions, c'était sa première sortie depuis longtemps, et son premier passage à la télévision.

Il y a aussi Isadora, Ludovic, Naïma et tant d'autres, qui m'envoient continuellement des signes de leur affection.

Leur gentillesse me dépasse parfois. Me considèrent-ils comme une amie ? Moi qui ai rêvé d'avoir un jour beaucoup d'amis, jamais je n'aurais pensé être exaucée dans une telle mesure… Comment ne pas être extrêmement touchée et émue ?

Mon plus grand plaisir, dans cette période de frénésie, fut en définitive de pouvoir partager les avantages de ma vie avec mon entourage, mes amis comme ma famille. Depuis que nous avions notre maison, Christophe et moi pratiquions la politique de la « table ouverte ». J'avais beaucoup d'amis qui ne roulaient pas sur l'or ; c'était le moment ou jamais de les associer aux bons côtés du succès. Ils pouvaient venir dîner à la maison quand ils voulaient, et la porte leur était grande ouverte pendant les vacances. J'invitais souvent aussi les cousins et cousines qui n'avaient pas un sou. Je prenais un plaisir fou à faire les boutiques avec ma belle-mère ou ma belle-sœur et à leur acheter une belle robe. Tout ce que la vie me permettait d'avoir, je voulais le distribuer autour de moi. Pour leur anniversaire de mariage, j'ai offert à mes beaux-parents trois jours à Deauville, dans l'hôtel *Le Normandie*, en souvenir de notre premier dimanche ensemble là-bas. Ils n'avaient jamais mis les pieds dans un si bel hôtel.

Le couple que forment mes beaux-parents est un vrai sitcom à sketches – ils sont toujours en train de se chamailler pour des bêtises. Martine, maniaque comme l'était ma mère, est capable de houspiller Jean-Pierre pour un couteau qu'il a mal rangé ou une miette sur le canapé. C'est un peu elle qui porte la culotte, mais il l'aime comme un fou et, après trente-trois ans de mariage, continue à se montrer d'une jalousie épidermique.

Sur le thème de la maniaquerie, je me souviens de Ghislaine, une obsédée de la propreté qui dépassait visiblement ma mère et Martine réunies : « On m'appelle "Madame Balai". Tous les jours, je fais les tâches quotidiennes plus une pièce à fond. Le samedi, c'est repos, mais je passe quand même l'aspirateur. Dès que je lave par terre, je lave aussi le dessous des chaussons de toute la famille, sinon ça ne sert à rien. Et on se déchausse avant d'entrer dans les chambres. Quand on est dans la cuisine et que l'on passe au salon pour regarder la télévision, on se frotte les chaussons pour faire tomber les miettes. J'invite les gens en fonction de leur propreté. Ceux qui ne se déchaussent pas, je les évite. Mon mari est devenu comme moi, et mon fils aussi. Quand je lui dis que j'ai invité quelqu'un, il me demande : "Tu crois qu'ils vont se déchausser ?" Ma mère est pire que moi. Elle ouvrait toujours son ancien réfrigérateur avec un mouchoir, parce qu'il gardait les marques de doigt. Elle ne va jamais regarder la télé dans le salon. Pour ne pas salir, elle reste dans la cuisine. Mon père, lui, est maniaque du jardin. Il ne faut pas qu'il y ait une seule herbe dans les massifs. Et avec sa voiture, c'est encore pire. Tout juste s'il ne nous demande pas de nous déchausser avant d'y monter. Il nous dit toujours de taper les pieds avant. »

À l'époque où nous sortions beaucoup, Christophe et moi, nous emmenions souvent mes beaux-parents avec nous. Comme leur fils, ils adorent faire la fête. Je leur faisais découvrir le monde parisien nocturne, auquel ils n'avaient jamais eu accès. Lorsqu'elle m'accompagnait dans une soirée ou dans un festival, ma belle-mère ouvrait de grands yeux. J'imaginais alors le plaisir que j'aurais éprouvé si j'avais pu offrir ce genre de sortie à ma mère, elle si flamboyante, et qui avait tant rêvé d'atteindre les sommets.

Un soir, nous avons invité mes beaux-parents avec Vincent Mac Doom et son ancien agent, Olivier. Ne connaissant de Vincent que ses apparitions dans « La ferme » sur TF1, ils le considéraient comme un extraterrestre. Le rencontrer « en vrai », avec ses jupes et ses talons aiguilles, les a convaincus de l'authenticité de ce qu'ils avaient vu à la télé. Mac Doom est bien un androgyne aux attitudes de star à l'ancienne, type Marlene Dietrich relookée années 2000, en éternelle représentation. Je l'avais rencontré avant qu'il ne soit célèbre, et nous étions devenus amis.

Mon beau-père semblait un peu perdu, tandis que ma belle-mère, comme à son habitude, évoluait tout à son aise, posant un flot de questions à nos convives. Christophe demanda alors à Olivier dans quelle boîte parisienne « originale » nous pourrions emmener ses parents, et il nous a escortés au *Banana Café*. Mes beaux-parents, tout droit débarqués de Gentilly, ne savaient pas qu'il s'agissait d'une boîte gay très cotée de Paris, où les hétéros sont admis (ce qui n'est pas toujours le cas) et où se produisent des gogo-dancers.

Lorsqu'on pénètre dans cet endroit minuscule du premier arrondissement, on remarque en premier lieu les strip-teaseurs en string, gonflés à l'hélium, juchés sur des tables d'un mètre de diamètre, prenant des poses lascives. Mon beau-père, ébahi, se demandait encore comment on pouvait s'exhiber de la sorte quand ma belle-mère tenait déjà une flûte de champagne et s'était mise à danser. Il n'a pas fallu une heure pour qu'elle se fasse brancher par toute la boîte. Preuve que je n'ai rien exagéré en la décrivant jeune et belle. Vincent, Olivier, Christophe, son père et moi tenions assis sur un canapé, juste au-dessous des gogo-dancers, le regard en contre-plongée sur les détails de leur anatomie, quand nous avons vu monter sur la table une grande blonde ondulant sensuellement contre un beau brun musclé à moitié nu. Une révolution, car aucune femme ne monte généralement sur ces podiums. Nous n'avons pas tout de suite reconnu ma belle-mère, mais c'était bien elle, se déhanchant avec beaucoup d'aisance et de lascivité. La démonstration, loin de l'émoustiller, fit monter le sang à la tête de mon beau-père. Nous devions le retenir avec des chaînes, morts de rire devant l'audace de ma belle-mère et la figure chaque seconde plus écarlate de mon beau-père. Vincent Mac Doom avait beau lui répéter que les gogo-dancers étaient homos et qu'elle ne risquait rien, impossible de le calmer ; Jean-Pierre était persuadé, au vu des superbes abdos en tablette de chocolat exhibés par son concurrent, qu'il allait perdre sa femme à tout jamais. Incapable de se dominer, il a fini par aller la chercher, et passé le reste de la soirée à sermonner une Martine excédée qu'un individu, mari ou pas, l'empêche de s'éclater sur un petit bout de piste de danse de rien du tout.

À l'heure qu'il est, mon beau-père n'a toujours pas digéré cette soirée et l'on en rit souvent tous ensemble, avant de se disputer derechef sur la liberté inaliénable des femmes d'agir comme bon leur semble et de ne pas avoir à obéir à qui que ce soit. Et la conversation se termine invariablement, même après trente-trois ans de mariage, par le grognement de bête blessée de Jean-Pierre : « Si un jour tu me quittes, je te tue. »

Dans une émission de « C'est mon choix » intitulée « Ça fait quarante ans qu'on s'engueule, mais qu'est-ce qu'on s'aime », nous avons reçu un couple qui n'a, effectivement, pas arrêté de se disputer pendant toute l'émission. Ils le faisaient chez eux pour les motifs les plus futiles, comme le tube de dentifrice mal rebouché. Ils restaient pourtant inséparables depuis le premier jour. Leur seul terrain d'entente consistait à discuter, la mort dans l'âme et la larme à l'œil, de ce qu'ils feraient chacun si l'autre venait à mourir avant lui. Et là encore, ils se chamaillaient sur la date du grand départ et sur l'ordre de sortie.

Quant aux émissions sur les machos, elles ont fourni de grands moments de polémique musclée sur le plateau. Tous les types étaient représentés, depuis l'homme content d'avoir eu des petites amies pour qu'elles fassent le ménage, jusqu'à celui qui ne sait pas où sont rangés les couverts, ni même ses propres chaussettes, en passant par celui qui veut bien prêter sa voiture à sa femme, mais uniquement pour qu'elle la conduise jusqu'au car-wash.

Ma belle-mère est devenue ma mère de substitution. Elle est toujours prête à garder ma fille, à m'aider à déménager ou à me donner un avis. Les soirées people et les vacances à Saint-Tropez ne lui ont pas tourné la tête, et nos rapports n'ont pas changé, même si ma situation est différente aujourd'hui. Elle déteste qu'on me critique et se tient à l'affût de toutes les émissions polémiques où l'on pourrait parler de moi. Je n'ai pas toujours eu conscience que cette complicité avec elle n'était peut-être pas très saine. Comme certaines filles qui ne peuvent prendre aucune décision sans appeler leur mère, j'ai eu tendance, pendant quatre ans, à beaucoup compter sur elle. Cela peut de toute évidence devenir délicat et étouffant pour ses propres enfants. Christophe m'a donc fait comprendre qu'il fallait lâcher du lest, car il avait l'impression de vivre encore avec ses parents, qu'il voyait chez nous cinq jours par semaine en plus des vacances. Il est vrai que je finissais par consulter sa mère plus souvent que lui-même…

15

Après toutes ces années de succès, Jean-Luc Delarue me témoignait toujours des attentions personnelles. À chacun de mes anniversaires, il faisait montre d'une grande générosité – et d'une grande classe.

Mais, dans la vie professionnelle, si nous étions réunis par une vraie complicité, qu'il n'hésitait pas à afficher en public, lors des communiqués à la presse ou même tout simplement en réunion avec les équipes de « C'est mon choix », il omettait souvent de mentionner ma contribution à tout notre travail commun. J'en étais souvent peinée, comme tout un chacun dans ces circonstances : nous avons tous besoin que notre patron reconnaisse nos mérites. D'autant que, comme on l'a vu, j'étais passionnément attachée à notre programme, j'en étais fière. Et il me semblait que mon rôle dépassait largement celui d'une animatrice pour se rapprocher de ce que j'ai toujours aimé dans mon métier : la mise en place d'une émission.

Par ailleurs j'avais l'occasion de m'apercevoir que certaines expériences éditoriales réalisées dans le cadre de l'émission servaient parfois de tests pour certains projets de Reservoir Prod à destination d'autres chaînes. Ainsi, un prime time de « C'est mon choix », où nous avions envoyé un témoin partager la vie d'une famille d'Indiens, a esquissé une approche pour la formule de « Vis ma vie ». De fait, la grande diversité des thèmes abordés et des formules d'émissions fournissait des bancs d'essais grandeur nature, et l'expérience de leur succès permettait à Jean-Luc Delarue d'argumenter auprès des diffuseurs.

Pourquoi pas ? Qu'un producteur procède de cette façon est totalement légitime. Je regrette seulement de n'avoir pas été informée des projets nés dans le creuset de « C'est mon choix » et dont certains sont devenus, un peu plus tard, des émissions à succès. Tout cela, je le savais et faisais mine de l'ignorer, Jean-Luc Delarue se montrant tel qu'on le connaît, charmant et persuasif, galant, fin et spirituel. De toute évidence, c'est un homme de talent, intelligent et dynamique, un vrai pro de la télévision. Incontestablement un patron brillant et efficace. Mais, toute médaille ayant son revers, son autorité admettait mal la contradiction. Ainsi que le dit Jean-Paul Sartre à propos des chefs, ils doivent avoir des convictions. Il en avait, mais j'en avais aussi.

Donc depuis plus de quatre ans je ne disais rien et travaillais sans relâche. « C'est mon choix » avait besoin d'une nouvelle ligne éditoriale, je le sentais, la chaîne le souhaitait, Bertrand Mosca, directeur des programmes de France 3, l'avait déclaré dans la presse en juin 2002 : « Le concept de "C'est mon choix" est arrivé à son terme. J'arrêterais bien l'émission. [...] Évelyne doit se creuser la tête pour renouveler la formule[1]. » Mon contrat d'exclusivité arrivait à son terme, un changement de statut me permettrait-il de me faire entendre du producteur de l'émission, Jean-Luc Delarue ?

J'avais compris très tôt que ma situation de salariée m'enlevait toute possibilité d'action globale, alors que nous nous apprêtions à aborder, avec cette cinquième année d'antenne, une période cruciale pour l'avenir de l'émission.

Durant la dernière année de mon contrat de salariée, Jean-Luc Delarue s'est trouvé en période de renégociation de ses accords avec France 2 et France 3 pour l'ensemble de ses programmes. Un dimanche, il me fait venir dans son appartement pour discuter. Il m'annonce que d'autres chaînes le sollicitent pour le faire venir avec ses meilleures émissions. Et il songe à m'emmener avec lui ! Stupéfaite, je lui réponds que cela ne me tente pas, je me sens très bien sur France 3. Soudain, il change de sujet et m'explique qu'il est grand temps que je reçoive des parts de sa société car je l'ai bien mérité. Il attrape une feuille de papier et se lance dans des calculs compliqués au sujet du nombre de parts qu'il va me donner, calculant devant moi les dividendes que chaque part me rapporterait. Le résultat se chiffre en millions d'euros par an. Les nombres valsent, faisant défiler des sommes astronomiques. Je rentre chez moi KO, étourdie.

1. *Télé Star*, du 15 au 21 mai 2004.

Mais un problème de taille est apparu : Christophe. Il s'est retrouvé dans une situation délicate : il devenait difficile de concilier son histoire avec moi et sa situation au sein de la société. Tout avancement aurait-il été perçu comme du favoritisme ? Il n'était plus jugé sur ses compétences professionnelles, mais à travers sa relation avec moi. Comme il s'en inquiétait, et qu'aucune solution constructive ne se profilait, le climat devenait intenable. Il se produisait exactement ce que j'avais craint : notre relation nous causait à tous les deux des problèmes que nous n'aurions jamais connus si nous avions eu la sagesse de nous tenir éloignés l'un de l'autre. Mais notre union nous donnait tant de joies...

Durant les six derniers mois de mon contrat de salariée, et à l'approche de la fin de ma clause d'exclusivité, j'ai clairement signifié à Jean-Luc Delarue que la cinquième saison de « C'est mon choix » se déroulerait dans des conditions totalement différentes. Je voulais mettre toutes les chances de mon côté et obtenir un contrat qui me paraisse équitable.

En juin, mon contrat était sur le point de prendre fin. L'année précédente, Christophe avait dû se résoudre à quitter une société en laquelle il croyait, pour laquelle il s'était investi pendant des années, et il avait créé une société de production. Lorsque je ne fus plus sous contrat, Christophe se mit tout naturellement à gérer mes intérêts. Le connaissant, je savais qu'il ne céderait pas, même face au monstre sacré de la télévision, dans un combat que nous jugions juste et mérité.

Les négociations avec Reservoir Prod étaient amorcées, une nouvelle donne leur avait été proposée, mais les discussions s'éternisaient, Jean-Luc et sa directrice générale se renvoyaient la balle.

La semaine des derniers tournages de l'année arriva sans que nous n'ayons reçu le début d'un accord. J'en étais tellement affectée que je suis tombée malade. Il a fallu annuler les tournages du lundi. Le mardi à midi, le chauffeur de Jean-Luc nous téléphone pour nous prévenir que son patron est en route. Il vient me voir à mon domicile. Christophe répond que je suis alitée et que je ne suis pas en mesure de lui parler.

Néanmoins, cinq minutes après, Jean-Luc Delarue arrive chez nous, et c'est Christophe qui le reçoit.

La discussion entre eux est passée par de nombreuses phases. Par moments, Jean-Luc Delarue reconnaissait la légitimité de Christophe. Il semblait alors l'écouter, allant jusqu'à lui faire des compliments : « C'est bien, tout ce que tu fais, tu as des capacités, je l'ai senti tout de suite… » Quelques minutes plus tard, il l'accusait de tout foutre en l'air. Puis, il essayait de le culpabiliser puisque j'étais couchée, bouleversée et meurtrie par la situation : « Tu vois ce que tu lui fais ? Tu n'as pas honte de la rendre malade ? »

De mon lit j'entendais des éclats de voix. Pour Jean-Luc, il était hors de question qu'il accepte que je ne sois pas salariée. Comme Christophe résistait, Jean-Luc Delarue a fini par trancher d'un coup : « Très bien, si c'est comme ça, j'arrête avec Evelyne. De toute manière, j'ai déjà une autre présentatrice. » C'est alors que Christophe, très calmement, lui a tendu une feuille de papier en lui demandant d'écrire noir sur blanc ce qu'il venait de dire. Jean-Luc a refusé et s'est mis à hurler plus fort encore : « Tu es complètement fou ! Qu'est-ce que tu cherches ? Tu veux qu'on se batte ? »

J'ai eu très peur, en effet, qu'ils n'en viennent aux mains. Tout au long de cette scène d'anthologie qui s'est poursuivie tard sur la terrasse, il téléphonait régulièrement à sa directrice générale pour savoir s'il pouvait, ou s'il ne pouvait pas, s'engager sur telle ou telle clause du contrat, sur tel ou tel montant…

Mon inquiétude augmentant, j'ai appelé Christophe de ma chambre et, la fatigue aidant, j'ai proposé qu'il demande une réponse pour le lendemain dix-huit heures.

Jean-Luc, en échange de sa promesse, exigea que je reprenne mon travail dès le lendemain pour le dernier jour de tournage de l'année. Christophe lui assura que j'essaierais malgré mon état.

Jean-Luc Delarue pensait sans doute que nous ne pourrions nous passer d'un contrat, quel qu'il fût, et que nous accepterions ses conditions. Il se trompait. L'argent nous intéressait moins que la reconnaissance de mon travail dans l'émission. Notre revendication était légitime, et le sens de la justice, qui m'a été inculqué par mon père, parlait le plus fort. Si nous ne pouvions pas signer un contrat équitable, nous préférions ne pas signer de contrat du tout. Nous formions une famille, nous avions un enfant, cela faisait notre force et le reste était secondaire. Nous construisions notre avenir, et personne ne pouvait y faire obstacle.

Le lendemain, dans l'espoir d'une dernière conciliation, j'ai pris sur moi. Je ne tenais pas sur mes jambes, mais manquer la dernière émission me rendait plus malade encore que je ne l'étais. Je ne voulais pas faillir à ma mission : on ne refait pas une fille de militaire.

Entre-temps, Jean-Luc Delarue avait signé à nouveau son contrat de production avec France Télévision pour l'ensemble de ses émissions dont « C'est mon choix ». D'après les responsables de la chaîne, l'une de leurs conditions était de garantir ma présence à l'antenne.

J'ai donc assuré les trois derniers enregistrements de la quatrième saison de « C'est mon choix ». Une émission, deux émissions, et toujours pas de nouvelles de Jean-Luc Delarue. Je n'y croyais plus, mais je faisais mon métier jusqu'au bout. J'étais tourmentée en pensant aux équipes pour lesquelles c'était peut-être la fin d'une belle aventure… Quand, à dix-huit heures, à quelques minutes du début du dernier enregistrement, on m'annonça qu'un taxi venait d'arriver pour me remettre une lettre personnelle de Jean-Luc Delarue. Beau sens du spectacle et du suspense.

Il m'annonçait qu'il acceptait de signer un accord correct et juste, prévoyant pour l'année suivante un nombre strictement défini d'émissions à enregistrer, ainsi qu'un pourcentage sur le chiffre d'affaire. Ainsi, je n'étais plus salariée de Reservoir Prod. La cinquième saison pouvait donc reprendre. J'étais soulagée et heureuse.

Vis-à-vis de France 3, Jean-Luc restait le producteur et le seul interlocuteur pour négocier : Reservoir Prod avait un contrat avec la chaîne. Financièrement, je bénéficiais d'une réelle amélioration. Cependant, l'essentiel pour moi était que l'émission reste, et pour longtemps, à l'antenne, qu'elle continue de plaire au plus grand nombre de téléspectateurs. Mais je n'avais toujours pas les pouvoirs artistiques pour proposer de la faire évoluer et pour réussir dans cette entreprise.

Or, durant la cinquième saison, l'audience de « C'est mon choix » s'est un peu essoufflée. Une lassitude s'installait, l'émission étonnait moins, les habitudes s'ancraient et, entre habitude et lassitude, la frontière est étroite, dangereuse, je le sentais. Le rythme des critiques s'intensifiait. Je pensais qu'il fallait trouver un nouveau souffle pour ne pas finir par ressembler à la caricature que l'on nous accusait d'être depuis tant d'années. J'ai alors juré de faire tout ce qui était en mon pouvoir pour redresser la barre. Je voulais retrouver la magie des débuts, je voulais sauver l'émission.

À la télé, dans les moments où la mer est agitée, il est fréquent de voir les marins abandonner le navire. Dans l'entourage de Jean-Luc Delarue, les remous étaient nombreux en cette période difficile. Pour prouver, s'il en était besoin, ma fidélité à « C'est mon choix » et mon attachement à Jean-Luc Delarue, je décidai de prendre, en décembre, un rendez-vous avec lui. Nous ne nous étions pas revus depuis quatre mois. Depuis ce fameux jour où il m'avait fait porter mon nouveau contrat sur le tournage. Il fallait être à nouveau complètement ensemble pour que l'aventure de « C'est mon choix » continue avec autant de force, d'enthousiasme, de surprise, d'invention et de complicité qu'à ses débuts.

Afin de ne laisser planer aucune ambiguïté, de nous débarrasser de « la » question et le soulager, je lui ai annoncé d'entrée de jeu : « Il ne sera pas question d'argent entre nous, je ne veux rien de plus l'an prochain… » Puis, je suis allée à l'essentiel en lui proposant soit de remuscler la formule de « C'est mon choix », soit de travailler ensemble sur un concept qui reprendrait les principes fondamentaux ayant assuré le succès immédiat de l'émission.

Il m'a semblé écouter attentivement, a promis de tenir compte de mes propositions et m'a assurée que je participerais, avec France 3, aux réunions sur le contenu éditorial, donc à la réflexion sur la pérennité de l'émission. J'ai quitté le bureau du patron de Reservoir Prod forte de ces promesses, ravie et certaine d'engager avec lui une très belle sixième saison de « C'est mon choix ».

Mais plusieurs semaines se passent. J'attends qu'il me fasse signe. Sans nouvelles, je provoque trois autres rendez-vous. J'ai toujours les mêmes attentes et reçois chaque fois les mêmes promesses.

Fin avril 2004

C'est le mois où se renégocient les contrats entre les chaînes et les producteurs. Nous arrivons au début d'une période qui s'annonce tourmentée, à un an de l'élection du nouveau président de France Télévision, et rien n'a avancé avec la chaîne pour restructurer la formule de « C'est mon choix ».

Je décide de revoir Jean-Luc en urgence… Un rendez-vous est fixé pour le 23 avril 2004, à France 3, dans le bureau du directeur des programmes.

Le jour de ce rendez-vous crucial, Jean-Luc Delarue nous propose, à Christophe et moi, de déjeuner dans son bureau en compagnie de Stéphane Rak, son bras droit, afin de préparer l'entretien avec le diffuseur. Tout se passe bien, dans un calme apparent, mais le patron de Reservoir Prod, bizarrement, ne tient aucun propos précis quant à l'avenir de l'émission ni à son contenu.

Dans l'ascenseur de France Télévision, ce grand navire où j'ai vécu de si belles années, je repense au jour où Jean-Luc Delarue m'a appelée pour me proposer « C'est mon choix ». Il venait me chercher, moi, pleine de fougue, mais inconnue. Cela, je ne l'oublierai jamais, je n'ai jamais la mémoire courte. Et, maintenant, c'est l'avenir de cette belle aventure qui se joue, alors que nous montons les cinq étages vers le bureau de la direction des programmes de France 3.

Jean-Luc Delarue, Stéphane Rak et moi-même, pour Reservoir Prod, nous rencontrons Rachel Kahn, directrice des divertissements, Bertrand Mosca, directeur des programmes, ainsi que son bras droit, Vincent Meslet, tous interlocuteurs habituels de Jean-Luc.

Dès le début de la conversation, je découvre que Jean-Luc les a vus plusieurs fois durant les derniers mois pour parler de l'émission. Il a mené, sans moi, des discussions sur les orientations futures de « C'est mon choix », contrairement à ses promesses. Je suis stupéfaite, mais n'en laisse rien paraître.

Lorsque, enfin, j'évoque la nécessité de remanier l'émission, mes interlocuteurs ont l'air totalement surpris. Jean-Luc ne leur a pas fait part de mes inquiétudes. J'aurais préféré qu'il se les attribue, dans l'intérêt du programme qu'il produit et de l'avenir des cinquante personnes qui y travaillent. Ma démarche se voulait constructive, elle semble totalement décalée. Je comprends finalement que le contrat entre Jean-Luc et France 3 a déjà été signé pour l'année prochaine sans la moindre modification éditoriale, dans un contexte qui pourrait fragiliser l'émission.

Je sors abasourdie de la réunion : « Tu m'avais promis que nous discuterions ensemble de l'avenir de l'émission, et tu as tout décidé dans mon dos. » Contre toute attente, il se comporte d'une manière indéchiffrable. Comment peut-il adopter une vue à si court terme, lui, le manager ? Il ne réagit pas. Impossible de savoir ce qu'il pense. Il affiche, dans l'ascenseur qui redescend, un masque impénétrable.

Comme s'il attendait que je sorte de son champ de vision pour se remettre à respirer. Cinq étages de silence qui durent une éternité.

Puis les jours passent et toujours l'inertie. Jean-Luc ne me donne aucun signe de vie. Une situation invraisemblable s'installe. Nous sommes maintenant au mois de mai et il n'y a toujours pas d'arrangement en vue pour la prochaine saison. Pendant ce temps, les enregistrements continuent. Comment Jean-Luc Delarue pouvait-il faire l'impasse sur l'avenir à long terme de cette émission. Comme tout chef d'entreprise, ne devait-il pas essayer d'assurer l'avenir de ses équipes ? Un diffuseur représente les désirs du public. De mon père militaire j'ai appris aussi qu'il faut certes avoir de l'ambition, mais qu'il ne faut pour autant jamais perdre le sens de l'humilité et le respect dû à ceux qui, en vous permettant d'être à l'antenne, vous font vivre.

5 mai 2004

Christophe apprend que Jean-Luc Delarue a l'intention, comme chaque année, de fournir à la chaîne une série de best of de l'année à rediffuser pendant l'été. Or mon contrat en cours ne prévoit pas que Reservoir Prod puisse fournir des best of d'été sans notre accord. Le contrat qui lie ma société à celle de Jean-Luc Delarue prend fin en juin. Il porte, en effet, sur deux cent vingt émissions à enregistrer, plus un nombre défini et limité de best of de soirée et de week-end. Si Jean-Luc veut fournir soixante best of d'été, la procédure normale consiste à nous proposer un avenant au contrat.

21 mai 2004

Bertrand Mosca m'informe officiellement que France 3 a décidé d'interrompre l'émission « C'est mon choix ». Les dirigeants de la chaîne publique vont la remplacer par un autre programme, et tous les producteurs de Paris sont invités à présenter des projets. Bertrand me suggère de leur proposer mes services. Tous seront prévenus que France 3 souhaite me voir présenter la nouvelle émission en septembre. Je suis donc, théoriquement, assurée de travailler sur la même case horaire à la saison prochaine, quel que soit le producteur qui remportera l'appel d'offres. Sauf, bien sûr, s'il s'agit de Reservoir Prod. Il me suggère de présenter parallèlement un projet personnel au nom de 2 Secondes Prod.

Il ne me reste plus qu'à prendre mon bâton de pèlerin et à faire le tour des productions parisiennes, confiante dans les recommandations de ma chaîne.

26 mai 2004

C'est le jour du dernier enregistrement de la saison. Tout le monde sait que l'émission est condamnée. Il règne une ambiance de fin du monde sur le plateau.

Quelques minutes avant de commencer le tournage, alors que je me tiens à proximité des gradins du public, prête à faire mon entrée devant la caméra, je sens une présence dans mon dos. Autour de moi, des regards interloqués, figés par l'étonnement. Une main se pose sans ménagement sur mon épaule. C'est Jean-Luc Delarue que je n'ai plus revu depuis la réunion du 23 avril. Sans me laisser le temps de revenir de ma surprise, il m'ordonne : « Tu montes tout de suite dans ta loge, je dois te parler. » Je lui fais remarquer que je suis sur le point de démarrer l'émission, que je lui parlerai ensuite, s'il le souhaite. Il n'en démord pas, il veut me parler immédiatement. Tout le monde est prêt et m'attend, ce ne serait pas correct de me dérober. Quant à lui, il connaît pertinemment l'horaire de ce dernier jour d'enregistrement. Il insiste encore, d'une façon très autoritaire. Le ton monte, devant une équipe de tournage médusée qui n'a pas vu Jean-Luc Delarue depuis longtemps sur le plateau de « C'est mon choix ». « Mais qu'est-ce que tu veux, à la fin ? Tu vois bien qu'on va tout perdre ! Tu veux combien ? » crie-t-il devant tout le monde. Je suis atterrée. Consternation dans les coulisses. Je me demande si j'ai bien entendu. Il répète : « Tu veux combien, hein ? Combien veux-tu pour continuer ? » Je résiste et veux le ramener à la raison : « Mais tu n'as rien compris ! Je ne te demande pas d'argent. Je veux juste sauver cette émission ! Renouveler le concept, renouveler l'émission pour qu'elle continue à vivre longtemps. Je ne te demande pas d'argent ! Je te demande seulement de travailler ! » L'incompréhension entre nous est totale.

Enfin, aussi calmement et professionnellement que je le peux, je lui conseille de s'adresser à Christophe pour me permettre de commencer mon enregistrement.

Une demi-heure plus tard, il téléphone à Christophe pour l'exhorter à venir négocier chez Reservoir Prod : « Je suis avec ma directrice générale. On t'attend. On te donne ce que tu veux, tu entends, ce que tu veux ! » Comment croire à ces propos démonstratifs, tardifs, ramenant toujours à l'argent ce qui était pour moi une vraie crise de confiance professionnelle.

Il ne s'agissait plus de contrat, il s'agissait de principes. Et de justice. Et son argent n'y changeait rien.

Tous ceux qui ont appris cette histoire, à commencer par ceux qui avaient assisté à la scène, nous ont dit que nous étions complètement fous. Mais… pourquoi Jean-Luc Delarue aurait-il été prêt à payer alors qu'il refusait de redresser la barre de l'émission ? De quoi avait-il peur ? Quelles étaient les intentions de Reservoir Prod ? Cesser de s'investir dans une émission trop critiquée ? Moissonner ce qu'elle pouvait encore rapporter, avant de la laisser mourir d'épuisement ? Je ne pouvais pas supporter l'idée que, en continuant en roue libre, c'est-à-dire sans le moindre effort créatif, l'émission devienne une caricature d'elle-même. C'était aller droit vers ce dont on nous accusait.

De son côté, la chaîne se tenait à son choix : arrêter l'émission.

Plus tard, dans l'après-midi, Reservoir Prod nous faisait savoir que la fête prévue en fin de journée pour l'ultime tournage de « C'est mon choix » était annulée, et que Jean-

Luc Delarue interdisait à tout le reste des équipes de nous rejoindre sur le plateau. Christophe décide de maintenir la réception telle qu'elle était prévue et de prendre tout à notre compte. Le mot d'ordre se met à circuler parmi les techniciens et les rédacteurs.

À dix-huit heures, débarquent sur le plateau quatre-vingts collaborateurs qui ont bravé les ordres du patron – pour la première fois dans l'histoire de la société. Je ne connaissais pas l'opinion des équipes, j'en étais souvent maintenue à distance, ce que je vivais mal. Je les croyais toutes acquises à leur employeur. Étaient-elles au courant de la vérité sur l'arrêt de « C'est mon choix » ? Cela me peinait beaucoup. Mais, ce soir-là, quatre-vingts personnes sont venues interpréter sur le plateau un chant d'adieu qu'elles avaient écrit pour l'occasion. Tout le monde pleurait, équipes et public confondus. L'émotion était indescriptible. Une vraie cérémonie de deuil collectif. Jamais je n'ai vécu une tristesse aussi intensément partagée. Pendant toute la réception, beaucoup continuèrent à pleurer. J'étais bouleversée.

Cette fin de journée a été enregistrée. La chanson, les pleurs, le petit discours que j'ai prononcé devant le public et les équipes, pour remercier tous ceux qui avaient fait les grandes heures de « C'est mon choix ». Cette partie a été coupée au montage et l'enregistrement a disparu.

Toutes ces péripéties provoquaient évidemment beaucoup de curiosité. Je ne tenais pas à communiquer car, malgré les promesses de la chaîne, je ne savais pas ce que l'avenir me réservait et je ne voulais pas envenimer la situation. Mais la presse ne se privait pas de parler à ma place. On m'accusait d'avoir quitté et sabordé l'émission pour de vulgaires questions d'argent. C'était un comble. J'avais refusé une offre illimitée de Jean-Luc et on me reprochait d'être trop gourmande.

22 mai au 10 juin

Les rendez-vous se bousculent, et la course pour récupérer la tranche horaire quotidienne la plus convoitée de France 3 se poursuit. Je vois régulièrement les producteurs parisiens, ainsi que Bertrand Mosca, le directeur des programmes de France 3, qui me donne rendez-vous afin de m'assurer de son soutien et de ma présence à l'antenne sur la chaîne en septembre en cas de « victoire » de Jean-Luc Delarue.

Confiante, et contrairement à ce qui a pu être rapporté ici et là, je n'ai entamé aucune démarche sur aucune autre chaîne. Je voulais rester dans « ma maison » France 3, avec un projet reprenant les principes qui ont toujours guidé mes choix professionnels : la parole et l'aide au public.

Mi-juin

Le stress monte et le rythme de travail s'accélère quand le verdict tombe. Bertrand Mosca, directeur des programmes de France 3, m'appelle et m'annonce que trois dossiers ont été retenus : le projet de Jean-Luc

Delarue chez Reservoir Prod, celui de Dominique Ambiel, ancien conseiller du Premier ministre Jean-Pierre Raffarin et président de la société de production audiovisuelle A Prime, et le nôtre, celui de 2 Secondes Production, soutenu par le groupe Lagardère. La chaîne prendra rapidement une décision en choisissant entre ces trois producteurs.

17 juin 2004

À midi, je sors de mon émission de radio en direct sur RMC. Bertrand Mosca m'appelle de l'aéroport. Il s'envole pour la Tunisie : « Je ne peux pas te parler longtemps, mais je voulais te prévenir avant de partir. Ton projet n'a pas été retenu. C'est celui de Dominique Ambiel que nous avons choisi, mais avec une autre présentatrice. »

Interloquée, je n'arrive pas à comprendre : « Qu'est-ce que tu dis ? – Oui, je sais que c'est très dur, mais on a dû être impartial, on a retenu le meilleur projet. C'est la règle du jeu, tu comprends ? »

Le monde s'écroule littéralement autour de moi. Je demande pour en être bien sûre : « Mais alors, je me retrouve sans rien à la rentrée ? Tu n'as rien à me proposer ? » Lui : « Pas pour l'instant. Je crois qu'on va en rester là. Mais la porte de mon bureau t'est ouverte. Si tu as d'autres idées en tête d'ici quelques mois, tu peux toujours venir me voir. »

Cinq minutes pour remettre en question tout mon avenir professionnel. Je ne suis plus sur France 3 !

Nous sommes à la mi-juin et je n'ai pas le début d'un commencement de projet pour la rentrée.

Je repense à une anecdote que j'avais oubliée : l'année précédente, lorsque Jean-Luc Delarue avait renégocié son contrat avec Marc Tessier, le patron de France Télévision, au plus fort de la rumeur de son transfert sur d'autres chaînes, les dirigeants de France 3 m'avaient demandé instamment de ne pas quitter « la maison ». L'un d'eux s'était même déplacé chez moi, un soir, pour s'assurer de ma loyauté et me demander de ne pas quitter le navire amiral… « ma maison »… devenue mon ex-maison en quelques minutes par un beau jour d'été.

J'allais devoir tout recommencer à zéro.

18 juin 2004

Pour m'assurer que j'ai bien compris, je demande un rendez-vous au directeur général de France 3, Rémy Pfimlin. Il ne me reçoit pas, il me répond simplement au téléphone qu'il n'y a plus rien pour moi sur France 3. J'avais bien compris !

Je me rends à RMC pour y enregistrer mon émission de radio. C'est l'édition du vendredi de « On l'a vu à la télé », le téléclub qui passe en revue les programmes de la semaine avec des journalistes de la presse écrite. J'apprends, ce jour-là, que mon contrat sur RMC ne sera pas renouvelé pour l'année prochaine.

Je me retrouve donc sans émission à animer à partir du 1er juillet.

Dans la presse, on voit fleurir les gros titres : « Le suicide d'Evelyne Thomas », etc. Or mon comportement n'a jamais été guidé par des coups de sang irraisonné, seuls la passion du travail bien fait et honnête, le respect de la parole donnée et des engagements contractuels m'ont toujours guidée.

Heureusement, Jean-Luc Delarue et son bras droit, Stéphane Rak, me l'ont assez répété : je ne lâche jamais le morceau.

26 juin 2004

À ma grande surprise, la Poste me remet officiellement, lors d'une cérémonie en public à Paris, les premières planches d'un timbre à mon effigie. Le secret avait été si bien gardé que, quelques heures auparavant, je n'en savais encore rien. À la même heure, est diffusé le premier best of d'été de « C'est mon choix ». Sans m'en informer, Jean-Luc Delarue a livré à la chaîne des émissions qui ne sont pas incluses dans mon contrat. Ironie du sort, je ne suis plus sur l'écran, je suis sur l'enveloppe !

30 juin 2004

Pour tenter de faire cesser la diffusion de ces best of, nous assignons Reservoir Prod en référé. Dans la presse, c'est un tollé. Je suis vénale et procédurière. Je fais des histoires pour de l'argent. Course au scandale médiatique et à la une qui fait vendre. Certains ont oublié que je ne suis plus animatrice sur France 3 et que deux mois de « C'est mon choix » vont être diffusés sans mon accord contractuel avec Reservoir Prod qui ne les prévoit pas.

2 juillet 2004

C'est ma dernière émission de radio sur RMC. Etienne Mougeotte, vice-président de TF1, vient commenter son bilan de l'année. Il n'est pas facile de recevoir un homme aussi imposant que lui, mais le courant passe entre nous et l'émission se déroule bien. C'est l'un des hommes les plus puissants de la télé en Europe, redoutable, rapide, mais il a toujours gardé un sens populaire, un instinct intact pour sentir ce dont le public a envie. Comment, malgré tous ses succès, reste-t-il aussi facile d'accès quand il vous parle, sans politesse convenue? Il dit ce qu'il pense, simplement, brillamment et avec une précision d'analyse redoutable.

Pendant le mois de juillet, nous planchons sur de nouveaux projets, Christophe et moi, en collaboration avec une autre société de production, Loribel, qui produit notamment sur TF1 « Y'a que la vérité qui compte », et « La méthode Cauet ». Elle est composée de Pascal Bataille et Laurent Fontaine. Je les avais invités dans l'une de mes émissions sur RMC, et j'avais sympathisé avec eux. Ils officient dans un créneau dit populaire et sont souvent critiqués pour cela par la presse. Loribel était en pourparlers avec TF1 depuis le début de l'été, en prévision de nouveaux projets pour la rentrée. Assurée de ne plus être à l'antenne sur France 3 en septembre, j'ai réfléchi avec eux à de nouvelles idées que nous présenterions en commun.

La première semaine de juillet, le directeur des programmes de flux de TF1, Franck Firmin-Guion, m'appelle. Je ne le connais pas. Heureuse surprise, il aimerait que je travaille sur des concepts, notamment avec Loribel et avec Endémol, la société d'Arthur et Stéphane Courbit. Il souhaite que je rejoigne TF1 au cours de l'année prochaine. Nous convenons de nous voir pour en discuter.

Puis, plus rien. Le temps passe. J'attends ce rendez-vous avant les vacances.

Durant la semaine du 14 juillet, Franck Firmin-Guion me rappelle pour m'annoncer que nous nous verrons plutôt en septembre car tout le monde à TF1 va partir en congés. Je n'ai donc rien de prévu pour la rentrée. Les vacances s'annoncent mal.

Un jour ou deux plus tard, à vingt heures. Franck Firmin-Guion me rappelle, contre toute attente, pour accélérer le processus : « On pourra réfléchir ensemble en septembre à une nouvelle émission pour vous, mais cela va prendre du temps. J'aimerais bien que vous soyez à l'antenne dès la rentrée de septembre. J'ai une idée qui va peut-être vous étonner. Vous pourriez coprésenter "Combien ça coûte?" avec Jean-Pierre Pernaut. » Il m'explique que l'audience de l'émission est en baisse. Il a besoin de remuscler la formule et pense que, Jean-Pierre Pernaut et moi, nous ferions un tandem « populaire ». Je suis assez étonnée, effectivement. Il veut une réponse rapide. Je lui demande une heure de réflexion.

J'en discute avec Christophe, enthousiaste. Je rappelle Franck Firmin-Guion pour donner mon accord. Une heure plus tard, c'est Etienne Mougeotte en personne qui m'appelle : « Je suis très content que vous rejoigniez TF1, vous allez faire un tandem formidable avec Jean-Pierre. » On ne dit pas non à Etienne Mougeotte.

Nous avons pris un accord de principe. Le soir même, Christophe Dechavanne, l'autre idole de « Ma télévision » avec Jean-Pierre Pernaut, me téléphone : « Viens tout de suite chez moi pour qu'on parle de l'émission, je suis ravi que tu nous rejoignes. J'ai eu Etienne... » À vingt et une heures, je saute dans un taxi et rejoins le domicile parisien du producteur de « Combien ça coûte ? ».

16 juillet 2004

Nous sommes reçus par Edouard Boccon-Gibod, secrétaire général de l'antenne de TF1, et Philippe Balland, directeur des magazines. Ils me proposent un contrat d'exclusivité avec la chaîne. Le rendez-vous est rapide. L'accord est conclu. Je pourrai profiter sereinement de mes vacances. Me voilà soulagée, grâce à ces nouvelles perspectives qui s'ouvrent à moi pour la rentrée.

30 août 2004

Je signe mon contrat avec TF1.

Dans une certaine presse, l'événement prend un tour caricatural. Machiavélique. J'aurais tout manigancé depuis des mois pour me retrouver sur TF1 ! J'aurais saboté volontairement « C'est mon choix », ainsi que toutes mes chances sur France 3, parce que j'aurais déjà signé sur l'autre chaîne. La calomnie dépasse tout ce que j'aurais pu imaginer. Une campagne de communication habilement menée (avec l'appui de professionnels) me fait passer pour une traîtresse de grande envergure.

Mon premier contact avec d'autres chaînes a eu lieu après mon éviction de France 3, et non avant. Qu'étais-je censée faire après avoir tout perdu ? Ne pas chercher de travail ailleurs ? Me tourner les pouces ? J'étais sans émission, la première chaîne de France et d'Europe me tendait la main, je n'allais pas refuser !

16

Inutile, je pense, de préciser que « Combien ça coûte? » est l'une des émissions les plus anciennes et les plus connues de la télévision. Si je suis passionnée de concepts de télé, si j'adore les animer et travailler artistiquement sur leur contenu, aucune émission, si prestigieuse soit-elle, n'est aussi fascinante que celles qui vous offrent de belles rencontres.

Et, cette fois, quelle rencontre!

Jean-Pierre Pernaut, lui que j'admirais depuis toujours, et dont j'avais voulu m'inspirer lors de mon arrivée au journal télévisé régional. À l'écran, c'est un animateur précis, calme, lançant ses sujets sans prompteur, tenant son auditoire avec une réelle chaleur humaine et une proximité incroyable: son succès est logique. Avec une vraie modestie et beaucoup de naturel, il accorde autant d'importance au plus grand chirurgien parisien qu'au berger de Corrèze. Ce n'est pas une posture: il est vraiment comme cela. Jean-Pierre Pernaut a le sens de la tradition et de la continuité.

Mais, à ce moment-là, nombreux pensaient que la longévité de l'émission provoquait un effet d'essoufflement, ce que n'avait pas manqué de constater Etienne Mougeotte, vice-président de TF1.

Ma seule présence à l'antenne pouvait-elle suffire à la redynamiser ? L'arrivée d'un nouvel animateur dans une émission peut réveiller sa communication et créer un effet d'annonce. Mais comment un copilote peut-il faire gagner la course si l'on ne révise pas le moteur de la voiture ?

Mais c'est ce qui a été tenté.

Or les téléspectateurs ne me retrouvaient pas là où ils avaient l'habitude de me voir, et ils ne voyaient pas de véritable changement dans l'émission. Et surtout, entre Jean-Pierre Pernaut et le public, c'est l'histoire d'un amour exclusif. Il est le conteur de la France au quotidien, comment apprécier dès lors l'intrus qui vient déranger l'histoire qu'il vous raconte depuis des années ?

Pour que le public y trouve une vraie nouveauté et une vraie valeur, il aurait fallu que chacun d'entre nous anime un territoire précis de l'émission, seul… Jean-Pierre Pernaut demeurant le maître-d'œuvre. Jamais nous ne sommes parvenus à cette situation.

Preuve, aujourd'hui, de sa légitimité incontestable en unique chef d'orchestre : Jean-Pierre Pernaut conduit à nouveau seul la voiture avec succès.

Morale de l'histoire : on ne dérange pas un conteur qui raconte si bien les petites et grandes histoires de la France.

Pour « Combien ça coûte ? », une émission de chiffres, c'est une phrase mal interprétée qui allait condamner la potentialité de notre duo d'animateurs.

Aux journalistes qui ne cessaient de m'interroger sur mon transfert de France 3 à TF1 et sur ma place au côté de Jean-Pierre Pernaut dans « Combien ça coûte ? » je ne cessais de répondre que nous trouverions le bon positionnement avec sérénité : Jean-Pierre Pernaut avait accepté le principe de cette coanimation et j'avais, je l'ai déjà dit, la plus grande estime pour lui. Ce ne sont pas des propos de showbiz.

Arriva ce fameux jour où, voulant afficher ma loyauté envers Jean-Pierre Pernaut, j'usai d'une image que je pensais chaleureuse et amicale et déclarai sur le ton de l'humour : « Jean-Pierre, je ne suis pas là pour lui piquer ses charentaises. » Qu'avais-je dit là ! Mon honnête boutade de fille de province, adressant compliment à l'usage des charentaises, se transforma en termes péjoratifs. Pour moi, dire de quelqu'un qu'à la télé il est dans ses charentaises, c'est mettre en valeur le naturel exemplaire de son animation et la longévité d'une carrière qui fait rêver dans ce monde de l'éphémère.

La presse a cru que je critiquais l'usure de l'émission et de Jean-Pierre Pernaut. La prochaine fois que je rencontre Jean-Pierre Pernaut sur un plateau, je lui dirai qu'il est vraiment bien dans ses baskets !

Malgré de bons chiffres au tout début de ma présence, l'audience de « Combien ça coûte ? », qui s'essoufflait l'année précédente, s'est remise à fléchir. La presse s'interrogeait : y avait-il un climat tendu entre Jean-Pierre Pernaut et moi ? Jean-Pierre Pernaut aurait pu être déstabilisé par ces rumeurs négatives autour de l'émission. Elle était en difficulté. Entamer la confiance de celui qui en était le pilier et qui la portait depuis des années avec succès la menaçait encore plus. J'ai donc décidé pour le bien de « Combien ça coûte ? » de me retirer après Noël. J'ai pris rendez-vous avec Etienne Mougeotte pour le lui annoncer.

Avec sa franchise habituelle, le vice-président de TF1 a approuvé ma décision. Je lui ai aussitôt proposé un concept appartenant à Pascal Bataille et Laurent Fontaine. La formule de « Starting over ». Cette émission était devenue, en trois ans, un véritable phénomène de société sur la chaîne NBC aux Etats-Unis. Le projet a plu à Etienne Mougeotte. L'émission a vu le jour huit mois plus tard.

Pendant ce temps, Pascal Bataille et Laurent Fontaine avaient soumis à TF1 sous leur label (Loribel) un autre projet : « C'était mieux hier ». Ils s'apprêtaient à le produire et à le présenter pour une diffusion en prime time, lorsque j'ai eu la surprise de voir TF1 me proposer d'en être la présentatrice. J'étais face à un cas de conscience : c'était un beau sujet nostalgique, mais était-ce vraiment pour moi ? De leur côté, Pascal Bataille et Laurent Fontaine appuyaient cette demande avec chaleur, tact et intelligence. C'est ainsi que je me suis retrouvée embarquée dans cette aventure.

L'émission, avec des reportages et des invités sur le plateau, comparait, comme son nom l'indique, le passé avec le présent. L'émission et l'idée étaient peut-être bonnes, mais le couperet de l'audience est tombé le lendemain matin. Cinq millions et demi de téléspectateurs. La chaîne a jugé que le score n'était pas suffisant et le programme a été arrêté après un seul numéro.

Parallèlement, en décembre, TF1 m'avait demandé de travailler sur un nouveau pilote d'émission avec la société Endémol d'Arthur et Stéphane Courbit, société numéro un de l'audiovisuel en France. Le projet, qui s'appelait « Le téléphone rouge », était fondé sur des surprises, ce qui, pour le coup, se situait parfaitement dans mon créneau. Je me réjouissais de travailler avec ces deux grands professionnels dont les programmes atteignent des scores d'audience faramineux, notamment sur TF1, ainsi qu'avec Alexia Laroche-Joubert, un des piliers d'Endémol, directrice de la « Star Ac ».

J'ai aussitôt apprécié cette personnalité hors du commun, très rapide sur le plan intellectuel, qui ne mâche pas ses mots, droite et décidée, et qui possède un sens inné du divertissement. Ce fut entre nous une rencontre authentique, de femme à femme. Mais c'est un autre projet de Vincent Lagaf qui a été retenu.

Janvier est arrivé, ce mois que je redoute tant. Janvier, le mois où j'ai perdu ma mère, ce mois qui m'obsède tous les ans avec son cortège d'angoisses, de doutes. Janvier est comme une comptine d'enfant lancinante, la solitude et l'amour perdu sont ses refrains, et chaque couplet interroge mes erreurs.

Je devais me recentrer professionnellement sur ce qui me passionne le plus à la télévision : la rencontre avec les personnes anonymes. Et ces personnes, j'allais pouvoir les retrouver dans l'émission « Starting Over ».

Après mon entretien avec Etienne Mougeotte, TF1 nous avait demandé de travailler sur ce très gros projet dont Pascal Bataille et Laurent Fontaine avaient acheté le concept à des producteurs américains. Le principe était simple : six femmes voulant prendre un nouveau départ dans la vie se retrouvaient ensemble dans une maison pour se faire coacher par des conseillères professionnelles.

Pour la plupart extrêmement timides ou excessives, elles manquaient de confiance en elles et cachaient depuis longtemps des failles psychologiques qui pesaient lourdement sur leur vie et leur entourage. C'était une émission de développement personnel rapide, conçue pour un monde où les gens se sentent isolés et cherchent de l'aide.

Surprise ! Un jour, à dix heures du matin, je m'apprêtais à partir de chez moi pour préparer les émissions de « Starting Over ». Je reçois un coup de téléphone incroyable : « Allô, Evelyne, c'est l'assistante de Jean-Luc Delarue ». Je n'en crois pas mes oreilles. « Jean-Luc souhaite te voir très rapidement, si tu es d'accord il te donne rendez-vous à son domicile. »

Nous sommes au printemps 2005, cela fait un an que nous ne nous sommes pas revus. Je n'imaginais même pas qu'il pût m'appeler. Et voilà qu'il me donnait rendez-vous chez lui, le plus naturellement du monde, comme si nous

nous étions quittés la veille. Après un nouvel appel de son assistante, très vite je me retrouve chez lui. Le revoir, c'était en soi un défi, quelle qu'en fût l'issue. Étant donné l'intensité de nos relations passées – positives ou négatives –, je ne pouvais pas me dérober. J'étais curieuse, pour ne pas dire flattée et même… heureuse.

Je suis devant sa porte, je sonne et c'est lui qui m'ouvre, exceptionnellement. À peine le temps de le saluer, il m'embrasse et commence très doucement à reconnaître ses erreurs dans la gestion de nos relations lors de l'arrêt de « C'est mon choix ». Il évoque longuement, toujours avec une voix d'une suavité extrême, que je lui ai rarement connue, la belle aventure qui a été la nôtre pendant des années, la force de notre duo, sa complémentarité. Il a aimé notre passé, il croit toujours en moi, en nous, et il veut que nous construisions à nouveau un avenir ensemble. Il me demande si je veux retravailler avec lui. Et, pour me prouver immédiatement ses bonnes intentions, il me déclare : « As-tu un projet pour que l'on travaille comme avant ensemble ? » Je l'avoue, je suis émue et touchée. Je lui explique que j'ai un projet avec Pascal Bataille et Laurent Fontaine, que TF1 pourrait diffuser. Il réplique qu'il serait éventuellement intéressé, pour y participer sur une chaîne du service public. Je lui rappelle que c'est TF1 qui nous a approchés, et que j'ai une clause d'exclusivité en tant que présentatrice avec cette chaîne.

Nous avons eu un nouveau rendez-vous, puis nous ne nous sommes plus jamais revus.

Entre-temps, TF1 avait signé avec Loribel pour cinquante émissions de « Starting Over » diffusées à partir du mois d'octobre et produites par Pascal Bataille et Laurent Fontaine. Le projet devait aboutir à l'antenne en octobre pour une émission quotidienne à dix-sept heures. Je ne la présenterais pas. J'en étais productrice exécutive, c'est-à-dire que je fabriquais concrètement l'émission produite par Loribel. C'était un créneau difficile sur TF1, juste avant la « Star Ac », à une heure où les téléspectateurs ont plus l'habitude de se divertir que de se préoccuper des méandres psychologiques de femmes aux prises avec leur fragilité. Le défi était difficile à relever. Mais c'était une belle aventure humaine.

Dès juillet, nous avons travaillé de quinze à dix-sept heures par jour pour recruter les équipes et trouver la maison, le décor réel de l'émission, qui devait être assez fonctionnelle pour accueillir aussi bien nos invitées que l'équipe de production. L'émission filmée durant des sessions de huit heures par jour représentait une très grosse machinerie.

Nous avons retrouvé une grande partie des fidèles équipes de « C'est mon choix ». Tout le monde s'est donné à fond pendant quatre mois, dans des conditions de tournage passionnantes, en empathie totale devant ces femmes avec lesquelles nous vivions sans jamais leur parler, qui essayaient de dépasser leurs doutes, de changer leur comportement et de se battre pour prendre un nouveau départ.

Les tournages ont commencé à Noisy-le-Roi en septembre et se sont poursuivis en continu jusqu'en décembre 2005. Le concept l'imposait. Nous suivions ces femmes pendant qu'elles séjournaient ensemble dans la maison où elles venaient s'accorder une pause dans leur quotidien pour se ressourcer, réfléchir et discuter. Nous les filmions avec leur autorisation, sans jamais forcer leur intimité, car nous prônions la pudeur et le respect de leur évolution, le tout avec l'aval d'une psychiatre renommée, Sylvie Angel.

Une vingtaine de femmes ont séjourné dans cette maison.

Ingrid, par exemple, pesant cent vingt-six kilos, souffrait du regard des autres et surtout de celui de sa fille. Celle-ci ne voulait plus qu'elle vienne l'attendre à l'école. D'origine réunionnaise, Ingrid n'avait jamais été acceptée par sa belle-famille qui ne la trouvait pas assez bien pour son fils.

Bouchra, jeune Maghrébine vivant à Villeurbanne, se trouvait trop peu féminine. Cadette d'une famille qui comptait quatre filles, elle jouait un peu le rôle du fils que ses parents n'avaient pas eu. Son père avait eu une vocation d'acteur comique contrarié en Algérie et c'est elle qui faisait le clown dans la vie. Sa façon à elle de dire « papa »…

Aïcha, vrai sosie de Sylvie Vartan, n'avait pas fait le deuil de sa mère dont elle avait toujours attendu l'amour et l'attention. Mais sa mère s'était toujours montrée très dure et distante avec elle – ce qui n'était pas le cas avec ses fils. Une seule fois dans sa vie, elle lui avait dit « je t'aime », et c'était lors d'une fête où Aïcha, petite fille, s'était déguisée en Sylvie Vartan. Depuis, elle ne vivait plus qu'à travers l'image de la star.

Emma, très belle femme d'une trentaine d'années, dont personne n'aurait pu deviner les problèmes, souffrait d'un manque de confiance dévorant qui l'empêchait de vivre. Tout remontait à un choc très profond dans son enfance, un accident de voiture où elle avait perdu sa sœur. Elles étaient ensemble dans le véhicule. Emma n'arrivait pas à se pardonner d'avoir survécu.

J'ai passé des moments si intenses à côtoyer toutes ces femmes. Je n'arrivais pas à m'en détacher. Malgré leur passé douloureux, elles se livraient si généreusement que, lorsque je repensais à elles, le soir dans mon lit, j'en pleurais.

La première diffusion a eu lieu en octobre. Le sujet de l'émission était passionnant mais délicat. Et l'horaire de diffusion sensible et fragile. L'audimat s'en est évidemment ressenti. Et, quand l'audimat a parlé, il n'y a plus rien à dire. À la fin des cinquante tournages, l'émission n'a pas été reconduite.

Pourtant elle semble avoir réveillé l'énergie de ces vingt femmes-là, et c'est déjà beaucoup. Moi qui les regardais vivre au jour le jour, je voyais combien elles tentaient de se dépasser. Je reste persuadée que c'était une aventure généreuse et profondément humaine.

Entre vous et moi

Et revoilà janvier 2006.

Janvier, le mois que je déteste le plus dans l'année. Petite comptine du passé, vas-tu encore me culpabiliser, me blesser, me faire mal, me faire douter ?

Il est dix-sept heures, je suis dans mon bureau. Dans quelques instants je vais écrire l'épilogue de ce livre. Un coup de téléphone, puis un autre, une réunion sur un projet palpitant. « Et cette idée, tu en penses quoi ? » Une nouvelle complicité qui se crée, de nouvelles rencontres… « Je crois qu'on peut aller plus loin avec cela », la vie continue… entre vous et moi.

Épilogue

Je n'ai pas écrit ce livre pour satisfaire mon ego, je l'ai écrit pour livrer enfin, sans filtre, toutes ces histoires d'amour qui jalonnent ma vie.

Ma vie, c'est faire parler les autres. Ma vie, c'est m'enthousiasmer et me nourrir de rencontres formidables. Ces gens qui sont venus en toute confiance me raconter leur histoire, je leur dois tout. Je les estime. Aux prévenus des assises de Saint-Omer comme aux femmes de « Starting Over » je dédie ce livre, ainsi qu'aux équipes qui m'ont aidée à vivre cette passion et qui l'ont partagée.

Je suis loin d'avoir tout dit sur les réalités de la télévision et de ses coulisses. Ce n'était pas là mon propos, vous l'aurez compris. Je ne me sens aucune légitimité pour juger. La télévision est un jeu de pistes, comme toutes les entreprises, avec des enjeux de pouvoir et d'argent, comme partout.

Je continuerai à me battre, parce qu'il n'y a pas de plus belle récompense qu'une émission où l'émotion passe, vous transporte, suscite la réflexion et vous apprend toujours un peu plus sur vous. Ce lien entre nous tous est mon oxygène.

Je crois, je sais, que c'est là ma voie. J'ai reçu des coups, ils me donnent la rage de continuer.

Dans mes rêves, je me vois grimper un escalier débouchant sur une grande plage blanche. Une femme m'attend tout au bout, dos tourné à la mer. Elle est belle et jeune comme aux premiers jours, dans mes souvenirs d'enfant. Elle m'ouvre les bras. Je cours vers elle, je me jette à son cou et, enfin, j'entends les paroles qui me libèrent : « Tu as toujours été ma fille. Celle dont je rêvais. Je suis fière de toi car tu es forte et courageuse. Je sais que tu as fait de ton mieux. Et tu pourras faire encore mieux demain. »

Ces paroles, je ne les ai jamais entendues qu'en rêve, mais je les prononce tous les soirs à l'oreille de ma fille, bien distinctement, lorsqu'elle s'endort dans mes bras.

Jamais je n'avais parlé de la disparition de ma mère avant d'écrire ce livre. Je la portais comme une blessure intime. Je comprends aujourd'hui que j'y ai puisé une force – ma force –, celle de vouloir me racheter aux yeux du plus obsédant de mes fantômes. Ce n'est pas le meilleur motif pour vivre, mais ce fut le mien, et aujourd'hui que je l'ai compris je me sens allégée, et peut-être pardonnée un peu. Ma mère, en partant, m'a donné un signe mille fois plus fort que tous ceux qu'elle m'avait adressés auparavant : « Dépasse-toi, éblouis-moi, donne-moi éternellement raison de croire en toi ! »

Aujourd'hui, j'ai quarante-deux ans, je m'approche de l'âge qu'elle avait lorsqu'elle est partie. J'ai toujours pensé que cet âge constituait pour moi une frontière infranchissable, une barrière invisible posée dans les prairies du temps. Quelle que soit la direction dans laquelle je m'engage, le cercle se rétrécit autour de moi. Plus que cinq ans, plus que trois ans... Chaque année resserre un cran, et j'ai brusquement l'impression d'étouffer. Je redoute le mois de janvier, date d'anniversaire de sa disparition et de ma naissance. C'est mon sablier qui s'écoule, ma sentence qui s'énonce, mon rendez-vous annuel avec sa mort... peut-être la mienne.

Moins de deux ans, actuellement, m'en séparent. Il me faut apprivoiser l'idée que je peux franchir l'obstacle, ou que la barrière va tout simplement s'ouvrir. Car j'ai maintenant une fille de quatre ans. Je ne peux plus éblouir ma mère et disparaître brutalement comme elle pour expier ma faute, je dois conduire Lola vers un bel avenir.

Il est de mon devoir de nous mener vers la vie dont ma mère s'est privée. Je vivrai pour nous deux.

Grâce à vous, grâce aux éclats de rire de ma fille, au regard de l'homme que j'aime, à ma passion pour mon métier et pour tous ceux qui me permettent de l'exercer jour après jour, je traverserai cette peur.

Ce livre ouvre pour moi une nouvelle vie.

Remerciements à Robert, Jean, Pascal, Steph, Serge, Vincent, Franck, Pascal et Laurent, Guy, Alexandre, Nicolas, Paul, Silvia, Karine, Delphine, Magali, Jean-Claude, Martine, Jean-Pierre, Véronique, Mickaël, Olivier et Sophie, Sylvie, Cathy et Tiny, Jean et Christine, Philippe et Kasha, Pascal et Jasna, Olivier et Mimi, Alain et Jean-Charles, Vincent et Cathy, Tony, Massimo, Olivier et Mickaël, Cathy et David, Didier et Jérôme.

Achevé d'imprimer en mai 2006
sur les presses du

Groupe Horizon

Parc d'activités de la plaine de Jouques
200, avenue de Coulin
F - 13420 Gémenos

pour le compte des Éditions Ramsay

Imprimé en France

Dépôt légal : mai 2006
N° d'impression : 0603-128
ISBN : 2-84114-797-5